우미인초

虞美人草(1907)
夏目漱石

나쓰메 소세키 소설 전집 5
우미인초

초판 1쇄 발행 2014년 9월 5일
초판 6쇄 발행 2023년 9월 5일

지은이 | 나쓰메 소세키
옮긴이 | 송태욱
펴낸이 | 조미현

편집주간 | 김현림
교정교열 | 장미향
디자인 | 나윤영

펴낸곳 | (주)현암사
등록 | 1951년 12월 24일 · 제10-126호
주소 | 04029 서울시 마포구 동교로12안길 35
전화 | 365-5051 · 팩스 | 313-2729
전자우편 | editor@hyeonamsa.com
홈페이지 | www.hyeonamsa.com

ISBN 978-89-323-1702-1 04830
ISBN 978-89-323-1674-1 04830(세트)

이 도서의 국립중앙도서관 출판예정도서목록(CIP)은 서지정보유통지원시스템(http://seoji.nl.go.kr)과
국가자료종합목록시스템(http://www.nl.go.kr/kolisnet)에서 이용하실 수 있습니다.
(CIP제어번호 CIP2014023610)

나쓰메 소세키 소설 전집

⑤

우미인초

송태욱 옮김

Ｇ현암사

소세키의 책 중에 작은 판형으로
제작된 책들이 있는데, 장식성이
뛰어나다.(1914~1918)

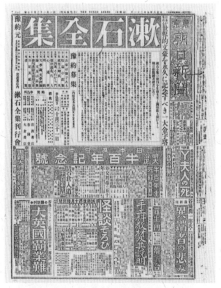

소세키 전집 발간 기사(《아사히 신문》)

소세키 사후 1주년 기념으로 출간된
최초의 소세키 전집(이와나미쇼텐, 1917)

소세키 산방 서재에서(1907). 소세키는 이곳에서 『우미인초』, 『산시로』, 『마음』 등을 집필했다.

도쿄제국대학 강사 시절. 졸업생과 함께(1906)

다섯 살 무렵의 소세키(1872)

도쿄제국대학 재학
시절의 소세키(1892)

1889년 발매된 마사오카 시키의 시문집《나나쿠사슈》에 비평과 함께
9편의 칠언절구 시를 덧붙이면서 처음으로 '소세키'라는 호를 사용한다.

7

소세키가 『나는 고양이로소이다』와 『도련님』을 집필한 집(1903~1906년 거주)

소세키는 슬하에 2남 5녀를
두었다.(1915)

두 아들과 소세키(1914)

소세키 산방의 서재 모습(1917)

소세키 산방에서(1912)

소세키가 애용한 문방구와 특별히
디자인한 원고용지 판목

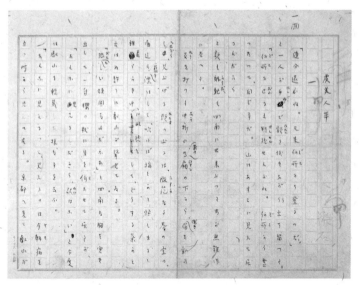

『우미인초』 자필 원고

『우미인초』 연재 1회. 1907년 6월 23일 일요일, 오사카《아사히 신문》 1면에 실렸다.

『우미인초』 장정
(하시구치 고요 디자인,
太陽堂, 1908)

도쿄 권업박람회의 조명. 오오이케(大池) 건너편에 빛나는 곳은 아사쿠사 공원의
극장거리다.

연재 당시 '우미인초 반지'를 팔던
교쿠호도(玉宝堂) 가게 앞 풍경을 담은 엽서

연재 당시 미쓰코시 백화점에서 인기가
많던 '우미인초 유카타지'

연재 당시 도쿄에서 팔던 '우미인초 오비아게'

소세키가 그린 그림

차
례

1

"꽤 멀군그래. 원래 어디서 오르는 거지?"

한 사람이 손수건으로 이마의 땀을 훔치며 멈춰 선다.

"어디서부턴지 나도 잘 모르겠는데. 어디서 오르든 마찬가지겠지. 산이 저기 보이니 말이야."

얼굴이나 체격이 네모나게 각진 남자가 대수롭지 않게 대답한다.

흰 중절모의 갈색 차양 아래로 짙은 눈썹을 움직이며 올려다보는 머리 위로는, 속까지 쪽빛을 드러낸 희미한 봄 하늘이 불면 날아갈 듯 부드럽게 펼쳐져 있고, 마치 어떻게 할 생각이냐는 듯이 히에이잔(比叡山) 산[1]이 우뚝 솟아 있다.

"지독하게 완고한 산이군그래." 남자는 네모나게 각진 가슴을 내밀며 잠시 벚나무 지팡이에 몸을 기댄다. "저렇게 보이는 걸 보면 별거 아니겠지." 이번에는 히에이잔 산을 경멸하듯이 말한다.

1 교토 북동부에 있는 산. 이 작품의 전반부는 각 장마다 교토와 도쿄가 번갈아 배경으로 나온다. 첫 신문소설이라는 것을 의식하여 장면 변화를 노린 구성이다.

"저렇게 보이다니, 오늘 아침 숙소를 나설 때도 보였네. 교토에 왔는데 히에이잔 산이 안 보이면 오히려 큰일이지."

"보이니까 그걸로 된 거잖나. 쓸데없는 말 하지 말고 걷다 보면 자연히 산 위가 나오겠지."

호리호리한 몸집의 남자는 대꾸도 하지 않고 모자를 벗어 가슴께를 부채질하고 있다. 늘 쓰고 있는 모자의 차양에 가린 넓은 이마만은 유채꽃을 물들이는 봄의 강한 햇살을 받지 않아 눈에 띄게 창백하다.

"이봐, 지금부터 쉬면 큰일이야. 자, 어서 가자고."

상대는 땀이 밴 이마를 마음껏 봄바람에 드러내놓고 들러붙은 검은 머리카락이 거꾸로 날리지 않는 것을 원망하듯 한 손에 손수건을 쥐고 이마, 얼굴 할 것 없이 목덜미의 움푹 팬 곳까지 마구 훔쳐댄다. 어서 가자고 재촉하는 것에는 신경 쓰는 기색도 없이 묻는다.

"자네는 아까 저 산이 완고하다고 했지?"

"그래. 꿈쩍도 하지 않겠다는 모습 아닌가. 이렇게 말이야."

남자는 네모나게 각진 어깨를 더욱 각지게 하고는 비어 있는 손으로 주먹을 불끈 쥐면서 자신도 꿈쩍하지 않겠다는 자세를 취해 보인다.

"꿈쩍하지 않겠다는 것은 움직일 수 있는데도 움직이지 않을 때를 말하는 거겠지?"

가늘고 긴 눈초리로 상대를 비스듬히 내려다보며 말한다.

"그렇지."

"저 산이 움직일 수 있나?"

"하하하하, 또 시작이군. 자네는 쓸데없는 말이나 하려고 태어난 사람이야. 자, 가세."

남자는 두꺼운 벚나무 지팡이를, 휙 소리를 낼 것처럼 어깨 위까지 추켜올리고는 곧바로 걷기 시작한다. 마른 남자도 손수건을 소맷자락에 넣고 걷기 시작한다.

"오늘은 하루 종일 야마바나의 헤이하치 요릿집[2]에서 놀기나 할 걸 그랬네. 지금부터 오른다고 해도 어중간할 뿐이고. 그런데 정상까지는 얼마나 되지?"

"정상까지는 6킬로미터네."

"어디서부터?"

"어디서부턴지 알 게 뭐야, 고작해야 교토의 산이라고."

마른 남자는 아무 말도 하지 않고 그저 히죽히죽 웃기만 한다. 네모나게 각진 남자는 힘차게 말을 잇는다.

"자네처럼 계획만 세우고 전혀 실행에 옮기지 않는 사람하고 여행하면 아무것도 못 보게 되네. 동행하는 사람한텐 정말 달갑잖은 일이지."

"자네처럼 무턱대고 뛰쳐나가도 상대는 난처하다네. 무엇보다 사람을 데리고 왔으면서 어디로 올라가서 어디를 구경하고 어디로 내려가야 할지 어림도 잡지 못하고 있지 않은가?"

"뭐, 이까짓 일에 계획 같은 게 필요하다고 그러나? 기껏해야 저 산 아닌가?"

"저 산이어도 좋네만, 저 산 높이가 얼마나 되는지는 알고 있나?"

"그걸 어떻게 알겠나? 그런 시시한 걸, 그러는 자네는 알고 있나?"

"나도 모르네."

---

2 히에이잔 산 어귀인 야마바나(山端)에 있는 유명한 요릿집. 메이지 유신 전부터 민물고기 요리로 유명했다.

"거 보게나."

"그렇게 으스댈 거 없네. 자네도 모르니까. 산 높이는 둘 다 모른다고 해도, 산 위에서 뭘 구경하고 얼마나 걸릴지 정도는 다소나마 확인하고 오지 않으면, 일정이 예정대로 진행되지 않는다네."

"일정대로 진행되지 않으면 다시 하면 될 거 아닌가. 자네처럼 쓸데없는 생각을 하는 사이에 몇 번이고 다시 할 수 있다네."

남자는 더욱 빨리 걸어간다. 마른 남자는 말없이 뒤처지고 만다.

봄은 시구(詩句)가 되기 쉬운 교토의 거리를 시치조(七條)에서 이치조(一條)까지 가로지른다. 부옇게 보이는 버드나무 사이로 따뜻한 물을 뿌리는 다카노가와(高野川) 강변의 하얀 천을 다 헤아리며 길게 북쪽으로 구부러지는 길을 8킬로미터 남짓 나아가자 산은 저절로 좌우에서 다가오고 꺾고 돌 때마다 발밑으로 흐르는 물소리도 이쪽저쪽에서 들려온다. 산으로 접어드니 봄이 깊어지는데, 산속으로 깊이 들어가면 아직 눈이 남아 있어 추울 거라고 생각하며 올려다보는 봉우리 기슭을 뚫고 어두운 그늘로 이어지는 완만한 외줄기 오르막길 저쪽에서 오하라메(大原女)[3]가 온다. 소가 온다. 교토의 봄은 끊이지 않는 소의 오줌 줄기처럼 길고 적막하다.

"이보게."

뒤처진 남자가 발길을 멈추고 앞서가는 친구를 부른다. '이보게'라고 부르는 소리가 봄바람에 실려 하얗게 빛나는 길을 허둥대지 않고 조용히 다가가 억새뿐인 막다른 산에 부딪쳤을 때 백 미터 앞에서 움직이고 있던 네모나게 각진 그림자는 걸음을 뚝 멈췄다.

---

3 교토 교외의 오하라(大原) 마을에서 땔나무 따위를 머리에 이고 교토 시내로 팔러 나오는 여자.

"돌아오게, 돌아와."

마른 남자는 긴 손을 어깨 위로 높이 쳐들어 두 번쯤 흔들어 보이며 외친다. 벚나무 지팡이가 따뜻한 햇살을 받아 어깨 위에서 다시 번쩍 빛났다고 생각할 겨를도 없이 남자가 돌아왔다.

"무슨 일인가?"

"무슨 일이냐니? 이쪽으로 올라가는 거라네."

"이런 데로 오른다는 말인가? 거 좀 묘하군. 이런 외나무다리를 건넌다는 게 이상한데."

"자네처럼 무턱대고 걷다가는 와카사노쿠니(若狹の國)[4]까지 가게 될 걸세."

"와카사로 가도 상관없지만, 대체 자네는 지리를 알고 있는 건가?"

"조금 전에 오하라메한테 물어봤네. 이 다리를 건너 저기 보이는 오솔길을 따라 4킬로미터쯤 올라가면 나온다고 하던데."

"나온다니 어디가 나온다는 말인가?"

"히에이잔 산 위지 어디겠나?"

"히에이잔 산 위의 어디가 나온다는 건데?"

"그거야 모르지. 올라가보면 알지 않겠나?"

"하하하하. 자네처럼 계획을 좋아하는 인간도 그것까지는 물어보지 않은 모양이군. 천려일실(千慮一失)[5]이네그려. 그럼 분부대로 어디 다리를 건너볼까? 이보게, 드디어 오르막길이네. 어떤가? 걸을 수 있겠나?"

"걸을 수 없다고 해도 어쩔 수 없지 않은가."

---

4 지금의 후쿠이 현 서부에 해당하는 지역의 옛 이름.
5 아무리 지혜로운 사람이라도 한 번쯤은 실수할 수 있다는 뜻.

"역시 철학자라 다르군. 거기서 조금만 더 명확하다면 어엿한 어른 일 텐데 말이지."

"뭐든 상관없으니 먼저 가기나 하게."

"뒤에서 따라올 건가?"

"알았으니 앞장이나 서라니까."

"따라올 생각이라면 앞장을 서지."

골짜기를 흐르는 내에 위태롭게 걸쳐 있는 외나무다리를 차례로 건 너는 두 사람의 그림자는 가까스로 정상으로 이어진, 풀이 우거진 오 솔길로 사라진다. 풀은 물론 작년 서리를 맞아 말라버렸지만, 엷게 풀 린 구름을 뚫고 내리쬐는 햇볕을 반사해 양 볼이 달아오를 만큼 따사 롭다.

"어이, 고노(甲野)."

남자가 돌아보며 고노를 부른다. 고노는 좁은 산길에 어울리는 호 리호리한 체구를 곧추세우며 아래쪽을 본다.

"왜?"

"슬슬 항복하기 시작한 건가? 허약한 사람이군그래. 저 아래를 좀 보게."

남자는 벚나무 지팡이를 왼쪽에서 오른쪽으로 한 번 휘두른다.

휘두른 지팡이 끝이 닿는 저 멀리에는 은색으로 빛나는 다카노가와 강 한 줄기가 눈을 찌를 듯이 반짝이고, 좌우로는 무너질 듯 짙게 타 오르는 유채꽃을 흠뻑 칠해놓은 배경으로, 먼 저편에 엷은 자줏빛 산 을 희미하게 그려내고 있다.

"역시 멋진 경치로군."

고노는 호리호리한 몸을 홱 돌려 아슬아슬한 60도의 비탈에 미끄러지지도 않고 서 있다.

"어느 틈에 이렇게 높이 올라온 거지? 빠르구먼."

무네치카(宗近)가 입을 연다. 네모나게 각진 남자의 이름이 무네치카다.

"자기도 모르는 사이에 타락하기도 하고 깨닫기도 하는 것과 같은 거겠지."

"낮이 밤이 되고 봄이 여름이 되고 젊은이가 노인이 되는 것과 같은 건가? 그런 거라면 진작부터 나도 알고 있네."

"하하하하, 그런데 자넨 몇 살인가?"

"내 나이는 됐고, 그러는 자네는 몇 살인가?"

"난 알고 있네."

"나도 알고 있네."

"하하하하, 역시 숨길 생각이로군."

"숨길 리가 있나? 분명히 알고 있네."

"그러니까 몇 살인가?"

"자네부터 말하게."

무네치카는 좀처럼 꿈쩍하지 않는다.

"난 스물일곱이네."

고노가 싱겁게 말해버린다.

"그렇군, 그럼 난 스물여덟이네."

"꽤 나이를 먹었군그래."

"농담하지 말게. 고작 한 살 차이 아닌가."

"그러니까 둘 다 꽤 나이를 먹었다는 소리네."

"음, 둘 다인가, 둘 다라면 용서하겠지만, 나만 그렇다면……"

"그냥 듣고 넘길 수는 없나? 그렇게 신경 쓰는 걸 보니 아직 젊은 구석도 있는 것 같군그래."

"뭔가, 산비탈에서 누굴 바보로 만들 셈인가."

"이런, 산비탈에서 방해가 되겠군. 좀 비켜주게."

10미터도 똑바로 이어지지 않은 꼬불꼬불한 비탈길을 태평한 얼굴을 한 여자가, 실례합니다, 라며 내려온다. 자신의 키보다 큰 섶나무 가지 다발을 초록빛이 도는 짙은 머리 위에 이고 손도 대지 않은 채 무네치카 옆을 스쳐 지나간다. 무성하게 말라버린 억새가 버석거리는 소리를 내게 하며 걸어가는 뒷모습에서 눈에 띄는 것은, 메쿠라지마[6]의 거무스름한 옷섶에서 비스듬히 삐져나온 붉은 어깨띠다. 4킬로미터쯤 떨어져 있어도 저기라고 가리키는 손가락 끝에 달라붙어 있는 듯이 보이는 초가집이 이 여자의 집일 것이다. 덴무(天武) 천황[7]이 이곳으로 몸을 피한 옛날 그대로 길게 깔린 안개가 영원히 야세(八瀬)의 산골 마을을 막고 있어 한적하기만 하다.

"이 지역 여자들은 다 예쁘군. 감탄했어. 왠지 그림 같은데."

무네치카가 말한다.

"저 사람이 오하라메겠지?"

"아니, 야세메(八瀬女)일세."

"야세메라는 말은 들어본 적이 없네."

"그런 말이 없다고 해도 야세의 여자임에 틀림없네. 거짓말 같으면, 다음에 만나거든 한번 물어보게."

---

6 남색 무명실로 짠 무늬 없는 면직물.
7 14대 덴무 천황이 난리 통에 히에이잔 산의 기슭인 야세(八瀬)로 도망치다 이곳에서 등에 화살을 맞아 '야세(矢背)'라는 지명이 생겼다고 한다.

"아무도 거짓말이라고 하지는 않았네. 하지만 저런 여자들을 총칭해서 오하라메라고 부르는 거 아니겠나?"

"틀림없나? 보증할 수 있나?"

"그리하는 게 시적이고 좋네. 어쩐지 정취가 있잖은가."

"그럼 당분간 자네 아호로 쓰는 건 어떤가?"

"아호는 됐네. 세상에는 다양한 아호가 있으니까 말일세. 입헌정체(立憲政體)라느니 범신교(汎神敎)라느니 충(忠), 신(信), 효(孝), 제(悌)라느니, 다양한 것들이 있으니까."

"역시 야부(藪)라는 이름의 메밀국숫집이 많이 생기고, 소고깃집 이름이 모두 이로하(いろは)가 된 것도 그런 격이지."

"그렇지. 서로 학사(學士)라고 칭하는 것도 같은 일이지."

"시시하군. 이야기가 이런 식으로 귀착될 거라면 아호 이야기는 그만둘 걸 그랬네."

"자넨 앞으로 외교관이라는 아호를 얻겠지?"

"하하하하, 그 아호는 좀처럼 얻기 힘들다네. 풍류를 아는 시험관이 없는 탓이지."

"벌써 몇 번이나 떨어졌나? 세 번인가?"

"당찮은 소리 말게."

"그럼 두 번인가?"

"무슨, 잘 알면서. 외람된 말이네만 떨어진 건 딱 한 번뿐이네."

"한 번 봐서 한 번 떨어졌으니 앞으로……"

"앞으로 몇 번이나 봐야 할지 모른다고 생각하니 나도 좀 불안하긴 하네. 하하하하, 그런데 내 아호는 그걸로 됐고, 자네는 대체 뭘 하고 있나?"

"나 말인가? 나는 히에이잔 산을 오르고 있지. 이보게, 자네, 그렇게 뒷발로 돌을 굴리면 안 되네. 뒤에서 따라가는 사람이 위험하잖은가. 아아, 이제 정말 지쳤네. 난 여기서 좀 쉬어야겠어."

고노는 하늘을 올려다보는 자세로 버석버석 소리를 내며 마른 억새밭 위에 드러누워버렸다.

"이런, 벌써 떨어진 건가? 입으로는 이런저런 아호를 말하지만 산에 오르는 일은 정말 형편없군."

무네치카는 벚나무 지팡이로 고노가 누워 있는 머리맡을 톡톡 두드린다. 두드릴 때마다 지팡이 끝이 억새를 쓰러뜨리며 버석버석 소리를 낸다.

"자, 일어나게. 이제 조금만 가면 정상이네. 어차피 쉴 거라면 합격하고 나서 천천히 쉬기로 하세. 자, 일어나게."

"끙."

"끙인가, 이런."

"토할 것 같네."

"토하고 떨어지는 건가, 이거 참. 그럼 어쩔 수 없지. 나도 잠깐 쉬어보지."

고노는 검은 머리를 누레진 풀숲에 파묻고, 모자와 우산을 비탈길에 아무렇게나 내던진 채 하늘을 바라보며 누워 있다. 콧날이 오뚝하게 깎인 듯한 창백한 얼굴과 끝없이 넓게 피어오르는 엷은 구름이 빠르게 사라지는 위대한 천상계 사이에는 시야를 가리는 티끌 하나 없다. 구토는 땅바닥에 하는 법이다. 드넓은 하늘을 향하고 있는 그의 안중에는 땅을 떠나고 속세를 떠나고 고금의 세상을 떠난 만 리의 하늘이 있을 뿐이다.

무네치카는 요네자와가스리[8] 무늬의 하오리[9]를 벗어 개어서는 잠깐 어깨 위에 올렸다가 다시 생각을 고쳐먹고 이번에는 가슴 안쪽에서 두 손을 거침없이 빼내 순식간에 웃통을 벗어젖혔다. 안에서 소매 없는 옷이 드러난다. 그 옷 안에서 텁수룩한 여우 털가죽이 비어져 나와 있다. 이것은 중국에 간 친구가 보내준 것으로, 그가 소중히 여기는 옷이다. 천 마리 양의 털가죽이 한 마리 여우 겨드랑이 털가죽에 미치지 못한다며 그는 늘 이 소매 없는 옷을 입고 있다. 그런데 안쪽에 댄 여우 털가죽이 군데군데 해지고 털이 마구 빠진 걸로 보아 아무래도 상당히 성질이 사나운 여우였음에 틀림없다.

"산에 올라가시나요? 안내해드릴까요? 호호호호, 참 묘한 데에 누워 계시는군요."

또 메쿠라지마를 입은 여자가 내려오면서 말한다.

"이보게, 고노. 묘한 데에 누워 있다가는 여자들한테까지 바보 취급을 당하네. 그만 일어나서 걷지 않겠나?"

"여자는 원래 사람을 바보 취급 하는 법이네."

고노는 이렇게 말하며 여전히 하늘을 바라보고 있다.

"그렇게 태연히 엉덩이를 붙이고 있으면 곤란하네. 아직도 토할 것 같나?"

"움직이면 토하네."

"거참 성가시군."

"모든 구토는 움직이기 때문에 하는 거라네. 속세의 모든 구토는 동(動)이라는 한 글자에서 일어나는 법이지."

8 야마가타 현 요네자와 부근에서 생산되는 견직물로 물감을 살짝 스친 것 같은 무늬가 있다.
9 일본 옷 위에 걸치는 짧은 겉옷.

"뭔가, 정말 토할 생각이 아닌 건가? 어이가 없군. 난 또 사정이 급해지면 자네를 업고 산기슭까지 내려가야 하나 해서 내심 좀 난감해하고 있었네."

"쓸데없는 참견이네. 누가 그런 부탁을 했다고."

"자네는 애교가 없는 사람이군."

"자네는 애교의 정의를 알고 있나?"

"이러쿵저러쿵하면서 1분이라도 더 움직이지 않으려는 심산이란 말이지. 괘씸한 사람이군그래."

"애교란 말이지, 자신보다 강한 자를 쓰러뜨릴 수 있는 부드러운 무기라네."

"그럼 무뚝뚝함은 자신보다 약한 자를 혹사시키는 예리한 무기겠군그래."

"그런 논리가 어디 있나. 움직이려고 하니까 애교가 필요한 거네. 움직이면 구토를 한다는 걸 아는 사람한테 무슨 애교가 필요하겠는가?"

"묘한 궤변을 늘어놓는군. 그럼 난 먼저 실례하겠네. 괜찮나?"

"맘대로 하게."

고노는 여전히 하늘을 바라보고 있다.

무네치카는 벗어놓은 옷의 양쪽 소매를 허리에 빙 둘러 감고는 털이 수북한 정강이에 엉겨 붙어 있는 세로 줄무늬의 옷자락을 획 걷어 올려 시로치리멘[10]을 감은 허리춤에 지른다. 조금 전에 개어둔 하오리를 벚나무 지팡이 끝에 걸치자마자 "칼 한 자루로 천하를 간다"라고 거리낌 없이 외치며 열 걸음 앞에 있는 벼랑길을 표연히 왼쪽으로 꺾

10 바탕이 오글쪼글한 흰색 견직물.

어들더니 이내 보이지 않는다.

정적만이 남았다. 고요하게 가라앉은 가운데 그 고요함에 내 한 목숨을 의탁하고 있다는 것을 알았을 때, 이 세상 어딘가로 통하는 내 피는 고요하게 움직이는데도 소리 없이 해탈한 심경으로 몸을 토목으로 여기고, 하지만 어렴풋이 활기를 띤다. 살아 있다는 정도의 자각으로 살아서 받아야 할 애매한 번민을 버리는 것은, 산골짜기에서 피어오르는 구름을 벗어나 하늘이 아침저녁으로 변하는 것과 마찬가지로 모든 집착을 초월한 활기다. 고금을 공허하게 하고 동서의 자리를 다한 세계의 바깥에 한쪽 발을 들여놓아야만…… 그렇지 않다면 화석이 되고 싶다. 빨간색도 흡수하고 파란색도 흡수하고 노란색과 보라색까지 다 흡수하여 원래의 오색으로 되돌릴 줄 모르는 새까만 화석이 되고 싶다. 그렇지 않다면 죽어보고 싶다. 죽음은 만사의 끝이다. 또 만사의 시작이다. 시간을 쌓아 날을 이루는 것도, 날을 쌓아 달을 이루는 것도, 달을 쌓아 해를 이루는 것도, 결국 모든 것을 쌓아 무덤을 이루는 것에 지나지 않는다. 무덤 이쪽의 모든 다툼은 살 한 겹의 담을 사이에 둔 업보로, 말라비틀어진 해골에 불필요한 인정이라는 기름을 부어 쓸데없는 시체에게 밤새 춤을 추게 하는 골계다. 아득한 마음을 가질 수 있는 자는 아득한 나라를 그리워하라.

무심코 생각에 잠겨 있던 고노는 가까스로 몸을 일으켰다. 다시 걸어야 한다. 보고 싶지도 않은 히에이잔 산을 보고, 전혀 도움이 안 되는 등산의 흔적인 쓸데없이 많은 물집을 고통의 기념으로 이삼일 정도는 남겨야 한다. 고통의 기념이 필요하다면, 백발이 될 때까지 헤아려도 다 헤아릴 수 없을 만큼 많다. 터져서 뼛속으로 들어가 사라질 만큼 많다. 쓸데없이 발바닥에 부풀어 오르는 물집 열 개, 스무

개…… 모난 돌의 예리한 부분에 반쯤 올려놓은 편상화의 발뒤꿈치를 내려다보는 순간 돌이 휙 뒤집어져, 어어 하는 사이에 돌 위에 올려놓은 발이 60센티미터쯤 미끄러졌다.

"만 리 길을 보지 말고."[11]

고노가 나지막한 소리로 이렇게 읊조리며 우산에 의지하여 험한 산길을 오르니 느닷없이 꺾인 몹시 가파른 비탈길이 아래에서 올라가는 사람을 하늘로 유혹하는 풍정으로 모자 앞으로 다가와 버티고 있다. 고노는 모자챙으로 부채질하며 비탈길 아래에서 일직선으로 이어진 꼭대기를 올려다본다. 비탈길이 끝나는 정상에서 아련함 속에 한없는 봄빛이 넘쳐흐르는 끝없는 하늘을 올려다본다.

"오직 만 리 하늘을 보라."

그때 고노는 두 번째 구절을 역시 나지막한 소리로 읊었다.

풀이 무성한 산을 올라 잡목 사이를 너덧 단 올라가니 별안간 정상 바로 밑의 평평한 곳에서부터 어두워져 신발 바닥이 축축하게 느껴진다. 산등성이를 서쪽에서 동쪽으로 건너 순식간에 풀을 벗어나 바로 숲으로 이동한 것이다. 오우미(近江)[12]의 하늘을 짙게 물들이고 있는 이 숲은 꿈쩍도 하지 않고 위쪽의 줄기와 그 위의 가지가 겹겹이 이어져 옛날 그대로의 초록을 해마다 더 검게 포개는 것처럼 보인다. 2백 개의 골짜기를 뒤덮고 3백 개의 가마를 뒤덮고 3천 명의 악승을 뒤덮고,[13] 그러고도 남은 나뭇잎 아래로 삼막삼보리(三藐三菩提)[14]의 부처

---

11 나쓰메 소세키가 제자에게 보낸 편지에도 썼다는 말로 "만 리 길을 보지 말고 오직 만 리 하늘을 보라(万里の道を見ず, ただ万里の天を見よ)"에서 온 말. 만 리 길은 사람의 도(道), 만 리 하늘은 하늘의 이치를 뜻한다.

12 지금의 시가(滋賀) 현에 해당하는 지역의 옛 이름.

들을 다 뒤덮고 울창하게 중천으로 우뚝 솟아 있는 것은 덴교(傳敎)[15] 대사 이래의 삼나무다. 고노는 홀로 그 삼나무 밑을 지난다.

가는 사람을 양쪽에서 가로막는 삼나무 뿌리는 땅을 뚫고 돌을 깨고 지반 깊숙이 파고들었을 뿐만 아니라 남은 힘으로 박차고 나와 어두운 길을 6센티미터 높이로 이리저리 가로지르고 있다. 오르려는 바위에 걸쳐진 사다리에 자연의 침목을 깔아 밟는 느낌이 좋은 몇 단을 산신령의 선물이라며 고노는 숨을 헐떡이며 올라간다.

가는 길의 삼나무에 막혀 어둠 속에서 새어 나오는 것처럼 기어 나오는 석송(石松)이 발에 걸릴 만큼 무성한 곳을 지나가면, 뻗어 있는 덩굴의 길이를 따라 손도 닿지 않은 데서 썩기 시작한 풀고사리가 바람 없는 낮에 살랑살랑 흔들린다.

"여기네, 여기."

난데없이 머리 위쪽에서 무네치카가 덴구[16]와 같은 소리를 지른다. 풀이 썩어 흙이 될 때까지 오랜 세월에 걸쳐 쌓인 흙을 밟으면 편상화가 보이지 않을 만큼 푹푹 빠져 발에 힘을 주고 버티고 서 있을 수조차 없다. 고노는 박쥐우산에 의지하여 가까스로 덴구가 있는 곳까지 올라간다.

"좋을진저, 여기서 내 그대를 얼마나 기다렸던고. 아니, 대체 뭘 그리 꾸물댄 건가?"

"어어."

---

13 헤이안 시대 말경부터 무슨 일이 있을 때마다 히에이잔 산의 승려(악승)들이 가마를 메고 산을 내려와 세력을 과시한 일을 가리킨다.

14 석가모니가 깨달은 것이 바르고 참된 진리라는 뜻.

15 헤이안 시대 초기의 승려로, 일본 천태종(天台宗)의 개조인 사이초(最澄, 767~822).

16 심산에 살며 신통력이 있어 하늘을 자유롭게 난다는, 얼굴이 붉고 코가 큰 상상의 괴물.

고노는 그저 이렇게만 말하고 느닷없이 박쥐우산을 내던지고는 그 위에 털썩 엉덩방아를 찧었다.

"또 구토인가, 토하기 전에 잠깐 저 경치나 구경하게. 저 경치를 보면 벼르고 별러서 나오려는 구토도 유감스럽지만 쑥 들어가고 말 걸세."

무네치카가 벚나무 지팡이로 삼나무 사이를 가리킨다. 하늘을 가리는 늙은 줄기가 똑바로 우뚝우뚝 늘어서 있는 사이로 오우미의 호수가 선명하게 빛난다.

"정말 그렇군."

고노가 뚫어지게 바라본다.

거울을 늘어놓았다고 해서는 성에 차지 않는다. 비와(琵琶)라는 이름의 거울이 밝은 것을 꺼려해서 히에이잔 산의 덴구들이 밤에 훔친 신주(神酒)에 취해 흐린 숨을 가득 뿜쳐낸 것처럼, 밑으로 가라앉은 빛나는 것 위에는 산과 들에 널리 펼쳐진 아지랑이를 거인의 팔레트에 모아 귀얄로 한 번 쓰윽 칠한 듯, 조용히 일렁이는 봄빛이 40킬로미터 밖까지 아련하게 뻗쳐 있다.

"정말 그렇군."

고노가 되뇐다.

"고작 그말뿐인가? 자네는 뭘 보여줘도 기뻐하지 않는군."

"보여주다니, 자기가 만든 것도 아니면서, 참."

"철학자 중에는 그렇게 은혜를 모르는 작자들이 있는 법이지. 불효 학문을 해서 하루하루 사람들하고 멀어지기나 하고……"

"정말 송구하군. 불효 학문이라? 하하하하, 이보게, 하얀 돛단배가 보이네. 야아, 저 섬의 푸른 산을 등지고 전혀 움직이지 않네. 계속 보고 있는데도 전혀 움직이지 않아."

"정말 따분한 돛단배로군. 분명하지 않은 구석이 자네를 닮았네. 하지만 아름답군. 야아, 이쪽에도 있네."

"저기 건너편 자줏빛 해안 쪽에도 있네."

"음, 있네, 있어. 정말 따분한 것투성이군. 온통 가득해."

"마치 꿈같군그래."

"뭐가?"

"뭐라니, 눈앞의 경치를 말하는 거 아닌가."

"아, 그런가? 난 또 자네가 무슨 생각이라도 해냈나 했네. 이보게, 일은 재빨리 해치우는 게 제일이네. 꿈같다고 해서 팔짱만 끼고 있어선 안 된다네."

"무슨 말을 하는 건가?"

"내 말도 꿈같은가? 하하하하, 그런데 마사카도(將門)[17]가 기염을 토한 곳이 어디쯤이더라?"

"아마 저쪽일 거네. 교토를 내려다봤으니까. 이쪽이 아니네. 그놈도 참 바보였군."

"마사카도 말인가? 음, 기염을 토하기보다 구토를 하는 편이 철학자다운데 말이지."

"철학자가 무슨 구토를 하겠는가."

"진정한 철학자가 되면 머리만 남아서 그저 생각만 하려나, 꼭 달마

---

17 헤이안 중기의 무장으로 후지와라(藤原) 정권에 반기를 들고 덴교(天慶) 2년(939)에 시모우사노쿠니(下總國)에 궁전을 세우고 스스로를 황제라고 칭했다. 간토 지방에서까지 군림하려 했으나 이듬해에 토벌당했다. 지금도 교토에는 마사카도이와(將門岩)라는 유명한 바위가 있는데, 마사카도가 이 바위에서 교토의 황거(皇居)를 내려다보며 천하를 쟁취하겠다는 야심을 품었다고 한다.

군그래."

"저기 연기처럼 부옇게 보이는 섬은 뭐지?"

"저 섬 말인가? 아주 어렴풋하게 보이는군. 아마 지쿠부시마(竹生島)[18]일 걸세."

"정말인가?"

"아니, 그냥 적당히 해본 말이네. 아호 같은 거야 아무려면 어떤가, 대상만 확실하면 개의치 않는 주의라네."

"세상에 그렇게 분명한 게 있겠나, 그래서 아호가 필요한 거 아닌가."

"인간만사 꿈같다, 뭐 그런 말인가. 아이고, 참."

"단 죽음만은 진짜네."

"지겹네."

"죽음에 직면하지 않으면 인간의 변덕은 좀처럼 그치지 않는다네."

"그치지 않아도 좋으니까 죽음에 직면하는 것만은 딱 질색이네."

"질색이어도 언젠가는 찾아온다네. 찾아왔을 때야, 아아, 그렇구나, 하고 깨닫게 되는 거라네."

"누가 말인가?"

"잔꾀 부리기 좋아하는 인간이지 누구겠나."

산에서 내려와 오우미의 들판에 들어서니 무네치카의 세계다. 높고 어둡고 해가 들지 않은 곳에서 화창한 봄의 세계를, 가까이할 수 없는 먼 데서 바라보는 것이 고노의 세계다.

---

18 시가 현 중앙부에 있는 비와코(琵琶湖) 호수 북부에 있는 섬.

2

음력 3월, 붉은색이 사방을 감싸고 있는 한낮인데도, 잠들어 있는 천지에 봄에서 뽑아낸 진한 자줏빛 한 점을 선명하게 떨어뜨려놓은 것 같은 여자다. 꿈의 세계를 꿈보다도 곱게 바라보게 하는 검은 머리를 흐트러지지 않게 접어놓은 살쩍 위에는, 야광패를 제비꽃 모양으로 아주 맑게 새겨 넣은 가느다란 간자시[1]가 꽂혀 있다. 조용한 낮이면 세상으로 마음을 빼앗으려는 것을 검은 눈동자가 휙 움직이면, 보는 사람은 앗 하고 정신을 차린다. 반 방울이 퍼지는 짧은 순간을 훔쳐 질풍의 위세를 보이는 것은 봄에 있으면서 봄을 제압하는 깊은 눈이다. 이 눈동자를 거슬러 올라가 마력의 경지에 이르면 도원(桃園)의 백골이 되어 다시는 속세로 돌아올 수 없다. 보통 꿈이 아니다. 희미한 꿈속에서 찬연히 빛나는 요성(妖星) 하나가 죽을 때까지 자신을 보라며 자줏빛으로 눈썹 가까이 다가온다. 여자는 자줏빛 기모노를 입고 있다.

1 여성의 속발에 꽂는 비녀와 같은 장식물.

고요한 낮에 여자는 박을 입힌 무거운 책을 무릎 위에 올려놓고 책 갈피를 빼내고 조용히 읽는다.

묘지 앞에서 무릎을 꿇고 말한다. "이 손으로, 이 손으로 그대를 묻어주었건만, 지금은 이 손도 자유롭지 못하네요. 포로가 되어 먼 나라로 가지만 않는다면 이 손으로 그대의 묘를 청소하고 이 손으로 향을 피울 텐데, 이제 그런 일은 영원히 끝났다고 생각하세요. 살아 있을 때는 명검도 우리를 갈라놓기 힘들었는데 죽음은 정말 무참하네요. 로마인인 그대는 이집트에 묻히고, 이집트 사람인 저는 그대의 로마에 묻히려고 해요. 그대의 로마는, 제가 생각하는 은혜를 슬픈 저에게 거부하는 그대의 로마는 무정해요. 하지만 적어도 자비가 있다면 로마의 신은, 혹시나 살아서 굴욕적으로 거리로 끌려가는 저를 구름 위에서 남의 일처럼 구경해서는 안 되겠지요. 그대의 적인 사람들의 승리를 장식해주는 저를. 이집트의 신에게 버림받은 저를. 그대의 반쪽으로 남은 제 목숨이야말로 원수예요. 자비로운 로마의 신에게 기도드리나이다. 저를 숨겨주소서. 수치스럽지 않은 무덤 속에 그대와 저를 영원히 숨겨주소서."[2]

여자가 얼굴을 들었다. 엷은 화장기가 아련하게 떠도는 팽팽하고 창백한 볼은 그 한 겹 아래에 뭔가를 숨기고 있는 것 같고, 숨기고 있는 그것을 확인하려고 안달하는 남자는 모두 포로가 된다. 남자는 눈이 부신 듯 살짝 입가를 움직였다. 입의 자세가 무너졌을 때 이 사람의 의지는 이미 상대의 먹잇감이 되지 않으면 안 된다. 아랫입술이 꾸

2 『플루타르코스 영웅전』의 「안토니우스 전」. 포로가 되어 로마에 끌려온 클레오파트라가 옥타비아누스와의 결투에서 패해 자살한 안토니우스의 묘 앞에서 탄식하는 대목.

며낸 듯한 동요의 빛을 띠고 더군다나 분명히 말을 꺼내지 않는 순간, 공격을 당한 자는 절대로 당해내지 못한다.

여자는 그저 매가 하늘을 찌르듯 나는 것처럼 눈동자를 흘끗 움직였을 뿐이다. 남자는 히죽히죽 웃는다. 이미 승부는 끝났다. 혀를 턱 끝으로 내밀고 거품을 무는 게와 우열을 다투는 것은 가장 졸렬한 책략이다. 북을 울리며 수도까지 쳐들어가 항복하지 않을 수 없도록 만드는 것은 가장 평범한 책략이다. 꿀을 머금고 침을 쏘며 술을 강요하고 독을 타는 것은 아직 미흡한 책략이다. 최상의 싸움은 한마디도 섞는 것을 허락하지 않는다. 염화미소[3]는 이곳에서 8만 리도 떨어져 있지 않은 곳의 일이지만, 결국 불언(不言)이자 불어(不語)다. 다만 주저하는 것이 찰나인데도, 허를 찌르는 악마는 예상한 대로 미(迷)라고 쓰고 혹(惑)이라고 쓰고 여읜 사람의 자식이라고 쓰고 놀라서 앗 하는 사이에 퇴각한다. 하계(下界)의 도깨비불, 비린내 나는 푸른 귀신불을 붓 끝에 내뿜어 불문곡직 그려내는 글자는 백발을 수세미로 하여 씻어내도 쉬이 사라지지 않는다. 웃기는 했으나 남자는 그 웃음을 되돌릴 수가 없다.

"오노(小野) 씨!"

여자가 부른다.

"예?"

바로 대답한 남자는 무너진 입매를 되돌릴 틈도 없다. 입술에 웃음을 띤 것은 거의 무의식적으로 나타나는 마음의 파도를 무료하게 초서로 흘려 쓴 것일 뿐, 흘려 쓴 것이 끝나기 직전에 흘려 써야 할 두

---

3 석가가 설법한 후 연꽃을 들어 무리에게 보였을 때 마하가섭(摩訶迦葉)이라는 제자만이 그 뜻을 깨닫고 미소를 지었다는 고사. 8만 리 떨어진 곳은 인도를 말함.

번째 파도가 오지 않는 것을 걱정하던 참이었으므로 공교롭게 '예?'라는 말이 거리낌 없이 목구멍을 미끄러져 나온 것이다. 여자는 원래부터 보통내기가 아니다. '예?'라고 대답하게 해놓고도 한동안 아무 말도 하지 않는다.

"무슨 일입니까?"

남자가 말을 잇는다. 잇지 않으면 모처럼의 호흡이 맞지 않는다. 호흡이 맞지 않으면 불안하다. 상대를 안중에 두면 제아무리 왕후라 해도 항상 이런 느낌을 불러일으킨다. 하물며 지금 자줏빛의 여자 외에 아무것도 들어오지 않는 남자의 눈에는 다음 말이 바보스럽다는 것이야 말할 것도 없다.

여자는 아직 아무 말도 하지 않는다. 도코노마⁴에 걸린 기쿠치 요사이⁵의 그림, 어린 소나무 사이에 있는 소년의 머리 모양을 한 다치모치⁶야말로 옛날부터 한가롭다. 가리기누(狩衣)⁷를 입은 사슴 빛 말의 주인은 별일 없는 것에 익숙한 당상관의 평소 습관인지 움직일 기색이 없다. 다만 남자만은 제정신이 아니다. 첫 번째 화살은 빗나갔고, 두 번째 화살이 꽂힌 곳은 분명치가 않다. 이것이 빗나가면 계속 쏘아야 한다. 남자는 숨을 죽이고 여자의 얼굴을 응시하고 있다. 살 없는 갸름한 얼굴에 기대감을 보이며 너무 무거운 입술이 어떻게 움직일지

4 다다미방 한쪽에 바닥을 한 단 높이 만들어 벽에는 족자를 걸고 바닥에는 도자기나 꽃병을 장식하는 곳.
5 기쿠치 요사이(菊池容齋, 1788~1878). 에도 말기 가노파(狩野派)의 화가로 역사화와 산수화에 뛰어났다.
6 군주의 칼을 받들고 옆에서 시중드는 소년.
7 헤이안 시대 귀족들의 평상복으로, 원래는 사냥할 때 입는 옷이었으나 에도 시대에는 무늬가 있는 천으로 만들어 예복으로 삼았다. 깃이 둥글고 소맷부리를 졸라매며 겨드랑이 밑은 꿰매지 않는다.

의심하면서도 반응이 있기를 염원하는 모양이다.

"아직 거기 계셨어요?"

여자가 차분한 어조로 말한다. 의외의 반응이다. 하늘을 향해 쏜 화살이 아슬아슬하게 그의 머리 위로 조롱박 모양의 화살 깃을 다시 돌려보낸 것이나 마찬가지다. 남자가 정신없이 상대를 지켜보는 것과는 반대로 여자는 처음부터 자기 앞에 앉아 있는 사람의 존재를 무릎 위에 펼쳐놓은 책 안에서 잃어버린 것으로 보인다. 그런데도 여자는 그 책의 금박이 아름답다는 것을 알았을 때 책을 들고 있는 남자의 손에서 낚아채듯이 가져가 읽기 시작한 것이다.

"예예."

남자는 이렇게 대답하는 게 고작이다.

"이 여자는 로마로 갈 생각인 걸까요?"

여자는 불쾌한 표정으로 남자의 얼굴을 본다. 오노는 '클레오파트라'의 행위에 대해 책임을 지지 않으면 안 된다.

"가지는 않습니다. 가지는 않지요."

남자는 아무런 인연도 없는 여왕을 변호하듯이 말한다.

"가지 않나요? 저라도 가지 않겠어요."

여자는 마침내 납득한다. 오노는 어두운 터널을 간신히 빠져나왔다.

"셰익스피어가 쓴 작품[8]을 보면 그 여자의 성격이 아주 잘 나타나 있습니다."

오노는 터널을 빠져나오자마자 곧바로 자전거를 타고 달리려고 한다. 물고기는 깊은 못에서 뛰어오르고 매는 하늘에서 춤춘다. 오노는

8 셰익스피어의 비극 『안토니우스와 클레오파트라Antony and Cleopatra』를 말한다.

시의 나라에 사는 사람이다.

피라미드의 하늘을 태우는 곳, 스핑크스의 모래를 안은 곳, 나일 강의 악어를 품은 곳, 2천 년 전의 요녀 클레오파트라가 안토니우스와 포옹하고 옥 같은 살결을 타조 깃털로 만든 부채로 부치는 곳은 그림의 좋은 소재이자 시의 좋은 소재다. 오노의 본령인 것이다.

"셰익스피어가 묘사한 클레오파트라를 보면 좀 묘한 기분이 듭니다."

"어떤 기분요?"

"오래된 구멍 속으로 빨려 들어가 빠져나올 수도 없고 멍하니 있는 사이에 자줏빛의 클레오파트라가 눈앞에 선명하게 비칩니다. 바래기 시작한 니시키에[9] 속에서 단 한 사람만이 자줏빛으로 타오르며 확 떠오릅니다."

"자줏빛요? 자줏빛이라는 말을 자주 사용하는군요. 왜 자줏빛인가요?"

"왜라니요? 그냥 그런 느낌이 듭니다."

"그럼 이런 색인가요?"

여자가 파르스름한 다다미 위에 반쯤 깔려 있는 긴 소매를 획 잡아채 오노의 코앞에서 흔들어댄다. 오노의 미간 안쪽에서 문득 클레오파트라의 냄새가 물씬 풍긴다.

"어?"

오노는 별안간 정신을 차린다. 하늘을 스치듯 날아가는 두견새가 쏟아지는 빗속을 뚫고 재빠르게 지나는 것처럼, 언뜻 움직이는 괴이한 색은 진작 원 상태로 돌아갔고 아름다운 손은 무릎에 올려져 있다.

9 풍속화를 색도인쇄(色度印刷)한 목판화.

맥박조차 뛰지 않는다고 여겨질 만큼 고요하게 울려져 있다.

확 풍겨온 클레오파트라의 냄새는 점차 콧속으로 사라져간다. 2천 년 전으로부터 홀연히 불려나온 그림자가 연연해하며 물러가고 그 뒤를 좇는 오노의 마음은 아름답고 단아한 경지에 이끌려 2천 년 저편으로 끌려간다.

"조용히 부는 바람 같은 사랑이나 눈물 같은 사랑, 탄식의 사랑이 아닙니다. 폭풍우 같은 사랑, 달력에도 실려 있지 않은 엄청난 폭우 같은 사랑, 비수 같은 사랑[10]입니다."

"비수 같은 사랑이 자줏빛인가요?"

"비수 같은 사랑이 자줏빛이 아니라 자줏빛 사랑이 비수 같은 사랑입니다."

"사랑을 자르면 자줏빛 피가 나온다는 뜻인가요?"

"사랑이 화를 내면 비수가 자줏빛으로 번뜩인다는 뜻입니다."

"셰익스피어가 그런 이야기를 썼나요?"

"셰익스피어가 쓴 것을 제가 평한 것입니다. 안토니우스가 로마에서 옥타비아와 결혼했다는 소식을 전령이 가져왔을 때 클레오파트라의……"

"질투심으로 자줏빛이 짙게 물들었겠네요?"

"자줏빛이 이집트의 햇빛을 받으면 비수가 차갑게 빛납니다."

"이 정도로 짙으면 괜찮나요?"

말이 채 끝나기도 전에 긴 소매가 다시 펄럭인다. 잠깐 오노의 말허리가 잘렸다. 상대에게 바라는 바가 있을 때조차 말허리를 자르고 나오는 여자다. 독기를 뺀 여자는 득의양양하게 남자의 얼굴을 바라보

10 목숨을 건 사랑이라는 의미다.

고 있다.

"그래서 클레오파트라는 어떻게 했나요?"

죄고 있던 고삐를 여자가 다시 늦춘다. 오노는 뛰기 시작하지 않으면 안 된다.

"옥타비아에 대해 전령한테 아주 꼬치꼬치 묻습니다. 그렇게 묻는 방식, 따지는 방식이 그녀의 성격을 드러내주기 때문에 재미있습니다. 옥타비아가 자신처럼 키가 큰지, 머리카락은 무슨 색인지, 얼굴은 둥근지, 목소리는 낮은지, 나이는 몇인지, 끝도 없이 전령을 추궁합니다."

"추궁하는 여자의 나이는 대체 몇 살인가요?"

"클레오파트라는 서른 살쯤 될 겁니다."

"그럼 저처럼 꽤 아줌마네요."

여자는 고개를 기울이며 호호호호 웃는다. 남자는 수상한 보조개 속으로 휩쓸려든 채 잠시 어찌할 바를 모른다. 긍정하면 거짓말이다. 그냥 부정하는 것은 너무나도 평범하다. 하얀 이에 섞인 금빛 한 줄기가 반짝였다가 다시 사라지기 직전까지 남자는 아무런 대답도 하지 못한다. 여자의 나이는 스물넷이다. 오노는 자신과 세 살 차이가 난다는 사실을 진작부터 알고 있다.

아름다운 여자가 스물을 넘기고 남편도 없이 한 살, 두 살, 세 살 덧없이 나이만 먹어 스물넷이 된 오늘까지 시집을 가지 않은 것은 신기한 일이다. 집에 비치는 봄 햇살이 공연히 깊어져 꽃 그림자가 난간에 한창인 것을, 늦게 지는 봄날의 긴긴 해가 빨리 지려는 풍정이라 여겨 거문고를 안고 근심 어린 얼굴이 되는 것은 결혼이 늦어진 세상 보통 여자의 습관이다. 그런데 이따금 먼지떨이 흔드는 소리를 비파 같은 울림의 거문고 소리로 듣고, 진짜가 아닌 그 음색을 흥겹다는 듯이 즐기는 것은 더욱 신기한 일이다. 물론 자세한 것은 알지 못한다. 이 남자와 여자가 나누는 말을 이따금 엿듣고 괜한 억측으로 은밀하게 애매한 사랑의 점을 칠 뿐이다.

"나이가 들면 질투심이 느는 걸까요?"

여자가 다시 오노에게 묻는다.

오노는 또 허둥댄다. 시인은 인간을 모르면 안 된다. 여자의 질문에는 당연히 대답해야 할 의무가 있다. 하지만 모르는 것을 대답할 수는 없는 노릇이다. 중년의 질투를 본 적이 없는 남자로서는 아무리 시인이라도, 아무리 문사라도 어쩔 수 없다. 오노는 문장에 능숙한 문학자일 뿐이다.

"글쎄요. 그야 사람에 따라 다르겠지요."

날이 서 있지 않은 대신 대답은 흐릿하다. 그것으로 넘어갈 여자가 아니다.

"제가 그런 아줌마가 되면…… 지금도 아줌마인가요, 호호호호…… 하지만 그 나이쯤 되면 어떨까요?"

"당신이…… 당신한테 질투라니, 그런 것은 지금도……"

"해요."

여자의 목소리는 조용한 봄바람을 섬뜩하게 갈랐다. 시의 나라에서 놀고 있던 남자는 갑작스레 발을 헛디뎌 하계로 떨어졌다. 떨어지고 보니 보통 사람이다. 상대는 다가갈 수 없는 높은 벼랑 위에서 이쪽을 내려다보고 있다. 자신을 이런 곳으로 떨어뜨린 사람이 누구인지 생각할 겨를도 없다.

"기요히메[11]가 뱀이 된 게 몇 살 때였죠?"

"글쎄요, 역시 십 대가 아니면 극이 되지 않겠지요. 대충 열여덟이 나 열아홉 살쯤일 겁니다."

"안친은요?"

"안친은 스물다섯 살 정도가 좋지 않겠습니까?"

"오노 씨."

"예."

"오노 씨는 올해 몇인가요?"

"저 말인가요? ……저는 말이지요……"

"생각해보지 않으면 모르는 건가요?"

"아니요, 저어…… 아마 고노와 동갑일 겁니다."

"아, 맞아요, 오라버니와 동갑이었지요. 그런데 오라버니가 훨씬 늙어 보여요."

"무슨, 그렇지도 않습니다."

"정말이에요."

"이거 한턱내야 하는 거 아닌가요?"

"네, 한턱내세요. 그런데 얼굴이 젊어 보이는 게 아니에요. 마음이 젊은 거죠."

"그래 보입니까?"

"꼭 도련님 같아요."

"가엾게도 말이지요."

"귀여워요."

여자의 스물넷은 남자의 서른 살에 해당한다. 도리도 모르고 부정

---

11 '도조지(道成寺)' 전설에 나오는 인물. 사랑을 맹세한 행각승 안친(安珍)에게 배신당한 기요히메(淸姬)가 분노한 나머지 뱀이 되어 도조지의 종 안에 숨은 안친을 종째 태워 죽인다.

(不正)도 모르고 세상이 어떻게 돌아가고 안정되는지도 물론 모른다. 위대한 고금의 무대가 한없이 발전하는 가운데 자신은 어떤 위치를 차지하고 어떤 역할을 하고 있는지도 물론 모른다. 다만 말주변만은 뛰어나다. 천하를 상대로 하는 일도, 국가를 상대로 싸우는 일도, 일단의 군중 앞에서 일을 처리하는 일도 여자는 할 수 없다. 여자는 단지 한 사람을 상대하는 재주는 터득하고 있다. 한 사람과 한 사람이 싸울 때 이기는 사람은 항상 여자다. 남자는 항상 진다. 구상(具象)의 새장 안에서 길러지고, 개체의 좁쌀을 쪼며 기쁜 듯이 날갯짓을 하는 사람이 여자다. 새장 안의 소천지(小天地)에서 여자와 울음소리를 겨루는 사람은 반드시 쓰러진다. 오노는 시인이다. 시인이므로 반쯤 머리를 이 새장 속에 집어넣고 있다. 오노는 멋지게 울 수 없다.

"귀여워요. 꼭 안친 같아요."

"안친은 좀 심한데요."

용서하라고 말하는 것처럼 이번에는 받아들였다.

"동의하지 않는군요?"

여자는 눈매만으로 웃는다.

"그거야……"

"그거야, 뭐요…… 뭐가 마음에 들지 않는데요?"

"저는 안친처럼 도망치진 않습니다."

이를 두고 피하지 못해 수세에 몰린 것이라고 한다. 도련님은 기회를 보아 깨끗이 물러날 줄을 모른다.

"호호호호, 저는 기요히메처럼 뒤쫓아갈 거예요."

남자는 잠자코 있다.

"뱀이 되기에는 나이가 너무 들었나요?"

때아닌 봄날의 번개는 여자에게서 나와 남자의 가슴을 쓰윽 통과한다. 색은 자줏빛이다.

"후지오(藤尾) 씨."

"왜요?"

이름을 부른 남자와 불린 여자는 마주 보고 앉아 있다. 녹음이 우거진 정원수가 가로막고 있어서인지 6첩 다다미방에서는 거리를 오가는 인력거 소리조차 희미하게 들려온다. 적막한 세상에 단둘만이 살고 있는 것 같다. 갈색 테두리의 다다미를 경계로 60센티미터쯤 떨어져 서로의 얼굴을 마주 보았을 때 사회는 그들 곁에서 멀찌감치 물러났다. 그때 구세군이 큰북을 울리며 시내를 천천히 행진하고 있다. 병원에서는 복막염 환자가 실낱같은 숨을 거두려 하고 있다. 러시아에서는 허무당(虛無黨)[12]이 폭탄을 투척했다. 정거장에서는 소매치기가 붙잡혔다. 불이 난다. 갓난아이가 태어나려 하고 있다. 연병장에서는 신병이 야단을 맞고 있다. 몸을 던지고 있다. 사람을 죽이고 있다. 후지오의 오빠와 무네치카는 히에이잔 산을 오르고 있다.

꽃향기마저 묵직하게 지나가는 깊은 거리에서 서로를 부르는 남자와 여자의 모습이 죽음의 밑바닥으로 떨어지는 봄 그림자 위에 또렷하게 떠오른다. 우주는 두 사람의 우주다. 3천 개의 혈관을 끊임없이 흐르는 젊은 피가 모이는 심장의 문은 사랑으로 열고 사랑으로 닫아 움직이지 않는 남녀를 드넓은 하늘 속에 생생하게 그려내고 있다. 이렇게 위태로운 찰나에 두 사람의 운명은 정해진다. 동쪽인가 서쪽인가, 털끝만치라도 몸을 움직이면 그것으로 끝이다. 부른다는 것은 보

12 19세기 후반 차리즘에 대항하여 결성된 러시아의 혁명당. 현상 타파의 에너지로 넘쳤으며 주로 암살 등을 결행했다.

통 일이 아니다. 불리는 것도 보통 일이 아니다. 생사 이상의 난관을 사이에 두고 뭔가에 싸인 폭발물을 내던질지 아니면 폭발물이 내던져 질지, 움직이지 않는 두 사람의 몸은 두 덩어리의 불꽃이다.

"다녀오셨어요?"

현관에서 소리가 들리고 자갈에 삐걱거리는 인력거 바퀴 소리가 뚝 멈춘다. 장지문을 여는 소리가 들린다. 종종걸음으로 복도를 지나는 발소리가 들린다. 긴장한 두 사람의 자세는 무너진다.

"어머니가 돌아오신 거예요."

여자는 앉은 채 아무렇지 않게 말한다.

"아, 그렇습니까?"

남자도 아무렇지 않게 대답한다. 마음을 확실히 드러내지 않는 동안은 죄가 되지 않는다. 돌이킬 수 있는 수수께끼는 법정의 증거로는 좀 약하다. 아무렇지 않게 대하고 있는 두 사람은 서로 뭔가 있었다는 것을 묵인하면서 아무렇지 않게 안심하고 있다. 천하는 태평하다. 어떤 사람도 뒤에서 손가락질할 수 없다. 손가락질한다면 그 사람이 나쁘다. 천하는 어디까지나 태평하다.

"어머님께서는 어디 다녀오신 건가요?"

"네, 잠깐 뭐 좀 사러 갔었어요."

"이거 폐가 많았습니다."

자리에서 일어나기 전에 오노는 잠깐 자세를 고쳐 앉는다. 바지 주름이 망가지는 것이 신경 쓰여 가능한 한 편한 자세로 앉는 남자다. 여차하면 버팀목으로 삼아 일어나기 위해 가지런히 무릎에 올려놓은 두 손은 눈처럼 하얀 커프스가 손등까지 덮고 있고 칙칙한 쥐색 줄무 늬 소매 아래로 칠보 커프스 버튼이 반짝 얼굴을 내밀고 있다.

"뭐, 천천히 있다 가세요. 어머니가 돌아오셔도 특별한 용건이 있는 건 아니니까요."

여자는 돌아온 사람을 맞이할 기색도 없다. 남자는 물론 일어나는 게 싫다.

"하지만……"

이렇게 말하면서 호주머니를 더듬어 굵은 궐련 한 개비를 꺼낸다. 담배 연기는 대부분의 것을 얼버무린다. 더군다나 이것은 금으로 된 물부리가 달린 이집트산이다. 일으킨 허리를 다시 앉히고는 고리 모양으로 불고 산 모양으로 불고 구름 모양으로 분 짙은 연기 속에서, 클레오파트라와 자신의 간격을 조금이라도 좁힐 기회가 생기지 않았다고도 말할 수 없다.

옅은 연기가 검은 콧수염을 지나 넉넉하게 흘러나갈 때 클레오파트라는 과연 정중한 명령을 내린다.

"자, 앉아 계세요."

남자는 잠자코 다시 편한 자세로 앉는다. 서로에게 봄날은 길다.

"요즘은 집에 여자뿐이라 허전해서 못쓰겠어요."

"고노는 언제 돌아옵니까?"

"언제쯤 돌아올지 전혀 몰라요."

"소식은 있습니까?"

"아뇨."

"날씨가 좋아서 교토는 재미있겠네요."

"당신도 함께 가셨으면 좋았을 텐데요."

"저는……"

오노는 말끝을 흐린다.

"왜 가시지 않았어요?"

"특별한 이유는 없습니다."

"그래도 잘 아는 곳 아닌가요?"

"예?"

오노는 무심코 담뱃재를 다다미 위에 떨어뜨린다. '예?'라고 말할 때 부주의하게 손이 움직였던 것이다.

"교토에 오랫동안 계시지 않았나요?"

"그래서 잘 안다고 하신 건가요?"

"네."

"너무 잘 알아서 이제 갈 마음도 들지 않습니다."

"참 매정하시네요."

"뭐, 그렇지는 않습니다."

오노는 비교적 진지해져서 이집트산 담배를 폐 깊숙이 빨아들인다.

"후지오, 후지오."

건너편 다다미방에서 부르는 소리가 들린다.

"어머님이시지요?"

오노가 묻는다.

"네."

"저는 이제 가보겠습니다."

"왜요?"

"하지만 무슨 볼일이라도 있는 거 아닙니까?"

"있다고 해도 무슨 상관이겠어요. 선생님이시잖아요. 선생님이 가르치러 와 계시니까 누가 돌아오든 상관없는 거 아닌가요?"

"하지만 가르쳐드린 것도 별로 없으니까요."

"배우고 있는걸요. 이만큼 배우는 걸로 충분해요."

"그럴까요?"

"클레오파트라도 그렇고 또 많을 걸 배우고 있잖아요."

"클레오파트라 정도로 괜찮다면 가르칠 건 얼마든지 있습니다."

"후지오, 후지오."

어머니가 자꾸 부른다.

"잠깐만 실례할게요. ……아직 물어보고 싶은 게 있으니까 기다려 주세요."

후지오가 일어난다. 남자는 6첩 다다미방에 남겨진다. 단을 높이지 않고 널빤지만 깐 도코노마에 놓인 오래된 사쓰마(薩摩)산 향로에 언제 타고 남은 연기의 흔적인지, 떨어진 재가 흐트러지지도 않은 채다. 후지오의 방은 어제도 오늘도 고요하다. 깔아놓은 핫탄오리[13] 방석에 남은 온기가 주인을 기다리는 동안 살랑살랑 부는 봄바람에 조용히 날아가고 있다.

오노는 말없이 향로를 보고 묵묵히 다시 방석을 본다. 흐트러진 격자무늬 방석이 다다미에서 살짝 들려 있고 그 모서리 안쪽에 뭔가 빛나는 것이 끼워져 있다. 오노는 살짝 고개를 옆으로 돌려 빛나는 물건이 무엇인지 생각한다. 아무래도 시계 같다. 지금까지는 전혀 모르고 있었다. 후지오가 일어설 때, 비단 옷이 부드럽게 방석을 스치면서 감추어두었던 것이 드러난 것인지도 모른다. 그러나 방석 밑에 시계를 감출 필요는 없을 것이다. 오노는 다시 방석 밑을 들여다본다. 솔잎 모양으로 이어진 시곗줄이 구부러져 있고, 밖으로 드러난 쪽이 가늘게 빛을 반사하고 있으며 그 안쪽에는 좁쌀 모양의 돌기가 새겨진 테두

13 가로세로로 갈색과 황색의 줄무늬가 있는 견직물.

리가 희미하게 떠 있다. 틀림없이 시계다. 오노가 고개를 갸우뚱한다.

금은 색이 순수하고 진하다. 부귀를 사랑하는 사람은 반드시 이 색을 좋아한다. 영예를 열망하는 사람은 반드시 이 색을 고른다. 명성을 얻은 사람은 반드시 이 색으로 장식한다. 자석이 쇠를 빨아들이는 것처럼 이 색은 모든 검은 머리를 빨아들인다. 이 색 앞에 엎드리지 않는 사람은 탄력 없는 고무나 마찬가지다. 한 개인으로서 세상에 통용될 수 없다. 오노는 좋은 색이라고 생각한다.

마침 건너편 방 쪽에서 비단옷 스치는 소리가 구부러진 툇마루를 따라 다가온다. 오노가 들여다보던 눈을 후다닥 딴 데로 돌리고 시치미를 뗀 얼굴로 요사이의 족자를 정면으로 바라보고 있자니 두 사람의 그림자가 문지방 앞에 나타난다.

등과 양 소매에 가문(家紋)이 들어간 바탕이 오글쪼글한 검은색 비단옷을 민듯하게 내려온 어깨에 맵시 있게 걸쳤다. 수수한 장식용 깃에 틀어 올린 머리만 고풍스럽게 반지르르 반짝거린다.

"어머, 오셨어요?"

어머니는 가볍게 인사하고 툇마루 가까운 자리에 앉는다. 휘파람새가 울지 않는 대신 눈에 띌 정도의 먼지도 없이 구석구석 청소된 뜰에 지나치게 키가 크다 싶은 소나무 한 그루가 제 세상인 양 자리 잡고 있다. 이 소나무와 어머니는 어쩐지 동일체 같다.

"후지오가 늘 귀찮게만 하고, 아마 멋대로 된 말만 할 거예요. 꼭 어린애라니까요. 자, 아무쪼록 편히 계세요. ……늘 인사를 드려야지 생각하고 있었는데, 그만 나이만 든 사람이라 실례가 많았습니다. 정말 아직 철부지라서 저도 아주 애를 먹고 있답니다. 응석만 부리고…… 하지만 덕분에 영어는 아주 좋아하는 것 같습니다. 요즘에는 상당히 어려운 것도 읽을 줄 안다며 스스로 아주 득의양양해하고 있어요. 오라버니가 있으니까 오라버니한테 배우면 좋을 텐데, 아무래도 역시 형제 사이에는 그런 게 잘 안 되는 것 같아서……"

쉴 새 없이 흘러나오는 어머니의 말주변은 훌륭하다. 오노는 감탄사 한마디 던질 틈도 없이 입발림에 넘어간다. 물론 목적지는 확실치 않다. 후지오는 말없이 조금 전에 오노에게서 빌린 책을 펼치고 그다음을 읽고 있다.

꽃을 무덤에 바치고 무덤에 입을 맞춘 여왕은 슬픈 자신의 신세를 마냥 한탄하며 목욕을 한다. 목욕을 마친 후에는 저녁을 먹는다. 이때 비천한 하인이 작은 바구니에 무화과를 가득 담아 온다. 여왕은 옥타비아누스에게 보낼 글에 쓴다. 바라건대 안토니우스와 같은 무덤에 묻어달라고. 무성한 무화과의 푸른 잎 속에는 나일 강 흙에 불꽃같은 혀를 식히는 독사를 살짝 숨겨두었다. 옥타비아누스의 전령은 달린다. 문을 열고 바라보니 오늘따라 공들여 고귀한 옷차림을 한 여왕의 시신이 황금 침대에 널브러져 있다. 이라스라는 시녀는 여왕의 발치에서 이 세상을 버렸다. 카르미온은 여왕의 머리 곁에서, 달이 뜬 캄캄한 밤의 이슬을 모아놓은 것 같은 수많은 작은 구슬이 박혀 있는, 금방이라도 떨어질 것 같은 왕관을 힘없이 받친다. 문을 연 옥타비아누스의 전령은, 이게 어찌 된 일이냐, 고 묻는다. 이것이야말로 이집트 여왕의 최후다, 라는 말을 마친 카르미온은 쓰러지면서 눈을 감는다.

이것이야말로 이집트 여왕의 최후다, 라는 최후의 한마디는 피어오르는 향이 희미하고 그윽한 꼬리를 끝없이 끄는 것처럼 모든 페이지가 아련하고 희미하게 보이게 한다.

"후지오."

아무것도 모르는 어머니가 부른다.

남자는 마침내 편안한 자세로 후지오 쪽으로 시선을 돌린다. 후지오는 고개를 숙이고 있다.

"후지오."

어머니가 다시 부른다.

여자의 눈은 드디어 페이지에서 떠났다. 파도를 치는 듯한 히사시가미[14]가 하얀 이마로 이어지고 그 아래에 부드럽고 가느다란 코를 이어받아 빨갛게 바른 입술, 입술을 살짝 미끄러져 내려가 볼의 끝과 딱 만나는 턱, 턱을 지나 부드럽게 물러나는 목이 점차 현실 세계로 밀려 나온다.

"왜요?"

후지오가 대답한다. 낮과 밤 사이에 서 있는 사람이 낮과 밤 사이에서 하는 대답이다.

"어머, 정말 태평한 애로구나. 그 책이 그렇게 재미있니? 나중에 읽어야지, 실례잖아. 이렇게 세상 물정도 모르고 제멋대로라 정말 난감하다니까요. 그 책은 오노 씨한테서 빌린 거야? 아주 깨끗하구나. 더럽히지 않도록 조심하고. 책은 소중히 다뤄야 하니까."

"소중히 다루고 있어요."

"그렇다면 괜찮다만, 또 지난번처럼……"

"그건 오라버니가 잘못한 거잖아요."

14 앞머리를 모자 차양처럼 내밀게 한 머리 모양으로, 메이지 후기에서 다이쇼 초기에 젊은 여성들 사이에 유행했다. 특히 여학생들 사이에 크게 유행하여 여학생의 별칭이 되기도 했다.

"고노가 무슨 일이라도 저질렀습니까?"

오노가 처음으로 말다운 말을 한다.

"아니에요. 둘 다 정말 제멋대로라 늘 어린애들처럼 싸우기만 하고…… 얼마 전에도 오라버니 책을……"

어머니는 후지오를 보며 말할까 말까 망설인다. 동정심이 담긴 공갈 수단은 연장자들이 연소자에게 즐겨 쓰는 유희다.

"고노의 책을 어떻게 했다는 말씀인가요?"

오노는 주뼛주뼛 듣고 싶어 한다.

"말해드릴까요?"

노인은 반쯤 웃으면서 삼가고 있다. 장난감 비수를 들이댈 듯한 기세다.

"오라버니 책을 뜰에 던져버렸거든요."

후지오는 어머니를 제쳐놓고 오노의 미간에 예리한 대답을 내던진다. 어머니는 쓴웃음을 짓는다. 오노는 입을 떡 벌린다.

"아시다시피 이 아이 오라버니도 상당히 괴짜잖아요."

어머니는 에두르며 자포자기한 딸의 비위를 맞춘다.

"고노는 아직 돌아오지 않은 모양이더군요."

오노는 적절한 때에 화제를 돌린다.

"함흥차사지요. 그것도 늘 몸이 안 좋다고 꾸물대고만 있어서, 어디 여행이라도 좀 가서 기운을 차리는 게 좋겠다고 했지요. 그런데도 이러쿵저러쿵 떼를 쓰며 움직이지 않는 것을, 무네치카 군한테 부탁해서 데려가달라고 했어요. 그런데 이렇게 함흥차사네요. 젊은것들이란……"

"젊다니요, 오라버니는 특별해요. 철학으로 초월하고 있으니까 특별해요."

"그런가? 엄마는 뭐가 뭔지 잘 모르겠지만, 그 무네치카라는 친구가 또 아주 무사태평한 사람인데, 그 사람이야말로 정말 함흥차사여서 참 골칫거리예요."

"하하하하, 쾌활하고 재미있는 친구지요."

"무네치카라고 하면, 너 아까 그거 어디 있지?"

어머니는 야무진 눈을 들어 방 안을 둘러본다.

"여기 있어요."

후지오는 가볍게 양 무릎을 비스듬히 세우고 파르르한 새 다다미 위에 놓인 핫탄 방석을 시원하게 밀친다. 부귀의 색은 뱀이 삼중으로 몸을 서린 모양의 시곗줄 안에 좁쌀 모양의 돌기가 새겨진 뚜껑을 올려놓고 있다.

오른손을 뻗어 빛나는 것을 집어 들자 딸가닥 하는 소리를 내나 싶은 사이 손바닥에서 미끄러진 시곗줄이 천천히 다다미에 떨어지다가 30센티미터 길이에서 저지되자 남은 힘을 옆으로 빼내 끝에 단 석류석 장식과 함께 긴 것이 대롱거리며 두세 번 흔들린다. 첫 번째 파도는 주홍색 구슬로 여자의 하얀 팔을 때린다. 두 번째 파도는 소용돌이치며 소맷부리에 가볍게 닿는다. 세 번째 파도가 바야흐로 진정되려고 할 때 여자는 벌떡 일어선다.

예쁜 색 두세 가지가 어지럽게 뒤섞여 빠르게 움직이는 모습을 멍하니 바라보고 있던 오노 앞으로 후지오가 바짝 다가와 앉는다.

"어머니."

후지오는 뒤를 돌아보며 부른다.

"이렇게 하면 돋보여요."

이렇게 말한 후지오는 원래의 자리로 돌아간다. 오노의 조끼 가슴에는 솔잎 모양으로 꼰 금 시곗줄이 단추 구멍 좌우로 빠져나와 거무스름한 멜턴 옷을 배경으로 찬란하게 빛나고 있다.

"어때요?"

후지오가 묻는다.

"역시 잘 어울리는구나."

어머니가 대답한다.

"대체 어떻게 된 건가요?"

오노는 담배 연기에 휩싸이며 묻는다. 어머니는 호호호호 웃는다.

"드릴까요?"

후지오가 곁눈질로 묻는다. 오노는 입을 다물고 있다.

"그럼 그만두죠."

후지오는 다시 일어나 오노의 가슴에서 금시계를 빼낸다.

3

버드나무가 늘어지고 세찬 비보라가 난간으로 들이칠 만큼 비가 쏟아지는 날이다. 짙은 남색 양복이 어둡게 걸려 있는 옷걸이 아래에 검은색 양말이 3분의 1쯤 뒤집어진 채 둥글게 웅크리고 있다. 아래위로 어긋나게 단 좁은 선반 위에 아주 크고 헐렁한 주머니가 놓여 있고 매듭 없는 끈이 나른하게 질질 늘어뜨려져 있다. 그 옆에서는 튜브 치약과 하얀 이쑤시개가 안녕 하고 서로에게 인사하고 있다. 꽉 닫힌 장지문의 유리를 통해 하얀 빗줄기가 가늘고 길게 빛난다.

"교토는 굉장히 추운 곳이군그래."

여관에 비치된 유카타[1] 위에 메이센[2]으로 만든 단젠[3]을 겹쳐 입은 무네치카가 도코노마의 소나무 기둥에 기댄 채 거만하게 책상다리로 앉아 밖을 내다보며 고노에게 말을 건다.

---

1 일본의 무명 홑옷으로 주로 잠잘 때나 목욕한 후에 입는다.
2 꼬지 않은 실로 거칠게 짠 견직물.
3 솜을 두껍게 넣은, 소매가 넓은 방한용 실내복.

고노는 낙타털로 만든 무릎 담요를 허리까지 덮고 공기베개[4] 위의 검은 머리를 이리저리 흔들고 있다.

"추운 곳이라기보다는 졸린 곳이네."

고노가 이렇게 말하며 잠깐 얼굴을 돌리자 막 빗질한 젖은 머리가 공기의 탄력으로 벗어던진 양말과 같아진다.

"잠만 자는군. 자네는 꼭 교토에 잠자러 온 사람 같네."

"음. 아주 마음 편한 곳이야."

"마음 편해졌다니, 그것참 다행이군. 그나저나 어머님이 걱정하고 계시다네."

"음."

"음은 대답이겠지? 그래 봬도 자네를 마음 편히 해주려고 남모르게 고생하고 계시다네."

"자네, 저 액자의 글자 읽을 수 있나?"

"아주 묘한 글자군. 잔우추풍(孱雨愁風)[5]인가? 본 적이 없는 글자로군. 아무튼 사람인변이니까 사람이 어떻게 한다는 뜻이겠지. 쓸데없는 글자를 쓰고 말이야, 대체 어떤 놈인가?"

"모르겠네."

"몰라도 상관없지. 그보다 이 맹장지가 아주 재미있네. 온통 금박지를 붙여 호사스러운데, 놀랍게도 군데군데 주름이 생겨 있네. 마치 엉터리 연극의 준비물 같지 않은가? 거기다가 무슨 생각으로 죽순 세 개를 기세 좋게 그린 건지 원. 고노, 이건 수수께끼네."

"무슨 수수께끼인가?"

---

4 휴대하기 편해서 당시 널리 쓰였다.
5 바람과 비를 근심한다는 뜻이다.

"그야 모르지. 의미를 알 수 없는 것이 그려져 있으니까 수수께끼 아니겠나?"

"의미를 모르는 것은 수수께끼가 되지 않네. 의미가 있으니까 수수께끼지."

"그런데 철학자라는 사람들은 의미 없는 것을 수수께끼라고 보고 열심히 생각한다네. 미치광이가 발명한 박보장기[6] 수를 핏대를 올리며 연구하는 것과 같은 거지."

"그럼 이 죽순도 미치광이 화가가 그린 것이겠군."

"하하하하, 그 정도 세상의 이치를 안다면 번민도 없겠는걸."

"세상과 죽순이 같을 리 있겠나."

"자네, 옛날이야기 중에 고르디우스의 매듭[7]이라는 게 있잖은가, 알고 있나?"

"날 중학생으로 아는군그래."

"그렇게 생각하지 않아도, 뭐 그렇게 물어보는 거네. 알고 있다면 어디 말해보게."

"정말 귀찮은 사람이군. 알고 있다니까 그러네."

"그러니 말해보라는 거 아닌가. 철학자라는 사람들은 워낙 잘 속이는 인간들이라 뭘 물어봐도 모른다고 고백하지 못하는 아주 집념이 강한 족속이니까 말이야."

"누가 더 집념이 강한지는 알 수 없네."

"아무래도 상관없으니까 어디 말해보게."

"고르디우스의 매듭이라는 건 알렉산드로스 시대의 이야기네."

---

6 장기의 묘수풀이.
7 『플루타르코스 영웅전』의 「알렉산드로스 전」에 나오는 이야기.

"음. 알고 있군그래. 그래서?"

"고르디우스라는 농부가 주피터 신에게 수레를 바쳤는데……"

"아니, 이런, 잠깐 기다리게. 그런 일이 있었나? 그래서?"

"그런 일이 있었냐니, 그럼 자네는 모르고 있었나?"

"거기까지는 몰랐네."

"뭐야, 자기야말로 모르는 주제에."

"하하하하, 학교에서 배웠을 때는 선생님도 거기까지는 가르쳐주지 않았네. 그 선생님도 아마 거기까지는 몰랐겠지."

"그런데 그 농부가 덩굴 풀로 수레의 나룻과 가로대를 묶은 매듭을 풀려고 했는데, 아무리 해도 풀 수가 없었네."

"그렇군, 그걸 고르디우스의 매듭이라고 하는 거로군. 그래, 그 매듭을 알렉산드로스가 귀찮다며 칼을 빼들고 잘라버렸단 말이지. 음, 그렇군."

"알렉산드로스는 귀찮다는 말 같은 건 하지 않네."

"그거야 아무래도 상관없네."

"이 매듭을 푸는 자는 동방의 황제가 된다는 신탁을 들었을 때, 알렉산드로스는 그렇다면 이렇게 할 수밖에 없다면서……"

"그건 알고 있네. 학교 선생님한테서 배운 부분이네."

"그럼 그걸로 된 거 아닌가."

"그야 그렇지만, 사람은 그렇다면 이렇게 할 수밖에 없다는 생각이 없으면 안 된다고 생각하네."

"그것도 좋겠지."

"그것도 좋겠지, 라니 의욕이 없군그래. 고르디우스의 매듭은 아무리 생각해도 풀 수 없는 걸세."

"잘라버리면 풀리는 건가?"

"잘라버리면, ……풀지는 못하더라도 뭐 형편은 나아지겠지."

"형편인가? 세상에 형편만큼 비겁한 것도 없네."

"그렇다면 알렉산드로스는 굉장히 비겁한 남자가 되는 셈이군."

"알렉산드로스가 그렇게 위대하다고 생각하나?"

대화는 잠시 끊긴다. 고노는 몸을 뒤척인다. 무네치카는 책상다리를 한 채 여행 안내서를 펼친다. 비는 비스듬히 내린다.

옛 도읍 교토를 더욱더 적막하게 하는 보슬비가, 붉은 배를 보이며 하늘을 찌를 듯이 날아가는 제비의 등에 자극을 줄 정도로 세차졌을 때 교토 전체는 조용히 비에 젖어 동쪽에 있는 산들의 녹음 아래로 스며들고, 소리는 유젠[8]의 잇꽃을 적시며 유채꽃으로 흘러드는 물소리뿐이다. "그대는 강 위, 나는 강 아래……"라고 노래하며 미나리를 씻는 문간에서 눈썹을 가린 무거운 수건을 벗으면 대(大)라는 큰 글자[9]가 보인다. 고토바 상황을 섬기던 궁녀 '마쓰무시(松虫)', '스즈무시(鈴虫)'의 무덤도 여러 해의 봄을 지나며 이끼가 낀 채 휘파람새가 울 법한 덤불 속에 남아 있다. 귀신이 나오는 라쇼몬(羅生門)[10]에 더 이상 귀신이 나오지 않게 되자 어느 시대엔가 문도 망가졌다. 쓰나가 뽑아버린 팔[11]의 행방은 아무도 모른다. 다만 옛날 그대로의 봄비가 내린다. 데라마치(寺町)에서는 절에 내리고, 산조(三條) 거리에서는 다리

---

8 비단 등에 화려한 채색으로 인물, 꽃, 새, 산수 등의 무늬를 선명하게 염색하는 일.

9 매년 8월 16일 교토 히가시야마(東山) 산 안의 뇨이가타케(如意ヶ嶽, 大文字山) 중턱에 '大' 자 모양의 커다란 화톳불을 피운다.

10 교토의 스자쿠(朱雀) 대로 남쪽에 있던 큰 문으로, 나중에는 황폐해져 시체를 유기하는 곳이나 도둑의 소굴이 되었다.

11 헤이안 시대 중기의 무장 와타나베노 쓰나(渡辺綱)가 라쇼몬에 나오는 귀신의 한쪽 팔을 뽑아버렸다는 이야기.

에 내리고, 기온(祇園)에서는 벚꽃에 내리고, 긴가쿠지(金閣寺)에서는 소나무에 내린다. 여관 이층에서는 고노와 무네치카에게 내린다.

고노는 엎드려서 일기를 쓰기 시작한다. 옆으로 길게 철해진 갈색 표지를, 땀으로 약간 지저분해진 귀퉁이를 꺾듯이 펼치고 두세 장을 넘기자 3분의 1 정도가 여백인 페이지가 나온다. 고노는 거기서부터 쓰기 시작한다. 연필을 잡고 기세 좋게.

일렴누각우(一簾樓角雨) 한살고금인(閑殺古今人).[12]

이렇게 쓴 고노는 잠시 생각에 잠긴다. 두 구를 더해 절구(絕句)를 만들어볼 생각인 모양이다.

무네치카는 여행 안내서를 팽개치고 일어나 다다미를 쿵쿵 위협하며 툇마루로 나간다. 툇마루에는 안성맞춤인 등나무 의자가 사람을 기다리는 듯한 표정으로 음울하게 놓여 있다. 듬성듬성한 개나리 꽃 사이로 옆집 방이 보인다. 장지문은 굳게 닫혀 있다. 방 안에서는 거문고 소리가 난다.

홀청탄금향(忽聽彈琴響) 수양야한신(垂楊惹恨新).[13]

고노는 다른 행에 열 자쯤 썼으나 마음에 들지 않는지 바로 줄을 그어버린다. 그다음은 보통의 문장이다.

---

12 "아름다운 누각에 내리는 비, 고금의 사람들을 고요함 속에 가두네."
13 "문득 들려오는 거문고 소리, 창밖 수양버들은 원망하는 풍정으로 싹을 틔우네."

우주는 수수께끼다. 수수께끼를 푸는 것은 사람들 각자의 마음이다. 마음대로 풀고, 마음대로 안심하는 사람은 행복하다. 의심하고 들면 부모도 수수께끼다. 형제도 수수께끼다. 아내도 자식도, 그렇게 보는 자신조차 수수께끼다. 이 세상에 태어나는 것은, 풀리지 않는 수수께끼를 억지로 떠맡고 백발이 되어도 꾸물꾸물 앞으로 나아가지 못하고 밤중에도 번민하기 위해서다. 부모에 대한 수수께끼를 풀기 위해서는 자신이 부모와 한 몸이 되어야 한다. 아내에 대한 수수께끼를 풀기 위해서는 아내와 한 몸이 되어야 한다. 우주의 수수께끼를 풀기 위해서는 우주와 동심동체가 되어야 한다. 이것이 불가능하면 부모도 아내도 우주도 의심의 대상이다. 풀리지 않는 수수께끼다. 고통이다. 부모와 형제라는 풀리지 않는 수수께끼가 있는데도 아내라는 새로운 수수께끼를 기꺼이 맞아들이는 것은 자신의 재산을 처리하는 데 어려움을 겪고 있는데도 남의 돈을 맡는 것과 같은 일이다. 아내라는 새로운 수수께끼를 맞아들일 뿐 아니라 새로운 수수께끼에 또다시 새로운 수수께끼를 낳아 괴로워하는 것은, 맡아놓은 돈에 이자가 붙는 남의 소득을 자신이 관리하는 것과 같은 일일 것이다. ······모든 의심은 몸을 버려야 비로소 해결할 수 있다. 다만 어떻게 몸을 버릴지가 문제다. 죽음? 죽음이란 너무 무능하다.

무네치카는 거만한 자세로 등나무 의자에 앉아 조금 전부터 들려오는 옆집의 거문고 소리를 듣고 있다. 오무로노고쇼(御室の御所)[14]의 봄 추위에 유명한 비파의 풍류를 알 리 없다. 남부 지방에서 나는 오동나

---

14 교토의 닌나지(仁和寺)를 말한다. 여기서는 비파의 명수로 유명한 헤이케(平家)의 자제들을 주인공으로 한 요쿄쿠(謠曲) 『쓰네마사(經政)』에 입각해서 쓰고 있다.

무로 만든 창포형(菖蒲形) 거문고에 13현을 매고, 상아에 마키에[15]로 무늬를 넣은 용설(龍舌)[16]을 격조 높다고 생각할 만한 풍류도 없다. 무네치카는 그저 멍하니 듣고 있을 뿐이다.

여기저기 담장을 뒤덮고 있는 노란 개나리 너머로 업평죽(業平竹) 한 무더기와 이끼가 잔뜩 낀 돌수반이 놓인, 채 세 평도 되지 않은 작은 뜰에는 온통 비늘이끼가 뻗어 있다. 거문고 소리는 그 뜰에서 들려온다.

비는 한가지다. 겨울에는 우비가 언다. 가을에는 심지가 가늘다. 여름에는 훈도시[17]를 뺀다. 봄에는 은을 납작하게 펴서 화조(花鳥) 등을 투조로 만든 간자시를 다다미 위에 떨어뜨린 채 가이아와세[18]를 하는 조개 안쪽이 주홍빛, 금빛, 쪽빛으로 빛나는 것 옆에서 디리리링 켜고 또 디리리링 흐트러뜨린다. 무네치카가 듣고 있는 것은 바로 이 디리리링이다.

눈으로 보는 것은 형태다.

고노는 다시 줄을 바꿔 써나가기 시작한다.

귀로 듣는 것은 소리다. 형태와 소리는 사물의 실체가 아니다. 사물의 실체를 깨닫지 못하는 자에게는 형태도 소리도 무의미하다. 뭔가를 그 내부에서 포착했을 때 형태와 소리는 모두 새로운 형태와 소리가 된다. 이

15 칠기 표면에 금가루나 은가루로 무늬를 넣는 일본 특유의 공예.
16 연주자가 볼 때 거문고 오른쪽 끝 측면에 있는 것으로 커다란 혀 모양이다.
17 남성의 음부를 가리는 속옷으로 폭이 좁고 긴 천.
18 조가비의 제짝을 찾아 맞추는 놀이.

것이 상징이다. 상징이란 본래공(本來空)[19]의 불가사의를 눈으로 보고 귀로 듣기 위한 방편이다.

거문고 소리는 점점 격렬해진다. 낙숫물 떨어지는 소리를 뚫고 하얀 손톱이 몇 번인가 기러기발 위를 날았는지, 아기자기한 가락은 굵은 현의 소리와 가는 현의 소리를 합쳐서 번갈아 꼬아놓은 것처럼 느껴진다. 고노가 '무현금[20] 소리를 듣고 비로소 서파급(序破急)[21]의 의의를 깨닫는다'라고 썼을 때 등나무 의자에 기대 이웃집을 내려다보고만 있던 무네치카가 툇마루에서 방 안을 향해 말한다.

"이봐, 고노. 이론만 따지지 말고 잠깐 저 거문고 소리나 들어보게. 꽤 훌륭하네."

"음. 아까부터 배청(拜聽)하고 있네."

고노가 일기장을 탁 덮는다.

"누워서 배청하는 법은 없네. 잠깐 툇마루까지 출장을 명하니 나오게."

"아니, 여기서도 충분하네. 상관하지 말게."

고노는 공기베개를 기울인 채 일어날 기색이 없다.

"이보게, 히가시야마(東山)[22]가 무척 아름답게 보이는군."

"그런가?"

---

19 모든 사물은 본디부터 있던 것이 아니고 인연으로 생겨난 임시의 것으로, 실체가 없다는 뜻.
20 도연명(陶淵明)이 음악을 모르면서도 무현금 하나를 마련해두고 항상 어루만지며 "거문고의 흥취만 알면 되지 어찌 줄을 퉁겨 소리를 내야 하랴"라고 했다는 데서 나온 표현.
21 일본 고유의 악극인 노가쿠(能樂)의 3단계 구성 원리.
22 교토 분지의 동쪽에 있는 산의 총칭, 또는 그 산기슭 지역을 가리키기도 한다.

"이런, 가모가와(賀茂川) 강을 건너는 놈이 있군. 정말 시적인데. 이봐, 강을 건너는 녀석이 있다니까."

"건너도 상관없네."

"자네, 이불 덮고 자는 모습이여[23]인가 뭔가 하는 하이쿠가 있는데, 어디에 이불을 덮고 있다는 거지? 잠깐 이리 와서 좀 가르쳐주게."

"싫네."

"자네, 그러고 있는 사이에 가모가와 강의 수위가 높아졌네. 이런, 아주 큰일이야. 다리가 무너질 것 같네. 이봐, 다리가 무너진다니까."

"무너져도 상관없네."

"무너져도 상관없다고? 밤에 미야코오도리[24]를 볼 수 없게 되는데도 상관없나?"

"상관없네, 상관없어."

고노는 귀찮다는 듯이 몸을 뒤척이고 예의 금박 장지문에 그려진 죽순을 옆으로 바라보기 시작한다.

"그렇게 눌러 있겠다면 어쩔 도리가 없지. 내가 두 손 드는 것 외에 뾰족한 방법이 없군그래."

무네치카는 결국 고집을 꺾고 방 안으로 들어온다.

"이봐, 이보게."

"뭔가, 거참 귀찮게 하는군."

"저 거문고 소리는 들었겠지?"

"들었다고 했잖은가."

---

23 핫토리 란세쓰(服部嵐雪)의 하이쿠 "이불 덮고 자는 모습이여, 히가시야마(蒲団きて寝たる姿や東山)."

24 매년 4월 한 달 동안 교토의 기온에서 개최되는 무용 공연.

"이런, 여자네."

"당연하지."

"몇 살일 것 같나?"

"글쎄, 몇 살이지?"

"그렇게 냉담하게 나오면 의욕이 안 생기지. 알고 싶으면 가르쳐달라고 분명히 말하는 게 좋을 거네."

"그런 말을 할 성싶은가."

"그래? 말하지 않는다면 내가 그냥 말해줄 수밖에. 저건 시마다(島田)²⁵네."

"방문이라도 열려 있었나?"

"무슨, 방문은 굳게 닫혀 있었네."

"그렇다면 또 적당히 붙인 그 아호겠지?"

"아호이자 본명이네. 난 저 여자를 봤다네."

"어떻게?"

"이야, 듣고 싶어진 모양이지?"

"무슨, 듣지 않아도 상관없네. 그런 걸 듣느니 이 죽순을 연구하는 게 훨씬 재미있네. 이 죽순을 누워서 옆으로 보면 키가 작아 보이는 건 왜일까?"

"그야 자네 눈이 옆으로 붙어 있기 때문이겠지?"

"맹장지 두 장에 죽순 세 그루를 그린 건 무슨 까닭일까?"

"너무 서툴러서 덤으로 한 그루 더 그린 거겠지?"

"죽순이 새파란 건 왜일까?"

"먹으면 중독된다는 수수께끼겠지."

---

25 주로 미혼 여성이나 신부가 묶는 머리 모양의 하나.

"역시 수수께끼인가? 자네도 수수께끼를 푸는군그래."

"하하하하, 가끔 풀어보기도 한다네. 그런데 내가 아까부터 시마다에 관한 수수께끼를 풀어본다는데 전혀 풀지 못하게 하는 건 철학자에게 어울리지 않는 열성 없는 태도 아닌가?"

"풀고 싶으면 풀게. 그렇게 거드름을 피운다고 고개를 숙이는 철학자가 아니네."

"그럼 일단 간단히 풀어버리고, 그런 연후에 고개를 숙이게 하도록 하겠네. ……저기 말이네, 저 거문고를 타는 사람은……"

"음."

"내가 봤다네."

"그 얘긴 아까 들었네."

"그런가? 그렇다면 따로 말할 것도 없네."

"없으면 됐네."

"아니, 안 되네. 그럼 말하지. 어제 말이네, 목욕을 하고 툇마루에서 웃통을 벗고 시원한 바람을 쐬고 있었네. 듣고 싶지 않나? 무심코 오토(鴨東)²⁶의 경치를 둘러보며, 아아, 상쾌하다, 하며 문득 시선을 내려 옆집을 내려다보니 그 처자가 반쯤 열린 장지문에 기대고 뜰을 내다보고 있었네."

"미인이던가?"

"이야, 미인이었네. 후지오 씨보다는 못하지만 이토코(糸子)보다는 나은 것 같았네."

"그런가?"

"그 말뿐이라면 너무 싱겁지 않은가. 거참 아쉽군, 나도 봤으면 좋

26 가모가와 강의 동쪽, 즉 기온과 히가시야마 방향.

았을 텐데, 빈말이라도 이렇게 말하는 거네."

"거참 아쉽군, 나도 봤으면 좋았을 텐데."

"하하하하, 그래서 보여줄 테니 툇마루로 나오라고 하지 않았나."

"하지만 장지문은 닫혀 있지 않은가?"

"곧 열릴지도 모르지."

"하하하하, 오노라면 장지문이 열릴 때까지 기다릴지도 모르지."

"그렇군. 오노를 데려와 보여주었으면 좋았을걸."

"교토는 바로 그런 사람이 살기에 좋은 곳이네."

"그래, 전적으로 오노적인 곳이지. 그 친구, 오자고 했는데도 이런저런 핑계를 대면서 결국 오지 않았지."

"봄방학에 공부하겠다고 했겠지?"

"봄방학에 무슨 공부가 되겠나?"

"그런 식이라면 언제고 공부할 수 없을 거네. 도대체가 문학자라는 사람들은 너무 가벼워서 탈이라니까."

"귀가 좀 따가우이. 나도 그리 무거운 편은 아니니 말일세."

"아니, 문학자라는 사람들은 안개에 취해 멍하니 있을 뿐 안개를 헤치고 실체를 찾아내려고 하지 않으니 근성이 없는 거지."

"안개에 취한다라? 철학자는 쓸데없는 생각에 빠져 씁쓸한 얼굴을 하고 있으니 소금물에 취한 거겠군."

"자네처럼 히에이잔 산에 오르는데도 와카사까지 뚫고 나가는 사람은 소나기에 취한 거네."

"하하하하, 각자 취해 있으니 묘하군."

고노의 검은 머리는 그제야 베개를 떠난다. 광택이 있는 머리카락으로 축축하게 눌려 있던 공기가 그 탄력으로 부풀어 오르자 베개가 다다미 위에서 살짝 돈다. 동시에 낙타털 무릎 담요가 흘러내리면서 뒤집혀 반으로 접힌다. 그 안에서 대충 허리에 감겨 있던, 심지를 넣지 않고 공글러서 만든 폭 좁은 띠가 나타난다.

"역시 취한 사람임이 분명하군."

베갯머리에 무릎을 꿇고 앉아 있던 무네치카가 즉시 품평을 하고 나온다. 상대는 야윈 몸을 일으키고 팔꿈치를 쭉 뻗어 손바닥으로 바닥을 짚고 몸을 지탱한 채 자신의 허리께를 노려본다.

"확실히 취해 있는 것 같군. 자네는 또 희한하게 무릎을 꿇고 앉아 있지 않은가."

고노가 길게 찢어진 홑눈꺼풀 사이로 무네치카를 힐끗 쳐다본다.

"이래 봬도 난 제정신이니까."

"앉은 자세만은 정상이네."

"정신도 정상이라네."

"방한용 솜옷을 입고 무릎을 꿇고 앉아 있는 것은, 취해 있으면서 아무렇지 않다고 우쭐대는 거나 같은 거네. 더 우습지. 취한 사람은 취한 사람답게 있으면 되는 거네."

"그런가? 그렇다면 실례하겠네."

무네치카는 곧바로 책상다리로 바꿔 앉는다.

"자네는 기특하게도 어리석은 걸 주장하지 않으니 훌륭하이. 어리석은 주제에 현명한 줄 알고 있는 것만큼 딱한 일도 없지."

"충고에 따르는 일이 물 흐르는 것과 같다는 말은 나를 두고 하는 말이네."

"취했어도 그렇다면 문제없네."

"그렇게 건방진 소리를 늘어놓는 자네는 어떤가? 취했다는 걸 알면서도 책상다리로 앉을 수도, 무릎을 꿇고 앉을 수도 없는 인간이겠지."

"뭐, 날품팔이지."

고노가 쓸쓸하게 웃는다. 기세 좋게 말을 늘어놓던 무네치카는 문득 진지해진다. 고노의 웃는 얼굴을 보면 무네치카는 진지해지지 않을 수 없다. 허다한 얼굴의 허다한 표정 중에서 어떤 것은 반드시 사람의 마음속으로 들어간다. 면상의 근육이 앞다투어 날뛰기 때문은 아니다. 두상의 머리카락이 한 가닥씩 번개를 일으키기 때문도 아니다. 눈물샘이 터져 눈물이 그치지 않고 흘러내리게 하기 때문도 아니다. 쓸데없이 격렬해지는 것은, 건달이 아무 일도 아닌데 칼을 휘둘러 마룻바닥을 베는 것과 같은 일이다. 얕기 때문에 움직이는 것이다. 혼고자(本鄕座)[27]의 연극이다. 고노가 웃은 것은 무대에서 웃은 것이 아니다.

포착하기 힘든 인정의 물결이 마음속에서 머리카락만큼이나 가느다란 관을 통해 간신히 흘러나와 덧없는 세상의 나날에 찔끔 그림자를 깃들게 한 것이다. 길거리에 널려 있는 표정과는 다르다. 머리를 내밀고 덧없는 세상이구나 하고 알아차리면 곧바로 심오한 경지로 되돌아간다. 되돌아가기 전에 붙잡은 사람이 이긴다. 붙잡지 못하면 평생 고노를 알 수 없다.

고노의 웃음은 엷고 부드러우면서도 쌀쌀하다. 그 얌전함 속에, 그 신속함 속에, 그 사라져감 속에 고노의 일생이 선명하게 그려져 있다. 그 순간의 의의를, 그렇구나, 하고 수긍하는 자는 고노의 지기(知己)다. 치고 베는 난투극 상황에 고노를 놓아두고, 아하, 이런 사람이었구

27 혼고에 있던 신파 연극을 하는 극장.

나, 하고 수긍해서는 부모나 자식이라 하더라도 아직 부족하다. 형제라 하더라도 타인이다. 고노를 난투극 상황에 놓아두고 비로소 고노의 성격을 그려내는 것은 멋없는 소설이다. 20세기에 치고 베고 하는 난투극은 무턱대고 나오는 것이 아니다.

봄날의 여행은 한가하다. 교토의 여관은 고요하다. 두 사람은 무료하다. 장난치고 있다. 그사이에 무네치카는 고노를 알고, 고노는 무네치카를 안다. 이것이 세상이다.

"날품팔이라?"

이렇게 말하며 무네치카는 낙타털 무릎 담요의 술을 만지작거리기 시작한다.

"언제까지고 날품팔인가?"

얼마 후에 다시 상대의 얼굴도 보지 않고 물어보는 듯 혼잣말인 듯 낙타털 무릎 담요에 말을 거는 듯 날품팔이라는 말을 되뇐다.

"날품팔이라도 각오만은 단단히 하고 있네."

고노는 이때 처음으로 허리를 펴고 상대 쪽으로 얼굴을 돌리며 말한다.

"자네 아버님이 살아 계시면 좋을 텐데."

"뭐, 아버지가 살아 계신다면 오히려 성가실지도 모르네."

"그럴지도 모르지."

무네치카는 말끝을 길게 끈다.

"결국 집을 후지오한테 줘버리면 그걸로 끝나니까 말이네."

"그런 후에 자네는 어쩔 셈인가?"

"나야 날품팔이지."

"드디어 진짜 날품팔이가 되는 건가?"

"그래, 어차피 집안을 잇는다고 해도 날품팔이, 잇지 않는다고 해도 날품팔이니까 전혀 상관없네."

"하지만 그래서는 안 되네. 무엇보다 자네 어머님께서 곤란해하실 거 아닌가?"

"어머니가 말인가?"

고노는 묘한 표정으로 무네치카를 본다.

의심하면 자기 자신에게조차 속는다. 하물며 자기 이외의 사람이 이해의 갈림길에서 손실의 외투로 뒤집어쓰는 가면의 두께는 쉽사리 젤 수 없다. 친한 친구가 내 어머니를 그렇게 평하는 것은 가면 안쪽에서 평하는 걸까, 아니면 바깥쪽에서만 말하는 걸까? 자신에게조차 자신을 속이는 악마가 어딘가에 숨어 있는 것 같은 마음에서 벗어날 수 없지만, 아무리 둘도 없는 친구이자 아버지 쪽의 친척이라고 해도 경솔하게 천기를 누설하기는 힘들다. 무네치카의 말은 계모에 대한 내 마음을 떠보기 위한 것일까? 떠본 다음에도 원래의 무네치카라면 그뿐이지만, 속마음을 떠볼 정도의 사람이라면 내 생각을 끌어낸 뒤에 그것을 뒤집지 않는다는 보장도 없다. 무네치카의 말은, 진솔한 그가 표리의 구별 없이 어머니의 말을 외곬으로 믿는 반향일까? 평소의 이러저러한 정황으로 추측해보면 아마 그럴 것이다. 설마 어머니로부터 부탁받고 답답한 마음에 나에게까지 무시무시하게 깊은 못의 바닥에 탐색의 추를 던져 넣는 비열한 짓은 하지 않을 것이다. 하지만 정직한 사람일수록 남에게 이용당하기 쉬운 법이다. 비열하다는 것을 알고서도 남의 앞잡이가 되지는 않겠지만, 나에 대한 호의에서, 잘못 본 어머니의 뜻에 따라 서로에게 좋지 않은 결과를 필연의 일정 이전에 숨김없이 가정에 털어놓을 수도 있다. 아무튼 쓸데없는 말은 하지 않을 것이다.

두 사람은 한동안 잠자코 있다. 옆집에서는 아직도 거문고를 켜고 있다.

"저 거문고는 이쿠다류(生田流)[28]인가?"

고노는 엉뚱한 것을 묻는다.

"추워졌군, 소매 없는 여우 털 솜옷이라도 입어야겠네."

무네치카도 엉뚱한 말을 한다. 두 사람은 동문서답을 한다.

단젠의 가슴께를 드러낸 무네치카가 판자를 어긋나게 단 선반에서 예의 그 이상한 조끼를 꺼내서는 몸을 비스듬히 하여 팔을 끼운다. 그 때 고노가 묻는다.

"그 소매 없는 솜옷은 손으로 직접 만든 건가?"

"그럼, 물론 가죽은 중국에 가 있는 친구한테 얻은 거고, 겉은 이토코가 만들어줬네."

"제대로 만든 거군. 솜씨가 좋아. 이토코 씨는 후지오와 달리 실용적이어서 좋군."

"좋은가, 음. 그 아이가 시집이라도 가버리면 좀 곤란해지긴 하겠지."

"좋은 혼처는 없는가?"

"혼처라?" 무네치카는 잠깐 고노를 쳐다보았으나 내키지 않는 어조로 "없는 것도 아니지만……" 하고 말끝을 축 내려뜨린다. 고노는 화제를 돌린다.

"이토코가 시집을 가면 자네 아버님도 곤란하시겠군."

---

28 이쿠타 겐교(生田檢校)가 창시자로 주로 간사이(關西) 지방에서 유행했으며 간토(關東) 지방에서는 야마다류(山田流)가 유행했다.

"곤란해도 어쩔 수 없지, 어차피 언젠가는 곤란하게 될 테니까. ……그보다 자네는 결혼 안 하나?"

"나 말인가? ……먹여 살릴 수가 없는걸 뭐."

"그러니까 어머님 말씀대로 자네가 집안을 이어받으면……"

"그건 안 될 말이네. 어머니가 무슨 말을 하든 나는 싫네."

"정말 묘한 일이군. 자네가 분명히 하지 않으니까 후지오 씨도 시집을 못 가는 거 아닌가?"

"못 가는 게 아니라 안 가는 거라네."

무네치카는 잠자코 코를 실룩거리고 있다.

"오늘도 갯장어가 나오겠지? 날마다 갯장어만 먹었더니 배 속이 잔가시투성이네. 교토는 아주 시시한 곳이야. 이쯤에서 돌아가지 않겠나?"

"돌아가도 좋네. 갯장어 정도가 문제라면 돌아가지 않아도 좋고. 그런데 자네 후각은 아주 예민하군그래. 갯장어 냄새라도 나나?"

"나지 않은가? 부엌에서 줄곧 굽고 있는 것 같네."

"그 정도의 예감을 가졌다면 아버지도 외국에서 죽지 않아도 되었을지 모르겠네. 아버지는 후각이 둔했던 모양이야."

"하하하하, 그런데 자네 아버님의 유품은 도착했을까?"

"도착할 때가 되었네. 공사관의 사에키(佐伯)라는 사람이 가져다 줄 거네. ……아무것도 없겠지. 책이 좀 있으려나?"

"그 시계는 어떻게 되었을까?"

"아아, 늘 자랑하던 런던에서 산 그 시계 말인가? 그것도 돌아오겠지. 어렸을 때부터 후지오의 장난감이 된 시계라네. 그걸 가지면 좀처럼 내놓지 않았지. 그 시곗줄에 붙어 있는 석류석 장식이 마음에 들어서 말이네.”

“생각해보니 무척 오래된 시계로군.”

“그렇지. 아버지가 처음으로 서양에 갔을 때 사온 거니까.”

“그걸 자네 아버님의 유품으로 나한테 주지 않겠나?”

“나도 그럴 생각이었네.”

“자네 아버님께서 저번에 서양에 가실 때, 돌아오면 졸업 기념으로 그 시계를 나한테 준다고 약속하셨네.”

“나도 기억하고 있네. ……어쩌면 지금쯤 후지오가 또 장난감으로 가지고 놀고 있을지도 모르겠지만……”

고노는 잠자코 무네치카의 미간을 오랫동안 바라본다. 점심 밥상 위에는 무네치카의 예상대로 갯장어가 올려져 있다.

4

고노의 일기에는 이런 구절이 쓰여 있다.

색을 보는 자는 형태를 보지 않고, 형태를 보는 자는 질을 보지 않는다.

오노는 색을 보며 세상을 살아가는 남자다.
고노의 일기에는 이런 구절도 쓰여 있다.

생사인연무료기(生死因緣無了期) 색상세계현광치(色相世界現狂痴).[1]

오노는 색상 세계(色相世界)[2]에 사는 남자다.
오노는 어두운 곳에서 태어났다. 어떤 사람은 사생아라고도 한다.

1 "생사의 인연은 윤회이니 끝날 때가 없고, 현실 세계에서는 미친 짓과 어리석은 짓을 되풀이하네." 소세키가 지은 한시의 한 구절.
2 육안으로 볼 수 있는 세상, 곧 현실 세계.

그는 통소매 옷을 입어 학교 다닐 때부터 친구들에게 괴롭힘을 당했다. 가는 곳마다 개가 짖었다. 아버지는 죽었다. 밖에서 험한 꼴을 당한 오노는 돌아갈 집이 없어졌다. 어쩔 수 없이 남의 신세를 졌다.

물밑의 수초는 어두운 곳을 떠다녀 하얀 돛단배가 지나는 강가에 햇살이 비친다는 사실을 알지 못한다. 오른쪽으로 흔들리든 왼쪽으로 너울거리든 희롱하는 것은 물결이다. 다만 그때그때 거스르지 않기만 하면 된다. 익숙해지면 물결도 신경 쓰이지 않는다. 물결은 어떤 걸까, 하고 생각할 여유도 없다. 왜 물결이 모질게 자신에게 부딪치는지는 물론 문제가 되지 않는다. 문제가 된다 한들 개선할 수도 없다. 그저 운명이 어두운 곳에 있으라고 할 뿐이다. 그래서 거기에 있다. 그저 운명이 아침저녁으로 움직이라고 할 뿐이다. 그래서 움직이고 있다. 오노는 물밑의 수초였다.

교토에서는 고도(孤堂) 선생의 신세를 졌다. 선생으로부터 비백 무늬 옷까지 받았다. 한 해에 20엔의 월사금도 받았다. 때때로 글도 배웠다. 기온의 벚꽃을 빙빙 도는 법을 알았다.[3] 지온인(智恩院)[4]에 걸려 있는 천황이 친히 쓴 액자를 올려다보고 비싼 것임을 깨달았다. 밥도 일인분은 먹게 되었다. 물밑의 수초는 땅에서 벗어나 드디어 떠오른다.

도쿄는 눈앞이 아찔한 곳이다. 옛날 겐로쿠(元祿)[5] 시대에 백 년의 장수를 누린 자는 메이지 시대에 사흘을 산 자보다 단명한 것이다. 다

---

3 일종의 저회(低徊: 사색에 잠기며 천천히 거니는 것) 취미. 특히 저회 취미라고 하면, 속세의 번거로움을 피해서 여유롭게 세상과 인생을 조망하려는 나쓰메 소세키의 문학적 태도를 말한다.

4 교토 히가시야마 구(東山區)에 있는 정토종 총본산. 정확히는 知恩院.

5 1688년부터 1704년까지 히가시야마(東山) 천황 시대의 연호. 에도 시대 중기에 해당하는 시기로 문화가 발달하고 막부 체제가 안정되었다.

른 지역 사람들은 발뒤꿈치로 걷는다. 도쿄에서는 까치발로 걷는다. 물구나무를 선다. 옆으로 간다. 성질 급한 사람은 날아온다. 오노는 도쿄에서 빙글빙글 돌았다.

빙글빙글 돈 후 눈을 떠서 보면 세상이 변해 있다. 눈을 비비고 다시 봐도 역시 세상은 변해 있다. 이상하다고 생각하는 것은 세상이 나쁘게 변한 때다. 오노는 생각하지 않고 나아간다. 친구는 오노를 수재라고 한다. 교수는 유망하다고 한다. 하숙집에서는 오노 씨, 오노 씨, 한다. 오노는 생각하지 않고 나아간다. 나아갔더니 폐하로부터 은시계를 하사받았다.[6] 떠오른 수초는 수면에서 하얀 꽃을 피운다. 뿌리가 없다는 것에는 생각이 미치지 않는다.

세계는 색의 세상이다. 그저 그 색을 맛볼 수 있다면 세상을 맛본 것이다. 세상의 색은 자신의 성공에 따라 선명하게 눈에 비친다. 그 선명함이 비단을 무색하게 할 만큼 보람 있는 삶을 사는 사람의 목숨은 귀하다. 오노의 손수건에서는 때로 헬리오트로프의 향기가 난다.

세계는 색의 세상이다. 형태는 색의 잔해다. 잔해를 가지고 왈가왈부하며 내용물의 맛을 알지 못하는 자는 네모나고 둥근 용기에 구애되어 부풀어 오른 술거품을 어떻게 처리해야 할지 모르는 사람이다. 아무리 끝까지 지켜봐도 접시를 먹을 수는 없다. 입술을 대지 않는 술은 김이 빠진다. 형식에 빠진 사람은 밑 빠진 도덕의 술잔을 안고 몸을 구부린 채 살금살금 걷는 것이나 마찬가지다.

세계는 색의 세상이다. 쓸데없이 공화(空華)[7]라고 하고 경화(鏡花)[8]라고 한다. 우주 만물의 실체는 세상에 받아들여지지 않은 기형(畸形)

---

6 도쿄제국대학 졸업식 때 천황이 참석하여 우등생에게 은시계를 하사하는 것이 그 시대의 관례였다.

의 무리가 그 한을 백일몽에서 풀기 위한 망상이다. 맹인은 세발솥을 어루만진다. 색이 보이지 않으면 형태를 알아내고 싶어 한다. 손이 없는 맹인은 굳이 어루만지려고도 하지 않는다. 사물의 실체를 보고 듣는 것 외에서 궁구하려는 것은 손 없는 맹인의 행위다. 오노의 책상 위에는 꽃이 꽂혀 있다. 창밖에는 버드나무가 신록을 분출한다. 코 위에는 금테 안경이 걸쳐 있다.

현란의 경지를 넘어 담박한 경지에 들어서는 것은 자연의 순리다. 우리는 옛날에 갓난아이라 불리며 빨간 꼬까옷을 입었다. 대부분의 사람은 니시키에 속에서 자라고, 시조파(四條派)[9]의 담채화로부터 운코쿠류(雲谷流)[10]의 수묵화 속에서 늙어가고, 결국 관의 덧없음을 즐긴다. 돌아보면 어머니가 있고 누이가 있고 과자가 있다. 잉어드림[11]이 있다. 돌아볼수록 화려하다. 오노는 그 내용이 다르다. 자연의 경로를 역행하여 어두운 땅으로부터, 뿌리를 내리지 않고 해가 비치는 물결, 환한 물가로 표류했다. 굴속에서 태어나 한 단계씩 아름다운 세상으로 다가가는 데 27년이 걸렸다. 27년의 역사를 과거의 옹이구멍으로 들여다보면 멀어질수록 어둡다. 다만 그 도중에 한 점의 붉은색이 희미하게 흔들리고 있다. 도쿄로 막 올라온 무렵에는 그 붉은색이 그리워 차가운 기억을 되풀이하는 것도 마다하지 않고 자주 과거의 옹

7 번뇌에 사로잡힌 사람이 원래 실재하지 않는 것을 마치 실재하는 것처럼 생각하여 그것에 사로잡히는 것. 병들어 침침한 눈으로 허공을 바라보면 꽃이 있는 것처럼 보인다는 것에 비유한 표현.

8 거울에 비친 꽃. 눈으로 볼 수는 있어도 손으로 직접 만질 수는 없는 것을 비유한 표현.

9 일본화의 한 유파로 교토 시조(四條) 출신 마쓰무라 겟케이(松村月溪)가 시조다. 마루야마파(円山派)의 사실성에 남화(南畵)의 화풍을 가미한 양식으로 에도 후기에서 메이지에 걸쳐 교토 화단의 중심이 되었다.

10 운코쿠 도간(雲谷等顔)을 시조로 하는 일본화의 한 유파. 호방한 구도가 특징이다.

11 단오에 천이나 종이로 만든 잉어를 장대에 매달아 문 밖에 세운 것.

이구멍을 들여다보며 긴 밤을, 긴 낮을, 또는 가을비를 그리워하며 살았다. 지금은 붉은색도 꽤 멀어졌다. 게다가 그 색도 꽤 바랬다. 오노는 옹이구멍 들여다보는 일을 게을리하게 되었다.

과거의 옹이구멍을 막아버리기 시작한 자는 현재에 만족한다. 현재가 활기차지 못하면 미래를 만들어낸다. 오노의 현재는 장미다. 장미의 꽃봉오리다. 오노는 미래를 만들어낼 필요가 없다. 꽃망울이 진 장미를 온통 피우게 하면 그것이 저절로 그의 미래가 된다. 미래의 옹이구멍을 가장 자신 있는 대롱으로 들여다보면 장미는 이미 피어 있다. 손을 뻗으면 잡힐 것 같다. 빨리 잡으라고 누군가 귓가에 속삭인다. 오노는 박사논문을 쓰기로 결심했다.

논문을 완성했기에 박사가 되는 것인지, 박사가 되기 위해 논문을 완성시키는 것인지 박사에게 물어보지 않으면 알 수 없지만, 아무튼 논문을 쓰지 않으면 안 된다. 그냥 논문이어서는 안 되고, 반드시 박사논문이어야 한다. 박사는 학자 중에서도 색이 가장 멋진 이다. 미래의 대롱을 들여다볼 때마다 박사라는 두 글자가 금색으로 불타고 있다. 박사 옆에는 금시계가 하늘에 매달려 있다. 시계 밑에는 붉은 석류석 장식이 심장의 불꽃이 되어 흔들리고 있다. 그 옆에 검은 눈동자의 후지오가 가냘픈 팔을 내밀어 손짓하고 있다. 모든 것이 아름다운 그림이다. 시인의 이상은 그 그림 속의 인물이 되는 데 있다.

옛날에 탄탈로스[12]라는 사람이 있었다. 나쁜 짓을 한 벌로 험한 꼴을 당했다고 쓰여 있다. 몸은 어깨까지 깊숙이 물에 잠겨 있다. 머리 위에는 맛있어 보이는 과일이 가지가 휠 만큼 잔뜩 열려 있다. 탄탈로

12 그리스 신화에 나오는 왕으로 제우스의 아들이자 펠롭스의 아버지. 거부였으나 너무 오만하여 지옥에 떨어져 영원히 기갈의 고통을 받는다.

스는 목이 마르다. 물을 마시려고 하면 물이 빠진다. 탄탈로스는 배가 고프다. 과일을 먹으려고 하면 과일이 달아난다. 탄탈로스의 입이 30 센티미터 움직이면 과일도 30센티미터 움직인다. 60센티미터 나아가면 과일도 60센티미터 나아간다. 1미터는 물론이고 만 리를 가도 탄탈로스는 여전히 배가 고프고 목이 마르다. 아마 지금도 물과 과일을 쫓아 걷고 있을 것이다. 미래의 대롱을 들여다볼 때마다 오노는 어쩐지 자신이 탄탈로스의 부하 같다는 기분이 든다. 그뿐만이 아니다. 때에 따라서는 후지오가 새치름하게 시치미를 떼는 일이 있다. 긴 눈썹을 억지로 좁혀서 딱 노려보는 일이 있다. 석류석 장식이 확 타오르고 여자의 모습이 불꽃에 휩싸이며 사라져가는 일이 있다. 박사라는 두 글자가 점점 엷어지고 색이 바래면서 어두워지는 일이 있다. 시계가 먼 하늘에서 운석처럼 떨어져 깨지는 일이 있다. 그때는 딱 하는 소리가 난다. 오노는 시인이므로 여러 가지 미래를 그려낸다.

책상 앞에 앉은 오노는 턱을 괴고 색유리로 된 가느다란 꽃병을 가득 뒤덮고 있는 동백꽃 안으로 평소처럼 자신의 미래를 들여다보고 있다. 여러 가지 미래 중에서 오늘은 내용이 아주 좋지 않다.

'이 시계를 당신께 드리고 싶은데요, 하고 여자가 말한다. 부디 주세요, 하고 오노가 손을 내민다. 여자가 손바닥으로 그 손을 탁 치며, 안 됐지만 이미 약속이 되어 있어요, 하고 말한다. 그럼 시계는 필요 없습니다, 하지만 당신은……, 하고 묻자, 저요? 저는 물론 시계에 달라붙어 있지요, 하고는 총총 걷기 시작한다.'

여기까지 자신의 미래를 만들어보던 오노는 지나치게 잔혹한 내용에 놀라 처음부터 다시 시작하려고 살짝 아프기 시작한 턱을 들어 올리는데 장지문이 쓰윽 열리고 "편지 왔어요" 하며 하녀가 봉투를 놓고 간다.

자앙류(子昻流)[13] 서체로 쓴 '오노 세이조(小野淸三) 귀하'라는 수신인의 이름을 봤을 때, 오노는 별안간 두 팔꿈치에 힘을 주고 책상에 기댄 몸을 튕기듯이 뒤로 뺐다. 동시에 미래를 들여다보던 동백꽃의 대롱이 흔들리고, 진홍색 꽃잎 하나가 로세티[14]의 시집 위로 소리 없이 떨어진다. 완벽한 미래는 이미 무너지기 시작했다.

오노는 왼손을 뻗어 책상에 기댄 채 얼굴을 비스듬히 기울이고 조금 전에 받은 편지 봉투를 손바닥 위에 올려놓고 멀리서 바라보았으나 쉽사리 봉투를 뒤집지 않는다. 뒤집지 않아도 대충 짐작은 하고 있다. 짐작이 되기에 뒤집기가 힘들다. 뒤집었다가 짐작한 대로라면 그거야말로 돌이킬 수가 없다. 일찍이 거북에게 들은 적이 있다. 머리를 내밀면 맞는다. 어차피 맞을 거라고 생각하지만 되도록 등딱지 안에 틀어박힌다. 맞이해야 할 운명을 바로 눈앞에 둔 그 짧은 순간에도 머리는 움츠린 채 있고 싶다. 생각건대 오노는 사실에 대한 판결을 잠깐 회피하는 학사(學士) 거북일 것이다. 거북은 아침저녁으로 머리를 내민다. 오노도 곧 봉투를 뒤집을 것임에 틀림없다.

얼마간 봉투를 바라보고 있자니 이번에는 손바닥이 근질거린다. 한 순간의 편안함을 탐한 후에는 편한 생각을 더욱 편안하게 하기 위해 뒤집어서 납득하고 싶어진다. 오노는 눈 딱 감고 봉투를 책상 위에 뒤집어놓는다. 뒷면에 이노우에 고도(井上孤堂)라는 네 글자가 뚜렷이 나타난다. 하얀 봉투에 먹을 아끼지 않고 굵게 쓴 초서는, 나란히 꽃

---

13 중국 원나라의 서예가 조맹부(趙孟頫, 1254~1322)의 서체를 흉내 낸 것.

14 크리스티나 로세티(Christina Georgina Rossetti, 1830~1894). 영국의 여류시인으로 자연과 사랑을 다룬 시가 많아 메이지 시대의 낭만적인 청년들에게 널리 읽혔다.

아놓은 바늘 끝처럼 종이를 떠나 오노의 눈으로 달려든다.

오노는 긁어 부스럼 만들지 않겠다는 식으로 책상에서 두 손을 뗀다. 얼굴만 책상 위의 편지를 향하고 있다. 그러나 책상과 무릎은 30센티미터의 골짜기로 인연이 끊어져 있다. 책상에서 떼어낸 손은 어쩐지 어깨에서 흐물흐물 빠져버릴 것만 같다.

봉투를 뜯을까 말까. 누가 와서 봉투를 뜯으라고 한다면 뜯지 않는 이유를 설명하며 그런 김에 자신도 안심할 것이다. 그러나 남을 굴복시키지 못하면 도저히 자신도 굴복시킬 수 없다. 흐리멍덩한 유도인(柔道人)은 길거리에서 남을 한번 던져보기 전에는 아무래도 자신이 유도인임을 자신에게 증명할 길이 없다. 약한 의견과 약한 유도는 비슷한 것이다. 오노는 교토에 살 때부터의 오랜 친구가 잠깐 놀러 와주면 좋겠다고 생각한다.

이층의 서생(書生)[15]이 바이올린을 켜기 시작한다. 오노도 조만간 바이올린 연습을 시작하려고 한다. 오늘은 그럴 마음이 전혀 일지 않는다. 한가한 그 서생이 부럽다는 생각이 든다. 동백꽃 꽃잎이 또 하나 떨어졌다.

가느다란 꽃병을 든 채 장지문을 열고 툇마루로 나간다. 꽃은 뜰에 버렸다. 이왕 버린 김에 물도 버렸다. 꽃병은 손에 들고 있다. 사실 내친김에 꽃병까지 버리려고 했다. 꽃병을 들고 툇마루에 서 있다. 노송나무가 있다. 담이 있다. 건너편에 이층이 있다. 마르기 시작한 뜰에 우산이 마르고 있다. 검은 우산 가장자리에 꽃잎 두 개가 달라붙어 있다. 그 밖에 여러 가지 것들이 있다. 모두 무의미하게 있다. 다 기계적이다.

15 다른 사람 집에 얹혀살면서 가사를 도와주며 공부하는 학생.

오노는 무거운 다리를 끌고 다시 방 안으로 들어왔다. 앉지도 않고 책상 앞에 서 있다. 과거의 옹이구멍이 쑥 열리고 과거의 역사가 길쭉하게 멀리 보인다. 어둡다. 그 어둠 속의 한 점이 확 타오르기 시작한다. 움직여 온다. 오노는 불쑥 허리를 굽히고 손을 뻗자마자 봉투를 뜯었다.

오노 보게.

유암화명(柳暗花明)[16]의 호시절(好時節)을 맞이하여 더욱 건강하길 바라네. 나도 여전히 건강하고 사요코(小夜子)도 건강하니, 외람된 말이지만 부디 안심하게. 그건 그렇고 작년 12월에 잠깐 말했던 도쿄로 이사하는 일이 그 후 여러 가지 사정으로 순조롭게 진행되지 못했네. 그런데 이번에 모든 일이 잘 해결되어 가까운 시일 안에 드디어 단행하게 되었기에 이렇게 알리는 것이네. 20년 전에 그 땅을 떠나온 후 두 번 상경하여 대엿새 체류한 게 고작인지라 고향인 도쿄 소식은 전혀 모르네. 모든 일에 어두우니 도착하면 필시 여러 가지로 귀찮게 할 것 같네.

오래 살았던 집은 사고 싶다는 사람도 있었으나 옆집 쓰타야(蔦屋) 여관에서 넘겨받고 싶다고 해서 그쪽에 팔기로 했네. 부피가 큰 짐은 모두 여기서 처분하고 가급적 가볍게 이사할 생각이네. 다만 사요코의 거문고만은 본인의 희망에 따라 도쿄까지 가져가기로 했네. 오래된 것을 버리기 힘들어하는 여자의 마음을 아무쪼록 너그러이 헤아려주게.

잘 알다시피 사요코는 5년 전 이곳으로 올 때까지 도쿄에서 학교 교육을 받기도 해서 하루빨리 도쿄로 이사 가기를 간절히 바라고 있다네. 사요코의 장래에 대해서는 대체로 동의하고 있다고 생각하니 따로 말하지

16 봄의 들이 꽃과 신록으로 흘러넘쳐 경치가 아름답다는 뜻.

는 않겠네. 머지않아 도쿄에서 만나면 차분히 의논하고 싶네.

박람회[17] 때문에 그곳은 필시 혼잡할 것이라 생각하네. 출발할 때는 가급적 급행 밤기차를 이용할 생각이지만, 급행은 승객이 너무 많을 것이므로 차라리 도중에 하루나 이틀 묵으며 천천히 상경할지도 모르겠네. 일정이 정해지는 대로 연락하겠네. 그럼 이만 줄이네.

다 읽은 오노는 책상 앞에 그대로 서 있다. 접지 않은 편지는 오른손에서 주르르 늘어뜨려져 '이노우에 고도'라고 쓴 끝부분이 파란 캐시미어 책상보 위에 물결치며 두세 단으로 접혀 있다. 오노는 자기 주변에서 두루마리 편지지를 따라 책상보가 하얗게 물들여져 있는 부분까지 차례로 내려다본다. 내려다보는 시선이 멈췄을 때 어쩔 수 없이 눈을 돌려 로세티의 시집을 바라보았다. 시집 표지 위에 떨어져 있는 붉은색 꽃잎 두 개도 바라보았다. 붉은색에 이끌려 오른쪽 모서리에 있어야 할 가느다란 색유리 꽃병도 바라보려고 했다. 가느다란 꽃병은 어딘가로 가고 없다. 그제 꽂아놓은 동백꽃은 흔적도 없다. 아름다운 미래를 들여다보는 대롱도 없어졌다.

오노는 책상 앞에 앉았다. 힘없이 접어놓은 은인의 편지에서 묘한 냄새가 풍긴다. 낡아서 바랜 케케묵은 냄새가 난다. 과거의 냄새다. 잊으려고 주저하는 머리끄덩이를 잡아당겨, 끊어질 정도로 아슬아슬하게 가느다란 인연으로 이어져 있는 지금과 옛날을 눈앞에서 이어주는 냄새다.

반생의 역사를 긴 이삭의 불안함까지 거꾸로 더듬어 가면, 과거로

---

17 1907년(메이지 40) 3월 20일부터 7월 31일까지 도쿄의 우에노(上野) 공원에서 열린 도쿄권업박람회를 말한다.

거슬러 갈수록 암담해진다. 싹을 틔우는 지금의 줄기라면 맥이 통하지 않는 마른 나뭇가지 끝에, 뾰족한 송곳의 힘을 다행이라 여기며 기억의 목숨을 관통시키는 것은 필요 없다기보다 오히려 무참하다. 야누스는 두 개의 얼굴로 앞도 보고 뒤도 본다. 다행히 오노는 하나의 얼굴만 가지고 있다. 등을 과거로 돌리면 눈에 비치는 것은 찬란한 앞날뿐이다. 뒤를 보면 쌩 하고 북풍이 분다. 이런 추운 곳을 가까스로 벗어난 작금, 추운 데서 추운 것이 뒤쫓아 온다. 지금까지는 그저 잊으면 되었다. 따뜻하고 선명한 미래의 발전에 자신을 끌어넣고 한 발짝이라도 과거에서 멀어지기만 하면 되었다. 살아 있는 과거도 죽은 과거 안에 조용히 아로새겨져, 움직일까 하고 걱정하면서도 일단 괜찮을 거라고 그날그날 물러나서 돌아보는 파노라마가 길게 이어질 뿐, 조금도 움직이지 않기에 가슴을 쓸어내리고 있었다. 그런데 옛날 그대로라고 우습게 여기고 과거의 대롱을 이제 와서 들여다보니 움직이는 것이 있다. 나는 과거를 버리려 하고 있는데 과거는 나에게 다가오고 있다. 닥쳐온다. 조용한 앞뒤와 말라비틀어진 좌우를 넘어 어두운 밤을 비추는 초롱의 불빛처럼 흔들리며 온다. 움직여 온다. 오노는 방 안을 돌기 시작한다.

자연은 자연을 다 써버리지 않는다. 끝나려고 하기 전에 무슨 일인가 일어난다. 단조로움은 자연의 적이다. 오노가 방 안을 돌기 시작한 지 30초도 되지 않아 장지문을 열고 하녀가 얼굴을 내민다.

"손님이 찾아오셨어요."

하녀는 웃으면서 말한다. 왜 웃는지 요령부득이다. 안녕하세요, 하며 웃고, 어서 오세요, 하며 웃고, 식사하세요, 하며 웃는다. 사람을 보고 무턱대고 웃는 것은 반드시 상대에게 뭔가 바라는 바가 있다는 증거다. 이 하녀는 확실히 오노에게 어떤 보수를 바라고 있다.

오노는 내키지 않는 얼굴로 하녀를 봤을 뿐이다. 하녀는 실망한다.

"안으로 모실까요?"

"응? 그래."

오노는 확실하지 않은 대답을 한다. 하녀는 다시 실망한다. 하녀가 무턱대고 웃는 것은 오노에게 애교가 있기 때문이다. 하녀의 입장에서 보면 애교 없는 손님은 반 푼 어치의 가치도 없다. 오노는 그 심리를 잘 알고 있다. 지금까지 하녀의 인망을 계속 받아온 것도 오로지 이러한 자각에 기인한다. 오노는 하녀의 인망조차 함부로 떨어뜨리는 것을 좋아하지 않을 정도의 인물이다.

두 사물이 동일한 공간을 동시에 점유하지 못한다고 옛날의 어느 철학자가 말했다. 애교와 불안이 동시에 오노의 머리에 깃드는 일은 그 철학자의 발견에 반한다. 애교가 물러나고 불안이 들어온다. 하녀는 좋지 않은 곳에 부딪쳤다. 애교가 물러나고 불안이 들어온다. 애교가 임시변통이고 불안이 실체라고 생각하는 것은 가짜 철학자다. 집주인이 들어옴에 따라 애교가 셋집을 불안에 넘겨주기로 합의했을 뿐이다. 아무리 그렇다 해도 오노는 하녀에게 좋지 않은 구석을 보였다.

"안으로 모셔도 될까요?"

"으음, 글쎄다."

"안 계신다고 할까요?"

"누구지?"

"아사이(淺井) 씹니다."

"아사이라?"

"안 계신다고 할까요?"

"글쎄."

"안 계신다고 해요?"

"으음, 어떡하지?"

"마음대로 할까요?"

"만나볼까?"

"그럼 안으로 모실까요?"

"아니, 잠깐 기다려."

"또 뭐예요?"

"어, 좋아. 좋아."

친구를 만나고 싶을 때와 만나고 싶지 않을 때가 있다. 그것이 분명하면 아무 걱정이 없다. 만나기 싫으면 집에 없다고 하면 된다. 오노는 상대의 감정을 상하지 않게 하는 한, 집에 없다고 할 만한 용기가 있는 사람이다. 다만 난처한 것은 만나고 싶기도 하고 만나고 싶지 않기도 해서 앞으로 갔다 뒤로 갔다 하느라 하녀에게까지 바보 취급을 당하는 때다.

길을 가다 사람과 마주칠 때가 있다. 서로 비켜 지나가기만 하면 원래대로 생판 남이 된다. 그러나 때에 따라서는 두 사람이 왼쪽이든 오른쪽이든 같은 방향으로 몸을 피한다. 아차, 하고 반대쪽으로 걸음을 옮기면, 그 사람도 아차, 하고 반대쪽으로 나온다. 반대와 반대가 마주쳐, 이런 낭패인걸, 하고 깨닫고는 다시 걸음을 옮기면 상대도 똑같이 나온다. 두 사람은 방향을 바꾸려고 하다가 때를 놓치고, 때를 놓치고는 다시 방향을 바꾸려고 하며 벽시계의 추처럼 이쪽저쪽으로 계속 헤매게 된다. 결국에는 서로가 상대에게 멍청한 놈이라고 실컷 욕이라도 퍼붓고 싶어진다. 인망이 있는 오노도 자칫하면 하녀에게 멍청한 놈이라는 말을 들을 뻔했다.

그때 아사이가 들어온다. 아사이는 교토에 살 때부터의 오랜 친구다. 찌부러뜨리듯이 오른손에 움켜쥐고 있던 망가지기 시작한 갈색 모자를 다다미 위에 내동댕이치자마자 책상다리로 앉으며 말한다.

"날씨가 좋군."

오노는 날씨를 잊고 있었다.

"음, 좋은 날씨네."

"박람회에는 갔었나?"

"아니, 아직 안 갔다 왔네."

"가보게. 재미있다네. 어제 갔다가 아이스크림을 먹고 왔네."

"아이스크림? 음, 어젠 상당히 더웠지."

"다음에는 러시아 요리를 먹으러 갈 생각이네. 어떤가, 같이 가지 않겠나?"

"오늘 말인가?"

"음, 오늘이라도 좋네."

"오늘은 좀……"

"못 간다고? 너무 공부만 하면 병나네. 얼른 박사가 돼서 아름다운 아내라도 얻을 생각이군그래. 괘씸하기는 참."

"아니, 그런 게 아니네. 공부가 통 안 돼서 골치라네."

"신경쇠약이겠지. 안색이 안 좋네."

"그런가? 아무래도 기분이 안 좋네."

"그렇겠지. 이노우에 아가씨가 걱정하네. 어서 러시아 요리라도 먹고 좋아져야지."

"그건 또 무슨 소린가?"

"무슨 소리라니? 이노우에 아가씨가 도쿄에 오지 않나?"

"그런가?"

"그런가라니? 자네한테도 편지가 왔을 텐데."

"자네한테는 왔나?"

"응, 왔네. 자네한테는 오지 않았나?"

"오긴 왔네."

"언제 왔나?"

"바로 조금 전에."

"드디어 결혼하는 거겠지?"

"무슨, 그런 일이 있겠나?"

"하지 않나, 그건 또 어째서인가?"

"어째서라니? 거기에는 여러모로 복잡한 사정이 있다네."

"무슨 사정인가?"

"그거야 나중에 차분히 이야기하겠네. 나도 이노우에 선생님께는 많은 신세를 졌고, 내 힘이 닿는 한 선생님을 위해 무슨 일이든 할 생각이네. 하지만 결혼은 생각대로 그렇게 후다닥 해치울 수 있는 문제가 아니네."

"하지만 약속이 있었지 않은가?"

"그게 말이네, 언젠가 자네한테도 말해야지 하고 있었네만, 나는 정말 선생님을 동정하고 있다네."

"그야 물론 그렇겠지."

"이번에 선생님이 오시면 천천히 말씀드릴 생각이네. 그쪽에서만 그렇게 독단으로 정하고 있는 것도 곤란하니까."

"독단으로 어떻게 정하고 있다는 건가?"

"정하고 있는 것 같네, 편지 내용으로 보면 말이네."

"그 선생님도 상당히 고지식한 옛날 분이니까."

"당신이 결정하신 일은 좀처럼 바꾸지 않지. 옹고집이야."

"요즘에는 살림살이도 그다지 좋지 않겠지."

"글쎄 어떨지. 그리 곤란하지는 않을 거네."

"그런데 지금 몇 시나 됐나? 자네, 시계 한번 보게."

"2시 16분이네."

"2시 16분이라? 그게 바로 천황께서 하사한 시계인가?"

"어."

"대단한 일을 했네. 나도 받았으면 좋았을걸. 그런 걸 갖고 있으면 세상의 평판도 상당히 다르겠지?"

"그렇지도 않을 거네."

"아니네. 아무튼 그 시계는 천황 폐하께서 보증해준 거니까 확실한 거 아니겠나?"

"자넨 이제 어디로 갈 건가?"

"음, 날씨가 좋아서 놀러 갈까 생각 중이네. 어떤가, 같이 가지 않겠나?"

"난 좀 일이 있어서…… 하지만 같이 나가세."

문간에서 친구와 헤어진 오노의 발길은 고노의 집으로 향한다.

5

절의 정문으로 들어서자마자 옛 세상의 녹음이 좌우에서 별안간 어깨를 덮친다. 모양이 고르지 않은 자연석을 뒤섞어 2미터 폭으로 똑바로 늘어놓아 평평하게 깔아놓은 좁은 길에는 고노와 무네치카의 발소리뿐이다.

한 줄기 곧고 가는 길이 끝나지 않은 이쪽에서 돌을 보며 아득히 먼 저편의 막다른 곳까지 가서 올려다보면 가람(伽藍)이 있다. 속새나무의 두꺼운 판자로 된 지붕이 좌우에서 안쪽으로 기복을 이루며 커다란 두 날개를 한 줄기의 험한 등줄기로 모으고 있고, 그 위에 약간 작은 지붕이 작은 날개를 펼친 채 올려져 있다. 통풍이나 채광을 위한 것으로 보인다. 고노와 무네치카는 가장 정취 있는 각도인 옆쪽에서 이 가람을 동시에 올려다본다.

"잘 보이는군."

고노는 지팡이를 멈추고 말한다.

"저 본당은 목조라도 쉽게 무너지지는 않을 것 같네."

"다시 말해 모양이 그런 식으로 잘 만들어진 거겠지. 아리스토텔레스가 말하는 형상(form)에 들어맞을지도 모르겠는걸."

"상당히 어려운 말을 하는군. 아리스토텔레스야 아무래도 좋은데, 이 주변의 절은 어느 것이나 좀 묘한 느낌이군. 괴상하단 말이지."

"낡은 배의 널조각으로 만든 담을 좋아하는 취향이나 재수 좋으라고 문에 초롱을 다는 취향과는 다르겠지. 무소(夢窓) 국사(國師)[1]가 세운 거니까."

"저 본당을 올려다보면 좀 이상한 기분이 드는 건, 다시 말해 무소 국사가 된다는 거로군, 하하하하. 무소 국사도 좀 통하는 데가 있군그래."

"무소 국사나 다이토(大燈) 국사[2]쯤 되니까 이런 데를 소요할 가치가 있는 거네. 구경만 한다면 무슨 소용이 있겠나?"

"무소 국사도 지붕이 되어 메이지 시대까지 살아 있으면 된 거네. 싸구려 동상보다는 훨씬 낫네."

"그렇지. 일목요연하지."

"뭐가 말인가?"

"뭐가라니? 당연히 이 경내의 경치지. 전혀 구부러져 있지 않잖은가. 어디까지나 명료해."

"딱 나 같구면. 그래서 난 절에 오면 기분이 좋아지나 보네."

"하하하하, 그럴지도 모르지."

"그러고 보니 무소 국사가 나를 닮은 거지 내가 무소 국사를 닮은

---

1 임제종의 승려 소세키(疎石, 1275~1351). 아시카가 다카우지(足利尊氏)의 신임을 얻어 덴류지(天龍寺)를 세웠다. 조원술(造園術)에 뛰어났으며,『몽중문답(夢中問答)』,『무소 국사 어록(夢窓國師語錄)』등을 남겼다.

2 가마쿠라(鎌倉) 시대 임제종의 승려 묘초(妙超, 1282~1337). 다이토쿠지(大德寺)를 세웠다.

게 아니네."

"아무려면 어떤가? 자, 잠깐 쉴까?"

고노는 연꽃이 피어 있는 연못에 걸쳐진 돌다리 난간에 엉덩이를 걸친다. 난간 중간쯤에는 가지가 삼층으로 겹쳐 있는 9센티미터 두께의 커다란 소나무가 물에 면해 있다. 돌에는 푸르스름한 이끼 얼룩이 기세 좋게 드러나 있고 회색 섞인 자줏빛 바탕에 깊숙이 파고들어 있는데 그 밑으로는 작년 서리를 맞아 마른 연꽃의 누런 꽃대가 무성한 수풀 사이로 쑥쑥 뻗어 있다.

무네치카는 성냥을 꺼내 담배에 불을 붙이고 타고 있는 성냥을 연못에 휙 던진다.

"무소 국사는 그런 못된 장난을 하지 않았네."

고노가 양손으로 잡은 지팡이에 조심스럽게 턱을 괴고 말한다.

"그만큼 나보다 못한 사람인 거지. 무네치카 국사 흉내 좀 내는 게 좋을 거네."

"자넨 국사보다는 마적이 되는 게 나을 거네."

"외교관 마적은 좀 이상하니까 난 정정당당하게 베이징에 주재하기로 하지."

"동양 전문 외교관인가?"

"동양의 경륜(經綸)이지, 하하하하. 나 같은 사람은 도저히 서양에는 맞지 않을 것 같네. 어떨까, 그래도 수련을 하면 자네 아버님 정도는 될 수 있을까?"

"우리 아버지처럼 외국에서 죽으면 큰일이지."

"뭐, 나중 일은 자네한테 부탁하면 되니까 상관없네."

"달갑지 않네."

"나도 그냥 죽는 게 아니네. 국가를 위해 죽는 것이니 그 정도 일은 해도 좋을 거네."

"난 나 하나도 주체 못 할 정도라네."

"원래 자네는 너무 제멋대로야. 자네 머릿속에는 일본이라는 생각이 있기나 한 건가?"

지금까지는 진지함 위에 농담의 구름이 걸려 있었다. 그제야 농담의 구름이 걷히고 그 안에서 진지함이 떠오른다.

"자네는 일본의 운명에 대해 생각해본 적이 있나?"

고노가 지팡이 끝에 힘을 주고 기댄 몸을 살짝 뒤로 젖히며 묻는다.

"운명은 신이 생각하는 거네. 인간은 인간답게 일하면 그걸로 족하지. 러일전쟁을 보게."

"우연히 감기가 나으면 장수한다고 생각하지."

"일본이 단명한다는 건가?"

무네치카가 달려든다.

"일본과 러시아의 전쟁이 아니네. 인종과 인종의 전쟁이지."

"그야 물론이지."

"미국을 보고 인도를 보고 아프리카를 보게."

"그건 자네 아버님께서 외국에서 돌아가셨기 때문에 나도 외국에서 죽는다는 논법이네."

"논법이 아니라 증거네, 누구든 죽지 않는가?"

"죽는 것과 죽임을 당하는 게 같나?"

"대개는 자신도 모르는 사이에 죽임을 당하고 있는 거지."

모든 것을 배척한 고노는 지팡이 끝으로 돌다리를 톡톡 두드리며 오싹한 듯 어깨를 움츠린다. 무네치카는 벌떡 자리에서 일어난다.

"저걸 보게. 저 본당을 보라고. 가잔(峩山)³이라는 스님은 탁발 하나만으로 저 본당을 재건했다지 않은가? 게다가 죽었을 때는 쉰이 될까 말까 한 나이였네. 자신이 뭔가 하려고 생각하지 않으면 옆으로 놓인 젓가락도 모로 놓을 수 없지."

"본당보다 저걸 보게."

고노는 난간에 걸터앉은 채 반대 방향을 가리킨다.

세계를 둥글게 자른 산문의 문을 좌우로 확 열어놓은 그 가운데를 붉은 것이 지나간다. 파란 것이 지나간다. 여자가 지나가고 아이가 지나간다. 사가(嵯峨)⁴에 봄이 찾아오면 교토 사람은 어지러이 뒤섞여 끊임없이 란잔(嵐山)에 간다.⁵

"저거네."

고노가 말한다. 두 사람은 다시 색의 세계로 나온다.

덴류지 문 앞에서 왼쪽으로 돌아들어 석가당(釋迦堂)⁶에서 오른쪽으로 꺾으면 도게쓰쿄(渡月橋)⁷다. 교토는 명소의 이름마저 아름답다. 두 사람은 길 양쪽에 이것저것 명물이라고 내세우는 것들을 무턱대고 늘어놓은 가게를 보며 여행한 지 이레가 되는 여심(旅心)을 역 쪽으로 옮긴다. 마주치는 사람들은 모두 교토 사람이다. 니조(二條) 역⁸에서 벚꽃이 필 무렵을 헛되이 하지 말라며 30분 간격으로 배차한 기차가 이제 막 도착한 선남선녀를 모조리 란잔의 꽃을 향해 토해낸다.

3 임제종의 고승. 덴류지를 이어받아 본당을 재건했다.
4 교토 시 우쿄 구(右京區)의 한 지명.
5 흔히 아라시야마(嵐山)라고도 하는 이곳은 벚꽃과 단풍의 명소로 유명하다. 봄이 되면 차례로 줄을 지어 '아라시야마(란잔)'로 놀러 가는 모습을 말한다.
6 사가의 세이료지(清凉寺)를 말한다. 이곳에 석가여래상이 안치되어 있다.
7 아라시야마 기슭을 흐르는 오이가와(大堰川)에 놓인 긴 다리.
8 사가에 이르는 입구.

"정말 아름답군."

무네치카는 이제 천하의 형세를 잊고 있다. 교토만큼 여자들이 아름다운 옷을 화려하게 차려입은 곳은 없다. 천하의 형세도 교토 여자의 색을 당해내지 못한다.

"교토 사람들은 아침저녁으로 미야코오도리를 추고 있군. 태평한 사람들이야."

"그래서 오노적이라고 한 거네."

"하지만 미야코오도리는 좋네."

"나쁘지 않지. 어쩐지 기세가 좋아."

"아니네. 저걸 보면 거의 이성(異性)이라는 느낌이 없어. 여자도 저 정도로 꾸미면, 꾸민 것만 보여 인간의 분자(分子)가 적어지지."

"그래, 그 이상적인 극단은 교토의 인형일 걸세. 인형은 기계인 만큼 불쾌감이 없지."

"아무래도 담박하게 활동하는 놈이 가장 인간의 분자가 많아서 위험하네."

"하하하하, 어떤 철학자든 위험하겠지. 그런데 미야코오도리는 외교관한테는 위험하지 않네. 정말 동감이야. 서로 평온한 곳으로 놀러 와서 참 다행이네."

"인간의 분자도 제일의(第一義)[9]가 활동하면 좋지만 아무래도 보통은 제십의(第十義) 정도가 함부로 활동하니 싫어지지."

"우리는 몇 의(義)쯤 될까?"

"우리야 상등한 인간이니까 제이의, 제삼의 이하는 아니지 않겠나?"

"이래도 말인가?"

9 가장 중요한 근본적인 의의 또는 제일차적인 것.

"하는 얘기야 실없어도 거기에 재미가 있는 거지."

"그거 고마운 일이군. 제일의는 어떤 활동인가?"

"제일의 말인가? 제일의는 피를 보지 않으면 안 나오네."

"그럼 위험한 일 아닌가?"

"실없는 생각을 피로 씻었을 때 제일의가 생생하게 나타난다네. 인간은 그만큼 경박한 존재인 거지."

"자기 피인가, 남의 피인가?"

고노는 대답 대신 상점에 진열되어 있는 가루차 찻잔을 바라보기 시작한다. 흙을 반죽하여 손으로 만든 것인지 선반 세 단에 차 있는 것은 모조리 얼이 빠져 있다.

"그런 얼 빠진 것은 아무리 피로 씻어도 안 되겠지?"

무네치카가 여전히 달라붙으며 말한다.

"이건……"

고노가 찻잔 하나를 들고 바라보고 있는 소맷자락을 무네치카가 예고도 없이 획 잡아당긴다. 찻잔은 봉당 위에서 산산조각이 난다.

"이거네."

고노는 흙바닥 위에 깨진 찻잔 조각을 바라보고 있다.

"어이, 깨졌나? 깨져도 그런 건 상관없네. 잠깐 이쪽을 보게. 어서."

고노는 봉당의 문지방을 넘는다.

"뭐지?"

덴류지 쪽을 다시 돌아보자 건너편에는 예의 그 교토 인형의 뒷모습이 줄줄이 가고 있을 뿐이다.

"무슨 일인가?"

고노가 다시 묻는다.

"벌써 가버렸네. 애석한 일이군."

"뭐가 가버렸다는 건가?"

"그 여자네."

"그 여자라니?"

"옆집 여자 말이네."

"옆집 여자라니?"

"거문고를 켜던 그 여자 말이네. 자네가 그토록 보고 싶어 하던 그 여자 말일세. 애써 보여주려고 했는데 그 시시한 찻잔이나 만지작거리고 있으니 이리된 거 아닌가?"

"그거 참 애석한 일이군. 어떤 여잔가?"

"어떤 여자냐고? 이제 안 보이네."

"그 아가씨도 애석하지만 이 찻잔한테는 끔찍한 짓을 했어. 죄는 자네한테 있네."

"있어도 되네. 그런 찻잔은 씻는 것 정도로는 아무 소용도 없다네. 깨버리지 않으면 고쳐지지 않는 성가신 것들이거든. 도대체 다인(茶人)이 갖고 있는 차 도구만큼 마음에 들지 않는 것도 없네. 다 뒤틀려 있어. 천하의 다기를 모아 모조리 때려 부수고 싶네. 뭐하면 이왕 깬 김에 찻잔 한두 개 더 깨지 않겠나?"

"음, 하나에 몇 전쯤 하려나?"

두 사람은 찻잔 값을 치르고 역으로 간다.

마음이 들뜬 사람을 꽃으로 데려가는 교토의 기차는 사가에서 니조로 돌아온다. 돌아오지 않는 기차는 산을 관통해 단바(丹波)로 빠진다. 두 사람은 단바행 표를 사서 기차에 올라 가메오카(龜岡)에서 내렸다. 호즈가와(保津川) 강의 물살이 빠른 여울은 이 역에서 타고 내려가는 것이 보통이다. 아래로 흘러 내려가는 강물은 눈앞에서 아직 완만하게 흘러, 기름을 흘린 듯한 초록 물결의 정취를 이룬다. 강가는 열리고 시골 아이들이 따는 뱀밥도 자란다. 뱃사공은 물가에 배를 대 놓고 손님을 기다린다.

"참 묘한 배로군."

무네치카가 입을 연다. 배의 바닥은 평평한 널빤지 하나로 되어 있고, 뱃전 위 가장자리에 보호재로 붙여놓은 판자는 착 달라붙어 물을 떠나지 않는다. 붉은 담요에 담배합을 놓고 두 사람은 적당한 간격으로 자리를 잡고 앉는다.

"왼쪽에 붙어 앉아 계시면 괜찮습니다. 물은 튀지 않을 테니까요."

뱃사공이 말한다. 사공은 모두 네 명이다. 맨 앞에 있는 사공은 3, 4 미터짜리 대나무 삿대를 들었고, 그 뒤에 선 두 사람 중 오른쪽에 선 사공은 노, 왼쪽에 선 사공은 똑같이 삿대를 들었다.

삐걱삐걱 노 젓는 소리가 들린다. 거칠게 깎은 납작한 떡갈나무 위쪽은 굵은 등나무 덩굴로 감고 나머지 30센티미터를 둥그스름하게 한 것은 두 손으로 꽉 잡기 편하게 하기 위해서다. 소나무의 작은 가지에 핏대를 세우고 끙 하고 노를 젓는 힘이 맥을 통했는지 노를 쥔 손마디가 단단하고 새까맣다. 등나무 덩굴에 목덜미를 잡힌 노는 저을 때마다 휘어지기라도 하듯이 딱딱한 목덜미를 똑바로 세운 채 등나무 덩굴을 스치고 뱃전 위 가장자리에 보호재로 붙여놓은 판자도 스친다. 노는 저을 때마다 끼익끼익 운다.

강가는 소리 없는 물을 두세 번 넘실거리게 하며 멈출 틈도 없이 앞으로, 앞으로 내려보낸다. 합류되는 물이 줄어드는 상류 쪽에는 야마시로(山城)[10]를 병풍처럼 둘러싼 봄 산이 우뚝 솟아 있다. 좁혀진 물은 어쩔 수 없이 산과 산 사이로 들어간다. 모자에 내리쬐는 햇빛이 순식간에 그림자를 잃나 싶더니 배는 재빨리 산골짜기로 들어간다. 호즈(保津)의 여울은 여기서부터다.

"드디어 왔군."

무네치카는 뱃사공 사이로 바위와 바위의 간격이 좁아진 50미터 앞을 본다. 물이 큰 소리로 운다.

"그렇군."

고노가 뱃전에서 머리를 내밀었을 때 배는 이미 여울 속으로 미끄러져 들어갔다. 오른쪽 두 사람은, 어어, 하며 물결을 가르는 손을 늦춘다. 노가 쏠려 뱃전에 닿는다. 뱃머리에 선 사공은 삿대를 수평으로 놓은 채다. 배는 기울어진 상태로 쏜살같이 내려가고 배 바닥에 앉은 엉덩이는 두두두둑 하고 울린다. 부서지나 싶었을 때는 이미 여울을 빠져나가고 있다.

"저거네."

무네치카가 손으로 가리키는 뒤쪽을 돌아보니 흰 포말이 50미터쯤 거꾸로 떨어지며 서로 물어뜯고, 수만 개의 구슬처럼 앞을 다투어 계곡으로 새어든 희미한 햇살을 빼앗고 있다.

"훌륭하군."

무네치카는 무척 마음에 든 모양이다.

"무소 국사와 비교하면 어느 쪽이 더 나은가?"

"무소 국사보다는 이쪽이 더 나은 것 같네."

뱃사공은 지극히 냉담하다. 소나무를 안은 큰 바위가 떨어질 듯하면서도 떨어지지 않는 것을 염려하지도 않는 것처럼 노를 젓고 삿대

10 교토 남부 지역의 옛 이름.

로 조종한다. 지나는 여울은 다양하게 굽이친다. 굽이칠 때마다 새로운 산이 눈앞에 나타난다. 여행객에게 돌산, 소나무 산, 잡목림 산을 헤아릴 틈도 주지 않을 만큼 빠른 물살은 배를 내몰아 다시 급류로 뛰어든다.

커다랗고 둥근 돌이다. 이끼를 간직하는 번거로움을 피해 봄추위속에서 자줏빛 알몸에 부딪쳐 흩어지는 물보라를 허리부터 받으며 녹음이 무너지는 한가운데서 배야 오거라, 하고 기다린다. 배는 화살도 창도 아랑곳하지 않는다. 오로지 그 커다란 바위를 향해 덤벼들 뿐이다. 소용돌이치며 사라지는 물이 바위에 갈라지는 저편은 보이지 않는다. 깎여 급하게 떨어지는 강바닥의 깊이는 얼마나 되는지, 배에 탄사람은 물결의 행방이 더 불가사의하다. 바위에 부딪쳐 부서질까, 휩쓸려 보이지 않는 저편으로 우르르 떨어져 가는지, 배는 그저 똑바로 나아갈 뿐이다.

"부딪친다."

무네치카가 엉거주춤 일어나려고 했을 때 자줏빛 커다란 바위는 이미 뱃사공의 검은 머리를 내리누르며 우뚝 섰다. 뱃사공은 끙 하고 뱃머리에 기합을 넣는다. 배는 부서질 정도의 기세로 물결을 집어삼키는 바위의 볼록한 부분으로 기어든다. 가로로 놓인 삿대는 고쳐 잡히고 두 손이 어깨보다 높이 올라감과 동시에 배는 휘익 돌았다. 이 짐승 같은 놈과 뿌리치는 삿대 끝에서 바위의 아래쪽에 딱 붙은 채 배는 비스듬히 미끄러지며 건너편으로 떨어지기 시작했다.

"아무래도 무소 국사보다는 훌륭한걸."

무네치카는 떨어지면서 말한다.

급류를 다 내려가자 맞은편에서 빈 배가 올라온다. 삿대는 물론 노도 쓰지 않는다. 바위 모서리에 대고 힘껏 버티던 주먹을 떼고, 어깨에서 비스듬히 메쿠라지마를 스친 가느다란 삼노끈을 힘껏 잡아당기며 긴 골짜기를 따라 배를 끌고 돌아온다. 물이 흐르는 것 외에 조금의 여지도 찾기 힘든 물가에서, 짚신이 박힐 정도로 허리를 앞으로 굽히고 돌을 건너뛰고 바위 위를 긴다. 막혀 흘러든 소용돌이에 두 손의 손가락 끝만 적셔질 뿐이다. 두 다리로 힘껏 버티는 여러 대에 걸친 금강력(金剛力)에 바위가 자연히 닳아, 끌고 가는 발바닥을 편안하게 받쳐주는 들쭉날쭉한 곳도 있다. 긴 대나무를 여기저기 바위 위에 걸쳐놓은 것은, 끄는 줄이 자신의 기세에 역행하지 않을 만큼 빨리 미끄러지기 위한 책략이라고 한다.

"좀 평온해졌군."

고노는 좌우의 강가에 눈길을 준다. 발 디딜 귀퉁이조차 보이지 않게 깎아지른 듯이 우뚝 솟은 아득한 산 위에서 손도끼 소리가 맹렬히 들려온다. 검은 그림자가 하늘 높이 움직인다.

"꼭 원숭이로군."

무네치카는 울대뼈를 내밀며 산봉우리를 올려다본다.

"익숙해지면 무슨 일이든 하는 법이지."

고노도 이마 위로 손을 올려 빛을 가리고 바라본다.

"하루 종일 저렇게 일해서 얼마나 벌까?"

"글쎄, 얼마나 될까?"

"저 아래에서 물어볼까?"

"이 물살은 너무 빠르군. 전혀 여유가 없어. 쉴 새 없이 달리고만 있으니까. 역시 군데군데 이런 곳이 없으면 곤란하지."

"난 좀 더 달렸으면 하는데. 정말 아까 그 바위 불룩한 곳을 부딪치고 돌았을 때는 아주 유쾌했네. 뱃사공의 노를 빌려 내가 배를 돌리고 싶을 정도였네."

"자네가 돌렸다면 지금쯤 우리는 이 세상 사람이 아니겠지."

"무슨, 유쾌하기만 하지. 교토 인형을 보고 있는 것보다 유쾌하지 않겠는가?"

"자연은 모두 제일의로 활동하고 있으니 말이지."

"그럼 자연은 인간의 모범이군."

"무슨, 인간이 자연의 모범이지."

"그렇다면 역시 자네는 교토 인형파로군."

"교토 인형은 좋지. 그건 자연에 가까워. 어떤 의미에서 제일의지. 곤란한 것은……"

"곤란한 것은 뭔가?"

"대부분이 곤란하지 않은가?"

고노는 이렇게 내뱉는다.

"그렇게 곤란한 날에는 방향을 잡을 수 없네. 모범이 없어지는 거지."

"급류를 타고 내려가는 게 유쾌하다는 것은 모범이 있기 때문이지."

"내가 말인가?"

"그래."

"그럼 나는 제일의의 인물이네."

"급류를 타고 내려가는 동안은 제일의지."

"다 내려갔을 때는 범인(凡人)이 되는 건가? 이런."

"자연이 인간을 번역하기 전에 인간이 자연을 번역하기 때문에 모범은 역시 인간한테 있지. 급류를 타고 내려가는 것이 장쾌한 것은 자네의 내면에 존재하는 장쾌가 제일의로 활동해서 자연으로 옮겨 타서 라네. 그게 제일의의 번역이고 해석일세."

"간담상조(肝膽相照)[11]라는 것은 서로 제일의가 활동하기 때문이겠지?"

"일단 그런 것임에 틀림없겠지."

"자네한테는 간담상조하는 경우가 있나?"

고노는 말없이 배 바닥을 응시한다. 말이 많은 사람은 알지 못한다[12]고 옛날 노자가 설파한 적이 있다.

"하하하하, 나는 호즈가와 강과 간담상조한 셈이지. 정말 유쾌하네, 유쾌해."

무네치카는 두세 번 손뼉을 친다. 어지럽게 나타나는 바위의 좌우로 굽이치는 물살은 껴안듯이 살짝 갈라지고 초록을 거의 투명하게 품은 고린나미(光琳波)[13]가 고사리의 새싹과 비슷한 곡선을 그리며 바위 모서리를 유유히 지나간다. 강은 점차 도쿄에 가까워진다.

"저 앞을 지나면 란잔입니다."

긴 삿대를 뱃전 안에 끼워 넣은 뱃사공이 말한다. 노 젓는 소리의 배웅을 받으며 깊은 소(沼)를 미끄러지듯 빠져나가자 좌우의 바위가 저절로 열려 배는 다이히카쿠(大悲閣)[14] 아래에 도착한다.

두 사람은 소나무와 벚꽃, 그리고 교토 인형이 무리 지어 있는 곳으로 올라간다. 천막과 나란히 늘어서 있는 울타리 밑을 빠져나가고 소

11 서로 마음을 터놓고 친해지는 것.
12 "아는 사람은 말이 없고 말이 많은 사람은 알지 못한다(知者不言 言者不知)."『노자』56장에 나오는 말.
13 겐로쿠 시대의 화가 오가타 고린(尾形光琳, 1658~1716)이 즐겨 그린 독창적인 물결.
14 교토의 란잔 산중턱에 있는 센코지(千光寺)를 말한다.

나무 사이를 지나 도게쓰쿄로 나갔을 때 무네치카가 다시 고노의 소매를 획 잡아당긴다.

두 아름이나 되는 적송(赤松)을 방패삼고 오이가와 강의 물결과 환한 꽃 그림자를 자랑하는 다리 옆의 갈대발 찻집에서 다카시마다(高島田) 머리를 한 이가 쉬고 있다. 옛날식으로 틀어 올린 머리를 지금 세상에 잠시 허락하라는 듯한 오뚝한 코에 희고 갸름한 얼굴은 꽃을 향하고 바람에 견디지 못하여 눈을 내리뜨고 명물인 경단을 바라보고 있다. 엷게 물들인 윤이 나는 비단 히후[15]를 입고 무릎을 가지런히 모으고 앉아 있어 안에 겹쳐 입은 옷의 색은 보이지 않는다. 다만 옷깃 언저리에서 불타오르는 듯한 어떤 모양의 장식용 깃이 바로 고노의 눈에 띈다.

"저 여자네."

"저 여자야?"

"저 여자가 거문고를 켜던 사람이네. 저 검은 하오리를 입은 사람이 그녀의 아버지일 걸세."

"그럴까?"

"저 사람은 교토 인형이 아니네. 도쿄 사람이지."

"어째서?"

"하숙집 하녀가 그리 말했네."

표주박 술에 취한 얼간이들이 삼삼오오 큰 소리로 웃고 팔을 흔들며 뒤에서 밀려온다. 고노와 무네치카는 몸을 비스듬히 해서 잘난 체하는 사람들을 지나가게 한다. 색의 세계는 지금이 한창이다.

15 여성이 외출할 때 걸치던 두루마기 비슷한 겉옷.

6

　동그란 얼굴에 근심이 적고 힐끗 비치는 옷깃 천에서 엷은 황록색 난초 꽃이 아련한 향기를 살결에 토해내며 그 옷을 입고 있는 사람의 가슴 위로 풍겨 나온다. 이토코는 그런 여자다.

　사람을 가리킬 때는 손가락을 사용한다. 네 손가락을 손바닥 안으로 접고 남은 검지로 힘껏, 저거다, 라고 가리킬 때, 가리키는 손은 한 치의 동요도 없이 분명하다. 다섯 손가락으로, 저것 좀 봐라, 라고 모조리 펼치면 방향은 맞아도 맞았다는 느낌은 둔해진다. 이토코는 다섯 손가락을 나란히 늘어놓은 듯한 여자다. 그런 인상이 잘못되었다고는 말할 수 없다. 그러나 이상하다. 뭔가 부족하다는 것은, 가리키는 손가락이 너무 짧은 경우를 말한다. 넉넉하다는 것은 가리키는 손가락이 너무 길 때일 것이다. 이토코는 다섯 손가락을 동시에 늘어놓은 것 같은 여자다. 족하다고도 말할 수 없다. 지나치게 족하다고도 평할 수 없다.

　사람을 가리키는 손가락이 손끝으로 갈수록 가늘어질 때, 분명한 느낌은 점차 손끝으로 모여 소실점을 이룬다. 후지오의 손가락은 손끝의 주홍색을 빠져나가 바늘처럼 뾰족하게 끝난다. 보는 자의 눈은 단번에 아프다. 요령부득인 자는 다리를 건너지 않는다. 너무 요령 있는 자는 난간을 건넌다. 난간을 건너는 자는 물에 빠질 염려가 있다.

후지오와 이토코는 6첩 다다미방에서 바늘 끝과 다섯 손가락의 전쟁을 벌이고 있다. 모든 대화는 전쟁이다. 여자의 대화는 더더욱 전쟁이다.

"한동안 못 봤는데, 잘 왔어요."

후지오가 주인 역할을 하며 말한다.

"아버지 혼자 계셔서 바쁘니까요, 그만 연락도 못 하고……"

"박람회에도 못 갔어요?"

"예, 아직요."

"무코지마(向島)는요?"

"아직 아무 데도 못 갔어요."

집에만 있으면서도 용케 만족하고 있구나, 하고 후지오는 생각한다. 이토코의 눈가에는 대답할 때마다 미소의 그림자가 비친다.

"그렇게 일이 많아요?"

"뭐, 그리 대단한 일이 있는 건 아니지만……"

이토코의 대답은 대개 중간에 끊기고 만다.

"가끔 바깥바람을 쐬지 않으면 몸에 해로워요. 봄은 일 년에 한 번밖에 오지 않으니까요."

"맞아요. 저도 그렇게 생각은 하고 있지만……"

"일 년에 한 번이라고 해도, 죽으면 올해뿐인 거잖아요."

"호호호호, 죽으면 다 소용없겠지요."

두 사람의 대화는 서로 죽음이라는 글자를 관통하고 좌우로 크게 갈라진다. 우에노는 아사쿠사(淺草)로 가는 길목이다. 동시에 니혼바시(日本橋)로 가는 길목이기도 하다. 후지오는 상대를 무덤 너머로 데려가려고 했다. 상대는 무덤 너머가 있다는 사실조차 모르고 있다.

"언젠가 오라버니가 결혼하면 저도 돌아다닐 거예요."

이토코가 말한다. 가정적인 여자는 가정적인 대답을 한다. 남자를 위해 태어났다고 각오하고 있는 여자만큼 불쌍한 여자도 없다. 후지오는 마음속으로 흥 하고 생각한다. 이 눈, 이 소매, 이 시와 이 노래는 냄비나 숯 담는 그릇 같은 것이 아니다. 아름다운 세상에서 움직이는 아름다운 자취다. 실용이라는 두 글자를 뒤집어쓰게 되었을 때, 여자는, 아름다운 여자는 본래의 명예를 잃고 최악의 모욕을 받는다.

"무네치카 하지메 씨는 언제 부인을 맞아들일 생각일까요?"

이야기만은 수박 겉 핥기식으로 진행된다. 이토코는 대답을 하기 전에 얼굴을 들어 후지오를 쳐다본다. 차차 전쟁이 시작된다.

"언제든지 와줄 사람만 있으면 결혼할 거라고 생각해요."

이번에는 후지오가 대답을 하기 전에 가만히 이토코를 바라본다. 바늘은 위급한 경우에 대비하여 좀처럼 눈동자에 드러나지 않는다.

"호호호호, 정말 훌륭한 부인이 금방 생길 거예요."

"정말 그리되면 좋을 텐데……"

이토코는 반쯤 안으로 얽혀든다. 후지오는 살짝 물러설 필요가 있다.

"누구 마음에 두고 계신 분은 없나요? 하지메 씨가 신부를 맞아들이겠다고만 한다면 본격적으로 찾아볼게요."

끈끈이를 칠한 장대가 닿았는지 어떤지는 모르지만, 새는 확실히 달아난 것 같다. 그러나 한 발짝 더 나아가볼 필요가 있다.

"예. 제발 찾아봐주세요. 제 언니라고 생각하고요."

이토코는 아슬아슬한 곳을 좀 지나치다 싶게 나아간다. 20세기의 대화는 일종의 교묘한 예술이다. 나아가지 않으면 요령부득이다. 너무 나아가면 비난을 당한다.

"그쪽이 언니예요."

후지오는 상대가 던지는 탐색의 망을 뚝 끊고 반대로 되던진다. 이토코는 아직 깨닫지 못한다.

"왜 그렇게 되지요?"

이토코는 고개를 갸우뚱한다.

쏜 화살이 명중하지 않은 것은 이쪽의 솜씨가 좋지 못해서다. 명중했는데도 반응을 보이지 않으며 모른 척하는 것은 재능이 없어서다. 여자는 솜씨가 좋지 못한 것보다 재능이 없는 것을 분하게 여긴다. 후지오는 아랫입술을 살짝 깨문다. 여기까지 와서 그만두는 것은 이기는 것만 아는 후지오에게는 불가능한 일이다.

"당신은 제 언니가 되고 싶지 않나요?"

후지오는 시치미를 뗀 얼굴로 묻는다.

"어머."

이토코의 뺨에는 넋이 나간 기색이 비친다. 적은 마음속으로, 거봐 내가 뭐랬어, 하고 냉소하며 물러난다.

고노와 무네치카가 상의하여 정한 격언은, 제일의로 활동하지 않는 자는 간담상조를 할 수 없다는 것이었다. 두 사람의 여동생은 간담의 외곽에서 전쟁을 벌이고 있다. 간담 안으로 끌어들이는 전쟁인가, 간담 외부로 쫓아내는 전쟁인가. 철학자는 20세기의 대화를 평해 간담

상담(肝膽相曡)[1]의 전쟁이라고 했다.

그때 오노가 들어온다. 오노는 과거에 쫓겨 하숙집 방 안을 빙빙 돌았다. 아무리 돌아도 도망칠 수 없을 것 같을 때 과거의 친구를 만나 과거와 현재를 조정해보려고 했다. 조정은 된 것 같기도 하고 되지 않은 것 같기도 해서, 여전히 불안한 상태다. 뒤쫓아 오는 것을 배짱 좋게 붙잡을 만한 용기는 물론 없다. 어쩔 수 없이 오노는 미래를 바라보고 뛰어왔다. 옛 속담에 곤룡포 소맷자락에 숨는다[2]는 말이 있다. 오노는 미래의 소맷자락에 숨으려고 한다.

오노는 비틀거리면서 왔다. 단지 비틀거렸다는 의미를 설명할 수 없다는 것이 유감이다.

"무슨 일 있어요?"

후지오가 묻는다. 오노는 '걱정' 위에 입을 수 있는 '침착'이라는 가문(家紋)을 넣은 예복을 아직 갖추지 못했다. 20세기 사람은 모두 이 가문을 넣은 예복을 두세 벌 준비해야 한다고 앞의 철학자가 말한 적이 있다.

"안색이 아주 안 좋아요."

이토코가 말한다. 의지할 미래가 창을 거꾸로 하고 과거를 찌르려고 하는 것은 박정하다.

"이삼일 자지 못했습니다."

"그래요?"

후지오가 말한다.

---

1 서로 마음을 터놓고 친하게 지낸다는 뜻의 간담상조(肝膽相照)를 비튼 말로 여기서 담(曡)은 감추고 속인다는 뜻이다.
2 곤룡포는 임금의 옷, 따라서 임금 뒤에 숨어 사리사욕을 부린다는 뜻이다.

"무슨 일이라도 있었나요?"

이토코가 묻는다.

"요즘 논문을 쓰고 계세요. 그래서 그런 거죠?"

후지오가 답변과 질문을 겸해 말한다.

"예."

오노는 강을 건너려고 하는데 나타난 배처럼 마침맞은 대답을 한다. 오노는 어떤 배라도 타라는 말을 들으면 타지 않을 수 없다. 대개의 거짓말은 나루터의 배다. 있으니 타는 것이다.

"아, 그렇군요."

이토코는 가볍게 대답한다. 어떤 논문을 쓰든 가정적인 여자는 상관하지 않는다. 가정적인 여자는 그저 안색이 안 좋은 것만 마음에 걸린다.

"졸업을 하셨는데도 바쁘시군요."

"졸업할 때 은시계를 받으셨으니 앞으로 논문을 완성하면 금시계를 받으실 거예요."

"대단하네요."

"그렇죠? 오노 씨?"

오노는 희미하게 웃는다.

"그래서 우리 오라버니나 고노 긴고(欽吾) 씨와 함께 교토로 놀러 가지 않으신 거군요. 우리 오라버니는 참 태평해요. 잠 좀 제대로 잘 수 없게 되면 좋겠어요."

"호호호호, 그래도 우리 오라버니보다는 낫겠지요."

"고노 씨 쪽이 얼마나 더 나은지 모르는군요."

이토코는 반쯤 무의식적으로 거리낌 없이 말했지만, 문득 정신을 차리고 하부타에[3] 손수건을 무릎 위에서 꾸깃꾸깃 만다.

"호호호호."

입술이 움직이는 사이로 앞니 모서리를 채색하고 있는 금빛이 바깥으로 쓰윽 내비친다. 적은 순조롭게 자신의 술책에 빠졌다. 후지오는 두 번 개가를 올린다.

"아직 교토에서는 소식 없습니까?"

이번에는 오노가 묻는다.

"네."

"엽서 정도는 올 것 같은데."

"하지만 함흥차사라고 했잖아요."

"누가 그런 말을 했나요?"

"어머, 저번에 어머니가 그런 말을 했잖아요. 두 사람 다 함흥차사라고요. 특히 무네치카 씨는 더더욱 함흥차사라고 말이에요."

"누가요? 후지오 씨 어머님이요? 함흥차사라서 질색이에요. 그러니어서 장가를 보내지 않으면 어디로 튈지 걱정돼서 안 돼요."

"빨리 결혼하게 해요. 오노 씨, 우리 둘이서 좋은 혼처를 찾아주지 않을래요?"

후지오는 의미 있는 듯한 눈으로 오노를 바라본다. 오노의 눈과 후지오의 눈이 마주쳐 부르르 떤다.

"예, 좋지요."

오노는 손수건을 꺼내 엷은 콧수염을 살짝 문지른다. 아련한 향기가 풍긴다. 강한 것은 천박하다고 한다.

"교토에는 아는 사람이 꽤 많지 않나요? 하지메 씨한테 교토 분을

3 얇고 부드러우며 윤이 나는 순백색 비단.

소개해드리세요. 교토에는 미인이 많다고 하잖아요."

오노의 손수건은 잠깐 힘을 잃는다.

"뭘요, 사실은 아름답지도 않습니다. 고노가 돌아오거든 물어보면 알 겁니다."

"오라버니가 어디 그런 이야기를 해줄 위인인가요?"

"그럼 무네치카한테."

"오라버니는 미인이 많다고 하더군요."

"무네치카는 전에도 교토에 간 적이 있습니까?"

"아니요, 이번이 처음이지만, 편지를 보냈어요."

"어머, 그럼 함흥차사는 아니네요. 편지가 왔으니까요."

"아니, 엽서예요. 미야코오도리 엽서를 보냈는데, 그 끝자락에 교토의 여자는 다 예쁘다고 쓰여 있었어요."

"그래요? 그렇게 예쁜가요?"

"어쩐지 하얀 얼굴이 잔뜩 늘어서 있어 전혀 모르겠어요. 그냥 보면 좋을지 모르지만요."

"그냥 보면 하얀 얼굴이 늘어서 있을 뿐입니다. 예쁘기는 하지만 표정이 없어서 별로 좋지는 않습니다."

"그리고 다른 내용도 있었어요."

"게으른 사람한테 어울리지 않는 일이군요."

"옆집 여자가 타는 거문고가 저보다 낫다고요."

"호호호호. 무네치카 씨가 거문고 비평을 할 수 있을 것 같지는 않은데요."

"저 들으라고 하는 말이겠지요. 제 거문고 솜씨가 형편없으니까요."

"하하하하, 무네치카도 꽤 짓궂은 짓을 하는군요."

"게다가 저보다 미인이라고 쓰여 있었어요. 정말 얄밉다니까요."

"무네치카 씨는 뭐든지 노골적이에요. 전 무네치카 씨를 만나면 당해내지 못해요."

"하지만 오라버니는 당신을 칭찬하던데요."

"어머, 뭐라고요?"

"너보다는 미인이다, 그러나 후지오 씨보다는 못하다, 라고요."

"어머, 남사스럽게."

후지오는 의기양양함과 경멸감이 뒤섞인 눈을 반짝이며 목을 쑤욱 뒤로 뺀다. 갈기에 비할 만한 것이 물결을 일으키는 것처럼 보이는 가운데 야광패 간자시에 새겨진 제비꽃만이 별처럼 가련한 빛을 발한다.

이때 오노와 후지오의 눈이 다시 마주친다. 이토코는 그 의미를 알 수 없다.

"오노 씨, 산조에 쓰타야라는 여관이 있나요?"

깊이를 알 수 없는 검은 눈동자에 넋을 잃고 의지할 미래에 완전히 흡수된 사람은 갑작스러운 장면 전환에 쿵 하고 과거로 떨어진다.

뒤쫓아 오는 과거에서 도망치는 이는, 자줏빛으로 피어오르는 소데코로(袖香爐)[4] 연기 속의 운치 있는 즐거움을, 이거다, 라고 확인할 여유도 없이 탐한다는 말조차 붙이기 힘들 만큼 눈과 눈이 딱 마주치는 순간, 결실을 맺지 못한 꿈에서 깨어나 역으로 자신은 과거로 내던져진다. 풀숲에 뱀이 있어 쉽사리 봄풀을 밟으며 산책하는 걸 허락하지 않는다는 말이 있다.

"쓰타야가 어떻게 됐는데요?"

4 기모노 속에 넣어 가지고 다니는 향로.

후지오가 이토코를 보며 묻는다.

"아니, 쓰타야라는 여관에 고노 씨와 우리 오라버니가 묵고 있다고 해서요. 그래서 그곳이 어떤 곳인가 해서 오노 씨한테 물어본 거예요."

"오노 씨는 알고 있나요?"

"산조 말인가요? 산조의 쓰타야…… 글쎄요, 있는 것 같기도 하고……"

"그럼 그다지 유명한 여관은 아닌 모양이죠?"

이토코는 순진하게 오노의 얼굴을 쳐다본다.

"예."

오노는 안타깝다는 듯이 대답한다. 이번에는 후지오 차례다.

"유명하지 않아도 좋잖아요, 뒷집에서 거문고 소리도 들려오고. 하긴 우리 오라버니하고 무네치카 씨라면 안 되겠네요. 오노 씨라면 아마 마음에 들어 했을 거예요. 봄비가 추적추적 내리는 한적한 날, 아무렇게나 편안하게 누워 여관 뒷집의 미인이 타는 거문고 소리를 듣는 건 정말 시적이지 않나요?"

오노는 평소와 달리 입을 다물고 있다. 눈동자조차 후지오 쪽으로 돌리지 않고, 도코노마에 걸린 액자 안의 황매화나무를 무심하게 바라보고 있다.

"좋겠네요."

이토코가 오노 대신 대답한다.

시를 모르는 사람은 취미 문제에 끼어들 권리가 없다. 가정적인 여자로부터 '좋겠네요' 정도의 대답에 만족할 거였다면 처음부터 봄비니 뒷집이니 거문고 소리니 하는 말은 입에 담지도 않았을 것이다. 후지오는 불만이다.

"상상해보니 재미있는 그림이 그려지네요. 어떤 곳으로 하면 좋을까요?"

가정적인 여자는 왜 이런 질문이 나오는 것인지, 전혀 그 뜻을 알 수 없다. 불필요한 일이라며 잠자코 삼가고 있을 수밖에 없다. 무슨 일이 있어도 오노는 다시 입을 열어야 한다.

"당신은 어떤 곳이 좋을 것 같습니까?"

"저요? 저는요…… 그래요…… 2층 다락방이 좋겠어요. 바깥 툇마루에서 가모가와 강이 조금 보이고…… 산조에서 가모가와 강이 보여도 좋겠지요?"

"예, 곳에 따라서는 보이기도 합니다."

"가모가와 강가에는 버드나무가 있나요?"

"예, 있습니다."

"그 버드나무가 멀리 부옇게 보이는 거예요. 그 위로 히가시야마…… 히가시야마 맞죠? 둥글고 예쁜 산 말이에요. 공물로 바치는 둥그런 찰떡처럼 봉긋한 그 푸른 산이 아련하게 보이는 거지요. 그리고 안개 속에 흐릿하게 오층탑[5]이…… 그 탑 이름이 뭐였지요?"

"어떤 탑 말입니까?"

"어떤 탑이라니요? 히가시야마 오른쪽 구석에 보이잖아요?"

"저는 잘 모르겠는데요."

오노가 고개를 갸우뚱한다.

"있어요. 분명히 있어요."

후지오가 말한다.

5 여기서는 히가시야마의 야사카노토(八坂の塔)를 말한다.

"하지만 거문고는 옆집이에요."

이토코가 말한다.

여류시인의 공상은 이 한마디로 깨졌다. 가정적인 여자는 아름다운 세계를 파괴하기 위해 태어난 것이나 마찬가지다. 후지오는 살짝 눈살을 찌푸린다.

"무척 서두르네요."

"뭐, 재미삼아 묻는 거예요. 그러고 나서 그 오층탑은 어떻게 되나요?"

오층탑이 어떻게 될 리는 없다. 생선회를 바라보기만 하고 부엌으로 물러는 사람도 있다. 오층탑을 어떻게 하고 싶어 하는 사람들은 생선회를 먹지 않으면 참을 수 없도록 교육받은 실용주의적인 인간이다.

"그럼 오층탑은 그만두죠 뭐."

"재미있어요. 오층탑이 재미있어요. 그렇죠, 오노 씨?"

심기를 거슬렀을 때는 반드시 사람을 통해 사죄를 하는 것이 세상이다. 여왕의 역린은 냄비, 솥, 된장 거르는 기구 같은 공양물로는 돌이킬 수 없다. 도움도 안 되는 오층탑을 안개 속에 종기처럼 안치하지 않으면 안 된다.

"오층탑 이야기는 그뿐이에요. 오층탑이 어떻게 하는 건가요, 뭐?"

후지오의 눈썹이 움찔 움직인다. 이토코는 울고 싶어진다.

"기분 상했나요? ……제가 잘못했어요. 정말 오층탑 이야기는 재미있어요. 빈말이 아니에요."

고슴도치는 쓰다듬어줄수록 가시를 세운다. 오노는 파열되기 전에 어떻게든 하지 않으면 안 된다.

오층탑 이야기를 꺼내면 화를 부채질하게 된다. 거문고 소리는 자신에게 금물이다. 오노는 어떻게 조정해야 좋을지 생각한다. 이야기가 교토를 벗어나면 자신에게는 좋지만, 무턱대고 화제를 바꾸다가는 이토코 씨와 마찬가지로 경멸을 부른다. 상대의 화제에 따라 돌다가 자신에게 고통이 없도록 발전시켜나가야 한다. 은시계를 받은 사람의 솜씨로는 너무 어려운 모양이다.

"오노 씨, 당신은 아시겠죠?"

후지오 쪽에서 말을 꺼낸다. 이토코는 벽창호로서 배제되었다. 여자 두 사람을 조정하는 것은, 눈앞에서 유쾌하지 않은 말의 결투를 보는 게 싫기 때문이다. 아름답고 상냥한 눈썹으로 맹렬히 싸우는 불꽃의 상대가, 적수가 되지 않는다며 업신여김을 당하면 굳이 손을 쓸 필요는 없다. 배제된 사람을 한패에 끼워주는 친절은, 배제된 자가 시끄럽게 굴며 나올 때뿐이다. 얌전히 있어주기만 한다면 배제되든 업신여김을 당하든 당분간 자신의 이해(利害)에는 관계없는 일이다. 오노는 이토코를 안중에 둘 필요가 없다. 말을 꺼낸 후지오의 장단에 맞춰주기만 하면 별문제는 없을 것이다.

"물론 알고 있지요. 시의 생명은 사실보다 확실합니다. 하지만 그런 것을 모르는 사람이 세상에는 꽤 많지요."

오노는 이토코를 경멸할 생각이 없다. 그저 후지오의 심기에 중점을 두었을 뿐이다. 게다가 그 대답은 진리다. 다만 약한 자에게 아프게 닿는 진리다. 오노는 시를 위해, 사랑을 위해 그 정도의 희생을 감수한다. 도의는 약한 자의 머리에 빛나지 않아 이토코는 허전한 마음이 든다. 후지오는 드디어 속이 후련하다.

"그럼 그다음 이야기를 당신한테 말씀드려볼까요?"

사람을 저주하면 구덩이가 둘[6]이라는 말이 있다. 오노는 무슨 일이 있어도 예, 라고 대답하지 않으면 안 된다.

"예."

"이층 아래에 징검돌 세 개가 비스듬히 보이고, 그 앞에 나무로 짠 정(井)자 모양의 우물 난간이 있고, 조팝나무 꽃이 거의 스칠 정도로 가까이 피어 있고, 두레박을 만지면 우물 속으로 소리 없이 미끄러질 것만 같아요……"

이토코는 잠자코 듣고 있다. 오노도 잠자코 듣고 있다. 벚꽃 철의 흐린 하늘이 점점 가라앉는다. 무거운 구름이 겹쳐 무성한 초목을 침침하게 누르고 있다. 낮은 점차 어두워진다. 덧문에서 1.5미터쯤 떨어져 있는 낮은 울타리 밖에 별목련이 괴이한 색 꽃을 피우며 나란히 서있다. 나무들 사이로 자세히 보니 이따금 두 줄기, 세 줄기의 빗줄기가 띄엄띄엄 비친다. 비스듬히 쓰윽 지나가나 싶다가 이내 사라진다. 하늘에서 내리는 것 같지가 않다. 더더욱 땅 위에 떨어지는 것 같지도 않다. 빗줄기의 생명은 고작 30센티미터 남짓이다.

장소는 기분을 바꿔준다. 후지오의 상상은 하늘과 함께 세세해진다.

"조팝나무를 이층 난간에서 보신 적 있으세요?"

"아직 없습니다."

"비 오는 날…… 어머, 비가 살짝 내리기 시작한 모양이에요."

후지오는 정원 쪽을 본다. 하늘은 더욱 어두워진다.

"그리고 말이에요, 조팝나무 뒤에는 겐닌지(建仁寺)의 울타리고, 그

---

6 타인을 저주하여 죽이면 자신도 상대의 원한으로 저주를 받고 죽게 되므로 구덩이가 두 개가 필요해진다는 뜻.

울타리 너머에서 거문고 소리가 들려오는 거예요."

드디어 거문고가 등장했다. 이토코는, 역시 그렇구나, 하고 생각한다. 오노는, 아니 이런, 하고 생각한다.

"이층 난간에서 내려다보면 옆집 뜰이 훤히 보이는 거예요. 이왕 얘기가 나왔으니 그 뜰이 어떻게 생겼는지도 말씀드릴까요? 호호호호."

후지오는 큰 소리로 웃는다. 차가운 빗줄기가 목련 꽃을 반짝 스친다.

"호호호호, 싫으세요? 왠지 무척 어두워졌네요. 흐린 하늘이 확 바뀔 것 같은데요."

거기까지 다가온 어두운 구름은 슬슬 가는 빗줄기로 바뀐다. 나무들을 쭉 가로지르고, 바로 뒤에서 쓰윽 하고 뒤쫓아 온다. 가만히 보고 있는 사이에 획획 여러 개가 동시에 지나간다. 빗줄기는 점차 많아진다.

"어머, 이제 본격적으로 쏟아질 모양이네요."

"비가 오니 전 이만 실례하겠어요. 말씀 나누시는데 실례지만요. 정말 얘기 재미있었어요."

이토코는 자리에서 일어난다. 이야기는 봄비와 함께 무너졌다.

7

성냥을 긋자 불빛은 곧바로 어둠 속으로 들어간다. 몇 단의 화려한 비단[1]을 다 넘기면 무늬 없는 곳이 나온다. 두 청년에게 춘흥은 끝났다. 여우 털 조끼를 입고 천하를 가는 사람은 일기장을 품속에 넣고 백 년의 근심을 안은 자와 함께 귀로에 오른다.

오래된 절, 낡은 신사, 신의 숲, 부처의 언덕을 뒤덮고 서두를 줄 모르는 교토의 해가 드디어 저물었다. 나른한 저녁이다. 사라져가는 모든 것 위에 별만 남았고, 그마저도 또렷이 보이지 않는다. 순식간에 나른한 하늘 속으로 흐리멍덩하게 녹아들려고 한다. 과거는 이 잠자는 깊숙한 데서 움직이기 시작한다.

한 사람의 일생에는 백 가지 세계가 존재한다. 어떤 때는 흙의 세계로 들어가고, 어떤 때는 바람의 세계로 움직인다. 또 어떤 때는 피의 세계에서 비린내 나는 피를 뒤집어쓴다. 한 사람의 세계를 방촌(方寸)[2]에 모아놓은 경단과 선과 악을 섞어놓은 경단을 층층이 일렬로 늘

1 아름다운 단풍을 말한다.

어놓아 천 명에게 천 개의 실세계를 생생하게 보여준다. 개개의 세계는 운명의 교차점에 개개의 중심을 두고 각자의 신분이나 능력에 맞는 원주를 좌우에 긋는다. 분노의 중심에서 멀어지는 원은 날아가듯이 빠르게, 사랑의 중심에서 다가오는 원주는 허공에 불꽃의 흔적을 태운다. 어떤 사람은 도의의 실을 끌며 움직이고, 어떤 사람은 거짓의 원을 넌지시 비추며 돈다. 종횡으로, 전후로, 아래위 사방으로 어지러이 나는 세계와 세계가 엇갈릴 때 진나라와 월나라 손님이 여기서 배를 함께 탄다.[3] 고노와 무네치카는 봄날의 흥취를 만끽하고 동쪽으로 돌아간다. 고도 선생과 사요코는 잠자는 과거를 깨우며 동쪽으로 간다. 다른 두 세계는 8시발 밤기차에서 뜻하지 않게 엇갈린다.

내 세계와 내 세계가 엇갈렸을 때 할복을 하는 일이 있다. 자멸하는 일이 있다. 내 세계와 다른 세계가 엇갈렸을 때 둘 다 무너지는 일이 있다. 부서져 날아가는 일이 있다. 혹은 길게 열기를 끌며 무한한 것 속으로 사라지는 일이 있다. 생애에 한 번 굉장한 엇갈림이 일어난다면 나는 막을 내리는 무대에 서는 일 없이 스스로가 비극의 주인공이 된다. 하늘로부터 받은 성격은 그제야 비로소 제일의로 약동한다. 8시발 밤기차로 엇갈린 세계는 그다지 맹렬한 것이 아니다. 그러나 그저 만나고 헤어지는 옷깃만 스치는 인연이라면 별 많은 봄밤에 굳이 이름마저 쓸쓸한 시치조[4]에서 엇갈릴 필요는 없을 것이다. 소설은 자연을 조탁한다. 자연 자체는 소설이 되지 않는다.

끊어질 듯 이어질 듯, 꿈인 듯 환상인 듯한 8백 킬로미터를 달리는

2 사방 한 치의 넓이, 즉 사람의 마음을 말할 때 쓰인다.
3 멀리 떨어져 있던 사람이 여기서 함께 만난다는 뜻. 중국 춘추전국시대의 진(秦)과 월(越)은 멀리 서북과 동남으로 떨어져 있었다.
4 시치조에 있던 교토 역.

기차 안에서 두 세계는 엇갈렸다. 8백 킬로미터를 달리는 기차는 소를 태우든 말을 태우든, 어떤 사람의 운명을 동쪽으로 어떻게 나르든 전혀 관심이 없다. 세상을 두려워하지 않는 쇠바퀴를 덜커덩덜커덩 돌린다. 그러고는 무서운 기세로 쏜살같이 어둠을 뚫는다. 헤어졌다 만나는 것을 애타게 기다리는 얼굴이 되는 것, 떠났다가 돌아오는 것을 기분 좋게 생각하지 않는 것, 여행에 익숙해져 왕래에 뜻을 두지 않는 것, 이 모든 것을 하나로 묶어 모조리 토우(土偶)처럼 대우하려고 한다. 밤에는 보이지 않지만 시커먼 연기를 세차게 토해내고 있다.

잠드는 밤에 깨어 있는 자는 모두 초롱을 들고 시치조를 향해 움직이고 있다. 인력거 채가 내려갈 때 검은 그림자가 갑자기 밝아지며 대합실로 들어간다. 검은 그림자는 어둠 속에서 계속 나타난다. 장내는 살아 있는 검은 그림자들로 꽉 찬다. 남겨진 교토는 필시 조용할 것이다.

교토의 활동을 시치조의 한 점에 모으고, 그렇게 모은 천이나 2천의 세계를 한데 묶어 날이 샐 때까지 밝은 도쿄로 밀어내기 위해 기차는 끊임없이 연기를 토해내고 있다. 검은 그림자는 무너져 내리기 시작했다. 한 덩어리가 뿔뿔이 흩어져 점이 된다. 점은 오른쪽으로 왼쪽으로 움직인다. 잠시 후 무적(無敵)의 강력한 소리를 내며 차량의 문을 탁탁 닫고 간다. 홀연 플랫폼은 인파를 쏟아내기라도 한 것처럼 휑하니 넓어진다. 창 안에서는 커다란 시계만이 눈에 띈다. 그때 아득히 먼 뒤편에서 기적 소리가 울린다. 기차가 덜커덩하면서 움직인다. 서로의 세계가 어떤 관계로 엮여질지 모르는 듯 어둠 속을 달리는 고노, 무네치카, 고도 선생, 가련한 사요코는 모두 이 기차에 타고 있다. 그걸 모르는 기차는 덜커덩덜커덩 회전한다. 모르는 네 사람은 각자의 세계가 엇갈린 채 어두운 밤 속으로 들어간다.

"어지간히 붐비는군."

고노가 실내를 둘러보면서 말한다.

"그러게. 교토 사람들은 다들 이 기차로 박람회 구경을 가는 거겠지. 꽤 많이 탔군."

"그래, 대합실이 검은 산 같았으니까."

"하하하하, 맞아. 정말 조용한 곳이야."

"그런 곳에 사는 사람도 움직이니 신기하지. 그래 봬도 그 사람들도 여러 가지 용무가 있겠지."

"아무리 조용하다고 해도 태어나고 죽는 사람은 있을 걸세."

고노가 왼쪽 무릎을 들어 오른쪽 무릎 위에 올리며 말한다.

"하하하하, 태어나고 죽는 게 용무인가? 쓰타야 옆집에 사는 부녀도 그런 사람들이지. 정말 조용히 살고 있지 않았나? 말 한마디 하지 않더군. 그러면서 도쿄로 간다니 참 신기한 일이지."

"박람회라도 보러 가는 거겠지."

"아니, 집을 정리해 이사를 간다더군."

"아, 그래? 언제 말인가?"

"언제인지는 모르겠네. 거기까지는 하녀한테 물어보지 않았으니까."

"그 아가씨도 언젠가 시집을 가겠지?"

고노는 혼잣말처럼 말한다.

"하하하하, 그렇겠지."

무네치카는 헐렁한 잡낭을 선반에 올리고 앉으며 웃는다. 고노는 반쯤 얼굴을 돌리고 유리창 밖을 내다본다. 바깥은 그저 어둡기만 하다. 기차는 거침없이 어둠 속을 뚫고 나간다. 굉음만 들린다. 인간은 무능력하다.

"꽤 빠르군. 속력이 얼마나 될까?"

무네치카가 자리에서 책상다리를 하면서 말한다.

"얼마나 빠른지는 밖이 캄캄해서 전혀 모르겠는데."

"밖이 깜깜하다고 해도 빠르잖은가."

"비교할 게 보이지 않으니 모르지."

"보이지 않아도 빠르네."

"자네는 알겠는가?"

"그럼, 정확히 알 수 있지."

무네치카는 으스대며 책상다리 자세를 고친다. 대화는 다시 끊긴다. 기차는 속도를 높여간다. 맞은편 선반에 놓인 누군가의 모자는 기울어진 채 오뚝한 꼭대기가 흔들리고 있다. 보이가 가끔 실내를 지나간다. 대부분의 승객은 마주한 얼굴을 지켜보고 있다.

"이봐, 아무래도 빠르네."

무네치카가 다시 말을 건넨다. 고노는 눈을 반쯤 감고 있다.

"그래?"

"아무래도 빨라."

"그런가?"

"그래. 자 보라고, 빠르지 않나?"

기차는 굉음을 내며 달린다. 고노는 히죽 웃을 뿐이다.

"급행열차는 기분이 좋아. 이게 아니면 탄 것 같지가 않거든."

"이것도 무소 국사보다 낫지 않은가?"

"하하하하, 제일의로 활동하고 있군그래."

"교토의 전차[5]와는 전혀 다르겠지."

"교토의 전차 말인가? 그건 두 손 다 들었지. 뭐, 제십의 이하네. 그런데도 운행하고 있으니 신기하지."

"타는 사람이 있어서겠지."

"타는 사람이 있다고 해도 너무하지. 그래 쾌도 부설한 것은 세계 제일이라던데."

"그렇지도 않을걸. 세계 제일치고는 너무 유치하지 않은가?"

"그런데 부설한 것이 세계 제일이라면 진보하지 않는 것도 세계 제일이라고 하네."

"하하하하, 교토와는 조화를 이루고 있군."

"그렇지. 전차의 명승고적이군. 전차의 긴가쿠지(金閣寺)야. 원래 10년이 하루 같다는 말은 칭찬할 때 쓰는 말이지만 말일세."

"천 리 길 강릉을 하루에 다녀왔다네[6], 하는 절구도 있잖은가."

"천 리 길 공성(攻城)의 연속이었네[7], 아닌가?"

"그건 사이고 다카모리네."

"그런가? 어쩐지 이상하다 했네."

고노는 대답을 미루고 입을 다문다. 대화는 다시 끊긴다. 기차는 여전히 굉음을 내며 달린다. 두 사람의 세계는 잠시 어둠 속으로 흔들리

---

5 1895년(메이지 28), 일본에서는 처음으로 교토의 시가(市街) 전차가 개통했다. 그 고풍스러운 시가 전차와 근대문명의 산물인 급행열차를 비교하고 있다.

6 천리강릉일일환(千里江陵一日還), 이백(李白)의 칠언절구「조발백제성(早發白帝城)」의 한 구.

7 일백리정루벽간(一百里程壘壁間), 사이고 다카모리(西鄕隆盛, 1827~1877)의 칠언절구. 천 리 (一百里, 4백 킬로미터)는 세이난 전쟁(西南戰爭)의 도정을 말한다. 세이난 전쟁은 1877년 현재의 구마모토, 미야기, 오이타, 가고시마 현에서 사이고 다카모리를 맹주로 한 사족(士族)이 일으킨 무력 반란이다. 메이지 초기에 일어난 일련의 사족 반란 중에서 최대 규모이자 일본 최후의 내전이었다.

며 사라져간다. 동시에 다른 두 사람의 세계가 가늘고 긴 밤을 실처럼 비추며 움직이는 전등 아래 나타난다.

살결이 하얗고, 기울어지는 달빛에 태어나 사요코(小夜子)라고 한다. 어머니 없이 검소하게 살아가는 아버지와 딸 둘만의 교토 집에 우란분재[8]의 등롱을 건 것이 다섯 번이다. 올가을은 오랜만에 돌아가신 어머니의 영혼을 도쿄의 겨릅대로 맞이할 생각을 하며 좌우로 벌어진 긴 소매 안에 하얀 손을 얌전히 포개놓고 있다. 절실히 느껴지는 정감은 작은 사람의 어깨에 모인다. 덮쳐오는 분노는 쏟아내리는 비단을 통해 부드럽게 정(情)의 옷자락으로 미끄러져 들어온다.

자줏빛의 교만한 사람은 손짓하며 부르고, 노란빛의 정 깊은 사람은 따라간다. 동서의 봄이 8백 킬로미터나 이어진 철길을, 사랑이야말로 진실하리라는 소망의 실 한 가닥으로 머리에 맨 다케나가[9]를 흔들거리며 긴 밤을 누비고 달린다. 지난 5년은 꿈이다. 단지 방울져 떨어지는 화필의 기세에 애매하게 확 물든 옛 꿈은 깊은 기억의 밑바닥에 배어들어 당시를 돌이켜볼 때마다 선명하게 번져 보인다. 사요코의 꿈은 목숨보다 분명하다. 사요코는 이 분명한 꿈을 봄추위의 품속에 넣어 따뜻하게 하면서 까맣게 움직이는 기차에 싣고 동쪽으로 간다. 기차는 꿈을 실은 채 오직 동쪽으로 내달릴 뿐이다. 꿈을 가진 사람은 불타는 것을 떨어뜨리지 않으려고 꼭 안고 간다. 기차는 죽을힘을 다해 달린다. 들판에서는 녹음을 뚫고, 산에서는 구름을 뚫고, 별이 뜬 밤에는 별을 뚫고 달린다. 꿈을 가진 사람은 그것을 안고 달리면서 분

---

8 음력 7월 보름을 중심으로 조상의 영혼을 제사 지내는 불교행사. 껍질을 벗긴 삼대(겨릅대)를 피워 조상의 혼을 마주하고 배웅한다.
9 가늘고 길게 자른 종이로 묶은 머리.

명한 꿈을 먼 어둠에서 떼어내 현실 앞에 내던지려 하고 있다. 기차가 달릴 때마다 꿈과 현실 사이는 가까워진다. 사요코의 여행은 분명한 꿈과 분명한 현실이 딱 마주쳐 구별 없는 지경에 이르러 그친다. 밤은 아직 깊다.

옆에 앉아 있는 고도 선생은 그다지 큰 꿈을 갖고 있지 않다. 날마다 하얘지는 턱 밑 수염을 잡고 옛날을 떠올리려고 한다. 옛날은 20년 속에 틀어박혀 쉽사리 나오지 않는다. 막막한 세상의 번거로움 속에서 뭔가 움직이고 있다. 사람인지 개인지 나무인지 풀인지도 분명하지 않다. 사람의 과거는 사람과 개와 나무와 풀이 구별되지 않게 되어서야 비로소 진정한 과거가 된다. 연연해하는 자신을 무정하게 버리고 떠나는 옛날에 미련이 있으면 있을수록 사람도 개도 풀도 나무도 엉망진창이 된다. 고도 선생은 희끗희끗한 수염을 힘껏 잡아당긴다.

"네가 교토에 온 것이 몇 살 때였더라?"

"학교를 그만두고 바로 왔으니까 딱 열여섯 살이 되던 해 봄이었어요."

"그러면 올해가 몇 년째지?"

"5년째예요."

"그게 벌써 5년이 되는구나. 참 빠르기도 하다. 바로 얼마 전 같은데 말이야."

고도 선생은 다시 수염을 잡아당긴다.

"그때 아라시야마(嵐山)에 데려갔잖아요. 어머니도 함께요."

"그래. 그때는 꽃이 피기에는 너무 일렀지. 그때를 생각하면 아라시야마도 참 많이 변했다. 명물인 경단도 아직 없었던 것 같고."

"아니에요, 경단은 있었어요. 산겐(三軒) 찻집 옆에서 먹었잖아요."

"그런가? 기억이 잘 안 나는구나."

"그때 오노 씨가 파란색 경단만 골라 먹는다고 다 같이 웃었잖아요."

"그래, 그때는 오노가 있었지. 네 어머니도 건강했는데 말이야. 그리 빨리 갈 줄은 생각도 못 했구나. 사람 일만큼 알 수 없는 것도 없어. 오노도 그 후로 많이 변했겠지? 아무튼 5년이나 만나지 못했으니까……"

"하지만 건강하니까 다행이에요."

"그렇지. 교토로 오고 나서 꽤 건강해졌지. 처음 왔을 때는 얼굴도 상당히 창백했는데 말이야. 그리고 어쩐지 시종 안절부절못하는 모습이었는데 익숙해지고는 차츰 침착해지고……"

"온화한 성품이에요."

"온순했지. 너무 온순해서 탈이지. 그런데 졸업 성적이 좋아서 은시계도 받고, 참 좋은 일이야. 사람은 도와주고 볼 일이라니까. 그렇게 성품이 좋은 사람이라도 그냥 내버려두면 그길로 어디로 가서 어떻게 될지 모르는 일이니까."

"정말 그래요."

분명한 꿈은 원을 그리며 가슴속에서 돌기 시작한다. 죽은 꿈이 아니다. 5년의 밑바닥에서 떠오른 깊은 기억을 벗어나 아주 가까운 데서 뛰어오른다. 여자는 단지 눈을 한곳에 집중하고 눈앞으로 다가오는 꿈이 분명히 지나갈 만한 광경을 왼쪽과 오른쪽에서, 앞과 뒤에서, 아래와 위에서 바라본다. 꿈을 바라보는 데 마음을 빼앗긴 사람은 연로한 아버지의 수염을 잊어버린다. 사요코는 입을 다문다.

"오노가 신바시(新橋)까지 마중 나오겠지?"

"당연히 나오겠지요."

꿈은 다시 뛴다. 뛰지 말라고 억누른 채 밤새 흔들리면서 어둠 속을 달린다. 노인은 수염에서 손을 뗀다. 이윽고 눈을 감는다. 사람도 개도 풀도 나무도 확실히 비치지 않는 낡은 세계에는 어느새 검은 막이 내린다. 작은 가슴에 뛰고 돌고 억눌리면서 달리는 세계는 어둠을 밝히며 불처럼 환하다. 사요코는 그 환한 세계를 품고 잠에 빠져든다.

긴 기차는 휩싸인 밤을 헤치며 보내지 않겠다고 거역하는 바람을 때린다. 쫓아오는 저승의 신을 힘찬 꼬리로 치고, 가까스로 빠져나온 새벽의 나라가 어슴푸레하게 건너편 일대로 밀려 올라온다. 망망한 들판이 저절로 끝나지 않고 점차 하늘로 다가가 위로 한없는 것을 수상히 여기면서 사라지지 않고 남아 있는 꿈을 물리치며 시선을 중천으로 달리게 할 때 태양의 세상은 밝아온다.

신대(神代)의 하늘에서 우는 금계(金鷄)[10]가 5천 리나 이어져 일시에 날갯짓하여 넘쳐흐르는 구름을 하계에 펼치는 하늘 한가운데에 쾌청하게 떠오르는 만고의 눈(雪)은 끊임없이 무너져 내려 간토의 들판을 제압할 기세로 좌우로 펼쳐지며 창망한 가운데 허리 아래까지 뒤덮고 있다. 하얀 것은 하늘을 여봐란 듯이 꿰뚫는다. 하얀 것이 한바탕 끝나면 자줏빛 주름과 쪽빛 주름을 비스듬히 접고, 하얀 바탕을 불규칙한 몇 줄기가 가르며 지나간다. 올려다보는 사람은 기어가는 구름의 그림자를 따라 푸르스름하게 어두운 산기슭에서 짙은 쪽빛과 자줏빛을 번개로 수놓으며 최상의 순백에 이르러 홀연히 눈을 뜬다. 하얀 것은 모든 승객을 분명한 세계로 이끈다.

10 중국에서는 천상의 금계성에 사는 금계가 새벽을 알리면 천하의 닭들이 그에 호응하여 운다는 전설이 있다.

"이보게, 후지 산이 보이네."

무네치카가 자리에서 미끄러져 내리면서 창문을 탁 연다. 드넓은 산기슭에서 아침 바람이 휙 불어온다.

"응, 아까부터 보였네."

낙타털 담요를 머리까지 뒤집어쓰고 있는 고노는 의외로 냉담하다.

"그런가? 자지 않았나?"

"좀 잤네."

"뭔가, 그런 걸 머리까지 뒤집어쓰고……"

"추워서."

고노는 무릎 담요 안에서 대답한다.

"난 배가 고픈데, 아직 밥은 안 주나 보지?"

"밥 먹기 전에 세수부터 해야 할 것 같은데……"

"당연하지. 자네는 늘 당연한 말만 하는군. 잠시 후지 산이나 보고 있게."

"히에이잔 산보다는 낫군."

"히에이잔? 무슨 소린가, 히에이잔은 기껏해야 교토의 산 아닌가."

"무척 경멸하는군."

"흐음, 어떤가? 저 웅장한 모습은. 사람도 저리되지 않으면 안 되네."

"자네는 저렇게 가만히 버티고 있을 수 없네."

"호즈가와 강이 고작인가? 호즈가와 강도 자네보다야 낫지. 자네는 그저 교토의 전차 정도지."

"교토의 전차는 그래도 움직이니까 괜찮네."

"자네는 전혀 움직이지 않는 건가? 하하하하. 자, 이제 낙타털 담요는 걷어치우고 움직이게."

무네치카는 선반에서 헐렁한 잠낭을 내린다. 객실 안이 술렁거리기 시작한다. 환한 세계로 빠져나온 기차는 누마즈(沼津)에서 한숨 돌린다. 세수를 한다.

창문 밖으로 홀쭉한 얼굴이 절반쯤 나타난다. 성긴 수염 한 가닥씩 까맣게 또는 하얗게 아침 바람을 맞으며 말한다.

"이보게, 도시락 두 개만 주게."

고도 선생은 오른손에 은화를 조금 쥐고, 나무 도시락을 받아 든 왼손과 교대하여 내민다. 안에서는 딸이 차를 따르고 있다.

"어떠냐?"

나무 도시락 뚜껑을 열자 흰밥이 뚜껑 안쪽에 붙어 있다. 안에는 연한 갈색의 참마가 드러누워 있고 그 옆에는 노란 계란말이 하나가 눌려 찌부러진 채 너무 괴로운 나머지 머리만 밥 쪽으로 들이밀고 있다.

"아직은 생각 없어요."

사요코는 젓가락도 집지 않고 도시락째 아래에 내려놓는다.

"이야, 이거."

선생은 딸에게서 찻잔을 받아, 무릎 위에 놓은 도시락에 꽂힌 젓가락을 바라보며 꿀꺽 마신다.

"이제 곧 도착하겠네요."

"그래, 이제 다 왔다."

참마가 수염 쪽으로 움직이기 시작한다.

"오늘은 날씨가 참 좋아요."

"그래, 날씨가 좋아서 다행이다. 후지 산도 깨끗이 보였고 말이야."

참마가 수염에서 도시락 안으로 다시 들어간다.

"오노 씨가 이사할 집을 구해놓았을까요?"

"음, 구해…… 틀림없이 구해놨을 거다."

선생의 입이 식사와 대답을 겸하여 움직인다. 식사는 한동안 계속된다.

"자, 식당으로 가세."

무네치카가 옆 객실에서 요네자와가스리 무늬의 옷깃을 여민다. 양복 차림의 껑충한 고노가 일어난다. 통로에 너부러져 있는 손가방을 넘어설 때 고노는 뒤를 돌아보며 주의를 준다.

"이봐, 걸려 넘어지면 위험하네."

유리문을 열고 옆 객실로 들어선 고노가 그대로 지나갈 생각으로 중간까지 갔을 때 무네치카가 뒤에서 휙 양복 끝을 잡아당긴다.

"밥이 좀 식었네요."

"식은 거야 괜찮지만 너무 딱딱하구나. 아비처럼 나이가 들면 딱딱한 밥은 아무래도 가슴이 메여 안 좋단다."

"차라도 좀 드시면서…… 따라드릴까요?"

청년은 아무 말 없이 식당으로 걸음을 옮긴다.

매일 밤낮없이 전 세계를 어지러이 엇갈리는 소세계가 널리 하늘 끝까지 가고, 게다가 끝 간 데 없다고 생각될 때쯤, 명주실이 가느다란 것을 마다하지 않고 옮겨놓은 누에고치가 나란히 있는 것처럼 네 명의 소우주는 무정한 기차 안에서 밤새 서로 등을 맞대고 모르는 체하는 얼굴을 하고 나란히 있었다. 별의 세계는 쏠려 사라지고 드넓은 하늘의 가죽을 깨끗하게 벗겨낸 빛나는 태양이 숨기지 말라며 떠오르는 창문 속에 네 사람의 소우주는 짝을 지어 방금 서로 지나쳤다. 스쳐 지나간 두 개의 소우주는 지금 하얀 식탁보를 사이에 두고 햄에그를 먹고 있다.

"이봐, 있었네."

무네치카가 말한다.

"음, 있더군."

고노는 메뉴를 보며 대답한다.

"드디어 도쿄로 가는 모양이네. 어제 교토 역에서는 보지 못한 모양이군."

"그러게, 전혀 모르고 있었네."

"바로 옆 객실에 타고 있을 줄은 정말 몰랐네. ……아무래도 자주 만나는군."

"너무 자주 만나는군. ……이 햄은 아주 기름투성이야. 자네 것도 그런가?"

"뭐 비슷하네. 자네와 나의 차이 정도 아니겠나?"

무네치카는 포크를 거꾸로 쥐고 큰 토막을 입에 처넣는다.

"우리는 서로 돼지를 자처하고 있는 건가?"

고노는 좀 한심하다는 듯이 하얀 비계를 볼이 미어지게 입에 넣는다.

"돼지여도 상관없지만 아무래도 이상하군."

"유대인은 돼지고기를 먹지 않는다더군."

고노는 별안간 초연한 말을 한다.

"유대인은 그렇다 치고, 그 여자 말이네. 좀 이상하네."

"너무 자주 만나서인가?"

"응. ……이봐, 보이, 홍차 좀 가져와."

"난 커피를 마시겠네. 이 돼지고기는 못쓰겠군."

고노는 다시 여자 이야기를 피한다.

"이걸로 몇 번 만난 건가? 한 번, 두 번, 세 번, 아마 세 번쯤 만난 걸 거네."

"소설이라면 이런 일이 인연이 돼서 사건이 발전하게 되는 장면이 겠군. 이것만으로 뭐 좋은 듯하니……"

고노는 말을 마치자마자 커피를 벌컥 들이켠다.

"이것만으로 좋은 듯하니까 우리는 돼지인 거겠지. 하하하하. …… 하지만 뭐라고도 말할 수가 없지. 자네가 저 여자를 마음에 두고……"

"그렇지."

고노는 상대의 이의를 도중에 지워버린다.

"그렇지 않다고 해도 이 정도로 자주 만나면 앞으로 어떤 관계가 생기지 않는다고도 말할 수 없네."

"자네와 말인가?"

"아니, 그런 관계가 아닌 다른 관계 말일세. 정교(情交) 이외의 관계."

"그런가?"

고노는 왼손으로 턱을 받치고 오른손에 든 커피 잔을 코앞에 든 채 멍하니 맞은편을 보고 있다.

"귤이 먹고 싶군."

무네치카가 말한다. 고노는 잠자코 있다. 얼마 후 추호도 걱정되지 않는다는 기색으로 입을 연다.

"저 여자는 시집이라도 가는 걸까?"

"하하하하. 물어볼까?"

하지만 말을 붙여볼 마음은 없는 것 같다.

"시집이라? 그렇게 가고 싶은 걸까?"

"그야 물어보지 않으면 모르는 거지."

"자네 동생은 어떤가? 역시 가고 싶어 하는 것 같던가?"

고노는 묘한 걸 진지하게 묻는다.

"이토코 말인가? 그 애는 아직 어린애네. 하지만 오라비를 생각하는 마음만은 끔찍하다네. 여우 털로 만든 소매 없는 하오리를 만들어주기도 하고 말일세. 그래 봬도 그 애는 재봉질 솜씨가 좋다네. 어떤가, 팔꿈치를 괴는 작은 방석이라도 만들어달라고 할까?"

"글쎄."

"필요 없나?"

"음, 그런 건 아니지만……"

팔꿈치 방석 이야기는 요령부득으로 끝나고 두 사람은 식탁에서 일어난다. 고도 선생이 있는 객실을 지날 때 선생은 얼굴 앞에 아사히 신문을 활짝 펼쳐놓고 있고, 사요코는 작은 입에 계란말이를 집어넣고 있었다. 네 개의 소세계는 각각 활동하여 다시 기차 안에서 엇갈린 채 서로의 운명을, 자신의 미래에 위태롭게 여기는 것처럼, 또는 수상히 여기지 않는 것처럼, 헤아릴 수 없는 내일의 세계를 안고 신바시 역에 도착한다.

"방금 뛰어간 사람 오노 아니었나?"

역을 빠져나갈 때 무네치카가 물어본다.

"그런가? 난 못 봤는데."

고노가 대답한다.

네 개의 소세계는 역에서 마주쳤으나 일단은 각자 뿔뿔이 흩어진다.

8

한 그루 아사기자쿠라[1]가 해 질 녘의 뜰에 흐리다. 반들반들 닦인 툇마루는 꼭 닫힌 장지문 밖에서 조용하다. 방 안 직사각형의 소형 목제 화로에는 손잡이 달린 쇠 주전자가 부글부글 끓고 있고, 그 앞에는 홀치기염색을 한 견직물로 만든 방석이 놓여 있다. 방석 위에는 고노의 어머니가 기품 있게 앉아 있다. 야무지게 치켜 올라간 눈초리 끝 언저리의 정맥이 뒤로 지나 이마로 빠져나가는 듯한 표면을, 거무스름한 고운 살결이 감싸고 있어 외관만은 지극히 온화하다. ……바늘을 스펀지에 숨기고 꽉 쥐게 한 후 부드러운 손에 고약을 발라 상처를 기분 좋게 달래라. 할 수만 있다면 피가 나는 곳에 입술을 대고 다른 뜻이 없다는 것을 보여라…… 20세기에 태어난 사람이라면 이 정도의 일은 알고 있어야 한다. 본심을 드러내는 이는 망한다, 고 고노는 예전에 일기에 쓴 적이 있다.

---

1 산벚나무의 일종으로 꽃은 하얗지만 꽃받침이 연두색이어서 전체적으로 엷은 연두색으로 보인다.

조용한 툇마루에서 발소리가 난다. 방금 새로 신은 것 같은 하얀 버선을 팽팽히 하기라도 하는 것처럼 가늘고 긴 발에 신고, 다른 색의 두꺼운 안감이 툇마루에 끌리는 것을 가볍게 되받아 차며 장지문을 쓰윽 연다.

앉음새를 그대로 유지한 채 어머니는 짙은 눈썹을 반쯤 문 쪽으로 돌리며 말한다.

"어서 들어오너라."

후지오는 아무 말 없이 들어와 문을 닫는다. 화로를 사이에 두고 어머니 맞은편에 쓰윽 앉았을 때 쇠 주전자는 계속해서 운다.

어머니는 후지오의 얼굴을 본다. 후지오는 화로 옆에 반으로 접혀 있는 신문을 바라본다. 쇠 주전자는 여전히 울고 있다.

말이 많으면 진심이 적다. 쇠 주전자 우는 소리에 몸을 맡기고 모녀는 공연히 마주 보고 있고, 툇마루는 조용하다. 아사기자쿠라는 황혼을 유혹한다. 봄은 가고 있다.

잠시 후 후지오가 고개를 든다.

"돌아온 거지요?"

모녀의 눈이 딱 마주친다. 진심은 일별에 깃든다. 열을 견디지 못할 때 본심을 드러낸다.

"응."

긴 담뱃대로 담뱃재를 탕탕 떠는 소리가 난다.

"어떻게 할 생각일까요?"

"어떻게 할 생각인지, 그 애 마음만은 나도 통 모르겠다."

구모이(雲井)[2]의 연기는 사정없이 콧대 높은 콧구멍에서 뿜어져 나

2 전매제도를 실시(1904)하기 이전에 민간에서 유통되던 고급 살담배 이름.

온다.

"돌아와도 변한 게 없네요."

"변한 건 없지. 평생 그럴 거야."

어머니의 관자놀이 정맥이 안에서 겉으로 떠오른다.

"집안을 이어받는 게 그토록 싫은 걸까요?"

"무슨, 말뿐이지. 그러니 얄미운 거야. 그런 말을 해서 우리한테 넌지시 빈정댈 생각이니까…… 정말 재산이고 뭐고 다 필요 없다면 자기가 뭔가 하면 되는 거잖아. 허구한 날 꾸물대기만 하고, 졸업한 지도 벌써 2년이나 됐는데. 아무리 철학을 한다고 해도 자기 한 사람쯤 어떻게든 할 수 있는 거잖아. 이루 말할 수 없이 미적지근하다니까. 울화통이 터져서 말이야."

"에둘러 말하는 건 전혀 통하지 않는 것 같네요."

"무슨, 통해도 그냥 딱 잡아떼고 있는 거야."

"정말 밉살스럽네요."

"정말 그 애가 어떻게든 해주기 전에는 너를 어떻게 할 수도 없는데 말이다."

후지오는 대답을 삼간다. 사랑은 모든 죄악을 잉태한다. 대답을 삼가는 동안에는 모든 것을 희생할 결심을 하고 있는 것이다. 어머니의 말은 계속된다.

"너도 올해로 스물넷이잖니. 스물넷이나 되었는데 시집 안 간 사람이 얼마나 되겠어? ……그래서 시집을 보내자고 의논하면, 그만두세요, 어머니는 후지오한테 보살피게 할 생각이니까요, 라고 말하고. 그렇다면 독립할 수 있을 만한 일이라도 하느냐 하면, 매일 방에만 틀어박혀 뒹굴고 있고. ……그러고는 다른 사람들한테는 재산을 너한테 주고 자신은 유랑이라도 할 생각이라고 말했다는 거야. 거추장스럽다고 내가 쫓아내기라도 하는 것 같아서 정말 꼴사납잖아."

"어디서 그런 말을 했대요?"

"무네치카 군 아버님을 찾아갔을 때 그런 말을 했다더라."

"정말 남자답지 못한 성격이네요. 그보다 빨리 이토코 씨와 맺어지면 좋을 텐데요."

"도대체 그럴 마음이 있기는 한 거야?"

"오라버니 생각은 도무지 알 수가 없어요. 하지만 이토코 씨는 오라버니한테 오고 싶어 해요."

어머니는 우는 쇠 주전자를 내려놓고 숯을 담아놓은 그릇을 든다. 빈틈없이 앙금이 빠진 히비야키[3]에 두세 줄 남색 물결무늬를 그리며 새하얀 벚꽃을 제멋대로 흩뜨려놓은 사쓰마산 찻주전자 안에는 찻잎을 가늘게 꼰 우지차(宇治茶)[4] 잎이 점심때 끓인 물에 불어터져 바특하게 겹쳐진 채 식어 있다.

"차라도 끓일까?"

"아니에요."

후지오는 진작 향이 빠져나간 차를, 찻주전자와 같은 색 찻잔에 붓는다. 찻잔 바닥으로 떨어지는 누런 물은 그리 분명한 색은 아니었지만 가장자리까지 차차 색이 짙어지고 표면에 거품을 일으키며 잔잔해진다.

어머니는 다 타고 남은 재 안에서 사쿠라(佐倉)산 숯의 온전한 흰색 잔해를 부수고 속에 숨어 있는 붉은 것을 한쪽으로 모은다. 따뜻한 구

---

3 겉에 잔금이 나게 구운 도자기.
4 우지(宇治) 시를 중심으로 하는 교토 남부 지역에서 생산되는 일본의 고급 차 브랜드.

멍이 허물어진 곳에는, 검고 둥글게 잘 잘린 것을 골라 넣고 활활 타게 한다. 두 모녀에게 실내의 봄빛은 어디까지나 온화하다.

이 작자는 정취 없는 대화를 싫어한다. 시기하고 의심하며 불화하는 어둠의 세계에 조금의 아름다운 색채도 입히지 않는 독설은, 아름다운 붓으로 기분 좋은 봄을 종이에 흐르게 하는 시인의 풍류가 아니다. 조용히 피어 있는 아름다운 꽃과 장식 없는 소박한 거문고의 봄을 주재하는 사람이 시가와 같은 하늘 밑에 살지 않고 조금의 운치도 없는 야비한 언어를 나열할 때는, 붓끝에 진흙을 머금어 두 손으로 붓을 놀리기 힘든 느낌이 든다. 우지차와 사쓰마의 찻주전자, 사쿠라산 숯을 묘사하는 것은, 잠깐 짬을 내서 아주 짧은 시간이나마 독자에게 이탈의 안위를 주기 위한 방편이다. 다만 지구는 옛날부터 회전한다. 명암은 주야를 버리지 않는다. 달갑지 않은 모녀의 일면을 가장 간단하게 서술하는 것은 이 작자의 애달픈 의무다. 차를 평하고 숯을 묘사하는 붓은 다시 두 사람의 대화로 돌아가지 않으면 안 된다. 두 사람의 대화는 적어도 이전보다는 정취가 있어야 한다.

"무네치카 하지메 씨도 꽤 소탈하고 익살스러운 사람이지. 공부도 영 못하는 주제에 큰소리만 치고…… 그러면서도 자기는 아주 대단한 사람이라고 생각한다니까."

마구간과 새장이 한곳에 있었다. 암탉이 말을 평하기를, 저건 시간을 알리는 일도, 계란을 낳는 일도 모른다고 했다 한다. 지당한 말이다.

"외교관 시험에서 떨어져도 전혀 부끄러워하지 않아요. 보통 사람 같으면 더 분발할 텐데 말이에요."

"뎃포다마(鐵砲玉)[5]지."

5 뎃포다마에는 총알, 함흥차사, 흑설탕으로 만든 눈깔사탕이라는 뜻이 있다.

의미는 모른다. 하지만 대담한 평이다. 후지오는 매끄러운 뺨에 물결을 일으키며 히죽 웃는다. 후지오는 시(詩)를 아는 여자다. 싸구려 눈깔사탕(鐵砲玉)은 흑설탕을 둥글게 해서 만든다. 포병공창의 총알(鐵砲玉)은 납을 녹여 주조한다. 아무튼 뎃포다마는 뎃포다마다. 그리고 어머니는 어디까지나 진지하다. 어머니는 딸이 왜 웃는지 모른다.

"넌 그 사람을 어떻게 생각하니?"

딸의 미소는 뜻하지 않게 어머니의 의문을 불러일으킨다. 자식은 부모가 가장 잘 안다고 한다. 하지만 이는 틀린 말이다. 서로 엇갈리지 않은 세계의 일은 아무리 부모라고 해도 마음이 통하지 않으면 중국이나 인도처럼 먼 이국 사람이나 마찬가지다.

"어떻게 생각하다니요? 특별히 생각하는 거 없어요."

어머니는 예리한 눈썹 아래의 엄한 눈으로 딸을 응시한다. 무슨 뜻인지 후지오도 잘 알고 있다. 상대를 아는 자는 차분하다. 후지오는 일부러 태연하게 어머니가 어떻게 나오는지를 기다린다. 부모 자식 사이에도 밀고 당기는 일은 있다.

"그 사람한테 시집갈 생각이 있느냐는 말이야."

"무네치카 씨 말이에요?"

후지오가 되묻는다. 확인하는 것은 활을 힘껏 당겨 쏘기 위한 사전준비로 보인다.

"그래."

어머니는 가볍게 대답한다.

"싫어요."

"싫다고?"

"싫다고라니요, ⋯⋯그런 멋대가리 없는 사람을."

후지오는 단칼에 말을 자른다. 죽순을 둥근 모양으로 싹둑 자르는 식이다. 팽팽한 눈썹에 바람을 일으키며 이걸로 충분하다고 입을 꾹 다문 입가에 여전히 깃들어 있는 뭔가가 잠깐 번뜩이고는 이내 사라진다.

"장래성 없는 그런 사람은 나도 별로야."

멋대가리가 없는 것과 장래성이 없는 것은 다른 문제다. 대장장이 우두머리가 꽝 하고 치면 다른 사람이 깡 하고 맞메질한다. 하지만 맞는 것은 같은 검이다.

"차라리 이번에 확실히 거절하자."

"거절이라니요? 무슨 약속이라도 했어요?"

"약속? 그런 약속은 없었어. 하지만 아버지가 그 금시계를 무네치카 씨한테 준다고 말씀하셨거든."

"그게 어떻다는 건데요?"

"네가 그 시계를 장난감으로 삼아 빨간 구슬만 만지작거리고 있던 일도 있었으니까……"

"그래서요?"

"그래서 말이야…… 아버지가, 이 시계와 후지오의 인연이 깊지만 이걸 자네한테 주지, 하지만 지금 줄 수는 없고 졸업하면 주겠네, 하지만 후지오가 탐내는 거라 따라갈지도 모르는데 그래도 괜찮겠나, 라고 사람들 앞에서 무네치카 씨한테 반 농담으로 말씀하셨어."

"그걸 아직껏 에둘러 말한 거라고 생각하는 거예요?"

"무네치카 군 아버님이 말하는 품으로 보면 아무래도 그런 것 같더라."

"정말 어이가 없네요."

후지오가 날카로운 한마디를 화로 모서리에 날린다. 반응은 바로 일어난다.

"어이없는 일이지."

"그 시계는 제가 물려받겠어요."

"아직 네 방에 있는 거야?"

"문갑 안에 잘 넣어두었어요."

"그래? 그게 그리 갖고 싶은 거야? 네가 찰 수도 없잖아."

"그건 상관없으니까 저한테 주세요."

갈대와 기러기 무늬를 마키에로 도드라지게 넣은 문갑 안에서 시곗줄 끝에 달린 불타는 듯한 석류석 장식이 신비로운 빛을 내며 후지오를 부른다. 후지오가 벌떡 일어선다. 툇마루에서는 어슴푸레해지지도 않은 아사기자쿠라가 저물녘이 다가와 사라져야 할 낮의 생명을 잠시 지켜보고 있다. 툇마루로 빠져나간 키가 큰 후지오가 그림자 진 부드럽고 홀쭉한 얼굴의 반쪽을 장지문 안으로 기울이며 말한다.

"그 시계를 오노 씨한테 줘도 되겠죠?"

장지문 안에서 대답은 들리지 않는다. 어머니와 딸에게 봄은 저물었다.

동시에 무네치카 집의 방에 환한 등불이 켜진다. 조용한 밤을 환하게 밝히는 남포등 갓에는 하얀 빛이 그윽하고, 온통 당초무늬를 도드라지게 넣은 백동 남포등의 기름통은 초저녁에도 흐릿하지 않은 색을 화려하게 자랑한다. 등불이 비치는 곳에는 얼굴마다 활기차다.

"아하하하."

웃음소리가 먼저 인다. 이 등불 주위에서 일어나는 모든 이야기는 아하하하로 시작되는 것이 어울린다고 생각한다.

"그럼 상륜탑[6]은 보지도 못했겠군."

큼직한 목소리가 들린다. 목소리의 주인은 노인이다. 혈색 좋은 볼살이 양쪽으로 처져 있고 눌린 턱은 어쩔 수 없이 이중으로 접혀 있다. 머리는 꽤 벗어지기 시작했다. 가끔 손으로 어루만진다. 무네치카의 아버지는 하도 머리를 어루만져 머리가 벗어지고 말았다.

"상륜탑이라니, 그게 뭔가요?"

무네치카는 아버지 앞에서 변칙적인 책상다리 자세로 앉아 있다.

"아하하하, 그럼 히에이잔 산은 뭐하러 올랐는지 모르겠구나."

"우리가 지나는 길에는 그런 게 안 보였던 것 같은데요, 그치? 고노."

고노는 찻잔을 앞에 두고 두 줄씩 색이 다른 날실로 짠 세로 줄무늬의 수수한 옷의 앞섶을 여미고 검은색 하오리의 옷깃을 단정히 하고 앉아 있다. 고노가 질문을 받았을 때 생글거리던 이토코의 얼굴이 움직인다.

"상륜탑은 없었던 것 같은데요."

고노는 손을 무릎 위에 올려놓은 채다.

"지나는 길에 없었다니…… 대체 어디서부터 올라갔는지는 모르겠지만…… 요시다였어?"

"고노, 그게 어디였지? 우리가 올라간 곳 말이야."

"그게 어디였더라……"

"아버지, 아무튼 외나무다리를 건넜어요."

"외나무다리를?"

6 기둥에 상륜(탑의 맨 꼭대기 부분에 있는 금속제 장식)을 올린 탑. 히에이잔 산에 있는 것은 1895년에 모두 개축되었다.

"예. 외나무다리를 건너지 않았나, 고노? ……조금만 더 가면 와카사가 나오는 곳이라던데요."

"와카사가 그렇게 빨리 나올 리가 있나."

고노는 금세 자신이 전에 한 말을 취소한다.

"하지만 자네가 그렇게 말하지 않았나?"

"그건 농담이었네."

"아하하하, 와카사가 나오면 큰일이지."

노인은 무척 유쾌한 듯하다. 둥근 얼굴의 이토코도 쌍꺼풀이 진 눈에 물결이 밀려온다.

"도대체 너희들은 그저 걷기만 하는 파발꾼이나 마찬가지니까 못쓰는 거 아니냐. 히에이잔 산에는 동탑, 서탑, 요카와(橫川)[7]가 있지. 그 세 곳을 매일 왕래하는 것으로 수행을 쌓는 사람도 있을 정도로 넓은 곳이야. 단순히 올라갔다가 내려올 거라면 어떤 산을 오르든 마찬가지일 거 아니냐?"

"뭐, 그냥 보통 산이라 생각하고 올라간 거예요."

"아하하하, 그렇다면 발바닥에 물집이나 잡히려고 산에 오른 것이나 진배없군."

"물집은 틀림없어요. 저 친구 담당이에요."

무네치카는 웃으면서 고노를 쳐다본다. 철학자도 못마땅한 얼굴만 하고 있을 수는 없다. 등불은 환하게 흔들린다. 이토코는 소매를 입가에 대고 웃느라 흐트러진 얼굴을 수습하기 직전에 머리를 들면서 눈동자를 물집 담당자 쪽으로 움직인다. 눈을 움직이려는 자는 먼저 얼굴을 움직인다. 불난 집에서 도둑질하는 격이다. 가정적인 여자도 이

7 히에이잔 산의 엔랴쿠지에 있는 세 탑.

정도 책략은 있다. 모르는 체하는 얼굴의 고노는 곧바로 문제를 낸다.

"아버님, 동탑, 서탑은 어째서 붙은 이름입니까?"

"역시 엔랴쿠지(延曆寺)의 구획이지. 넓은 산 속 이쪽에 한 무리, 저쪽에 한 무리, 이렇게 중들이 모여 있으니까, 그걸 세 곳으로 나눠서 동탑, 서탑이라 했다고 하면 틀리지 않을 거야."

"뭐 대학에 법대, 의대, 문과대가 있는 것과 같은 거네요."

무네치카가 옆에서 아는 체하며 끼어든다.

"음, 그렇지."

노인은 곧바로 찬성한다.

"동쪽은 수라(修羅), 서쪽은 도읍에 가까우니 요카와 안쪽이야말로 살기 좋다는 노래가 있는 것처럼, 요카와는 아주 한적해서 학문을 하기에 좋은 곳이지. 방금 말한 상륜탑에서 5킬로미터나 들어가야 해."

"그래서 모르고 지나친 거구나, 안 그러나?"

무네치카가 다시 고노에게 말을 건다. 고노는 아무 말도 하지 않고 노인의 설명을 경청하고 있다. 노인은 신이 나서 설명한다.

"보라고, 요쿄쿠(謠曲)[8] 〈후나벤케이(船弁慶)〉[9]에도 나오잖아. 이 몸은 서탑 옆에 사는 무사시보 벤케이(武藏坊弁慶)[10]라 하옵니다, 라고 말이야. 벤케이는 서탑에 살았던 거지."

"그러니까 벤케이는 법대에 있었던 거군. 자네는 요카와의 문과대고 말이야. 아버지, 히에이잔의 총장은 누군가요?"

---

8 일본의 가면악극인 노(能)의 사장(詞章), 또는 그것에 가락을 붙여 노래하는 것.

9 『헤이케모노가타리(平家物語)』 등에서 취한 것으로, 미나모토노 요리토모(源賴朝)에게 쫓긴 미나모토노 요시쓰네(源義経) 일행이 시즈카고젠(靜御前)과 헤어져 배로 떠나는데 바다 위에 다이라노 도모모리(平知盛)의 망령이 나타나자 벤케이가 신불에 기도하여 물리치는 내용.

10 헤이안 시대의 승려이자 무장으로 미나모토노 요시쓰네의 심복.

"총장이라면?"

"다시 말해 히에이잔 산을 세운 사람요."

"터를 닦은 사람 말이냐? 그야 덴교 대사지."

"그런 곳에 절을 세우다니, 여러 사람 괴롭히는 일인데 말이에요. 불편해서 견딜 수가 없거든요. 도대체가 옛날 사람들은 취향도 별나다니까. 그렇지 않나, 고노?"

고노는 왠지 요령부득인 대답을 한다.

"덴교 대사는 히에이잔 산기슭에서 태어난 사람이네."

"역시 그러고 보니 알겠군. 고노, 알겠지?"

"뭘 말인가?"

"사카모토(坂本)에 덴교 대사의 탄생지라는 말뚝이 서 있지 않았나?"

"그곳에서 태어났다네."

"음, 그런가? 고노, 자네도 알고 있었나?"

"난 몰랐네."

"물집에 정신이 팔렸기 때문이네."

"아하하하."

노인은 다시 웃는다.

깨닫는 자는 보지 않는다. 옛사람은 상(想)[11]이야말로 최상이라고 했다. 흐르는 물은 주야를 가리지 않는다[12]는 것을 진(眞)이라고 쓰고, 진이라고 쓰며 흘러가는 물결이 방금 쓴 진을 싣고 아득히 떠나버리는 것을 생각하지 않는 것이 세상의 상식이다. 당(堂)을 법화(法華)라

11 대상을 마음으로 생각해내는 정신력.
12 『논어』의 "서자여사부(逝者如斯夫) 불사주야(不舍晝夜)"에서 나온 말이다.

고 하고 돌을 불족(佛足)이라고 하고 탑을 상륜(相輪)이라고 하고 원(院)을 정토라고 하지만, 그저 이름과 해(年)와 역사를 기록하고 자신의 일이 끝났다고 생각하는 자는 주검을 안고 살아가는 사람과 비슷한 것이다. 이름이 있어 보는 게 아니다. 보기 때문에 깨닫는 게 아니다. 가장 훌륭한 것은 형상을 떠나 보편의 염(念)에 들어간다. 고노가 히에이잔 산을 오르고도 히에이잔 산을 모르는 것은 이 때문이다.

과거는 죽었다. 대법고(大法鼓)를 울리고 대법라(大法螺)를 불고 대법당(大法幢)[13]을 세워 왕성(王城)의 귀문(鬼門)[14]을 지키던 옛날은 모르고, 본당에 부처가 잠들고 천개(天蓋)[15]에 거미줄이 쳐진 지 오래된 가람을 새삼스럽게 간무(桓武) 천황의 치세에서 파내고 쓸데없이 캐내 천고의 흙을 씻어내는 것은 하루에 48시간의 밤낮이 있는 한가한 사람이나 하는 짓이다. 현재는 시간을 새기며 나를 기다린다. 유위(有爲)[16]의 천하는 눈앞에 떨어진다. 두 팔은 바람을 가르고 천지에 운다. 그러므로 무네치카는 히에이잔 산에 올랐지만 아무것도 모르는 것이다.

그저 노인만은 태평하다. 천하의 흥망이 히에이잔 산의 한 사찰의 지휘로 늘 면목을 새로이 한다고 생각하는 것처럼 히에이잔 산에 대해 장황한 이야기를 늘어놓는다. 그 이야기는 물론 청년에 대한 친절에서 나온 것이다. 다만 청년은 좀 괴롭다.

"불편해도 수행을 위해 일부러 그런 산을 택해서 세운 거지. 지금의 대학은 너무 편한 데 있으니까 다들 사치를 부려서 못써. 학생 주제에

13 불당에 장식하는 커다란 깃발.
14 헤이안쿄(平安京)에서 히에이잔 산의 위치는 기피되던 귀문 방향(동북)에 해당한다.
15 불상을 덮어 비, 이슬, 먼지 따위를 막는 장식물.
16 다양한 인연에 의해 생기고 항상 생멸하며 영속하지 않는 모든 사물이나 현상.

양과자니 위스키니⋯⋯"

무네치카는 묘한 표정으로 고노를 바라본다. 고노는 의외로 진지하다.

"아버지, 히에이잔 산의 스님은 밤 11시쯤에 메밀국수를 먹으러 사카모토까지 간답니다."

"아하하하, 설마 그럴라고."

"아니, 정말입니다. 그렇지 않나, 고노? 아무리 불편해도 먹고 싶은 것은 먹어야 하니까요."

"게으름뱅이 중이겠지."

"그럼 우리는 게으름뱅이 서생인가?"

"너희들은 게으름뱅이 이상이다."

"우리가 그 이상인 것은 상관없지만, 사카모토까지는 산길로 8킬로미터나 될 텐데요."

"그쯤 되겠지."

"그 길을 밤 11시에 내려가서 메밀국수를 먹고 다시 오르는 거니까 말이에요."

"그래서 어떻단 말이냐?"

"게으름뱅이라면 도저히 할 수 없는 일 아닌가요?"

"아하하하."

노인은 다시 커다란 배를 내밀며 웃는다. 남포등 갓이 깜짝 놀랄 정도의 소리다.

"그래도 옛날에는 성실한 스님이 계셨겠지요?"

이번에는 고노가 문득 뭔가 생각났다는 듯이 물어본다.

"그런 분이야 지금도 있지. 세상에 성실한 사람이 적은 것처럼 승려

중에도 많지는 않지만, 지금도 전혀 없는 건 아니야. 하여튼 오래된 절이니까 말이야. 그건 처음에는 이치조시칸인(一乘止觀院)이라고 했는데 엔랴쿠지라고 불리게 된 것은 한참 나중 일이지. 그때부터 묘한 수행이 있어서 12년간 산에 틀어박혀 전혀 나오지 않는다더구나."

"메밀국수를 먹을 계제가 아니군요."

"천만의 말씀이지. 아무튼 한 번도 하산하지 않았으니까."

"산속에서 나이만 먹어서 어떻게 하겠다는 건지, 원."

무네치카가 이번에는 혼잣말처럼 말한다.

"수행을 하는 거지. 너희들도 그렇게 빈둥대지만 말고 그런 흉내라도 좀 내보는 게 어떻겠냐?"

"그건 안 되지요."

"왜?"

"왜라니요? 전 할 수 없는 건 아니지만, 그렇게 했다가는 아버지 명령을 거스르게 되니까요."

"내 명령을?"

"제 얼굴을 볼 때마다 장가를 가라고 하시잖아요. 앞으로 12년이나 산에 틀어박혀 있다가는 장가갈 때쯤에는 허리가 구부러져 있겠네요."

좌중은 한꺼번에 웃음을 터뜨린다. 노인은 고개를 살짝 들고 머리가 빠진 곳을 거꾸로 어루만진다. 늘어진 볼살이 흔들려 떨어질 것만 같다. 이토코는 고개를 숙이고 소리를 죽여 웃어서인지 쌍꺼풀이 불그스름해진다. 고노의 굳은 입도 풀렸다.

"수행도 좋지만 장가를 가지 않으면 곤란하지. 아무튼 둘이나 되니 귀찮구나. 고노도 이제 장가를 가야지."

"예, 그리 급하게는……"

너무나도 마음에 없는 대답이다. 장가를 갈 바에는 12년간 히에이 잔 산에 틀어박히는 것이 낫다고 내심 생각한다. 아무것도 놓치지 않는 이토코의 눈에 고노 긴고의 마음이 휙 비친다. 작은 가슴이 문득 무거워진다.

"하지만 어머님께서 걱정하시지 않나?"

고노는 아무 대답도 하지 않는다. 이 노인도 자신의 어머니를 보통의 어머니로 알고 있다. 세상에 자신의 어머니 마음속을 꿰뚫어 보고 있는 이는 한 사람도 없다. 어머니의 속마음을 꿰뚫어 보지 못하면 자신을 동정할 리 없다. 고노는 하늘과 땅 사이에 아주 조그맣게 걸려 있다. 세계가 멸망할 때 자기 혼자 살아남은 듯한 느낌이다.

"자네가 우물쭈물하고 있으면 후지오 씨도 곤란할 거네. 여자란 시기를 놓치면 남자와 달리 시집가기가 아주 어려워지거든."

존경하고 사랑할 만한 무네치카의 아버지는 여전히 어머니와 후지오 편이다. 고노는 대답할 수가 없다.

"하지메, 너도 어서 결혼해야지. 아비도 이제 나이를 먹어서 언제 무슨 일이 생길지 모르고 말이야."

노인은 자신의 마음으로 고노 어머니의 마음을 짐작하고 있다. 부모라는 이름은 같아도 부모의 마음에는 차이가 있다. 그러나 설명할 수는 없다.

"저는 외교관 시험에 떨어져서 당분간은 안 돼요."

무네치카가 옆에서 말참견을 한다.

"작년에는 떨어졌지. 하지만 올해 결과는 아직 모르는 거잖아."

"예, 아직 몰라요. 하지만 또 떨어질 것 같아요."

"왜?"

"역시 게으름뱅이 이상이어서겠지요."

"아하하하."

오늘 저녁의 대화는 아하하하로 시작해서 아하하하로 끝났다.

9

마쿠즈가하라(眞葛が原)[1]에 여랑화(女郎花)가 피었다. 억새풀밭을 거침없이 빠져나가 한 많은 큰 키로 가을바람을 품위 있게 피해 지나는 허전함 속에서 가을은 비가 내려 겨울이 된다. 갈색으로, 검은색으로 움찔움찔 내리는 서리에 겨울은 한없이 계속되고, 의지할 데 없는 약한 목숨을 아침저녁으로 잇는다. 겨울은 5년이라는 긴 시간을 마다하지 않는다. 쓸쓸한 꽃은 추운 밤을 빠져나가, 붉은색과 초록색에 부족함을 모르는 봄의 천하에 섞여들었다. 땅에, 하늘에 봄바람이 스치는 모습은, 모든 것이 타오르며 풍부하게 물드는 것을, 은밀한 노란색을 한 그루 나무의 가느다란 끝에 이고 살아서는 안 될 것 같은 세상에서 떳떳하지 못하게 조심스러운 숨을 내쉬는 것 같다.

지금까지는 구슬보다 선명한 꿈을 품고 있었다. 칠흑 같은 어둠 속에 놓아둔 금강석에 내 눈을 주고 내 몸을 내어주고 내 마음을 의탁하고, 그 밖에는 아무것도 걱정할 짬이 없었다. 품속에 넣고 있는 구슬

1 현재의 교토 마루야마(円山) 공원의 일부.

의 빛을 밤으로 빼내고 아득히 8백 킬로미터의 길을 어둠의 주머니에서 꺼냈을 때, 구슬은 현실의 밝음에 얼마간 예전의 빛을 잃었다.

사요코는 과거의 여자다. 사요코가 안고 있는 것은 과거의 꿈이다. 과거의 여자에게 안겨 있는 과거의 꿈은 현실과 이중의 빗장을 사이에 두고 있어 만날 기회가 없다. 우연히 숨어들면 개가 짖는다. 스스로도 자신이 올 데가 아닌가 보다라고 생각한다. 품에 안은 꿈은, 품어서는 안 되는 죄를 보자기에 숨겨 남의 눈을 속임으로써 오히려 길거리에서 더욱 의심을 받는 듯한 기분을 들게 한다.

과거로 돌아갈까? 물에 섞인 한 방울의 기름은 쉽사리 기름통으로 돌아갈 수 없다. 좋든 싫든 물과 함께 흐르지 않으면 안 된다. 꿈을 버릴까? 버릴 수 있는 꿈이라면 밝은 곳으로 나가기 전에 버리면 된다. 버리면 꿈이 달려든다.

자신의 세계가 둘로 갈라지고, 갈라진 세계가 각각 움직이기 시작하면 괴로운 모순이 일어난다. 대부분의 소설은 그 모순을 자신만만하게 그린다. 사요코의 세계는 신바시 역에 부딪쳤을 때 금이 갔다. 다음은 깨질 뿐이다. 소설은 이제부터 시작된다. 지금부터 소설을 시작하는 사람의 생활만큼 딱한 것도 없다.

오노도 마찬가지다. 내버려둔 과거는 꿈의 티끌을 이리저리 헤치고 역사의 쓰레기통에서 머리를 꺼낸다. 이런, 하는 사이에 벌떡 일어나 걸어온다. 방치해두었을 때 숨통을 끊어버리지 않은 것이 원통하지만, 양해도 없이 스스로 숨을 되돌렸으므로 어쩔 수 없다. 선 채로 말라 죽은 가을 풀이 변덕스러운 날씨에 착각하여 따사로운 아지랑이가 어른거리는 가운데 되살아나는 것은 비참하다. 되살아난 것을 때려죽이는 것은 시인의 풍류에 반한다. 따라오는데 친절하게 돌보지 않으면 도리가 아니다. 태어나서 도리에 어긋난 일은 한 번도 한 적이 없다. 앞으로도 할 생각이 없다. 도리에 어긋난 일을 하지 않도록 또 자신에게도 흡족하도록 오노는 잠시 미래의 소매에 숨어보았다. 자줏빛 냄새는 강하고, 다가오는 과거의 유령도 이쯤이라면, 하고 배짱을 부리자마자 사요코가 신바시에 도착했다. 오노의 세계에도 금이 간다. 작자는 사요코를 딱하게 여기는 것처럼 오노 역시 딱하게 생각한다.

"아버님은요?"

오노가 묻는다.

"잠깐 외출하셨어요."

사요코는 왠지 주눅이 들어 있다. 이사를 와서 새로이 살림을 꾸린 다음 날부터 부모 한 사람에 자식 한 사람의 바쁜 봄날의 가정은 물크러지기 쉬운 머리에 빗질할 틈도 없다. 평소에 입는 솜옷마저 시인의 눈에는 초라해 보인다. ……거울을 보며 매무시를 다듬고, 유리병에 장미향을 띄워 아름답게 틀어 올린 머리를 가볍게 적실 때 호박으로 만든 빗은 푸른빛이 도는 삼단 같은 머리를 풀어놓는다. ……오노는 곧 후지오를 떠올렸다. 이래서 과거는 안 된다고 마음속으로 말하는 이가 있다.

"바쁘시죠?"

"짐도 아직 그대로예요……"

"도와드리러 올 생각이었는데 어제도 그제도 모임이 있어서……"

매일 모임에 초대받는다는 것은 오노가 그 방면에 이름을 얻고 있다는 증거다. 그러나 어떤 방면인지 사요코에게는 전혀 상상이 가지 않는다. 단지 자신보다 너무 높아서 도저히 따라갈 수 없는 방면이라고 생각한다. 사요코는 고개를 숙이고 무릎 위에 올린 오른손 가운뎃 손가락에서 빛나고 있는 금반지를 본다. ……물론 후지오의 반지와는 비교가 되지 않는다.

오노는 눈을 들어 방 안을 둘러보았다. 바래서 희읍스름한 낮은 천장의 판자 두 군데에 옹이구멍이 또렷이 보이는 데다 빗물이 샌 얼룩이 있고 여기저기에 거미집으로 착각할 만큼의 그을림이 뭉쳐 까맣게 늘어져 있다. 왼쪽에서 네 번째 떳방의 가운데쯤을 삼나무 젓가락 하나가 옆으로 관통해 있고 그 긴 쪽 끝이 적당히 밑으로 구부러져 있는 것은 아마 전에 살던 사람이 가슴을 식히는 얼음주머니라도 매달아서일 것이다. 옆방과 칸막이 된 두 개의 장지문은, 서양 종이에 박을 입혀 영국풍인 접시꽃의 기하학 무늬 수십 개를 규칙적으로 늘어놓은 것이다. 무가의 저택처럼 가장자리를 까맣게 칠해 더욱 초라해 보인다. 뜰은 두 방을 잇는 툇마루를 따라 부엌으로 꺾어지기까지의 명색뿐인 것으로, 폭은 갈색 하카타 오비만큼도 안 된다. 봄에 쓸데없이 작년의 잎을 딱딱하고 뾰족하게 세운 채 앙상하게 서 있는 3미터도 안 되는 노송나무 뒤 거만한 담장 너머로는 옆집의 말소리가 또렷하게 들려온다.

이 집은 오노가 고도 선생을 위해 주선해준 집이다. 그러나 무척 상스럽고 천박하다. 오노는 속으로 형편없는 집이라고 생각했다. 어차피 집을 갖게 된다면, 하고 생각했다. 대문에 잇대어 낮고 짧게 친 울타리에 목련을 심고 엽란 그늘에 소나무겨우살이가 자라는, 나무 많은 뜰에 손수건이 봄바람에 흔들리는 집에서 살아보고 싶다. ……후지오가 그 집을 받을 거라든가 하는 이야기를 들었다.

"덕분에 좋은 집을 얻어서……"

자랑할 줄 모르는 사요코가 말한다. 정말 좋은 집이라고 알고 있다면 한심하다. 어떤 사람에게 야쓰코우나기(奴鰻)[2]에서 뱀장어를 사줬더니, 덕분에 처음으로 맛있는 뱀장어를 맛볼 수 있었다고 예를 표했다. 뱀장어를 사준 사람은 그때부터 그 사람을 경멸했다고 한다.

어떤 경우에는 애처로운 것과 얕보는 것이 일치한다. 오노는 확실히 진지하게 예를 표한 사요코를 얕보았다. 그러나 그 안에 확실히 애처로운 데가 있다는 것은 알지 못한다. 자줏빛이 화근이 되었기 때문이다. 화근이 생기면 눈알이 삼각이 된다.

"좀 더 좋은 집이 아니면 마음에 들지 않으실 것 같아서 여기저기 다녀봤습니다만, 생각만큼 적당한 집이 없어서……"

오노가 이렇게 말하자 사요코는 곧바로 오노의 말을 부정한다.

"아니에요. 이걸로 충분해요. 아버지도 기뻐하고 계세요."

오노는 사요코가 구차한 말을 한다고 생각한다. 사요코는 모른다.

사요코는 갸름한 얼굴을 살짝 뒤로 당긴 채 눈을 치뜨고 상대를 바라본다. 아무래도 5년 전과는 다르다. 안경은 금으로 변했다. 구루메 가스리(久留米絣)[3]는 양복으로 바뀌었다. 빡빡 깎은 머리는 광택이 나는 머리카락으로 바뀌었다. 수염은 일약 신사의 경지에 이르렀다. 오노는 어느새 검은 것을 비축하고 있다. 예전의 그 서생이 아니다. 옷깃은 새것이다. 장식 핀마저 어깨를 움직일 때마다 빛난다. 쥐색이 도는 품위 있는 조끼 주머니에는 천황이 하사한 시계가 들어 있다. 게다가 금시계를 받으려고 한다는 것을, 작은 가슴의 사요코는 꿈에서조차 알 리 없다. 오노는 변했다.

5년 동안 하루도 잊을 수 없었던, 목숨보다 확실한 꿈속에 있던 오

---

2 당시 아사쿠사에 있던 뱀장어 구이 요릿집.
3 후쿠오카 현 구루메(久留米) 지방에서 나는, 남색 바탕에 비백 무늬가 있는 무명.

노는 이런 사람이 아니었다. 5년 전은 옛날이다. 서쪽과 동쪽으로 갈리고, 길고 짧은 옷소매로 갈리고, 이별의 슬픔을 가리는 저녁 구름이 서로 그리워하는 마음의 빗장이 되어, 만나는 일이 점점 더 힘들어진 지난 세월 동안 변하지 않았을 거라는 생각은 하지 않았다. 바람 불면 변할 거라고 생각하고, 비 내리면 변할 거라고 생각하고, 달밤에 핀 꽃을 보고도 변할 거라고 생각하며 살았다. 그러나 이렇게는 변하지 않았기를 빌며 플랫폼에 내려섰다.

오노의 변화는 과거를 순서나 도리에 맞게 늘려 씩씩하게 성장한 아몽(阿蒙)[4] 같은 변화가 아니다. 상대가 신바시 역에 도착하기 전날 밤, 퇴색한 과거를 거꾸로 비틀어 눈부신 현재를 급하게 만들어낸 것 같은 변화다. 사요코는 다가갈 수가 없다. 손을 뻗어도 닿을 것 같지 않다. 변하고 싶어도 변할 수 없는 자신이 원망스럽다. 오노는 자신에게서 멀어지기 위해 변한 것이나 마찬가지다.

신바시 역에는 마중을 나왔다. 차를 불러 묵을 곳으로 안내해주었다. 그뿐 아니라 바쁜 와중에도 무리하게 변통해서 달팽이 같은 부녀가 지낼 거처를 마련해주었다. 오노는 옛날과 다름없이 친절하다. 아버지도 그렇게 말한다. 그녀도 그렇게 생각한다. 그러나 다가갈 수 없다.

플랫폼에 내리자마자 짐을 달라고 했다. 짐이라고도 할 수 없는 조그마한 손짐 정도여서 들어줄 만한 것도 아닌 짐을 억지로 받아서는 무릎담요와 함께 먼저 갔다. 종종걸음으로 가는 그의 뒷모습을 봤을 때, 이건, 하고 생각했다. 먼저 가는 것은 먼 길을 달려온 두 사람을 안

---

4 오하아몽(吳下阿蒙) 고사에서 나온 말. 성장하여 예전의 모습과는 완전히 달라진 것을 비부 오하아몽(非復吳下阿蒙: 오나라에 있을 때의 아몽이 아니다)이라고 한다. 오나라 손권(孫權) 휘하의 여몽(呂蒙)이 단순한 무장이 아니라 학문에 정진하여 예전의 모습에서 완전히 달라진 데서 나온 말이다.

내하기 위해서가 아니라 시대에 뒤처진 부녀를 앞질러 가기 위한 것처럼 보였다. 부절(符節)이란 빼닮은 두 개를 대보고 비교하기 위한 징표다. 하늘에 걸린 해보다도 귀하게 지켜온 자신의 꿈을, 5년이라는 오랜 향기가 나는 '시간'의 주머니에서 막 꺼내, 설마 틀리지는 않겠지, 하고 비교해보니 현재는 이미 멀어지고 있다. 손에 쥐고 있는 부절은 통용되지 않는다.

처음에는 굴에서 나와 눈이 부신 탓이라고 생각했다. 좀 익숙해지면, 하고 가는 해를 믿으며 한 번 만나고, 두 번 만나고, 세 번, 네 번 거듭 만날 때마다 오노는 점점 더 정중해진다. 정중해짐에 따라 사요코는 점점 다가가기 힘들어진다.

부드럽게 목으로 미끄러지는 긴 턱을 안으로 잡아당겨 눈을 치뜨고 오노의 모습을 바라본 사요코는 변한 안경을 보았다. 변한 수염을 보았다. 변한 머리 모양과 변한 옷차림을 보았다. 변한 것을 모두 보았을 때 마음속에서 살며시 탄식이 흘러나왔다. 아아.

"교토의 꽃은 어떤가요? 이미 늦었겠지요?"

오노는 불쑥 화제를 교토로 옮긴다. 병자를 위로하기 위해서 병 이야기를 한다. 좋아하지 않는 옛날로 뛰어들어 다행히 풀리기 시작한 기억의 실타래를 거꾸로 돌리는 것은 시인의 동정이다. 사요코는 돌연 오노와 가까워진다.

"이미 늦었지요. 교토를 떠나기 전에 잠깐 아라시야마에 갔었는데, 그때 거의 다 피었던데요."

"그렇겠죠, 아라시야마는 좀 빠르니까요. 그런데 그거 참 다행이었네요. 누구랑 갔어요?"

꽃을 보는 사람은 별빛이 달처럼 밝은 밤같이 엄청나게 많다. 그러나 이 세상에서 사요코가 함께 갈 사람은 아버지 말고는 없다. 아버지가 아니라면…… 가슴속에서도 이름은 말하지 않았다.

"역시 아버님과 함께였습니까?"

"네."

"재미있었겠군요."

오노는 입에 발린 말을 한다. 사요코는 왠지 비참하다는 생각이 든다. 오노는 다시 시작한다.

"아라시야마도 예전과는 상당히 달라졌겠네요."

"네. 다이히카쿠의 온천 같은 데도 멋지게 수리를 해서……"

"그런가요?"

"고고노쓰보네(小督の局)⁵의 묘가 있잖아요?"

"예, 알고 있습니다."

"그 주변에 찻집이 잔뜩 들어서서 아주 번화해졌어요."

"해마다 세속적으로만 변하는군요. 옛날이 훨씬 좋았는데 말이에요."

다가갈 수 없다고 생각했던 오노는 꿈속의 오노와 정확히 일치한다. 사요코는 퍼뜩 생각한다.

"정말 옛날이 더……"

사요코는 말을 하다 말고 일부러 뜰을 본다. 뜰에는 아무것도 없다.

"제가 함께 놀러 갔던 때는 그렇게 혼잡하지 않았는데 말이지요."

오노는 역시 꿈속의 오노였다. 뜰을 향하고 있던 눈은 언뜻 정면으

---

5 다카쿠라(高倉) 천황(1161~1181)의 총애를 받은 궁녀. 중궁의 아버지인 다이라노 기요모리(平淸盛)의 분노를 사 사가노(嵯峨野)에 숨었으나 미나모토노 나카쿠니(源仲國)가 데려와 다시 궁중으로 들어갔다. 아라시야마에 그녀의 묘가 있다.

로 돌아온다. 금테 안경과 거무스름한 콧수염이 곧바로 눈동자에 비친다. 상대는 여전히 과거의 사람이 아니다. 사요코는 그리운 옛날이야기의 실마리가 술술 풀려나올 것 같은 목을 누르고 잠자코 입을 다문다. 여세를 몰아 모퉁이를 돌려고 하면, 어딜, 하고 가로막히는 일이있다. 품위 있는 신사숙녀의 대화도 가슴속에서는 시종 맞부딪치고있다. 오노가 다시 입을 열 차례다.

"당신은 그때와 전혀 달라지지 않았군요."

"그런가요?"

사요코는 상대의 말을 받아들이려는 듯한, 자신을 의심하는 듯한 내키지 않는 대답을 한다. 변하기만 했다면 이렇게 걱정하지도 않는다. 변한 것은 나이뿐, 쓸데없이 길어진 줄무늬와 오래 써서 낡은 거문고가 원망스럽다. 거문고는 천에 싸인 채 도코노마에 세워져 있다.

"저는 많이 변했지요?"

"몰라볼 정도로 훌륭해지셨어요."

"하하하하, 이거 황송한데요. 앞으로도 거리낌 없이 변할 생각입니다. 마치 아라시야마처럼요……"

사요코는 어떻게 대답해야 좋을지 모른다. 무릎에 손을 올린 채 아래를 보고 있다. 조그마한 귓불이 얌전하게 살짝 끝을 빠져나가 볼과 목이 이어지는 부분은 바림한 것처럼 뒤쪽으로 곡선을 그리며 물러간다. 훌륭한 그림이다. 안타깝게도 정면에 앉은 오노는 알 수 없다. 시인은 감각미를 좋아한다. 이 정도의 살이 오른 상태, 이 정도의 살이 빠진 상태, 이 정도의 광선에 이 정도의 색을 지닌 상태는 좀처럼 볼 수 없다. 오노가 이 순간 그 아름다운 그림을 포착했다면 편상화를 신은 발뒤꿈치가 땅에 박힐 정도로 돌려 5년의 흐름을 거꾸로 하여 과거를 향해 뛰어들었을지도 모른다. 애석하게도 오노는 정면에 앉아 있다. 오노는 그저 시적 정취가 부족한 재미없는 여자라고 생각한다. 동시에 물결을 이루며 코끝에 나부끼는 소맷자락의 향기가 짙은 자줏 빛의 미간을 스쳐 확 풍겨온다. 오노는 불현듯 돌아가고 싶어진다.

"다시 오겠습니다."

오노는 양복 앞섶을 여민다.

"이제 돌아오실 때가 되었는데……"

사요코는 조그만 목소리로 붙잡으려 한다.

"또 오죠, 뭐. 돌아오시면 안부 전해주세요."

"저어……"

우물거린다.

상대는 허리를 일으키며, 저어, 의 뒤를 기다리지 못한다. 빨리, 하 며 다그치는 듯한 느낌을 받는다. 다가갈 수 없는 사람은 점점 더 멀 어진다. 무정하다.

"저어…… 아버지가……"

오노는 어딘지 모르게 마음이 무거워진다. 여자는 점점 더 말을 꺼 내기가 어려워진다.

"다시 오겠습니다."

오노는 자리에서 일어난다. 말하려고 하는 것을 들어주지도 않는 다. 떠나는 자는 무자비하게 떠나간다. 미련도 배려도 없이 떠나간다. 현관에서 방으로 돌아온 사요코는 망연히 툇마루 가까이에 앉는다.

비가 오려다가 만 하늘 안쪽에서 희미한 봄빛이 엷은 구름에 가려 지며 전면에 비쳐든다. 화창함을 억누른 머리 위는 갤 듯싶은데도 어 쩐지 찌뿌둥하다. 어디선가 거문고 소리가 들려온다. 자신이 켜야 하는 거문고는 먼지도 떨지 못하고 천에 싸인 채 사라사천으로 만든 작은 꾸러미 두 개 사이에서 쓸쓸히 벽에 기대어 있다. 짙은 노란색 천은 언제나 치우려는지. 연주는 꽤 숙련된 솜씨다. 한쪽은 누르고 한쪽은 손톱으로 튕기며 편안하게 몇 개의 기러기발 사이를 왔다 갔다 하고, 봄을 마지막으로 흐트러지는 음색은 생동감 있고 풍부하다. 듣고 있으니 그 비가 바로 어제의 일처럼 생각된다. 낮의 반딧불이와 대나무 울타리에 우거진 개나리에, 아침부터 조금씩 비가 내리니 아버지가 적적하다고 말한다. 공단으로 짠 소맷부리는 손목에 미끄러지기 쉽다. 견사를 가늘고 길게 바늘귀에 꿴 채 붉은 바늘겨레에 툭 꽂고 일어선다. 가운데가 볼록한 오래된 오동나무의 긴 몸통에, 또렷하게 눈을 뜨라고 ㅅ자 모양으로 걸친 여러 줄을 몇 번이고 누르고 튕겼다. 곡은 분명히 〈고고(小督)〉[6]였다. 미친 듯이 움직이는 손가락이 슬픈 낮을 어지러이 비벼댔다고 생각할 무렵, 아버지는 수고한다며 직접 차를 끓여주었다. 교토는 봄, 비, 거문고의 교토다. 그중에서도 거문고는 교토에 잘 어울린다. 거문고를 좋아하는 자신은 역시 조용한 교토에 사는 것이 분에 맞다. 옛 교토에서 빠져나온 자신은, 어둠을 깨는 까마귀가 날아가 보고 공연히 깜깜한 것에 놀라 돌아오려고 할 때 날이 훤히 새는 것과 같은 것이다. 이럴 거라면 거문고 대신 피아노라도 배워두었으면 좋았을 것이다. 영어도 옛날 그대로로, 지금은 대부분 잊었다. 아버지는 여자에게 그런 것은 필요 없다고 말한다. 앞서 세상을 산 사람을 믿었다가 오노를 따라잡을 수 없게 뒤처져버렸다. 오래 산 사람은 아무래도 오래 살지는 못할 것이다. 오래 산 사람이 먼저

6 노(能)의 곡명. 다카쿠라 천황의 명령을 받은 미나모토노 나카쿠니가 달 밝은 밤에 사가노의 호린지(法輪寺) 근처에서 거문고 소리에 이끌려 고고노쓰보네를 찾아낸다.

죽고 새로운 사람에게도 뒤처지면, 오늘을 내일이라고 그날에야 헤아리는 목숨은 상황도 분별이 안 될 만큼 위험하다.

격자문이 드르륵 열린다. 옛 사람이 돌아왔다.

"이제야 돌아왔다. 정말 먼지가 심하구나."

"바람도 불지 않는데요?"

"바람은 불지 않지만 지면이 건조해서…… 도쿄는 정말 싫은 곳이야. 교토가 훨씬 좋아."

"하지만 매일같이 어서 도쿄로 이사 가자고 하셨잖아요?"

"말이야 그렇게 했지만, 와서 보니 그렇지도 않으니까 하는 소리지 뭐."

노인은 툇마루에서 버선을 털고 자리에 다시 앉으며 말한다.

"찻잔이 나와 있구나. 누가 온 거냐?"

"네. 오노 씨가 왔다가……"

"오노가? 그래?"

노인은 들고 온 커다란 꾸러미를 십자로 묶은 가는 끈을 하나씩 정성껏 풀기 시작한다.

"오늘은 방석을 사려고 전차를 탔다가 그만 갈아타는 걸 잊어버려서 아주 혼났다."

"어머."

사요코는 딱하다는 듯이 아버지를 보고 미소를 짓고는 묻는다.

"그런데 방석은 사셨어요?"

"그럼, 방석을 사오긴 했는데 그 탓에 아주 늦어지고 말았다."

노인은 꾸러미 안에서 하치조지마(八丈島)산 비단과 비슷해 보이는 노란 줄무늬 방석을 꺼낸다.

"몇 개나 사오셨어요?"

"세 개. 뭐 세 개만 있으면 당분간 문제는 없겠지. 자, 한번 깔고 앉아봐라."

노인은 방석 하나를 사요코 앞으로 내민다.

"호호호호, 아버지나 깔고 앉으세요."

"아비도 깔 테니까 너도 한번 깔아보렴. 자, 꽤 좋지?"

"솜이 좀 딱딱한 것 같은데요."

"솜은 어차피…… 가격이 비싸서 어쩔 수 없어. 하지만 이걸 사려고 전차를 놓쳤으니……"

"갈아타는 것을 잊어버린 거 아니었어요?"

"그래, 갈아타는 걸…… 차장한테 부탁해두었는데 말이야. 화가 치밀어서 돌아올 때는 그냥 걸어서 왔다."

"무척 피곤하시겠네요."

"뭘? 이래 봬도 다리는 아직 튼튼하니까. 하지만 덕분에 수염이고 뭐고 다 먼지투성이가 되어버렸다. 이거 봐라."

노인이 오른손 손가락 네 개를 나란히 해서 빗 대신 빗자 과연 손가락 사이에 거무스름한 것이 묻어난다.

"목욕을 안 해서 그래요."

"아니, 먼지다."

"하지만 바람도 불지 않던데요?"

"바람도 불지 않는데 먼지가 나니까 묘한 일이지."

"하지만."

"하지만이 아니라니까. 그럼 시험 삼아 밖에 한번 나가보든가. 도쿄 먼지에는 다들 놀랄 거야. 네가 있을 때도 이랬어?"

"네, 굉장히 심했어요."

"해마다 심해지는 게 아닌가 모르겠다. 오늘은 바람 한 점 없더구나."

노인은 차양 밖을 밑으로 내다본다. 하늘은 흐린 마음을 비추며 봄날이 흐릿하게 흐르고 있다. 거문고 소리는 아직도 들려온다.

"아니, 거문고를 켜고 있네. ……꽤 훌륭하군. 저건 무슨 곡이냐?"

"어디 한번 맞혀보세요."

"맞혀보라고? 하하하하, 아비는 모르겠다. 거문고 소리를 들으니까 왠지 교토 생각이 나는구나. 교토는 조용해서 좋지. 아비처럼 시대에 뒤처진 사람은 도쿄 같은 험한 곳에는 어울리지 않아. 도쿄는 오노나 너 같은 젊은 사람한테나 어울리는 곳이지."

시대에 뒤처진 아버지는 오노와 자신을 위해 일부러 먼지투성이 도쿄로 이사한 것이나 다름없다.

"그럼 교토로 돌아갈까요?"

사요코는 불안한 얼굴에 웃음을 지어 보인다. 노인은 세상에 어두운 자신을 불쌍히 여기는 효심으로 받아들인다.

"아하하하, 정말 돌아갈까?"

"정말 저는 돌아가도 괜찮아요."

"왜지?"

"왜긴요."

"하지만 이제 막 온 거잖아."

"그래도 상관없어요."

"상관없다고? 하하하하, 무슨 그런 농담을……"

딸은 고개를 떨군다.

"오노가 왔었다고?"

"네."

딸은 여전히 아래를 보고 있다.

"오노는…… 오노는 어쩐지……"

"네?"

딸은 고개를 든다. 노인은 딸의 얼굴을 본다.

"오노가…… 왔었다고?"

"네. 왔었어요."

"그래서, 뭐야, 그, 아무 말도 하지 않더냐?"

"네, 특별히……"

"아무 말도 하지 않았다고? ……기다리고 있었으면 좋았을 텐데……"

"급한 일이 있어서 다시 온다고 하고 돌아갔어요."

"그래? 그렇다면 특별히 볼일이 있어서 온 건 아니었나 보구나. 그래."

"아버지."

"왜?"

"오노 씨는 변했어요."

"변했다고? ……그래, 무척 훌륭해졌지. 신바시에서 만났을 때는 전혀 못 알아볼 뻔했어. 뭐, 서로한테 좋은 일이지."

딸은 다시 시선을 떨군다. 단순한 아버지에게는 자신이 한 말의 의미가 통하지 않은 것으로 보인다.

"저는 옛날 그대로고, 전혀 변하지 않았대요. ……변하지 않았다고……"

뒤의 말은 울리는 실의 끝을 맨발로 밟은 것처럼 고도 선생의 머리에 울린다.

"변하지 않았다고?"

다음 말을 재촉한다.

"어쩔 수 없어요."

조그만 목소리로 덧붙인다. 노인은 고개를 갸우뚱한다.

"오노가 무슨 말을 하더냐?"

"아니요, 특별히……"

같은 질문에 같은 답변이 되풀이된다. 물레방아는 밟으면 돌 뿐이다. 아무리 밟아도 끝나지 않는다.

"하하하하, 하찮은 일에 신경 쓰면 못써. 봄에는 마음이 우울해지는 법이니까. 오늘은 아비한테도 좋지 않은 날씨다."

우울해지는 것은 가을이다. 떡 탓인 줄 알면서 술 탓이라고 한다. 위로를 받는 사람은 바보 취급을 당하는 사람이다. 사요코는 입을 다물고 있다.

"잠깐 거문고라도 한번 타보는 게 어떠냐? 기분 전환 삼아서."

딸은 우울한 얼굴을 애교 있는 얼굴로 바꾸고 도코노마를 바라본다. 족자는 덧없이 떨어져 쓸데없이 남은 까만 벽 끝을 세로로 가르고, 거문고를 싼 샛노란 천은 봄을 숨기지 않고 환하다.

"아니, 그만두죠."

"그만둔다고? 그만두겠다면 할 수 없지. ……저기, 오노는 말이다, 요즘 무척 바쁠 거야. 머지않아 박사논문을 낸다니까……"

사요코는 은시계조차 필요 없다고 생각한다. 백 명의 박사도 지금의 자신에게는 아무런 쓸모가 없다.

"그래서 마음이 안정되지 않은 상태겠지. 학문에 집중하면 누구라도 그러는 거거든. 너무 걱정하지 마라. 느긋하게 있고 싶어도 그럴 수 없으니 할 수 없지, 뭐. 응? 뭐라고?"

"그렇게 말이에요."

"그래."

"서둘러서 말이에요."

"그래."

"돌아가……"

"돌아가…… 버렸다? 돌아가지 않아도? 돌아가지 않아도 좋았겠지만 어쩔 수 없는 일이지. 학문에 몰두하고 있으니까. ……그러니 하루 시간을 내서 함께 박람회라도 보러 가자는 거 아니냐? 너, 말은 한 거야?"

"아니요."

"말 안 했다고? 말했으면 좋았을 텐데. 오노가 왔는데 대체 넌 뭘 하고 있었던 거야? 아무리 여자라도 조금은 말을 할 줄 알아야지."

말을 할 수 없게 키워놓고 왜 말을 못하느냐고 한다. 사요코는 모든 잘못에 대한 책임을 지지 않으면 안 된다. 눈 속이 뜨거워진다.

"뭐, 괜찮다. 아비가 편지로 물어볼 테니까. ……슬퍼할 일이 아니야. 널 나무란 것도 아니고. ……그런데 저녁밥은 있어?"

"밥만 있어요."

"밥만 있으면 됐다. 뭐 반찬은 필요 없어. ……부탁해둔 할멈은 내일이나 온다는구나. ……좀 더 익숙해지면 도쿄나 교토나 마찬가지겠지."

사요코는 부엌으로 간다. 고도 선생은 도코노마에 있는 보자기에 싼 것을 풀기 시작한다.

10

수수께끼 여자가 무네치카 집으로 들어간다. 수수께끼 여자가 있는
곳에는 파도가 산이 되고 숯덩이가 수정으로 빛난다. 선가(禪家)에서
는, 버드나무는 푸르고 꽃은 붉다고 한다. 또 참새는 짹짹 울고 까마
귀는 까악까악 운다고 한다. 수수께끼 여자는 까마귀를 짹짹 울게 하
고 참새를 까악까악 울게 하지 않으면 안 된다. 수수께끼 여자가 태어
나고 나서 세상은 갑자기 어수선해졌다. 수수께끼 여자는 다가오는
사람을 모두 냄비에 넣고 삼나무 젓가락으로 휘젓는다. 스스로를 촌
뜨기라고 생각하는 사람이 아니라면 수수께끼 여자에게 다가가서는
안 된다. 수수께끼 여자는 다이아몬드 같은 사람이다. 지독히 빛난다.
그리고 그 빛이 어디에서 나오는지 알 수 없다. 오른쪽에서 보면 왼쪽
으로 빛난다. 왼쪽에서 보면 오른쪽으로 빛난다. 잡다한 빛을 잡다한
면에서 반사하며 득의양양해한다. 가구라(神樂)[1]의 가면에는 스무 가

---

1 신토(神道)에서 신에게 바치는 가무(歌舞). 가구라 중에서 도리모노(採物) 가구라나 노카구라
(能神樂) 계통에는 가면을 사용했다.

지 정도가 있다. 가구라의 가면을 발명한 사람이 수수께끼 여자다. 수수께끼 여자가 무네치카 집으로 들어간다.

진솔하고 쾌활한 무네치카가(家)의 대화상(大和尙)은 이렇게 위험한 여자가 세상에서 생을 받아 끊임없이 냄비 밑바닥을 휘젓고 있다고는 생각도 하지 못한다. 자단 책상에 중국에서 도래한 법첩(法帖)[2]을 올려놓고 두꺼운 방석 위에 앉아, 시나노노쿠니(信濃の國)에 이는 연기, 이는 연기, 라고 커다란 배로 요쿄쿠 〈화분에 심은 나무(鉢の木)〉를 노래하고 있다. 수수께끼 여자는 점점 다가온다.

비극 『맥베스』에 나오는 마녀는 냄비 안에 천하의 잡동사니를 쓸어 넣는다. 돌 밑에서 삼십 일의 독을 남몰래 불어넣는 밤의 두꺼비, 불타는 배를 까만 등에 감추는 도롱뇽의 간, 뱀의 눈과 박쥐의 발톱.[3] 냄비는 부글부글 끓는다. 마녀는 냄비 주위를 빙빙 돈다. 바짝 마르고 날카로운 손톱은, 세상을 저주하는 누대에 걸친 녹으로 가늘어진 부젓가락을 쥔다. 부글부글 끓고 있는 냄비는 거품과 함께 걸쭉한 물결을 일으킨다. 읽는 사람은 무섭다고 한다.

그건 연극이다. 수수께끼 여자는 그런 섬뜩한 일을 하지 않는다. 사는 곳은 수도다. 때는 20세기. 들어선 것은 한낮이다. 냄비 밑바닥에서는 애교가 솟아난다. 떠도는 것은 웃음의 물결이라고 한다. 휘젓는 것은 친절의 젓가락이라 명명한다. 냄비부터가 품위 있게 만들어져 있다. 수수께끼 여자는 살살 휘젓는다. 손놀림도 노(能)를 모방한 것이다. 대화상이 무서워하지 않는 것도 무리는 아니다.

"이야, 정말 많이 따뜻해졌습니다. 자, 올라오시지요."

2 서도(書道)의 모범이 될 만한 선인의 필적을 돌이나 나무 따위에 새겨 탁본한 접책.
3 『맥베스』 제4막 제1장에 나오는 마녀들의 코러스.

방석이 있는 쪽으로 커다란 손바닥을 내민다. 여자는 일부러 입구에 앉은 채 양손을 얌전하게 짚는다.

"그동안……"

"자, 깔고……"

커다란 손은 여전히 앞으로 내민 채다.

"잠깐씩 나오기는 합니다만, 집에 사람이 없어서 한번 와야지, 와야지 하면서도 결국 이렇게 늦어져서……"

말이 살짝 끊어졌으므로 대화상이 무슨 말을 하려고 하자 수수께끼 여자는 곧바로 말을 잇는다.

"정말 죄송하게 되었습니다."

검은 머리를 다다미에 바싹 댄다.

"아닙니다. 천만의 말씀을……"

이 정도의 말로 쉽사리 머리를 들 여자가 아니다. 어떤 사람이 말한다. 너무 정숙하게 예를 표하는 여자는 어쩐지 기분 나쁘다. 제삼의 사람이 말한다. 인간의 성의는 머리를 숙이는 시간과 정비례하는 법이다. 여러 가지 설이 있다. 다만 대화상은 귀찮아하는 쪽이다.

검은 머리는 다다미 위에 숙이고 목소리만 입에서 나온다.

"귀댁에도 별고 없으신지요…… 매일 긴고와 후지오가 와서 귀찮게 하기만 하고…… 저번에는 또 훌륭한 것까지 주셔서 진작에 한번 인사하러 왔어야 하는데, 그만 눈앞에 닥친 일에 매이는 바람에……"

그제야 마침내 고개를 든다. 무네치카 노인은 휴 하고 한숨을 내쉰다.

"아닙니다. 변변치 않은 건데…… 어디서 들어온 것이고요. 아하하하, 점차 날도 따뜻해져서……"

불쑥 날씨 이야기를 하며 뜰을 봤으나 다음과 같은 말로 맺고 만다.

"어떤가요, 댁의 벚꽃은? 지금쯤 한창이겠네요?"

"올해는 날씨가 좋아서인지 예년보다 조금 일러 사오일 전이 가장 볼만했는데, 그제 분 바람에 대부분 상하고 지금은……"

"아, 그런가요? 그 벚꽃은 특이하지요. 뭐라고 했더라. 예? 아사기자쿠라, 예, 맞아요. 그 색이 참 특이했지요."

"조금 푸른 기가 돌아서, 어쩐지 이런 저녁 같은 때는 좀 무서운 기분이 들기도 합니다."

"아, 그렇습니까? 아하하하, 아라카와에는 히자쿠라(緋櫻)[4]라는 게 있는데, 아사기자쿠라는 정말 진기하지요."

"다들 그렇게 말씀하십니다. 야에자쿠라(八重櫻)[5]는 많지만 푸른 것은 좀처럼 없다면서요……"

"없지요. 하기야 호사가들에 따르면 벚꽃도 백 몇 가지가 있다고 하니까요……"

"어머, 그렇게나요?"

여자는 자못 놀란 듯이 말한다.

"아하하하, 벚꽃도 무시할 수 없지요. 얼마 전에도 하지메가 교토에서 돌아와서는 아라시야마에 갔었다고 하기에 어떤 꽃이었느냐고 물었더니 그냥 외겹이라고만 하더군요. 아무것도 모른다니까요. 요즘 애들은 무사태평해서, 아하하하. 자, 어떻습니까? 변변치 못한 과자입니다만 하나 드셔보시지요. 기후(岐阜)의 감 양갱입니다."

"아니에요, 신경 쓰지 않으셔도 됩니다."

---

4 벚꽃의 일종으로 담홍색으로 커다란 겹꽃이 피는데 향기는 없다.
5 겹꽃잎 벚꽃으로 비교적 늦게 개화하며 꽃의 색은 흰색, 붉은색, 녹황색 등이다. 천엽벚나무라고도 한다.

"그다지 맛은 없습니다. 그저 희귀할 뿐이지요."

무네치카 노인은 젓가락을 들어 접시에서 벗겨낸 양갱 한 조각을 손에 들고 혼자 게걸스럽게 먹는다.

"아라시야마라면……"

고노의 어머니가 말을 꺼낸다.

"지난번에는 긴고가 또 여러 가지로 귀찮게 해서, 그 덕분에 여기저기 구경을 잘했다며 무척 기뻐하고 있습니다. 정말 그렇게 제멋대로라서 하지메 씨도 아마 성가셨을 거예요."

"아니요, 오히려 우리 하지메가 여러모로 도움을 받았다고 해서……"

"천만에요, 남을 도와줄 만한 애도 아닌걸요. 그 나이에 친구가 한명도 없다고 하니까요……"

"너무 학문만 하면 누구든 함부로 사귀기 힘들어지는 법이지요. 아하하하."

"저는 여자라서 통 모릅니다만, 어쩐지 우울해하고만 있는 것 같아서…… 하지메 씨라도 데리고 가주지 않으면 아무도 상대해주지 않을 것 같아서……"

"아하하하, 하지메는 정반대지요. 누구라도 상대합니다. 집에 있으면 여동생만 놀려먹고…… 그것도 참 곤란합니다."

"아니에요, 정말 쾌활하고 담백해서 좋잖아요. 제발 하지메 씨의 반만이라도 좋으니까 긴고도 좀 즐겁게 지내면 좋겠다고 후지오한테도 늘 말하고 있습니다만, ……그것도 다 그 병 탓이라 이제 와서 푸념을 늘어놓아봐야 어쩔 수 없는 일이겠지요. 하지만 제 배가 아파서 낳은 아이가 아니라 오히려 세상 사람들한테도 더 신경이 쓰여서……"

"지당하신 말씀입니다."

무네치카 노인은 진지하게 대답하고는, 그런 김에 재떨이를 탕탕 치고 은을 평평하게 펴서 만든 담뱃대를 다다미 위에 맥없이 떨어뜨린다. 담뱃대의 대통에서 남아 있는 연기가 흘러나온다.

"긴고 군은 어떤가요? 교토에서 돌아오고 나서 좀 좋아진 것 같지 않습니까?"

"덕분에요……"

"얼마 전에 우리 집에 왔을 때는 다 같이 시시한 이야기를 하며 꽤 즐거워하는 것 같았는데요."

"어머, 그랬군요." 뭔가 있는 듯이 심각하게 감탄한다. "그런데 정말 애를 먹고 있어요." 그러면서 정말 애를 먹고 있는 것처럼 아주 길게 늘여서 말한다.

"그거 참."

"그 아이의 병 때문에 지금까지 얼마나 걱정을 했는지 몰라요."

"차라리 결혼이라도 시키면 마음이 바뀌어 좋을지도 모릅니다."

수수께끼 여자는 자신이 생각하는 것을 남에게 말하게 한다. 직접 손을 쓰면 잘못이다. 상대가 미끄러져 구르기를 얌전히 기다리고 있다. 다만 미끄러질 만한 질퍽거리는 곳을 몰래 준비해둘 뿐이다.

"결혼 이야기는 늘 하지만, 아무리 말해도 알았다고 하질 않으니. 보시다시피 저도 나이를 먹었고 또 긴고 아버지도 외국에서 그렇게 갑작스럽게 돌아가신 형편이라, 정말 걱정되어 견딜 수가 없어서, 제발 하루라도 빨리 그 아이를 위해 가정을 이루게 해주고 싶은데…… 정말이지 지금까지 결혼 이야기를 몇 번이나 꺼냈는지 몰라요. 하지만 그때마다 처음부터 아예 딱 잘라 거절하기만 하니……"

"사실 지난번에 왔을 때도 잠깐 그 이야기를 했습니다. 자네가 언제까지고 고집을 부리면 어머니만 걱정하신다, 그것도 안됐으니까 지금이라도 빨리 가정을 꾸려서 안심시켜드리는 게 좋을 것 같다고 말이지요."

"그런 친절을 다 베풀어주시고, 정말 감사합니다."

"아닙니다. 걱정이야 피차일반이지요. 저도 마침 어떻게든 해야 하는 아이가 둘이나 되니까요, 아하하하, 아무래도 그렇지요. 몇 살이 되어도 걱정이 끊이지 않습니다."

"이 댁 자제분들이야 훌륭하지만, 저는 만약 그 애가 병을 이유로 언제까지고 결혼을 하지 않은 상태에서 무슨 일이라도 생기면 저승에서 남편을 대할 면목이 없습니다. 정말 왜 그렇게 말을 못 알아듣는 걸까요? 무슨 말만 하면, 어머니, 저는 이런 몸이어서 도저히 집안을 보살필 수 없습니다, 그러니 후지오를 결혼시켜 어머니를 보살피게 하세요, 저는 재산 같은 건 한 푼도 필요 없습니다, 라고 해요. 뭐 이런 식이라니까요. 제가 그 아이의 친부모라면, 그럼 네 마음대로 하라고 말할 수도 있겠지만, 아시다시피 친자식이 아니니 사람들 이목을 봐서라도 그런 도리에 어긋난 일은 할 수도 없고, 정말 어떻게 해야 좋을지 모르겠어요."

수수께끼 여자는 화상을 지그시 바라본다. 화상은 커다란 배를 내밀고 생각에 잠겨 있다. 재떨이가 탕탕 하고 울린다. 자단으로 만든 뚜껑을 주의 깊게 덮는다. 담뱃대가 구른다.

"그렇군요."

화상의 목소리는 평소와 달리 가라앉아 있다.

"그렇다고 친부모도 아닌 제가 강요하듯이 함부로 주제넘은 소리를 하면, 말을 꺼내기도 싫은 말썽이 생길 것이고……"

"음, 난감하겠군요."

화상은 손잡이가 달린 담배합의 얕은 서랍에서 샛노란 무명 행주를 꺼내 고래수염으로 만든 손잡이를 정성껏 닦기 시작한다.

"차라리 제가 한번 차분히 얘기해볼까요? 말씀하시기 어려우시면요."

"여러 가지로 심려를 끼쳐드려서……"

"그렇게 해보지요, 뭐."

"어떨까요? 그렇게 신경이 이상해져 있는데, 그런 말을 하면……"

"그거야 알고 있으니까 본인의 감정을 상하지 않도록 말할 생각입니다."

"하지만 만약 제가 여기까지 찾아와서 일부러 부탁을 했다는 식으로 오해하게 되면, 그거야말로 나중에 엄청난 소동을 일으키게 되니……"

"곤란하지요, 그렇게 예민해지시면."

"꼭 종기를 건드리는 것 같아서……"

"으음."

화상은 팔짱을 낀다. 소매가 짧아서 버릇없이 두꺼운 팔꿈치가 보인다.

수수께끼 여자는 사람을 미궁으로 이끌고, 그렇구나, 하는 말을 하게 만든다. 으음, 하게 만든다. 재떨이를 탕탕 하고 소리 내게 한다. 끝내는 팔짱을 끼게 한다. 20세기의 금물은 질언(疾言)[6]과 거색(遽色)[7]이

---

6 빠르고 급한 말투. 생각한 것을 곧바로 발언하는 것.
7 당황한 기색. 감정을 곧바로 얼굴에 드러내는 것.

다. 왜인가 하고 어떤 신사와 숙녀에게 물어보니, 신사와 숙녀는 한목소리로 대답했다. 질언과 거색은 가장 법률에 저촉되기 쉽기 때문이다. 수수께끼 여자처럼 정중하면 가장 법률에 저촉되기 어렵다. 화상은 팔짱을 끼고, 으음, 하고 말한다.

"만약 그 아이가 결연히 집을 나가겠다고 우기면, 물론 제가 그걸 가만히 보고 있을 수는 없지만, 그 아이가 끝까지 말을 듣지 않으면……"

"사위를 들이는 거겠지요. 사위를 들이게 되면……"

"아니요, 그렇게 되면 정말 큰일입니다. 만일의 경우도 생각해두지 않으면 곤란하니까요."

"그야 그렇겠지요."

"그걸 생각하면, 그 아이의 병이라도 좋아져서 정신을 차리지 않으면 후지오를 시집보낼 수도 없어요."

"그렇지요."

화상은 그저 고개를 갸우뚱하고 다시 묻는다.

"후지오 양은 올해 몇 살이지요?"

"이제 스물넷이 되었어요."

"참 빠르군요. 바로 얼마 전까지만 해도 이만했는데 말이지요."

화상은 커다란 손을 어깨 정도의 높이로 내밀고 쫙 편 손바닥을 아래에서 들여다보듯이 한다.

"아니에요, 몸만 자랐지, 아무 도움도 안 돼요."

"……헤아려보니 스물넷이군요. 우리 이토코가 스물둘이니까요."

가만히 내버려두면 이야기가 어딘가로 흘러가버릴 것만 같다. 수수께끼 여자는 잡아끌고 가지 않으면 안 된다.

"이 댁에서도 이토코 양이나 하지메 씨 때문에 걱정이 많으실 텐데, 이런 쓸데없는 말씀을 드려서, 아마 남의 마음도 모르는 태평한 여자라고 생각하시겠지만……"

"아니요, 천만의 말씀이십니다. 실은 제가 그 일로 차분히 말씀드리고 싶었습니다. 하지메도 외교관이 된다느니 하면서 한창 소란을 피우고 있어 오늘내일 결정할 문제는 아닙니다만, 늦든 빠르든 결혼을 시키긴 해야 하니까요."

"그렇고말고요."

"그래서 그 후지오 양 말인데요."

"네."

"그 후지오 양이라면 성격도 알고 있어서 저도 안심하고, 물론 하지메도 이의가 있을 리 없고…… 아무튼 좋을 거라고 생각합니다만."

"네에."

"어떠십니까, 어머님 생각은?"

"보시다시피 미흡한 애를 그렇게까지 말씀해주시는 것은 정말 고맙게 생각합니다만……"

"좋지 않겠습니까?"

"그렇게 되면 후지오도 행복할 것이고 저 역시 안심되고……"

"불만스러운 점이 있으면 모르겠지만, 그러지 않으시면……"

"불만이라니요, 당치도 않아요. 저희가 바라던 바로 더없이 좋은 일이에요. 다만 그 애가 난감해해서요. 하지메 씨는 무네치카 집안을 이어갈 소중한 몸이잖아요. 후지오를 마음에 들어 할지 어떨지는 모르겠습니다만, 우선 받아주신다고 해도 시집을 보낸 후에 긴고가 여전히 지금 상태라면, 사실 저도 무척 불안할 것 같아서요……"

"아하하하, 그런 걱정을 하시면 한이 없습니다. 후지오 양마저 시집을 가버리면 긴고 군한테도 책임감이 생길 테니, 자연스럽게 생각도 달라질 겁니다. 그러니 그리하세요."

"그럴까요?"

"더군다나 아시다시피 후지오 양 아버님께서도 언젠가 말씀하신 적이 있고요. 그렇게 되면 돌아가신 분도 만족하실 겁니다."

"여러 가지로 친절을 베풀어주셔서 정말 감사해요. 남편만 살아 있어도 저 혼자 이런…… 이런 걱정은 하지 않아도 되겠지만요."

수수께끼 여자가 하는 말은 점차 습기를 띤다. 세상살이에 지친 붓은 이런 습기를 싫어한다. 가까스로 수수께끼 여자의 수수께끼를 여기까지 서술했을 때, 붓은 한 발짝도 앞으로 나아가기 싫다고 한다. 낮을 만들고 밤을 만들고 바다와 육지, 그 밖의 모든 것을 만든 신은 이레째가 되자 쉬라고 했다. 수수께끼 여자에 대해 써온 붓은 해가 비치는 다른 세계로 가서 그 습기를 떨쳐버리지 않으면 안 된다.

해가 비치는 다른 세계에서는 남매가 활동한다. 1층과 2층 중간에 만든 6첩 다다미방은 남향이라 더없이 환하고, 시원하게 열어놓은 장지문 밖에는 60센티미터 크기의 소나무가 시가라키산 도자기 화분에 뒤얽힌 뿌리를 두고 〈 모양의 그림자를 툇마루에 드리우고 있다. 250센티미터의 장지는 하얀 바탕에 진(秦)나라와 한(漢)나라 시대의 탁본인 처마 끝의 기와 모양이나 문자에서 뽑은 것을 여기저기에 흩뜨려놓은 것이고, 문고리에서는 물결 위로 물떼새가 날고 있다. 이어지는 1미터의 임시 도코노마에는 족자는 없고 꾸밈없이 꽃 한 송이가 가고하나이케(籠花活)[8]에 가볍게 꽂혀 있다.

이토코는 도코노마 앞에 여러 가지 색의 바느질감을 화려하게 흩뜨려놓고, 실밥이 빠질 정도의 서랍을 두 번째 칸까지 빼놓은 반짇고리를 창 가까이에 둔다. 누비고 나아가는 실의 행방이 한 땀 한 땀 봄을 새기는 희미한 소리로 들릴 만큼 조용한데 오빠의 커다란 소리가 그 것을 지워버린다.

배를 깔고 엎드려 있는 것은 음력 3월의 모습, 누워서 천하의 봄을 소유한다. 자 끝으로 자꾸 방문을 두드리고 있다.

"이토코, 네 방은 밝아서 좋구나."

"바꿔줄까요?"

"글쎄, 바꿔봤자 그다지 득 될 것도 없을 것 같은데…… 하지만 너 한테는 지나치게 훌륭해."

"지나치게 훌륭해도 아무도 안 쓰니까 내가 써도 괜찮잖아요."

"괜찮지. 괜찮기는 한데 지나치게 훌륭해. 게다가 이 장식물은 아무래도…… 묘령의 아가씨한테 어울리지 않는 게 있잖아."

"어떤 거요?"

"어떤 거라니, 저 소나무지. 이건 필시 아버지가 다이세이엔(苔盛園)[9]에서 25엔에 강매당한 걸 거야."

"맞아요. 소중한 분재예요. 넘어뜨리기라도 하면 큰일이에요."

"하하하하, 이런 걸 25엔에 강매당한 아버지도 아버지지만, 그걸 또 끙끙대며 2층까지 옮겨다 놓은 너도 너다. 역시 아무리 나이가 달라도 부녀지간은 숨길 수가 없는 모양이구나."

"호호호호, 오라버니는 정말 바보예요."

---

8 대나무나 등나무로 만든 바구니에 대나무, 도기, 금속 등으로 만든 통을 넣고 그 안에 꽃을 꽂도록 만든 것.

9 시바(芝) 공원 근처에 있던 식목원. 주로 분재를 취급했다.

"바보라고 해도 너와 비슷한 정도겠지. 형제니까."

"어머, 그건 싫어요. 그야 물론 나는 바보예요. 바보긴 한데 오라버니도 바보예요."

"바보라? 그러니까 둘 다 바보라서 좋잖아."

"그렇다는 증거가 있어요."

"바보라는 증거 말이야?"

"네."

"그건 너의 대발견이다. 어떤 증건데?"

"저 분재는 말이에요."

"그래, 저 분재는?"

"저 분재는 말이에요, 아이, 몰라요."

"모르다니?"

"난 정말 싫어한단 말이에요."

"이런, 이건 나의 대발견인데. 하하하하, 싫어하는 걸 어째서 다시 갖고 온 거야? 무거웠을 텐데."

"아버지가 갖다 놓은 거예요."

"뭐라고?"

"해가 비치니까 소나무를 위해서는 2층이 좋겠다고 하시면서요."

"아버지가 자상도 하시구나. 그래? 그래서 오라버니가 바보가 된 거구나. 아버지가 자상하여 아들은 바보가 되었네, 이런 건가?"

"그건 또 뭐예요? 잠깐만, 그거 시가의 첫 구예요?"

"뭐, 첫 구 비슷한 거지."

"비슷한 거라고요? 진짜 시가의 첫 구 아니었어요?"

"꽤나 따지고 드는데. 그보다 너 오늘 아주 훌륭한 걸 만들고 있구

나. 그건 뭐지?"

"이거요? 이세자키(伊勢崎)산 비단이에요."

"되게 번쩍거리는데, 오라버니 거야?"

"아버지 거예요."

"아버지 것만 만들고 오라버니 건 아무것도 만들어주지 않는구나. 지난번 여우 털 조끼 이후로 말이야."

"어머, 정말 거짓말만 하고. 지금 입고 있는 것도 내가 만들어준 거 잖아요."

"이거 말이야? 이건 이제 못써. 이거 봐, 이렇게 됐잖아."

"어머, 옷깃에 이 때 좀 봐. 입은 지 얼마나 됐다고. 오라버니 몸에는 기름기가 너무 많아요."

"뭐가 너무 많든 간에 이제 못쓰게 된 거지."

"그럼 이걸 다 만들고 나면 바로 만들어줄게요."

"새 걸로 말이지?"

"그래요, 빨아서 펴놓은 걸로."

"또 아버지한테 받은 거야? 하하하하, 그런데 말이야, 이토코, 이상 한 일이 있는데 말이지."

"뭐가요?"

"아버지는 노인인데도 새 것만 입고, 젊은 나한테는 헌 옷만 입히는 게 좀 이상하지 않아? 이런 식으로 가다가는 아버지는 파나마모자를 쓰고 나한테는 헛간에 있는 벙거지를 쓰라고 할지도 모르겠단 말이거 든."

"호호호호, 오라버니는 정말 말솜씨가 좋다니까요."

"좋은 건 말솜씨뿐인 거야? 불쌍하게."

"또 있어요."

무네치카는 대답을 그만두고 손으로 턱을 괴고는 난간 틈으로 뜰 앞의 나무들을 내려다보고 있다.

"또 있어요, 조금."

바늘에서 떼지 않고 있는 이토코의 눈은 왼손으로 꼭 잡고 있던 옷 솔기를 순식간에 공그르고 하얗고 포동포동한 손끝을 놓고 나서야 오빠를 본다.

"또 있다니까요, 오라버니."

"뭔데? 말만으로도 충분해."

"하지만 또 있는걸요."

바늘귀를 장지문으로 향하고 귀여운 쌍꺼풀눈을 가늘게 한다. 무네치카는 여전히 태평한 마음을, 턱을 괸 손에 의지하여 뜰을 바라보고 있다.

"말해줄까요?"

"그, 그래."

턱을 괴고 있어 아래턱은 움직일 수 없다. 대답은 목구멍에서 코로 빠져나간다.

"발. 알았지요?"

"어, 그래."

남색 실을 입술로 적셔 손가락 끝으로 뾰족하게 하는 것은 꿰기 힘든 바늘귀를 꿰는 여자의 일이다.

"이토코, 누구 손님이 온 거야?"

"네. 고노 씨 어머님이 오셨어요."

"고노 어머님이? 그분이야말로 말솜씨가 뛰어나지. 오라버니 같은 사람은 도저히 못 당해."

"그래도 기품이 있어요. 오라버니처럼 욕을 안 하니까 좋아요."

"그렇게 오라버니를 싫어해서야, 보살펴준 보람이 없잖아."

"보살펴주지도 않으면서 무슨."

"하하하하, 실은 여우 털 조끼를 만들어준 보답으로 이번에 꽃구경이라도 데려갈 생각이야."

"꽃은 다 졌잖아요? 그런데 지금 꽃구경이라니?"

"아니야, 우에노나 무코지마(向島)는 이미 졌지만, 아라카와(荒川)는 지금이 한창이거든. 아라카와에서 가야노(萱野)로 가서 앵초를 따고 오지(王子)를 돌아 기차로 돌아오는 거야."

"언제요?"

이토코는 바느질하던 손을 멈추고 바늘을 머리에 꽂는다.

"아니면 박람회에 가는 거야. 타이완관에서 차를 마시고 일루미네이션을 본 다음에 전차로 돌아오는 거지. 어느 쪽이 좋아?"

"난 박람회에 가고 싶어요. 이거 다 끝내면 그때 가요, 알았죠?"

"그래. 그러니까 오라버니를 소중하게 생각하지 않으면 안 되는 거야. 이렇게 자상한 오라버니는 전국에서도 그리 많지 않을걸."

"호호호호, 소중히 생각할게요. 잠깐, 그 자 좀 줘요."

"열심히 재봉 일을 하면 언젠가 시집갈 때 다이아몬드 반지를 사주지."

"말은 참 잘한다니까요. 그런 돈이 어디 있다고."

"어디 있냐고? 지금은 없지."

"대체 오라버니는 시험에 왜 떨어진 거예요?"

"비범하기 때문이지."

"잠깐, 그쪽에 어디 가위 없어요?"

"그 이불 옆에 있잖아. 아니, 좀 더 왼쪽. 그 가위에 원숭이가 붙어 있는 건 왜지? 멋인가?"

"이거요? 예쁘죠? 오글쪼글한 비단으로 만든 원숭이."

"네가 만든 거야? 기가 막히게 잘 만들었다. 넌 잘하는 게 아무것도 없지만, 이런 재주는 있구나."

"어차피 후지오 씨처럼은 안 되겠지요. 어머, 툇마루에 담뱃재 좀 떨지 마요. 이걸 빌려줄 테니까."

"이건 뭐냐? 이야, 미농지를 여러 겹으로 배접한 종이에다 색과 무늬를 넣은 종이를 붙였구나. 이것도 네가 만든 거야? 한가하기도 하구나. 대체 어디에 쓰는 거야? 실을 넣는 거야? 아니면 실밥을 넣는 건가? 야 이거, 참."

"오라버니는 후지오 씨 같은 사람이 좋지요?"

"너 같은 사람도 좋아."

"나는 제외하고요, 오라버니, 그렇죠?"

"싫지는 않지."

"어머, 숨기려고 하네. 진짜 우습다니까."

"우습다고? 우스워도 상관없어. 고노 어머님은 계속 밀담을 나누고 있구나."

"어쩌면 후지오 씨 일일지도 몰라요."

"그래? 그럼 들으러 가볼까?"

"어머, 안 돼요. 난 지금 다리미가 필요한데도 조심하느라 가지러 가지 않고 있는걸요."

"자기 집에서 그렇게 조심하는 건 좋지 않아. 오라버니가 가져다줄까?"

"됐으니까 관둬요. 지금 아래로 내려가면 어렵사리 시작한 대화도 끊어진단 말이에요."

"정말 위험하네. 그럼 나도 숨을 죽이고 드러누워 있을까?"

"숨은 죽이지 않아도 돼요."

"그럼 숨을 살리고 드러누워 있을까?"

"드러누워 있는 건 이제 좀 그만해요. 그렇게 예의가 없으니까 외교관 시험에 떨어지는 거예요."

"그런가? 어쩌면 그 시험관들은 너하고 같은 생각일지도 모르겠다. 정말 난감한데."

"난감하다니요, 후지오 씨도 역시 같은 생각일 거예요."

바느질하던 손을 멈추고 다리미 때문에 망설이고 있던 이토코는 마름모꼴로 감친 골무를 빼고 연분홍빛 바늘겨레에 은빛 바늘을 꽂아 넣고는 비늘 모양의 나뭇결이 아름답게 칠해진 뚜껑을 탁 닫는다. 얼마 후 긴 낮의 창으로 들어온 햇빛에 붉어진 귓불 언저리에 손바닥을 대고 오른손 팔꿈치를 반짇고리 위에 올려놓은 채 늘어놓은 바느질감 밑에 숨겨진 무릎을 비스듬히 무너뜨린다. 속에 입는 옷소매의 꽃과 뒤섞인 짙은 색 기모노가 부드러운 팔에서 소리 없이 미끄러져 드러난, 평소보다 뚜렷하고 밝은 팔뚝이 나비와 비스듬한 리본 아래 선명하다.

"오라버니."

"왜? 바느질은 이제 다 했어? 어쩐지 멍한 표정이네."

"후지오 씨는 안 돼요."

"안 된다고? 안 되다니?"

"왜냐하면 올 생각이 없으니까요."

"너, 물어본 거야?"

"설마 그런 걸 무례하게 어떻게 물어봐요?"

"물어보지 않고도 안다는 거야? 꼭 무당 같구나. 네가 그렇게 턱을 괴고 반짇고리에 기대고 있는 모습은 천하의 절경이다. 동생이지만 정말 훌륭한 자세야, 하하하하."

"실컷 놀리세요. 사람이 애써 친절하게 말해주니까, 정말."

이렇게 말하면서 이토코는 머리를 지탱하고 있던 하얀 팔을 픽 쓰러뜨린다. 가지런한 손가락이 반짇고리의 모서리를 누르듯이 앞으로 늘어진다. 장지문에 가까운 한쪽 볼은 눌린 손자국을 귓불과 함께 불그레하게 물들이고 있다. 예쁘게 둘러싸고 있는 쌍꺼풀은 시원스러운 눈동자를 긴 속눈썹에 숨기려고 위에서 늘어뜨려져 있다. 이토코는 이 속눈썹 안쪽에서 간절하게 무네치카를 보고 있다. 무네치카는 네모나게 각진 어깨에 힘을 주어 팔꿈치를 튕기며 누워 있던 몸을 일으킨다.

"이토코, 난 고노 아버지의 금시계를 받기로 약속되어 있어."

"고노 씨 아버님의?" 가볍게 되묻고 엉겁결에 목소리를 낮춘다. "하지만……"이라는 말을 하자마자 검은 눈동자는 이내 긴 속눈썹 뒤로 숨어버린다. 화려한 색깔의 리본이 언뜻 앞쪽으로 얼굴을 내민다.

"괜찮아. 교토에서도 고노한테 말해두었으니까."

"그래요?"

이토코는 내리깔고 있던 얼굴을 반쯤 든다. 의심하는 듯한, 위로하는 듯한 웃음이 얼굴과 함께 떠오른다.

"오라버니가 조만간 외국에 가게 되면 너한테 뭔가 사서 보내줄게."

"이번 시험 결과는 아직 모르는 거예요?"

"곧 발표하겠지."

"이번에는 반드시 합격해야 해요."

"어? 응. 아하하하. 뭐 상관없어."

"상관있어요. 후지오 씨는 학문적 능력이 있고 신용할 수 있는 사람을 좋아하니까요."

"오라버니는 학문적 능력도 없고 신용도 없는 건가?"

"그렇진 않아요. 그렇진 않지만, 예를 들자면 오노 씨라는 분이 있잖아요."

"음."

"성적이 우수해서 은시계를 받았다고 하잖아요. 지금은 박사논문을 쓰고 있다고 하고요. 후지오 씨는 그런 분을 좋아한단 말이에요."

"그래? 이런."

"뭐가 이런이에요? 그래도 그건 명예예요."

"이 오라버니는 은시계도 못 받지, 박사논문도 쓸 수 없지, 게다가 시험에는 떨어지지, 정말 불명예의 극치로군."

"어머, 아무도 불명예라고는 하지 않았어요. 다만 너무 태평한 거죠."

"너무 태평하지."

"호호호호, 정말 이상해요. 어쩐지 전혀 마음에 걸리지 않는 모양이죠?"

"이토코, 오라버니는 학문적 능력도 없고 시험에도 떨어지지만, 뭐 그만두자, 아무래도 상관없으니까. 어쨌든 넌 오라버니를 좋은 오라버니라고 생각하지 않니?"

"그야 그렇게 생각해요."

"오노하고 누가 더 좋지?"

"그야 오라버니가 더 좋죠."

"고노하고 비교하면?"

"몰라요."

한창인 햇살이 장지문을 지나 이토코의 볼을 따사롭게 비춘다. 고개를 숙인 얼굴만이 두드러지게 하얗게 보인다.

"이토코, 머리에 바늘 꽂혀 있다. 잊으면 위험하지."

"어머."

속에 입는 기모노 소매가 나부끼며 흘끗 내비치는 가운데 두 손가락으로 여긴가 하고 누르고는 가볍게 빼낸다.

"하하하하, 보이지 않는 곳인데도 용케 손이 닿네. 맹인이라면 감이 좋은 안마사가 될 수 있겠다."

"그야 익숙하니까 그렇죠."

"훌륭해. 그런데 재미있는 이야기 해줄까?"

"뭔데요?"

"교토의 여관 옆집에 거문고를 켜는 미인이 있었거든."

"엽서에 써 보냈잖아요?"

"어, 맞아."

"그 이야기라면 알고 있어요."

"그게 말이야, 세상에는 신기한 일도 있더란 말이지. 고노하고 오라버니가 아라시야마로 꽃구경을 갔는데, 거기서 그 여자를 만난 거야. 만난 것으로 끝났으면 그런가 보다 하는데, 고노가 그 여자한테 홀려서 찻잔을 떨어뜨리고 말았지 뭐야."

"어머, 정말요?"

"놀랐지? 그리고 밤기차로 돌아올 때 또 그 여자하고 같이 타고 온 거야."

"거짓말."

"하하하하, 결국 도쿄까지 같이 왔어."

"하지만 교토 사람이 그렇게 무턱대고 도쿄에 올 리 없잖아요."

"그게 바로 뭔가의 인연이겠지."

"누굴⋯⋯"

"자, 들어보라고. 고노가 기차 안에서 그 여자는 시집을 가는 걸까, 어떤 걸까, 하고 자꾸만 걱정하는 통에⋯⋯"

"이제 됐어요."

"됐다면 그만하지."

"그 여자는 이름이 뭔데요?"

"이름? ⋯⋯그런데 이제 됐다고 했잖아."

"가르쳐줘도 상관없잖아요."

"하하하하, 그렇게 진지하게 받아들이지 않아도 되는데. 실은 거짓 말이야. 완전히 오라버니가 꾸며낸 얘기야."

"아, 얄미워."

이토코는 기분 좋게 웃는다.

11

개미는 단것에 모이고 사람은 새로운 것에 모인다. 문명인은 격렬한 생존 가운데서 무료함을 한탄한다. 서서 세 번의 식사를 하는 분주함을 견디고 길거리에서 의식을 잃고 쓰러지는 병을 걱정한다. 삶을 마음대로 맡기고 죽음을 마음대로 탐하는 것이 문명인이다. 문명인만큼 자신의 활동을 자랑하는 자도, 문명인만큼 자신의 침체에 괴로워하는 자도 없다. 문명은 사람의 신경을 면도칼로 깎고 사람의 정신을 나무공이로 둔하게 한다. 자극에 마비되고, 게다가 자극에 굶주린 자는 빠짐없이 새로운 박람회에 모인다.

개는 냄새를 좇고 사람은 색을 좇는다. 개와 사람은 이런 점에서도 가장 예민한 동물이다. 승려의 옷을 자의(紫衣)라 하고 천자의 옷을 황포(黃袍)라 하고 학생의 옷을 청금(靑衿)이라 한다. 모두 사람을 불러들이는 도구에 지나지 않는다. 둑을 달리는 구경꾼은 반드시 여러 가지 깃발을 멘다. 속아서 노를 젓는 자는 색에 속은 것이다. 세상에 덴구의 코보다 두드러진 것은 없다. 덴구의 코는 옛날부터 빛나고 빨

갖다. 색이 있는 곳은 천 리를 멀다 하지 않는다. 모든 사람은 색의 박람회에 모인다.

나방은 등불에 모이고 사람은 전등불에 모인다. 빛나는 것은 천하를 이끈다. 금은, 거거(硨磲)[1], 마노(瑪瑙)[2], 유리, 염부단금(閻浮檀金)[3], 이 모든 것은 무료한 눈동자를 번쩍 뜨게 하고 지친 머리를 벌떡 일으키게 하는 빛이다. 낮을 짧게 만드는 문명인의 야회에서는 드러낸 살에 온통 꾸며놓은 보석이 홀로 활개 친다. 다이아몬드는 사람의 마음을 빼앗기에 사람의 마음보다 고가다. 진창에 떨어지는 별 그림자는 그림자지만 기와보다 선명하게 보는 자의 가슴에 번쩍인다. 번쩍이는 그림자에 춤추는 선남선녀는 집을 비우고 일루미네이션에 모인다.

자극의 주머니에 대고 문명을 체로 치면 박람회가 된다. 박람회를 무딘 밤 모래로 거르면 찬란한 일루미네이션이 된다. 만약 살아 있다면 살아 있다는 증거를 찾기 위해 일루미네이션을 보고 앗 하고 놀라지 않으면 안 된다. 문명에 마비된 문명인은 앗 하고 놀랄 때 비로소, 살아 있구나, 하고 깨닫는다.

꽃전차가 바람을 가르며 온다. 살아 있는 증거를 보고 오라며 실은 짐을 야마시타간나베(山下雁鍋)[4] 근처에서 내린다. 그 기러기 전골집은 옛날에 없어졌다. 내려진 짐은, 없어지려 하고 있는 명예를 회복하려고 줄줄이 숲 쪽으로 간다.

---

1 거거과의 조개.

2 화산암의 빈 구멍에서 석영, 단백석(蛋白石), 옥수(玉髓)가 차례로 침진하여 생긴 혼합물로 광택이 있고 때때로 다른 광물질이 스며들어 고운 적갈색이나 흰색 무늬를 띠기도 한다. 아름다운 것은 보석이나 장식품으로 쓰인다.

3 염부나무 밑으로 흐르는 강물 속에서 나는 사금(砂金), 또는 염부나무 밑에 있다고 하는 황금 덩어리로 자줏빛이 난다. 이것으로 여래상을 만들었다고 한다.

언덕은 밤을 속여 혼고(本鄕)에서 일어난다. 높은 지대를 희미하게 띄우고 1킬로미터의 폭을 동쪽으로 비스듬히 내려가는 입구는 네즈(根津)로, 야요이(弥生)로, 언덕길로, 놀라려고 하는 자를 되로 재서 시타야(下谷)로 가게 한다. 서로 밟는 검은 그림자는 모조리 연못 끝에 모인다. 문명인만큼 놀라고 싶어 하는 자는 없다.

소나무는 높아 꽃을 가리지 않고, 가지 틈으로 밤을 비추는 저녁이 겹쳐 비도 내리고 바람도 분다. 처음에는 한 잎이 지고 다음에는 두 잎이 진다. 그다음에는 헤아리는 사이에 그저 팔랑팔랑 질 뿐이다. 일전에는 언뜻 보기에 온통 붉은 꽃을 대지에 날리고, 날린 것이 땅에 닿기 전에 우듬지에서 뒤를 따라 떨어져 내렸다. 부산한 눈보라는 어느새 그치고, 지금은 남아 있는 나무 꼭대기에 불던 폭풍도 드디어 잦아들었다. 별도 없어 밤을 지키는 꽃 그림자는 보이지 않는다. 동시에 일루미네이션의 불이 켜졌다.

"어머나."

이토코가 말한다.

"밤의 세계는 낮의 세계보다 아름답군요."

후지오가 말한다.

참억새 이삭을 둥글게 구부려 좌우에서 겹쳐지는 금빛이 번쩍이면

---

4 우에노 공원 동남쪽에 해당하는 야마시타에 있던 기러기 전골집. 기러기를 식재료로 한 '기러기 전골(雁鍋)'은 에도의 명물 요리로 인기가 있었고, 그것을 전문으로 하는 요릿집도 많았다고 한다. 야마시타간나베라는 요릿집은 막부 말기부터 메이지 시대에 널리 알려졌는데, 메이지의 문호 모리 오가이(森鷗外)나 나쓰메 소세키의 작품에도 등장한다. 특히 『나는 고양이로소이다』에서는 고양이가 꿈속에서 호랑이가 되어 메이테이 선생에게 기러기 전골이 먹고 싶다며 사오라는 장면이 나오고, 야마시타의 기러기 전골집이 문을 닫았다는 이야기도 나온다. 실제로 야마시타간나베라는 요릿집은 1906년에 폐업하는데, 나쓰메 소세키는 1905년 12월 친구의 집에서 기러기 전골을 대접받고 "처음 먹었는데 굉장히 맛있다"는 글을 남기기도 했다.

서 만들어낸 반달의 수는 알 수가 없다. 폭넓게 허리를 덮는 후지오의 오비에서 30센티미터 떨어진 곳에 무네치카와 고노가 서 있다.

"진기한 광경이군. 거의 용궁이야."

무네치카가 말한다.

"이토코 씨, 놀란 모양이군요."

고노는 모자를 눈썹까지 눌러쓰고 서 있다.

이토코가 돌아본다. 밤의 미소는 물 안에서 시를 읊는 것 같은 일이다. 생각하는 바는 전해지지 않을지도 모른다. 돌아다보는 사람의 옷은 노란색 비슷해서 밤을 속이고, 검은 줄 몇 개가 세로로 새겨져 있다.

"놀랐어?"

이번에는 오빠가 다시 묻는다.

"여러분은요?"

이토코를 제치고 후지오가 돌아보며 묻는다. 검은 머리카락 뒤에서 하얀 얼굴이 휙 비친다. 볼 끝은 먼 빛을 받아 불그스름하다.

"나는 세 번째라 놀라지 않습니다."

무네치카가 얼굴을 밝은 쪽으로 돌리며 말한다.

"놀라는 동안에는 즐거움이 있는 법이야. 여자들은 즐거운 일이 많아 행복하겠어."

이렇게 말하며 고노는 긴 몸을 똑바로 하고 서서 후지오를 내려다본다.

검은 눈이 밤을 쏘아보며 움직인다.

"저게 타이완관이에요?"

아무렇지 않게 이토코는 물을 가로질러 손가락으로 가리킨다.

"저기 가장 오른쪽에 있는 게 바로 그거야. 저게 가장 잘 꾸며져 있지. 그렇지 않은가, 고노?"

"밤에 보면."

고노가 곧바로 단서를 붙인다.

"봐, 이토코, 꼭 용궁 같지?"

"정말 용궁이네요."

"후지오 씨, 어떻게 생각해요?"

무네치카는 어디까지나 용궁이 자랑스럽다.

"너무 속되지 않나요?"

"뭐가요? 저 건물이요?"

"당신의 형용이 말이에요."

"하하하하, 고노. 용궁이 속되다는 의견이네. 속되어도 용궁 아닌가?"

"형용은 잘 맞으면 속되어지는 것이 통례라네."

"맞아서 속되다면 맞지 않으면 어떻게 되나?"

"시가 되겠지요."

후지오가 옆에서 대답한다.

"그래서 실제로 시는 빗나가지요."

고노가 말한다.

"실제보다 높기 때문이지요."

후지오가 주석을 붙인다.

"그럼 잘 들어맞은 형용은 속되고 잘 들어맞지 않은 형용은 시가 되는 거네. 후지오, 그럼 서툴고 맞지 않은 형용을 한번 말해봐."

"말해볼까요? 오라버니도 알고 있잖아요. 그럼 들어봐요."

후지오는 예리한 눈 귀퉁이로 고노를 본다. 눈 귀퉁이는 말한다. 서툴고 맞지 않은 형용은 철학이라고.

"저 옆에 있는 건 뭐죠?"

이토코가 천진난만하게 묻는다.

불꽃의 선이 어둠을 뚫고 공중을 가로지른 것은 지붕이다. 세로로 자른 것은 기둥이다. 비스듬히 자른 것은 기와지붕이다. 어슴푸레한 것 안쪽에 별을 묻고 한없는 밤을 거무스름하게 준비해놓은 것 위에서 번개의 끝이 한일(一)자를 그으며 허공을 달려간다. 두이(二)자를 그으며 위에서 떨어져 내린다. 만(卍)자를 그리며 불꽃처럼 땅 가까이에서 회전한다. 마지막으로 끝을 거꾸로 돌려 옥좌 한가운데를 뚫을 것처럼 던져 올린다. 그리하여 탑은 용마루로 들어가고, 용마루는 바닥으로 이어져 이쪽에서 건너다보는 시노바즈 연못을 오른쪽에서 왼쪽으로 빈틈없이 채우며 커다란 불의 도면이 만들어진다.

쪽빛을 머금은 검은 칠에 금을 아낌없이 쓴 다카마키에(高蒔繪)[5]는 건물을 그리고 누각을 그리고 회랑을 그리고 구부러진 난간을 그리고 갖가지 둥근 탑과 네모난 기둥을 다 그리고, 그러고도 여전히 남아 있는 것을 반드시 다 쓰기 위해 그린 것 위를 왔다 갔다 한다. 가로세로로 공중을 달리는 불꽃의 선은 한 점 한 획을 흐트러뜨리지 않고 정연하게 한 점 한 획 안에 살리고 있다. 움직이고 있다. 게다가 확실하게 움직이고, 움직이는 한 모양을 무너뜨릴 기색은 보이지 않는다.

"저 옆에 보이는 건 뭐죠?"

이토코가 묻는다.

"저건 외국관이야. 바로 정면으로 보이는 것. 여기서 보는 게 가장 아름답지. 저 왼쪽에 있는 높고 둥근 지붕이 미쓰비시관(三菱館). 저

5 옻칠 바탕에 금박이나 은박으로 무늬를 돋보이게 한 그림.

모양이 좋아. 뭘 형용한 걸까?"

무네치카는 잠깐 망설인다.

"저 한가운데만 빨갛네요."

여동생이 말한다.

"왕관에 루비를 박아놓은 것 같네요."

후지오가 말한다.

"그렇네요. 덴쇼도(天賞堂)[6]의 광고 같군요."

무네치카는 시치미를 떼고 속되게 말해버린다. 고노는 가볍게 웃으며 하늘을 올려다본다.

하늘은 낮다. 거무스름하게 대지로 다가오는 밤의 중간에 분명치 않은 별이 거리를 헤매며 축 늘어뜨려져 있다. 기둥과 나란히 줄지어 있고 지붕에 실린 만 개의 불꽃은 거꾸로 하늘을 채우며 잠에 취해 멍한 별의 눈알을 비춘다. 별의 눈은 뜨겁다.

"하늘이 타는 것 같군. 로마 교황의 관일지도 모르지."

고노의 시선은 야나카(谷中)에서 우에노의 숲에 걸쳐 커다란 원을 그린다.

"로마 교황의 관이라? 후지오 씨, 로마 교황의 관은 어때요? 덴쇼도의 광고가 더 나은 것 같은데 말이지요."

"아무거나……"

후지오는 시치미를 떼고 있다.

"아무거나 괜찮다고요? 아무튼 여왕의 관은 아니지. 그렇지 않나, 고노?"

"뭐라 말할 수 없지. 클레오파트라는 저런 관을 쓰고 있거든."

6 당시 긴자(銀座)에 있던 귀금속점.

"그걸 어떻게 아는데요?"

후지오가 날카롭게 묻는다.

"네가 읽고 있는 책에 그림이 그려져 있던데."

"하늘보다 물이 더 아름다워요."

이토코가 돌연 주의를 환기한다. 대화는 클레오파트라를 떠난다.

낮인데도 죽어 있는 물은 바람을 머금지 않은 밤의 그림자에 눌려 눈에 들어오는 모든 것이 잔잔하다. 언제부터 움직이지 않은 걸까? 고요한 물은 모를 것이다. 백 년 전에 판 연못이라면 백 년 동안 움직이지 않았고, 50년 전에 판 연못이라면 50년 동안 움직이지 않았다고만 생각되는 물밑에서 썩은 연꽃 뿌리가 슬슬 푸른 싹을 틔우고 있다. 진흙에서 태어난 잉어와 붕어가 어둠을 견디며 느릿하게 아가미를 움직이고 있다. 일루미네이션은 높은 그림자를 거꾸로 하여 2백 미터 남짓의 물가를 조금도 남기지 않고 새빨갛게 물들이며 이 조용한 물 위로 떨어진다. 검은 물은 죽어가면서도 안색을 확 바꾼다. 진흙에 숨어 있는 물고기의 지느러미는 불탄다.

물기를 머금은 불빛은 한 줄기로 뻗어 환하게 건너편으로 건너간다. 가는 길에 가로놓여 있는 모든 것을 물들이는 것을 마다하지 않고 뚝 잘라 서쪽에서 동쪽으로 긴 다리를 걸친다. 하얀 돌에 검은 물결을 걸쳐놓은 스무 개의 아치, 난간에 올려져 있는 의보주(擬寶珠)[7]는 모조리 밤을 비추는 백광(白光)의 전구다.

'하늘보다 물이 더 아름다워요'라고 주의를 환기한 이토코의 말에 이끌려 나머지 세 사람의 눈은 모두 물과 다리로 모였다. 대략 2미터 간격으로 높은 데서 돌난간을 비추는 전등 불빛이, 먼 이쪽에서 보면

7 다리나 난간 등의 기둥 윗부분에 쓰이는 장식물.

하늘에 일렬로 나란히 걸려 있는 것 같다. 그 아래를 사람들이 줄줄이 지나간다.

"저 다리는 사람들로 파묻혔군."

무네치카가 큰 소리로 말한다.

오노는 고도 선생과 사요코를 데리고 지금 그 다리를 건너가고 있다. 놀라려고 서두르는 군중은 변재천(弁才天)을 모신 신사(神社)를 지나 밀려가고 있다. 무코가오카(向ヵ岡)[8]를 내려와 밀려든다. 사방에서 사람들이 숲과 넓은 연못가를 버리고 모두 가늘고 긴 이 다리 위로 모여든다. 다리 위에서는 움직일 수가 없다. 다리 한가운데에서는 초롱을 높이 든 순사가 오는 사람과 가는 사람을 왼쪽, 오른쪽으로 통제하고 있다. 오는 사람도 가는 사람도 그저 이리저리 밀리며 지나갈 뿐이다. 발을 땅에 댈 틈도 없다. 편히 밟을 여지를 조금 찾아내 편안하게 발뒤꿈치를 댈 수 있겠구나 싶으면 이내 앞으로 밀리고 만다. 걷는 것 같지가 않다. 물론 걷지 않는다고 말할 수도 없다. 사요코는 꿈처럼 불안해진다. 고도 선생은 과거의 인간을 뭉개버리기 위해 모두가 비벼대는 게 아닌가 싶어 두렵다. 오노만은 비교적 자신만만하다. 많은 사람들 사이에 서서 다수보다 뛰어나다는 자각이 있는 자는 몸을 꼼짝할 수 없을 때조차 자신만만하다. 박람회는 현대적인 풍조다. 일루미네이션은 가장 현대적인 풍조다. 놀라려고 이곳으로 모여드는 자는 모두 현대의 남녀다. 그저 앗 하고 놀라며 현대적으로 생존의 자각을 강하게 하기 위해서다. 서로가 서로의 얼굴을 보고 서로의 세상은 현대라고 묵계하며 자신의 세력이 다수임을 인식한 후 집으로 돌아가

8 도쿄 혼고(本郷)의 동쪽, 현재의 야요이초(弥生町)에 해당하는 지역. 시노바즈 연못을 사이에 두고 시노부가오카(忍ヶ岡)와 마주 보고 있는 데서 이런 이름이 붙었다.

안면을 취하기 위해서다. 오노는 이 다수의 현대적인 사람 중에서 가장 현대적인 사람이다. 자신만만한 것도 무리는 아니다.

자신만만한 오노는 동시에 실의에 빠진다. 누구의 눈에도 자신만은 현대적인 사람으로 보인다. 나무랄 데가 없다. 그러나 시대에 뒤처진 짐을 정성껏 둘이나 지고, 현대 사람들로부터 세력이 없는 과거와 동일체로 보이는 것은 그저 그렇게 보이는 것이 아니라 수상히 여겨지는 것이나 마찬가지다. 연극을 보러 가서 자신이 입고 있는 하오리에 붙어 있는 가문의 크기가 시대에 맞는지 뒤처졌는지에만 신경 쓰고 구경에는 전혀 흥미가 없는 자도 있다. 오노는 주눅이 든다. 인파가 허락하는 한 빨리 걷는다.

"아버지, 괜찮아요?"

뒤에서 부른다.

"어, 괜찮다."

낯선 사람을 사이에 두고 잠깐 틈을 두고 대답한다.

"어쩐지 좀 위험한 것 같아서……"

"뭐, 자연스럽게 밀고 가면 어려울 거 없다."

사이에 긴 사람을 보내고 답답한 곳에서 딸과 만난다.

"밀리기만 하고 전혀 밀 수가 없어요."

딸은 진정하지 못하고 한쪽 볼에 희미한 웃음을 보인다.

"밀지 않아도 괜찮다. 그냥 밀리는 대로 밀리면 된다."

그러는 사이에 두 사람은 앞으로 나아간다. 순사의 초롱이 고도 선생의 검은 모자를 스치고 움직인다.

"오노는 어떻게 된 거냐?"

"저쪽이에요."

딸은 눈으로 가리킨다. 손을 뻗으면 남의 어깨에 가로막힌다.

"어디?"

고도 선생은 발을 맞출 여유도 없이 그대로 굽 낮은 게다의 앞굽을 기울이고 발돋움을 한다. 선생의 허리가 중심을 잃으려는 찰나 뒤에서 성질 급한 문명인이 덮쳐온다. 선생은 앞으로 고꾸라질 뻔했다. 위태롭게 고꾸라지다가 앞에 선 문명인의 등에 닿아 간신히 멈춘다. 문명인은 어디까지나 앞으로 나아가고 싶어 하는 대신에 등으로 남을 도와주는 걸 거부하지 않는 친절한 사람이다.

문명의 물결은 저절로 움직여 의지할 곳 없는 부녀를, 변재천을 모신 신사 가까이로 밀어준다. 긴 다리가 끝나고 건너는 사람의 발이 땅에 닿자마자 물결은 홀연히 좌우로 흩어지고, 검은 머리들은 제멋대로의 방향으로 흐트러진다. 두 사람은 마침내 가슴이 탁 트인 기분을 느낀다.

어둠 속에 쪽빛을 머금은, 가는 봄밤 사이로 꽃이 보인다. 비바람에 지지 못하고 겹으로 피는 늦은 향기를 밤에 풍기려는 꽃의 소망을, 세상의 등불이 밑에서 환하게 비추고 있다. 어슴푸레하게 담홍색 자개를 새긴다. 새긴다고 하면 너무 딱딱하다. 뜬다고 하면 하늘을 벗어난다. 이 저녁과 이 꽃을 어떻게 형용하면 좋을까 생각하면서 오노는 두 사람을 기다리고 있다.

"정말 무서운 인파구나."

따라붙은 고도 선생이 말한다. 무섭다는 것은 정말 무섭다는 의미이고 또 일반적으로 무섭다는 의미다.

"많이도 나왔네요."

"빨리 집에 돌아가고 싶구나. 정말 무서운 인파야. 어디서 이렇게 나왔을까?"

　오노는 히죽히죽 웃는다. 거미 새끼처럼 숲을 뒤덮기에 이른 문명인은 모두 자신과 비슷한 사람들이다.

　"과연 도쿄야. 설마 이 정도는 아닐 거라고 생각했는데 말이지. 무서운 곳이야."

　수(數)는 힘이다. 힘을 낳는 곳은 무섭다. 한 평이 못 되는 썩은 물에서도 올챙이가 우글거리는 곳은 무섭다. 하물며 고등한 문명의 올챙이를 힘 안 들이고 내보내는 도쿄가 무서운 것은 말할 것도 없다. 오노는 다시 히죽히죽 웃는다.

　"사요코, 넌 어떠냐? 위험해서 원, 하마터면 놓칠 뻔했다. 교토에서는 이런 일이 없었는데 말이야."

　"저 다리를 건널 때는…… 어떡하지 했어요. 정말 무서워서요."

　"이제 괜찮다. 어째 안색이 아주 안 좋은 거 같구나. 지친 거냐?"

　"기분이 좀……"

　"안 좋아? 잘 안 걷다가 무리해서 걸은 탓이다. 게다가 이런 인파니까. 어디서 잠깐 쉬자. ……오노, 어디 쉴 만한 데 없을까? 사요코가 몸이 좀 안 좋은 것 같은데."

　"그렇습니까? 저쪽으로 나가면 찻집이 많습니다."

　오노가 다시 앞장서서 간다.

　운명은 둥근 연못을 만든다. 연못을 도는 자는 어딘가에서 만나지 않으면 안 된다. 만나서 모른 척하고 가는 것은 다행스러운 일이다. 인파로 들끓는 거무스름한 런던에서 늘 우연히 만나려고 주의한 보람도 없이, 눈을 크게 뜨고 뻗정다리가 되도록 찾아다니다 지친 당사자는 벽 하나에 가로막혀 옆집에서 그을린 하늘을 바라보고 있다. 그래도 만나지 못한다, 평생 만나지 못한다, 뼈가 사리가 되고 묘에 풀이 날 때까지 만날 수 없을지도 모른다, 라고 쓴 사람이 있다. 운명은 그리워하는 사람들을 단 하나의 벽으로 영원히 갈라놓고, 동시에 그리워하지 않는 사람들을 둥근 연못에서 딱 마주치게 한다. 이상한 자는 서로 연못가를 돌면서 다가온다. 불가사의한 실은 어두운 밤조차 꿰맨다.

"어때, 여자들은 꽤 피곤하겠지? 여기서 차라도 좀 마시고 갈까?"

무네치카가 말한다.

"여자들은 어쨌든 간에 내가 더 피곤하네."

"자네보다는 이토코가 더 멀쩡한 것 같은데. 이토코, 어때, 더 걸을 수 있지?"

"더 걸을 수 있어요."

"더 걸을 수 있다고? 그거 참 대단하구나. 그럼 차는 그만둘까?"

"하지만 긴고 씨가 쉬고 싶다잖아요."

"하하하하, 제법 그럴싸한 말을 하는구나. 고노, 이토코가 자네를 위해 쉬어준다네."

"그거 참 고맙군."

고노는 엷은 미소를 띠며 같은 어조로 말을 덧붙인다.

"후지오, 너도 쉬어주겠지?"

"원하신다면요."

간명한 답변이다.

"어차피 여자한테는 못 당한다니까."

고노가 단안을 내린다.

연못의 물 위로 내밀어져 서양식으로 지은 임시 건축물 입구로 들어가자 작은 탁자와 의자가 여기저기에 늘어서 있는 꽤 큰 홀이 나온다. 서너 명씩 무리지어 앉은 사람들은 각자 떠들어대고 있다. 어디에 앉을까 하고 사오십 명의 좌중을 쭉 둘러보던 무네치카가 오른쪽에 나란히 서 있는 고노의 소맷자락을 휙 잡아당긴다. 뒤에 있는 후지오는 곧바로, 어머, 하고 생각한다. 그러나 경망스럽게 무슨 일이냐고 묻는 것은 분별없는 짓이다. 고노는 특별히 신호를 보내는 것 같지도 않다.

"저기가 비었네."

고노는 거침없이 안쪽으로 들어간다. 뒤를 따르면서 후지오의 눈은 넓은 홀 구석구석을 남김없이 마음속에 집어넣는다. 이토코는 그저 바닥만 보고 지나간다.

"이보게, 봤나?"

무네치카가 먼저 의자에 앉는다.

"응."

간결한 대답이다.

"후지오 씨, 오노가 와 있습니다. 뒤쪽을 보세요."

무네치카가 다시 말한다.

"알고 있어요."

이렇게 말한 후지오의 머리는 조금도 움직이지 않는다. 검은 눈이 괴이한 빛을 띠고 볼의 색은 전등불 아래서 너무 뜨겁다.

"어디요?"

이토코는 무심코 부드러운 어깨를 비스듬히 튼다.

입구에서 왼쪽으로 들어가 끝에서 두 번째 줄의 벽 가까운 자리에 오노 일행이 앉아 있다. 자리를 잡고 앉은 세 사람은 맨 끝 오른쪽 창가에 진을 친다. 어깨를 움직인 이토코의 눈은 넓은 홀 여기저기에 흩어져 있는 군중 전체를 다 훑고 멀리 떨어져 있는 오노의 옆얼굴에 떨어진다. 사요코는 정면으로 보인다. 고도 선생은 등의 가문만 보인다. 봄밤을 쓸쓸하게 교차하는 하얀 실을 턱 아래로 빼내는 것도 귀찮아 세상 그대로, 사람 그대로, 또 나이를 먹어가는 그대로 자라게 놔둔 슬픈 수염은 사요코 쪽을 향해 있다.

"어머, 일행이 있네요."

이토코는 고개를 되돌린다. 돌릴 때 앞에 앉아 있는 고노와 눈이 마주쳤다. 고노는 아무 말도 하지 않는다. 재떨이에 세로로 끼워져 있는 성냥갑 측면을 쉭 그었다. 후지오도 입을 다물고 있다. 오노와는 등을 맞댄 채 헤어질 생각인지도 모른다.

"어때, 미인이지?"

무네치카가 이토코에게 장난을 건다.

눈을 내리깔고 테이블보를 보고 있는 후지오의 눈은 보이지 않는다. 짙은 눈썹만 움찔 움직였을 뿐이다. 이토코는 알아채지 못하고 있고 무네치카는 태연하고 고노는 초연하다.

"아름다운 분이네요."

이토코는 후지오를 본다. 후지오는 눈을 들지 않는다.

"네."

쌀쌀맞게 내뱉는다. 무척 나지막한 목소리다. 대답할 가치가 없는 질문을 받았을 때, 상대에게 맞장구치는 것을 떳떳하게 여기지 않을 때 여자는 이런 방법을 이용한다. 여자는 긍정의 말로 부정의 뜻을 담는 신비한 솜씨를 갖고 있다.

"봤나, 고노? 놀랍군."

"음, 좀 묘한 일이군."

고노는 재떨이에 담뱃재를 떤다.

"그래서 내가 말한 거네."

"뭐라고 했는데?"

"뭐라고 했는데라니? 잊었나?"

무네치카도 아래쪽을 보며 성냥을 긋는다. 그 순간 후지오의 눈동
자가 무네치카의 이마를 쏘아보았다. 무네치카는 모른다. 입에 문 담
배에 불을 붙이고 얼굴을 정면으로 들었을 때 번개는 이미 지나갔다.

"어머, 이상하네요. 둘이서 지금 무슨 말을 하고 있는 거예요?"

"하하하하, 재미있는 일이 있어. 이토코……"

이렇게 말할 때 홍차와 양과자가 나온다.

"아니, 이거 망국의 과자가 나왔군그래."

"망국의 과자는 또 무슨 소린가?"

고노가 찻잔을 끌어당긴다.

"망국의 과자 말인가, 하하하하. 이토코, 넌 알고 있지? 왜 망국의
과자라고 하는지."

이렇게 말하며 무네치카는 각설탕을 찻잔에 넣는다. 게의 눈 같은
거품이 희미한 소리를 내며 떠오른다.

"그런 거 몰라요."

이토코는 스푼으로 빙빙 젓고 있다.

"거 아버지가 말했잖아. 학생이 양과자 같은 걸 먹어서는 일본도 망
조라고 말이야."

"호호호호, 설마 그런 말을 했겠어요?"

"안 했다고? 너도 기억력이 꽤 나쁘구나. 거, 얼마 전에 고노하고 저
녁 먹을 때 그렇게 말했잖아?"

"그런 말이 아니에요. 학생 주제에 양과자 같은 걸 먹는 자는 게으름뱅이라고 했죠."

"아, 그랬나? 망국의 과자가 아니었군. 아무튼 아버지는 양과자를 싫어해. 감 양갱이나 미소마쓰카제(味噌松風)[9] 같은 묘한 것만 귀하게 여기지. 후지오 씨 같은 하이칼라[10] 옆으로 가면 금방 경멸당하고 말겠지."

"그렇게 아버지 험담을 늘어놓지 않아도 되잖아요. 오라버니도 이제 학생이 아니니까 양과자를 먹어도 되고 말이에요."

"이제 혼날 염려는 없는 건가? 그럼 하나 먹어볼까? 이토코, 너도 하나 먹어. 어때요, 후지오 씨, 하나 드시겠어요? ……하지만 뭐랄까, 앞으로 일본에는 아버지 같은 사람이 점차 없어지겠군. 정말 안타까운 일이지."

무네치카는 초콜릿을 바른 카스텔라를 볼이 미어지도록 잔뜩 입에 넣는다.

"호호호호, 혼자 말하고……"

이토코는 후지오 쪽을 본다. 후지오는 응하지 않는다.

"후지오, 아무것도 안 먹을 거야?"

고노가 찻잔을 입에 대면서 묻는다.

"됐어요."

이 말뿐이다.

고노는 조용히 찻잔을 내려놓고 머리를 후지오 쪽으로 약간 돌린

---

9 교토를 대표하는 구운 과자의 일종으로 외양은 카스텔라와 비슷하다.
10 원래는 서양물이 들거나 서양의 외면이나 형식만을 추구하는 경박한 모습이라는 부정적인 의미가 강했으나 차차 진보적, 근대적, 화려함, 우아함, 세련됨 등의 긍정적인 의미가 강해졌다.

다. 후지오는, 왔구나, 하고 생각하면서 눈도 깜박이지 않고 창 너머로 비치는 일루미네이션의 일부를 열심히 보고 있다. 오빠의 머리는 점차 원래의 자리로 돌아간다.

네 사람이 자리에서 일어났을 때, 후지오는 옆으로 눈길도 주지 않고 오로지 정면만을 바라보고 마치 여왕 인형이 걷는 것처럼 의기양양하게 입구까지 걸어간다.

"오노는 벌써 갔어요, 후지오 씨."

무네치카는 담박하게 여자의 어깨를 두드린다. 후지오는 홍차로 속이 쓰리다.

"놀라는 동안에는 즐거움이 있지. 여자는 행복한 존재야."

다시 혼잡한 곳으로 나왔을 때 무슨 생각을 했는지 고노가 이 말을 되풀이한다.

'놀라는 동안에는 즐거움이 있다, 여자는 행복한 존재다.' 집에 돌아와 잠자리에 들 때까지 후지오의 귀에는 이 두 문장이 비웃음의 방울처럼 울렸다.

12

가난을 열일곱 자로 표현하여 말의 똥, 말의 오줌이라고 득의양양하게 읊은 하이쿠가 있다.¹ 바쇼(芭蕉)는 오래된 연못으로 개구리를 뛰어들게 하고², 부손(蕪村)은 지우산을 쓰고 단풍을 보러 간다.³ 메이지 시대가 되자 시키(子規)라는 남자가 척수병(脊髓病)을 앓아 수세미외의 즙을 받았다.⁴ 가난을 자랑하는 풍류는 오늘에 이르러서도 끊이지 않는다. 다만 오노는 이를 비루하다고 생각한다.

1 에도 중기의 하이쿠 시인 요사 부손(与謝蕪村, 1716~1784)의 하이쿠 "붉은 매화꽃이 져서 불타고 있는 것일까, 말의 똥(紅梅の落花燃ゆらむ馬の糞)"과 에도 전기의 하이쿠 시인 마쓰오 바쇼(松尾芭蕉, 1644~1694)의 하이쿠 "벼룩과 이(가 들끓고), 말이 오줌을 싸는 머리맡(蚤虱馬の尿する枕もと)"을 말한다.
2 마쓰오 바쇼의 하이쿠 "오래된 연못이여, 개구리 뛰어드는 물소리(古池や蛙飛びこむ水の音)"를 말한다.
3 요사 부손의 하이쿠 "단풍놀이여, (늦가을 비에) 용의주도한 지우산 두 개(紅葉見や用意かしこき傘二本)"를 말한다.
4 소세키의 친구이자 하이쿠 시인인 마사오카 시키(正岡子規, 1867~1902)의 하이쿠 "그제는 수세미외 즙도 받지 못했네(をとゝひのへちまの水も取らざりき)", "가래 한 말, 수세미외 즙도 소용없네(痰一斗糸瓜の水も間に合はず)"를 말한다.

신선은 미주(美酒)를 즐기고 아침이슬을 마신다. 시인의 음식물은 상상이다. 아름다운 상상에 탐닉하기 위해서는 여유가 없으면 안 된다. 이런 아름다운 상상을 실현하기 위해서는 재산이 없어서는 안 된다. 20세기의 시적 정취와 겐로쿠 시대의 풍류는 다른 것이다.

문명의 시는 다이아몬드로 구성된다. 자줏빛으로 구성된다. 장미 향기와 포도주, 그리고 호박(琥珀)으로 만든 잔으로 구성된다. 겨울은 반점 섞인 대리석을 사각으로 짜고 옻칠한 것 비슷한 석탄으로 비단 버선의 밑바닥을 따뜻하게 하는 곳에 있다. 여름은 얼음덩이에 딸기를 담고 달콤한 피를 하얀 크림 속에 녹인 곳에 있다. 어떤 때는 열대의 진귀한 난향(蘭香)을 여봐란 듯이 풍기는 온실에 있다. 들길이나 하늘, 달빛 아래 꽃 핀 들판을 아낌없이 짠, 색실로 무늬를 넣은 폭 넓은 오비에 있다. 중국산 비단으로 만든 통소매 옷과 긴 소매 옷이 스치는 곳에 있다. 문명의 시는 돈에 있다. 오노는 시인의 본분을 완수하기 위해 돈을 벌지 않으면 안 된다.

시를 짓기보다 밭을 일구라고 한다. 시인으로서 재산을 모은 자는 예나 지금이나 소수다. 특히 문명인은 시인의 노래보다 시인의 행위를 사랑한다. 그들은 밤낮으로 문명의 시를 실현하고 꽃으로, 달로 풍요로운 실생활을 시로 만들고 있다. 오노의 시는 한 푼도 되지 않는다.

시인만큼 돈이 되지 않는 장사도 없다. 동시에 시인만큼 돈이 필요한 장사도 없다. 문명 시대의 시인은 반드시 남의 돈으로 시를 짓고, 남의 돈으로 미적 생활을 하지 않으면 안 된다. 오노가 자신의 진가를 알아주는 후지오에게 의지하고 싶은 것은 자연스러운 운명이다. 그 집에는 보통 이상의 재산이 있다고 한다. 친딸을 시집보내는데 옷장과 궤짝 같은 것으로 넘어갈 어머니가 아니다. 특히 긴고는 병약하다.

데릴사위를 얻을 생각이 없다고도 할 수 없다. 때때로, 풀어보라며 부자연스럽게 묶어놓은 점괘 쓰인 종이가 들어맞으면 늘 길(吉)이다. 서두르면 일을 그르친다. 오노는 온순해서 사태가 전개되어가는 것을, 스스로 열어가야 할 우담화(優曇華)[5]의 미래처럼 기다리며 살고 있다. 오노는 스스로 나서서 스모를 하지 않고, 또 할 수도 없는 남자다.

천지는 이 유망한 청년에게 유구했다. 봄은 90일의 동풍을 득의양양한 이마로 한없이 불어오는 것 같았다. 오노는 친절하고 반항적이지 않으며 느긋한 남자였다. 그때 과거가 밀려왔다. 27년의 긴 꿈과 등을 돌리고 서쪽 나라로 깨끗이 흘러갔을 옛날로부터 한 방울의 먹물에나 비할 만한 어둡고 작은 점이 환한 도회까지 밀려왔다. 밀리는 자는 나갈 마음이 없어도 앞으로 고꾸라지고 싶어 한다. 얌전히 때를 기다리기로 각오한 느긋한 시인도 미래를 준비하지 않으면 안 된다. 검은 점은 머리 위에 정확히 머물러 있다. 올려다보면 빙빙 선회하는 것처럼 보인다. 확 흩어지면 일시에 소나기가 쏟아진다. 오노는 목을 움츠리고 뛰쳐나가고 싶어진다.

사오일은 고도 선생을 보살펴주거나 개인적인 용무 때문에 고노의 집을 찾을 수 없었다. 어제저녁에는 옛 스승에 대한 의리로 되지도 않을 무리한 궁리를 해서 선생과 사요코를 박람회장으로 안내했다. 옛날에 받았든 지금 받은 은혜는 은혜다. 은혜를 잊어버리는 몰인정한 시인은 아니다. 고도 선생에게 일반천금(一飯千金)[6]을 덕으로 여긴다는 고사를 배운 적도 있다. 선생을 위해서라면 앞으로 언제까지나 힘

5 상상 속의 인도 식물. 3천 년에 한 번 피기 때문에 극히 드문 일을 비유하는 뜻으로 쓰인다.
6 중국 한나라의 명장 한신(韓信)이 표모(漂母: 빨래를 해주는 여자)에게 한 끼니의 밥을 얻어먹고 후에 천금(千金)을 주어 그 은혜를 갚았다는 이야기. 『사기』의 「회음후전(淮陰侯傳)」에 나오는 이야기다.

이 되어줄 생각이다. 곤란에 빠진 남을 구해주는 것은 시인의 아름다운 의무다. 이 의무를 다하고 세심한 인정을 자기 역사의 일부로서 득의양양한 현재에 추억의 시 자료로 남기는 것은, 온후한 오노에게 가장 적절하고 친절한 행동이다. 다만 무슨 일이나 돈이 없으면 할 수 없다. 후지오와 결혼하지 않으면 돈은 생기지 않는다. 하루빨리 결혼이 성사되면, 하루빨리 고도 선생을 생각대로 살펴드릴 수 있다. 오노는 책상 앞에서 이런 논리를 생각해냈다.

사요코를 버리기 위해서가 아니다. 고도 선생을 보살피기 위해 하루빨리 후지오와 결혼하지 않으면 안 된다. 오노는 자신의 생각에 잘못이 있을 리 없다고 생각한다. 남이 들으면 훌륭한 변명이 될 거라고 생각한다. 오노는 두뇌가 명석한 사람이다.

여기까지 생각한 오노는 드디어 책상 위에 놓여 있는, 갈색 표지에 금색 글자가 많이 박혀 있는 두꺼운 책을 펼쳤다. 안에서 푸른 버드나무를 아르누보식[7]으로 물들이고 빨간 기와지붕이 살짝 보이는 책갈피가 나타난다. 금테 안경을 쓴 오노는 왼손으로 책갈피를 치우고 작은 활자를 읽기 시작한다. 5분 정도는 아무 일도 일어나지 않았지만, 잠시 후에는 어느새 검은 눈이 페이지를 벗어나 햇발이 비스듬히 뻗은 장지문의 살을 바라보고 있다. 사오일 후지오를 만나지 못했는데, 필시 뭐라고 생각하고 있을 것이다. 여느 때라면 사오일이 열흘이어도 그다지 걱정되지 않을 것이다. 과거에 쫓기고 있는 지금의 처지에는 빗질하는 시간도 천금이다. 만나면 만날수록 원하는 목표물이 가까워진다. 만나지 않으면 원래 그녀와 내가 끌어당겨야 할 사랑의 끈

7 19세기 말부터 20세기 초에 걸쳐 서유럽을 중심으로 개화한 예술운동이나 예술양식의 총칭. 식물적인 모티프의 곡선 장식이 특색이다.

이 줄어들 리 만무하다. 그뿐 아니라 옹이구멍 틈에도 마가 낀다. 만나지 못한 한나절에 해가 지지 않는다고도 할 수 없다. 틀어박혀 있는 하룻밤에 달은 진다. 소홀했던 요 사오일에 후지오의 눈썹에 어떤 번개가 치고 있을지 결코 헤아리기 힘들다. 논문을 쓰기 위한 공부도 물론 중요하다. 그러나 논문보다 후지오가 더 중요하다. 오노는 책을 탁 덮었다.

파초 섬유로 짠 천을 바른 맹장지를 열자 벽장의 위 칸은 침구, 아래 칸에는 버들고리가 보인다. 오노는 버들고리 위에 개켜 있는 양복을 꺼내 재빨리 갈아입는다. 벽에는 모자가 주인을 기다리고 있다. 장지문을 활짝 열고 붉은 끈이 달린 실내용 조리에 캐시미어 양말을 억지로 들이밀었을 때 하녀가 다가온다.

"어머나, 나가세요? 잠깐 기다리세요."

"무슨 일이야?"

조리를 향해 있던 얼굴을 든다. 하녀는 웃고 있다.

"무슨 일 있어?"

"네."

여전히 웃고 있다.

"뭐야? 장난이야?"

가려고 하는데 막 신은 조리 한쪽이 벗겨져 반들반들한 복도를 미끄러지더니 남포등을 보관하는 방까지 가버린다.

"호호호호, 너무 서두르시니까 그런 거잖아요. 손님이 찾아오셨어요."

"누군데?"

"어머, 기다렸으면서 시치미를 떼시기는……"

"기다리고 있었다고? 누굴?"

"호호호호, 무척 진지하시네요."

하녀는 웃으면서 대답도 기다리지 않고 입구 쪽으로 돌아간다. 오노는 근심스러운 표정으로 장지문 옆에 실내용 조리를 가지런히 놓은 채 복도 끝을 바라보고 있다. 누가 왔을까, 하고 생각한다. 짙은 밤색 중절모자가 상인방(上引枋)[8]을 넘길 만큼 큰 키를 쭉 펴고 어둑어둑한 복도 끝에 서 있다. 주름을 세워 맵시 있게 입은 양복이 수수한 만큼, 가슴 앞쪽이 좁은 조끼 사이로 하얀 와이셔츠와 하얀 칼라가 눈에 띄게 고상해 보인다. 오노는 맵시 있게 입은 의상을 돋보이게 하지 않는 복도의 한쪽 구석에서 이도 저도 아닌 참참한 마음으로 빛나는 안경을 비스듬히 한 채 복도 끝을 바라보고 있다. 누가 나타날까, 하고 생각하면서 바라보고 있다. 두 손을 바지 주머니에 찔러 넣은 것은 마음이 안정되지 못할 때의 착잡한 모습이다.

"거길 돌아 똑바로 가시면 됩니다."

하녀의 목소리가 들리나 싶더니 복도 끝에 쓰윽 사요코가 나타난다. 거무스름한 적갈색 단자(緞子)[9] 한쪽의 용무늬 부분만 유난히 빛을 반사한다. 하얀 버선 등을 덮지 않을 정도로 평범한 비단 겹옷을 입고 야무지게 모퉁이를 돌았을 때 속에 입은 긴 기모노가 살짝 화려한 빛을 내비친다. 동시에 가리는 것이 없는 복도에서 일곱 걸음의 간격을 두고 남녀의 시선이 서로의 얼굴에 떨어진다.

남자는, 이런, 하고 생각한다. 자세만은 무너뜨리지 않는다. 여자는 문득 주저한다. 곧 붉어진 볼을 순식간에 감추고, 흐트러진 미소 띤

8 창이나 문 위쪽의 기둥 사이를 가로지른 나무.
9 광택과 무늬가 있는 두꺼운 수자직(繻子織) 견직물.

얼굴을 어깨와 함께 떨어뜨린다. 기름을 바르지 않은 까만 머리, 잔물결 무늬의 호박에 비치는 폭 넓은 비단의 색이 한쪽 살쩍에 선명한 날개를 펼친다.

"자아……"

오노는 떨어져 있는 사람을 가까이 부르는 듯이 인사한다.

"어디 나가시는 길……"

고개를 들면서 두 손을 앞으로 모은 여자는 처진 어깨를 약간 들어 올린 채 가엾게도 움직이지 않는다.

"아뇨, 뭐…… 들어오세요, 자."

오노는 한쪽 발을 방 안으로 들여놓는다.

"그럼 실례하겠어요."

여자는 두 손을 모으고 복도를 미끄러지듯이 사뿐히 걸어온다.

남자는 완전히 방 안으로 들어갔다. 여자도 따라 들어간다. 긴 낮의 환한 창은 젊은 두 사람에게 젊은 대화를 재촉한다.

"어제저녁에는 바쁘셨을 텐데……"

여자는 입구 가까이에서 두 손으로 바닥을 짚고 인사한다.

"아닙니다. 아마 힘들었을 겁니다. 어떻습니까, 기분은? 이제 완전히 나아졌습니까?"

"네, 덕분에요."

사요코의 얼굴은 어딘지 모르게 초췌하다. 남자는 좀 진지해진다. 여자는 곧 변명한다.

"그렇게 북적이는 데는 좀처럼 가본 적이 없어서요."

문명인은 놀라고 기뻐하기 위해 박람회를 연다. 과거의 사람은 놀라고 무서워하기 위해 일루미네이션을 본다.

"선생님께서는 어떠신지요?"

사요코는 대답을 삼가고 쓸쓸하게 웃는다.

"선생님도 복잡한 곳은 싫어하셨지요?"

"아무래도 나이가 들었으니까요."

가엾게도 상대로부터 눈을 돌려 다다미 위에 놓여 있는 매목(埋木)으로 만든 찻잔 접시를 바라본다. 교토산 도기인 남빛 무늬를 넣은 찻잔은 아까부터 무릎 위에 놓여 있다.

"성가시게 해드린 것 같군요."

이렇게 말하면서 오노는 호주머니에서 담뱃갑을 꺼낸다. 어둠을 비추는 달빛에 후지 산과 미호(三保)의 솔밭이 세밀하게 새겨져 있다. 그 소나무에 녹색 물감을 쓴 담뱃갑은, 시인의 소지품으로는 좀 속된 것이다. 화려한 것을 좋아하는 후지오의 선물일지도 모른다.

"아니에요, 성가시다니요. 저희가 부탁해놓고……"

사요코는 오노의 말을 전적으로 부정한다. 남자는 담뱃갑을 연다. 안쪽은 전체가 은으로 도금되어 있어 산뜻한 은빛이 화려하게 흐른다. 쓸쓸한 여자는 근사하다고 생각한다.

"선생님뿐이었다면 좀 더 한적한 곳으로 안내하는 편이 좋았을지도 모르겠군요."

바쁜 오노에게 무리하게 시간을 내게 해서 자신이 좋아하지도 않는 북적대는 곳으로 일부러 나간 것도 모두 사요코를 사랑해서다. 미안한 일이지만 사람들로 북적대는 곳은 사요코도 싫어한다. 모처럼 봄밤에 나란히 소매를 흔들며 한가하게 걸을 당사자에게는 여전히 다가갈 수가 없다. 사요코는 뭐라 대답해야 좋을지 망설인다. 상대의 친절을 어렵게 여겨 마음 상하게 하지 않으려는 현실적인 생각에서가 아니다. 사요코가 망설인 데는 좀 더 애절한 의미가 담겨 있다.

"선생님께는 역시 교토가 더 낫지 않을까요?"

여자가 망설인 기색을 어떻게 해석했는지, 오노가 다시 묻는다.

"도쿄에 오기 전에는 자꾸만 어서 이사를 가자고 하셨는데, 막상 와보니 역시 살던 곳이 익숙해서 좋으신 모양이에요."

"그렇습니까?"

오노는 차분히 받아들였지만, 마음속으로는 그만큼 성미에 안 맞는 곳으로 왜 나온 것인지, 하고 자신의 사정을 고려하며 다소 어처구니없다는 생각도 한다.

"당신은요?"

오노가 묻는다.

사요코는 또 머뭇거린다. 도쿄가 좋은지 나쁜지는 지금 눈앞에서 서양 냄새가 나는 담배를 피우고 있는 청년의 마음 하나로 정해지는 문제다. 뱃사공이 손님에게, 당신은 배를 좋아합니까, 하고 물었을 때 좋아하는 것도 싫어하는 것도 당신이 배를 어떻게 모느냐에 달려 있다고 대답하지 않으면 안 되는 경우가 있다. 책임이 있는 뱃사공에게 이런 질문을 받는 것만큼 화나는 일이 없는 것처럼 자신의 호오를 지배하는 사람으로부터 모르는 체하는 얼굴로 좋아하느냐 싫어하느냐는 질문을 받는 것은 원망스럽다. 사요코는 다시 머뭇거린다. 오노는 사요코가 왜 이렇게 시원시원하지 못할까, 하고 생각한다.

조끼 주머니에서 시계를 꺼내 본다.

"어디 나가시려던 참인가요?"

여자는 바로 깨닫는다.

"예, 잠깐."

마침맞게 넘긴다.

여자는 다시 머뭇거린다. 남자는 조금 답답해진다. 후지오가 기다리고 있을 것이다. 잠시 입을 다물고 있다.

"실은 아버지가……"

사요코가 가까스로 입을 연다.

"예, 무슨 용건이라도 있는 건가요?"

"이것저것 살 게 있어서……"

"그렇군요."

"혹시 시간이 되면 오노 씨하고 간코바(勸工場)[10]라도 같이 가서 사오라고 하셔서요."

"아, 그런가요. 그런데 이거 어쩌죠. 지금 서둘러 가야 할 데가 있어서요. ……그럼 이렇게 하지요. 살 물건을 알려주시면 제가 돌아오는 길에 사서 저녁에 가져가겠습니다."

"그러면 죄송스러워서……"

"괜찮습니다."

아버지의 호의는 다시 수포로 돌아갔다. 사요코는 맥없이 돌아간다. 오노는 벗었던 모자를 머리에 얹고 재빨리 밖으로 나간다. ……동시에 가는 봄의 무대는 돈다.

목련 꽃잎을 자줏빛으로 썻는 비가 이어져 꽃이 드디어 갈색으로 썩어가는 툇마루, 말리는 머리카락이 오비를 숨기고 움직이면 등에서 아지랑이가 피어난다. 검은 머리 위를 바람이 희롱하고 햇빛이 희롱하고, 방금 전에는 노란 나비가 팔랑팔랑 희롱하러 왔다. 새침한 얼

---

10 메이지, 다이쇼 시대에 상점이 조합을 이뤄 한 건물 안에 각종 상품을 늘어놓고 팔던 곳으로 백화점이 생기면서 쇠퇴했다.

굴의 후지오는 안쪽을 향하고 있다. 뒤에서 비치는 햇빛에, 귀를 덮고 어깨로 흐르는 살쩍의 그림자에, 또렷하고 팽팽한 옆얼굴은 함초롬하게 아련하다. 실처럼 가는 수많은 가닥이 번쩍이며 짙은 보랏빛으로 가득 덮고 있는 어깨를 지나, 반대쪽은, 하고 들여다볼 때 눈부신 눈은 조용히 가라앉는다. 저물녘에 그건가 싶게 만드는 하얀 여뀌 꽃을 사람들은 숨어 있다고 말한다. 머리에 넘치는 빛을 툇마루에 흘리는 이쪽 그림자 때문에, 있는지 없는지도 모를 갸름한 얼굴에서는 짙게 끌리는 눈썹 끝부분만이 분명하다. 눈썹 아래 길게 째진 검은 눈은 무엇을 말하는지 알 수 없다. 후지오는 쪽매붙임한 작은 책상에 팔꿈치를 괴고 고개를 숙이고 있다.

황금 망치로 심장의 문을 두드려 청춘의 잔에 사랑의 피를 따른다. 마시지 않겠다고 입을 돌리는 자는 반편이다. 달이 기울어 산을 그리워하고 사람이 늙어 함부로 도를 말한다. 젊은 하늘에는 별이 어지럽게 흩어져 있고 젊은 땅에는 벚꽃이 눈보라처럼 흩날리고, 해를 거듭하여 20년에 이른 지금 사랑의 신은 한창이다. 짙은 녹색에 가까운 검은 머리카락을 너울너울 풀어헤쳐 봄바람에 짠 얇은 옷을 거미줄처럼 오색 처마에 걸치고는 스스로 걸려드는 남자를 기다린다. 걸려든 남자는 미궁에서 야광주(夜光珠)를 찾고 자줏빛으로 빛나는 실의 십(十)자, 만(万)자에 영혼을 거꾸로 하여 후세까지의 마음을 어지럽힌다. 예수교의 목사는 구원받으라고 한다. 임제종(臨濟宗)과 황벽종(黃檗宗)은 깨달으라고 한다. 이 여자는 헤매라는 말에만 검은 눈동자를 움직인다. 헤매지 않는 자는 모두 이 여자의 적이다. 헤매고 괴로워하고 미치고 뛰어오를 때 비로소 여자의 마음은 흡족하다. 난간에 가냘픈 손을 내밀고 멍멍 짖으라고 한다. 멍멍 짖으면 또 멍멍 짖으라고 한다. 개는 계속해서 멍멍 짖는다. 여자는 한쪽 볼에 미소를 머금는다. 개는 멍멍 짖고, 멍멍 짖으면서 오른쪽으로, 왼쪽으로 달린다. 여자는 잠자코 있다. 개는 꼬리를 거꾸로 하고 미친 듯이 달린다. 여자는 점점 더 자신만만해진다. ……후지오가 해석한 사랑은 이런 것이다.

돌부처에게 사랑은 없다. 색(色)은 불가능한 거라고 처음부터 각오하고 있기 때문이다. 사랑은 사랑받을 자격이 있다는 자신감에 기초하여 생겨난다. 다만 사랑받을 자격이 있다고 자신하지만 사랑할 자격이 없다는 것을 모르는 자가 있다. 이 두 자격은 대부분의 경우 반비례한다. 사랑받을 자격을 표방하는 데 거리끼지 않는 자는 상대에게 어떤 희생도 강요할 수 있다. 상대를 사랑할 자격을 갖추지 않았기 때문이다. 아름다운 눈매에 영혼을 빼앗긴 자는 반드시 먹힌다. 오노는 위험하다. 사랑스러운 미소에 자신의 목숨을 맡기는 자는 반드시 사람을 죽인다. 후지오는 병오(丙午)년생[11]이다. 후지오는 자신을 위해 하는 사랑을 안다. 남을 위해 하는 사랑이 존재할 수 있는지는 생각해본 적도 없다. 시적 정취는 있다. 도의는 없다.

사랑의 대상은 장난감이다. 신성한 장난감이다. 보통의 장난감은 가지고 노는 것만이 능사다. 사랑의 장난감은 서로 가지고 노는 것을 원칙으로 한다. 후지오는 남자를 가지고 논다. 남자에게는 털끝만큼도 희롱당하는 것을 허락하지 않는다. 후지오는 사랑의 여왕이다. 성립하는 것은 원칙을 벗어난 사랑이지 않으면 안 된다. 사랑받는 것을 전문으로 하는 자와 사랑하는 것만을 염두에 두는 자가 봄바람에 따라 달콤한 조수의 간만으로 천지 앞에서 딱 마주쳤을 때 이 변칙의 사

11 병오년에 태어난 여성은 남편을 죽인다는 미신이 있다.

랑은 성취된다.

자존심을 내세우며 사랑을 하는 것은 소방용 두건을 쓰고 감주를 마시는 것과 같다. 상황이 좋지 못하다. 사랑은 모든 것을 녹인다. 그림이 그려진 네모난 연도, 엿으로 모양을 만든 것[12]인 만큼 반드시 흘러내린다. 자존심은 사랑의 물에 사흘 밤낮으로 오랫동안 담가놔도 불어터질 기색을 보이지 않는다. 언제까지고 굳게 기다리고 있다. 자존심을 내세워 사랑을 하는 자는 얼음사탕이다.

셰익스피어는 여자를 평하여 약한 자여, 그대 이름은 여자니라[13], 라고 했다. 약하면서 자존심을 내세우며 우쭐거리는 사랑은, 부드럽게 지은 밥에 화강암의 모래를 뿌려 신뢰하는 어금니를 으드득거리게 함으로써 오싹하게 만든다. 꽉 깨무는 것에 고무와 같은 탄력이 없어서는 안 된다. 자존심이 강한 후지오는 사랑을 하기 위해 자존심이 없는 오노를 선택했다. 유지매미는 거미줄에 걸려도 날뛰어서는 안 된다. 경우에 따라서는 줄을 끊고 도망치기도 한다. 무네치카를 잡는 것은 쉽다. 그러나 아무리 후지오라 하더라도 무네치카를 길들이는 것은 어렵다. 자존심이 강한 여자는 턱으로 신호를 보내면 상대가 곧장 달려오는 것을 좋아한다. 오노는 곧장 달려올 뿐 아니라 올 때는 반드시 호주머니에 시가(詩歌)의 구슬을 넣고 온다. 꿈에서조차 자신을 희롱할 의사가 없고 성심을 다해 자신의 장난감이 되는 것을 영예로 생각한다. 자신에게서 그를 사랑할 자격을 찾는 것은 전혀 모르고 그저 사랑받아야 할 자격을 자신의 눈으로, 자신의 눈썹으로, 자신의 입술

12 엿으로 인형 따위를 만드는 것인데 겉만 번지르르하고 내용이 없는 것, 또는 쉽게 변하는 것을 비유한다.
13 『햄릿』 제1막 제2장에서 아버지가 죽은 후 숙부와 결혼한 어머니를 비난하는 햄릿의 대사 ("Frailty, thy name is woman!")다.

로, 그리고 자신의 재능으로 알아차리고 오로지 갈망하기만 한다. 후지오의 사랑은 오노가 아니면 안 된다.

그저 시키는 대로 와야 할 오노가 사오일 동안 보이지 않는다. 후지오는 매일 옅은 화장을 하고 자존심의 가시를 거울 속에 숨기고 있다. 5일째 되는 저녁! 놀라는 동안에는 즐거움이 있다! 여자는 행복한 존재다! 아직도 비웃음의 방울소리가 귓가에 맴돈다. 작은 책상에 팔꿈치를 괴고 불타는 듯한 검은 머리로 햇빛을 받으며 꼼짝도 하지 않는다. 툇마루를 등지고 얼굴에 그림자가 지게 앉아 있는 것은, 뭔가를 생각할 때 환한 곳을 피하는 예로부터의 규칙이다.

오랏줄이 없어 여러 겹으로 옭아맨 포로는 붙잡힌 것을 자랑스러워하는 얼굴로 손짓해서 부르면 달려오고 손가락으로 가리키면 달려가니 다른 뜻이 없다고 보고 희롱하지만, 예쁜 잎을 뒤집으면 송충이가 있다. 그리워하는 사람과 나란히 큰 거울 앞에 섰을 때 비치는 것은 틀림없이 그와 자신뿐이라고 맹세코 의심하지 않았는데, 들여다보니 틀렸다. 남자는 그 남자인데 옆에 있는 사람은 본 적도 없는 타인이다. 놀라는 동안에는 즐거움이 있다! 여자는 행복한 존재다!

전등 아래 서른다섯 개의 탁자를 사이에 두고 흐릿한 흰색에 푸른 기가 도는 우울한 얼굴을 바라보았을 때, ……내 곁이 아니고는 젊고 아름다운 여자에게 다가가서는 안 될 남자가 염려스러운 듯, 그리고 친숙한 듯 그 사람과 테이블 모서리를 사이에 두고 마주 보고 있었을 때는, ……당목(撞木)으로 심장을 얻어맞은 기분이었다. 그 바람에 가슴의 피가 모조리 볼로 흐른다. 붉은색은 말한다, 발끈하며 여기서 펄쩍 뛰어오르라고.

자존심이 사납게 인다. 그 일이라면, 하고 말한다. 돌아봐서는 안 된다. 의심쩍어해도 안 된다. 한마디의 비난도 경솔하다. 있어도 없는 듯이 가장하라. 의기양양하게 수준 이하로 취급하라. ……그것을 안 남자는 분명히 체면을 잃을 것이다. 이것이 복수다.

자존심이 강한 여자는 만일의 일이 벌어지기 직전까지 불안한 얼굴을 하지 않는다. 원망은 믿는 사람에게 버림을 받았을 때나 하는 것이다. 모욕에 대한 적당한 말은 분노다. 분함과 질투를 뒤섞은 분노다. 문명의 숙녀는 남을 무시하는 것을 제일의로 삼는다. 남에게 무시당하는 것을 죽음보다 더한 불명예라 생각한다. 오노는 분명히 숙녀를 모욕했다.

사랑은 신앙으로 이루어진다. 신앙은 두 신을 섬기는 걸 허락하지 않는다. 사랑받아야 할 자신의 자격에 귀의의 머리를 숙이면서 딴 마음의 등을 경박한 거리로 향하고 어떤 신사(神社)의 방울을 울린다. 지옥의 옥졸을 섬기는 건 그 사람의 자유다. 다만 오노는 제멋대로 된 신에게 사랑의 동전을 던져 길흉을 점쳐서는 안 된다. 오노는 이 검은 눈이 재빨리 쏜 보이지 않는 빛으로 인해 공중에 쳐진 무늬 없는 줄에 걸린 먹이다. 다른 사람에게는 줄 수 없다. 신성한 장난감으로서 평생 소중히 여기지 않으면 안 된다.

신성함이란 자기 혼자만 장난감으로 삼고 다른 사람에게는 손가락도 대지 못하게 한다는 의미다. 어제저녁부터 오노는 신성하지 않게 되었다. 그뿐 아니라 그쪽이 이쪽을 장난감으로 삼고 있는지도 모른다. ……팔꿈치를 괴고 고개를 숙이고 있는 후지오의 눈썹이 살아난다.

자신이 장난감이 되었다면 가만두지 않을 것이다. 자존심은 사랑을 갈기갈기 찢어놓는다. 앙갚음은 얼마든지 있다. 가난은 사랑을 굶주림에 말라 죽게 한다. 부귀는 사랑을 사치스럽게 한다. 공명은 사랑을 희생하게 한다. 자존심은 미련을 버리지 못한 사랑을 짓밟는다. 뾰족한 송곳으로 자신의 허벅지를 찌르고, 이것 보라, 라며 남에게 보여주는 것은 자존심이다. 자신이 가장 가치 있다고 생각하는 것을 버리고 득의양양한 것은 자존심이다. 자존심을 내세우면 허영의 시장에 자신의 목숨조차 내던진다. 거꾸로 천국을 버리고 나락의 어둠으로 떨어지는 사탄의 귀를 자르는 지옥의 바람은, 프라이드! 프라이드! 하고 외친다. ……후지오는 고개를 숙이고 아랫입술을 깨물었다.

만나지 못한 사오일 동안은 편지라도 보낼까 하는 생각을 했다. 저녁에 돌아와서 곧바로 쓰기 시작했지만 대여섯 줄 쓴 뒤, 이 무슨, 하며 갈기갈기 찢어버렸다. 결코 쓰지 않을 것이다. 그쪽에서 머리를 숙이고 오기를 기다리고 있다. 가만히 있으면 반드시 올 것이다. 오면 사죄하게 할 것이다. 오지 않으면? 자존심은 잠깐 난처했다. 손이 닿지 않는 곳에 자존심을 세울 수는 없다. ……뭐 오겠지, 반드시 올 거야, 하며 후지오는 입속으로 말한다. 아무것도 모르는 오노는 과연 자존심에 끌리고 있다. 오고 있다.

만일 와도 어제저녁의 여자에 대해서는 묻지 않을 것이다. 물으면 그 여자를 안중에 두는 것이 된다. 어제저녁 탁자에서 오빠와 무네치카가 이상한 암호를 주고받았다. 그 여자와 오노의 관계를 들으란 듯이 해서 자신을 애태우게 할 생각이었을 것이다. 머리를 숙이고 물어봐서는 자존심이 상한다. 둘이서 사람을 무시할 생각이라면, 그거야 아무래도 좋다. 두 사람이 넌지시 비춘 사실의 반증을 들어 허를 찔러 보이리라.

오노에게는 무슨 일이 있어도 사과하도록 하지 않으면 안 된다. 모질게 대해서 사과하게 하지 않으면 안 된다. 동시에 오빠와 무네치카에게도 사과하게 하지 않으면 안 된다. 오노는 완전히 자신의 것이고, 놀리는 듯한 얼굴로 빈정댄 두 사람의 장난은 아무 도움도 되지 않았다, 이것 보라, 라며 친근한 데를 보여주며 허를 찔러 사과하도록 하지 않으면 안 된다. ……후지오는 모순된 양면을 자존심이라는 한 단어로 관철하고자 감은 머리 뒤로 얼굴을 묻고 생각하고 있다.

조용한 툇마루에서 발소리가 들린다. 키 큰 그림자가 불쑥 나타났다. 비백 무늬 겹옷의 앞이 열려 있고 살갗에 닿는 쥐색 모직 셔츠가 거꾸로 된 긴 삼각형 모양으로 가슴에서 비치고 그 위에 긴 목이 있다. 긴 얼굴이 있다. 얼굴빛은 창백하다. 머리카락은 소용돌이치고 있어 두세 달은 깎지 않은 것처럼 보인다. 사오일은 빗질을 하지 않은 것 같다. 아름다운 것은 짙은 눈썹과 콧수염이다. 수염은 무척 까맣고 아주 가늘다. 손질을 하지 않아 자연의 정취를 갖추고 있는 것이 어딘지 모르게 인품 좋은 사람처럼 보인다. 허리에는 지저분하고 오글쪼글한 비단을 이중으로 둘렀는데, 긴 쪽 끝을 축 늘어뜨려 오른쪽 소매 밑에서 묶었다. 옷자락은 물론 맞지 않는다. 아무렇게나 걸친 법의처럼 들떠 있는 옷자락 아래로 검은 버선이 보인다. 버선만은 새것이다. 맡아보면 남색 냄새가 날 것만 같다. 낡은 머리에 새로운 발의 긴고는 세상을 거꾸로 걸어 불쑥 툇마루에 나타났다.

반들반들하게 닦인 촘촘하고 결이 곧은 판자가 버선 바닥의 그림자를 비칠 만큼이나 가벼운 발소리가 났을 때 후지오의 등에 얹혀 있던 머리가 매끈하게 움직였다. 그 순간 툇마루에 떨어진 짙은 남색 버선이 여자의 눈에 들어온다. 버선 주인은 보지 않아도 알 수 있다.

어두운 남색 버선은 조용히 걸어온다.

"후지오."

목소리는 뒤에서 들려온다. 빈지문의 틈을 확실히 칸막이한 솔송나무 기둥을 등지고 긴고가 멈춰 선 것 같다. 후지오는 잠자코 있다.

"또 꿈이야?"

긴고는 선 채, 산뜻하게 감은 머리를 내려다보고 있다.

"무슨 일이에요?"

이렇게 말하자마자 여자는 얼굴을 그쪽으로 돌린다. 유혈목이가 머리를 쳐들었을 때 같다. 검은 머리로 아지랑이를 부순다.

남자는 눈조차 움직이지 않는다. 창백한 얼굴로 내려다보고 있다. 얼굴을 돌린 여자의 이마를 가만히 내려다보고 있다.

"어제저녁에는 재미있었니?"

여자는 대답하기 전에 뜨거운 경단을 꿀꺽 삼킨다.

"네."

아주 냉담하게 대답한다.

"그거 다행이다."

태연자약하게 말한다.

여자는 서두르며 나온다. 지기 싫어하는 여자는 수세에 몰리는 것 같으면 금방 서두른다. 상대가 침착하면 더욱 서두른다. 땀을 흘리며 공격하는 거라면 그래도 괜찮지만, 공격해오면서 유유히 기둥에 기대고 사람을 내려다보는 것은 책상다리로 앉아 술을 마시면서 노상강도를 하는 것과 마찬가지로 좀 얌체 같다.

"놀라는 동안에는 즐거움이 있는 거잖아요?"

여자는 거꾸로 빗대어 묻는다. 남자는 동요한 기색도 없이 여전히 위에서 내려다보고 있다. 의미가 통했다는 기색조차 보이지 않는다. 긴고의 일기에는 이렇게 쓰여 있다. 어떤 사람은 10전을 1엔의 10분의 1이라고 해석하고, 어떤 사람은 10전을 1전의 10배라고 해석한다. 같은 말이 사람에 따라 높아지기도 하고 낮아지기도 한다. 말을 쓰는 사람의 식견 나름이다. 긴고와 후지오 사이에는 이만큼의 차이가 있다. 단수가 다른 사람이 싸움을 하면 묘한 현상이 벌어지는 법이다.

"그렇지."

자세를 바꾸는 것조차 귀찮아하는 듯한 남자는 그저 이렇게 말했을 뿐이다.

"오라버니처럼 학자가 되면 놀라고 싶어도 놀 수 없으니까 즐거움이 없겠네요."

"즐거움?"

긴고가 묻는다. 즐거움의 의미를 알고 있는지를 묻고 싶어 하는 듯한 말이라고 후지오는 생각한다. 이윽고 오빠가 말한다.

"즐거움은 별로 없지. 그 대신 안심이 있지."

"왜요?"

"즐거움이 없는 자는 자살할 염려가 없거든."

후지오는 오빠가 하는 말을 전혀 이해할 수 없다. 창백한 얼굴은 여전히 내려다보고 있다. 왜냐고 묻는 것은 분별없는 짓이라 잠자코 있다.

"너처럼 즐거움이 많은 사람은 위험하지."

후지오는 무심코 검은 머리를 물결치게 한다. 험악하게 올려다보자 오빠는 위에서, 알았어? 하며 여전히 내려다보고 있다. 무슨 일인지도 모른 채 '이것이야말로 이집트 여왕의 최후다'라는 말이 분명히 떠오른다.

"오노는 요즘도 찾아오니?"

후지오의 눈에서는 쇠망치 끝으로 부싯돌을 쳤을 때와 같은 불꽃이

인다. 오빠는 개의치 않고 다시 묻는다.

"오지 않는 거야?"

후지오는 부드득 이를 간다. 오빠는 더 이상의 말을 삼간다. 그러나 여전히 기둥에 기대고 있다.

"오라버니."

"왜?"

또 내려다본다.

"그 금시계는 오라버니한테 줄 수 없어요."

"나한테 안 주면 누구한테 줄 건데?"

"당분간 내가 맡아두려고요."

"당분간 네가 맡아두겠다고? 음, 그것도 괜찮겠지. 그런데 그건 무네치카한테 준다고 약속을 한 터라……"

"무네치카 씨한테 주게 되더라도 내가 직접 줄 거예요."

"네가 직접?"

오빠는 얼굴을 약간 숙이면서 여동생 쪽으로 눈을 가까이 가져간다.

"내가 직접…… 응, 내가…… 직접 내가 누군가한테 줄 거예요."

쪽매붙임 책상에 기댄 팔꿈치를 튕기고 벌떡 일어선다. 어두운 남색과 짙은 노란색과 거무스름한 녹색과 적갈색의 세로로 된 굵은 줄무늬가 막대기처럼 같이 일어선다. 옷자락만이 네 가지 색의 물결로 소용돌이치며 하얀 버선의 메뚜기를 감춘다.

"그래?"

오빠는 버선 밑바닥을 보이며 저쪽으로 가버린다.

고노가 유령처럼 나타났다 유령처럼 사라지는 동안 오노가 다가온

230

다. 여러 차례 내린 비로 땅에 어린 푸른 기를 되살려 축축하고 따뜻한 대지를 밟고 다가온다. 잘 닦아놓은 염소 가죽에 덮이는 먼지조차 눈에 띄지 않을 만큼 깨끗한 구두를 종종걸음으로 옮기며 고노의 집 문으로 다가온다.

세상을 될 대로 되라는 듯이 축 늘어진 모습에 교제상 어쩔 수 없이 입은 하오리의 끈을 둥글게 묶고 가느다란 지팡이에 본래공의 무료함을 달래는 고노와 다가오는 오노는 담 앞에서 딱 마주쳤다. 자연은 대조를 좋아한다.

"어디 가나?"

오노가 모자에 손을 얹고 웃으면서 다가와 묻는다.

"야, 이거."

이렇게 응수한다. 지팡이는 그대로 움직이지 않는다. 원래는 지팡이조차 무료한 것이다.

"지금 잠깐 들를까 해서……"

"가보게. 후지오는 있네."

고노는 순순히 상대를 보내줄 생각이다. 오노는 좀 망설인다.

"자네는 어디 가나?"

다시 묻는다. 오노는 여동생에게는 볼일이 있지만 자네야 어찌 됐든 상관없다는 태도를 숨기지 않는다.

"나 말인가? 나도 내가 어디로 가는지 모르겠네. 내가 이 지팡이를 끌고 돌아다니는 것처럼 뭔가가 나를 끌고 돌아다닐 뿐이지."

"하하하하, 꽤 철학적이군. ……산보인가?"

아래에서 얼굴을 내밀며 들여다본다.

"응, 정말…… 날씨가 좋군."

"좋은 날씨지. ……산보보다는 박람회가 어떤가?"

"박람회라? ……박람회는…… 어제저녁에 구경했네."

"어제저녁에 갔었다고?"

오노의 눈은 순간 고정된다.

"어."

오노는 '어'라는 말 뒤에 무슨 말이라도 나올 거라고 생각하고 기다리고 있다. 두견새는 한 번 울고 구름 속으로 들어간 모양이다.

"혼자 갔나?"

이번에는 오노가 물어본다.

"아니야. 가자고 하기에 따라갔네."

고노에게는 역시 일행이 있었다. 오노는 좀 더 물어보지 않으면 직성이 풀리지 않을 것 같다.

"그런가? 근사하지 않던가?"

우선 대화를 다음으로 이어가기 위한 말을 던져놓고 다음 질문을 생각하기로 한다.

"응."

그런데 고노는 이 한마디로 대답해버린다. 이쪽이 생각을 정리하지도 못했는데 곧바로 뭔가 말하지 않으면 안 된다. 처음에는 '누구하고 갔나?' 하고 물으려고 했으나 묻기 전에 '몇 시쯤 갔나?'라고 물어보는 것이 더 낫지 않을까 생각한다. 차라리 '나도 갔었네'라고 치고 나갈까, 그러면 상대의 대답에 따라 모든 것이 명료해진다. 하지만 그것도 필요 없는 일이다. ……오노는 가슴속에서, 목구멍 안쪽에서 잠시 승강이를 벌인다. 그사이에 고노는 가느다란 지팡이 끝을 한 30센티미터쯤 움직였다. 지팡이 뒤에 움직이는 것은 발이다. 그 신호를 힐끗 간파한 오노는, 이제 안 되겠다, 그만두자, 하고 목구멍 안에서 애써 세운 계획을 날려버린다. 손톱의 때만큼 기선을 제압당해도 만회하려는 의사를 보이지 않는 사람은 교육의 힘으로 바로잡을 수 없는 숙명론자다.

"그럼, 가보게."

다시 고노가 말한다. 재촉을 받은 듯한 기분이 든다. 운명이 왼쪽으로 지시한 것 같다고 느꼈을 때 뒤에서 미는 자가 있으면 금방 앞으로 나아간다.

"그럼……"

고노는 모자를 벗는다.

"그래, 그럼 실례하겠네."

가느다란 지팡이는 오노에게서 60센티미터쯤 멀어졌다. 한 걸음 문으로 다가간 오노의 구두는 동시에 한 걸음 지팡이에 이끌려 원래 자리로 돌아간다. 운명은 무한한 공간에 고노의 지팡이와 오노의 발을 놓고 30센티미터의 간격을 다투고 있다. 이 지팡이와 이 구두는 인격이다. 우리의 영혼은 때로 구두 뒤축에 깃들고 때로 지팡이 끝에 숨는다. 영혼을 그릴 줄 모르는 소설가는 지팡이와 구두를 그린다.

한 발짝 움직인 구두는 빛나는 머리를 돌려 필사적으로, 몸을 대지에 의탁한 가느다란 지팡이에게 묻는다.

"어제저녁에는 후지오 씨도 함께 갔었나?"

막대기처럼 똑바로 일어선 지팡이는 대답한다.

"어, 후지오도 갔네. ……어쩌면 오늘은 예습을 안 했을지도 모르겠네."

가느다란 지팡이는 땅에 닿을 듯 땅에서 떨어질 듯, 섰나 싶으면 기울어지고 기울어졌나 싶으면 서면서 무한한 공간을 새기며 간다. 빛나는 구두는 돌출한 앞부분에 엷은 흙을 불쾌하게 뒤집어쓴 채 몹시 망설이듯 문 안의 자갈을 밟고 현관에 다다른다.

오노가 현관에 이른 것과 동시에 후지오는 툇마루 기둥에 기대면서 자리로 돌아가지 않는 발끝으로 빈지문을 닫는 홈 위를 가리며 넓게 둘러싼 정원 앞을 바라보고 있다. 후지오가 툇마루 기둥에 기대기 훨씬 전부터 수수께끼 여자는 꽉 닫힌 방 안에서 울어대는 쇠 주전자를 상대로 가는 봄이 아직 남아 있는 동안 골몰히 생각에 잠겨 있다.

긴고는 배 아파 낳은 자식이 아니다. 수수께끼 여자의 생각은 모두 이 한마디에서 출발한다. 이 한마디를 부연하면 수수께끼 여자의 인생관이 된다. 인생관을 증보하면 우주관이 만들어진다. 수수께끼 여자는 매일 쇠 주전자 소리를 들으며 6첩 다다미방의 인생관을 만들고 우주관을 만들고 있다. 인생관을 만들고 우주관을 만드는 일은 한가한 사람만이 가능하다. 수수께끼 여자는 비단 이불 위에서 하루하루를 보내는 행복한 신분이다.

앉는 자세는 마음을 바로잡는다. 정성 들여 사랑해준 인형은 벌레 먹어 코가 없어져도 품위 있다. 수수께끼 여자는 단아하게 앉는다. 6첩 다다미방의 인생관 역시 단아하지 않으면 안 된다.

늙어서 남편이 없으면 불안하다. 노후에 기댈 자식이 없으면 더욱 불안하다. 기댈 자식이 남이 되는 것은 불안한 데다 꺼림칙하기까지 하다. 기댈 자식이 있으면서도 남에게 기대지 않으면 안 되는 법도는 꺼림칙할 뿐만 아니라 무정하다. 수수께끼 여자는 스스로를 비참하고 불행한 사람이라고 믿고 있다.

타인이라고 해도 반드시 맞지 않는다고는 할 수 없다. 간장과 미림은 옛날부터 서로 섞여 있다. 그러나 술과 담배를 함께 마시고 피우면 기침이 난다. 긴고는 부모라는 그릇의 모양에 따라 담는 물의 모양을 맞추는 사람이 아니다. 날이 갈수록 마음의 장벽이 높아진다. 요즘은 에도의 적을 나가사키에서 맞닥뜨린 듯한 기분이 든다. 학문은 입신출세의 도구다. 부모의 심기를 거스르며 세월의 리듬을 놓치기 위해 학문을 한 것은 아닐 것이다. 돈을 들여 일부러 이상한 사람이 되어 학교를 졸업하자 세상에 통용되지 않게 되는 것은 불명예다. 소문나면 난처하다. 대를 이을 아들로서 적합하지 않다고 생각한다. 그 아이에게 죽을 때까지 보살핌을 받을 생각도 없고, 또 보살필 만한 능력도 있을 리 없다.

다행히도 후지오가 있다. 겨울을 견디는 해장죽(海藏竹)처럼 밤에 불어와 쌓이는 가랑눈을 튕겨낼 힘도 있다. 많은 사람을 거리로 모으는 봄의 옷차림으로, 나비를 수놓고 꽃을 새겨 넣은 화려한 의상도 입었다. 자신의 자식으로 내보낼 세상은 넓다. 맑게 갠 천하를 화려하고 조용히 걸어가는 것을 보고 혹하는 것은 그 사람 마음이다. 세계 제일의 사위라 칭하는 이 사람 저 사람을 혹하게 하고 애태우게 해야 딸을 키워낸 어머니의 체면도 올라간다. 요령부득이며 냉담한 남에게 기대기보다는 부러움을 사며 화려하게 살아가는 친딸의 세월에 따라 묘에 들어가는 것이 순리다.

난(蘭)은 계곡에서 나고, 검(劍)은 열사에게 돌아간다. 아름다운 딸은 유명한 사위를 얻지 않으면 안 된다. 청하는 사람은 아주 많지만 딸의 마음에 들지 않은 사람과 자신의 마음에 들지 않은 사람은 도움이 되지 않는다. 손가락 굵기에 맞지 않는 반지는 설사 받았다고 해도 버릴 수밖에 없다. 너무 크거나 작아도 사위가 될 수 없다. 그런 이유로 지금까지 사위를 얻지 못했다. 찬연히 모여 있는 자 중에 단 한 사람 오노가 남았다. 오노는 학업 능력이 아주 뛰어난 사람이라고 한다. 천황의 은사품인 시계도 받았다고 한다. 좀 있으면 박사가 된다고 한다. 그뿐 아니라 붙임성이 있고 친절하다. 품위가 있고 요령도 좋다. 후지오의 짝으로서 부끄럽지 않을 것이다. 보살핌을 받아도 기분 좋을 것이다.

오노는 더할 나위 없는 사윗감이다. 다만 재산이 없는 것이 흠이다. 그러나 사위의 재산으로 보살핌을 받는 것은, 아무리 마음에 드는 남자라도 위신이 서지 않는다. 빈털터리인 아무개를 들여 얌전히 장모를 모시게 하는 것이 후지오의 사정에도 맞고 자신을 위한 일이기도 하다. 한 가지 곤란한 것은 그 재산이다. 남편이 외국에서 죽은 지 넉달이 된 지금, 재산은 당연히 긴고의 소유로 돌아가고 말았다. 책략은 여기에서 시작된다.

긴고는 한 푼의 재산도 필요하지 않다고 말한다. 집도 후지오에게 주겠다고 한다. 의리의 옷을 벗고 편리의 알몸이 될 수 있다면, 갑자기 끓어오르는 온천에 얼씨구나 하고 뛰어들 마음도 든다. 그러나 세상의 이목에 입는 의상은 그렇게 간단히 벗겨낼 수 있는 게 아니다. 비가 내릴 것 같으니 우산을 주겠다고 내놓을 때 그 우산이 두 개라면 그중 하나를 받는 걸 사양하지 않는 것이 세상이지만, 자신이 비에 젖을 걸 뻔히 알면서도 내주는 사람을 상관하지 않고 멋대로 손을 내미는 것은 남의 이목 때문에라도 할 수 없는 일이다. 거기에서 수수께끼가 생긴다. 준다는 것은 진심으로 말하는 거짓말이고, 받지 않겠다는 얼굴을 보이는 것도 이웃에 대한 변명에 지나지 않는다. 긴고가 재산을 억지로 후지오에게 양보하는 것을, 마지못해 받는 얼굴로 문명의 체면을 세우지 않으면 안 된다. 거기에서 수수께끼가 풀린다. 주겠다는 것을 주고 싶지 않다는 의미로 이해하고, 받을 생각으로 받지 않겠다고 주장하는 이가 수수께끼 여자다. 6첩 다다미방의 인생관은 굉장히 복잡하다.

수수께끼 여자는 문제 해결에 고심하다가 결국 6첩 다다미방을 나왔다. 받고 싶은 것을 끝까지 받지 않겠다고 주장하면서도 하루빨리 받아내는 것은 미분과 적분으로도 쉽게 발견할 수 없는 방법이다. 수수께끼 여자가 괴로운 나머지 걱정스러운 얼굴로 6첩 다다미방을 나온 것은 너무 속이 타 더 이상 이불 위에 앉아 있을 수 없었기 때문이다. 나와 보니 봄날은 의외로 한가하고, 아무렇지 않게 살쩍을 희롱하는 따스한 바람은 사람을 너무 바보로 취급한다. 수수께끼 여자는 결국 기분이 언짢아졌다.

툇마루를 왼쪽으로 끝까지 가면 서양관이고, 응접실로 이어지는 한 방은 긴고가 서재로 쓰고 있다. 오른쪽은 직각으로 꺾이고, 그 끝의 남쪽으로 튀어나온 6첩 다다미방이 후지오가 거처하는 방이다.

마름모꼴로 자른 떡 속을 건너는 기분으로 똑바로 맞은편의 모퉁이를 보니 후지오가 서 있다. 물에 젖은 것처럼 윤이 나는 색으로 손질된 짙은 살쩍 언저리를 솔송나무 기둥에 대고 비스듬히 기댄 요염한 모습의 중간쯤에 오비 깊숙이 찔러 넣은 손목만이 하얗게 보인다. 싸리나무 숲에 엎드려 몸을 숨기고 참억새에 나부끼는 고향을, 유랑자는 이런 식으로 바라본 적이 있다. 고향을 떠나지 않은 후지오가 뭘 바라보고 있는지는 알 수 없다. 어머니는 툇마루를 돌아 다가온다.

"무슨 생각을 하고 있니?"

"어머, 엄마."

비스듬히 기댄 기둥에서 몸을 뗀다. 돌아본 눈매에는 근심의 그림자도 없다. 자존심의 여자와 수수께끼 여자는 서로 얼굴을 마주 본다. 친어머니와 친딸이다.

"무슨 일이라도 있니?"

수수께끼가 묻는다.

"왜요?"

자존심이 되묻는다.

"뭐, 어쩐지 깊은 생각에 잠겨 있는 것 같아서."

"아무 생각도 안 했어요. 그냥 정원 경치를 보고 있었어요."

"그래?"

수수께끼는 의미 있는 표정을 짓는다.

"연못에서 잉어가 뛰어올라요."

자존심은 끝까지 주장한다. 과연 탁한 물속에서 첨벙 하는 소리가 난다.

"어머나, 내 방에서는 전혀 안 들렸는데."

들리지 않은 게 아니다. 수수께끼에 정신이 팔려 있었던 것이다.

"그래요?"

이번에는 자존심이 의미 있는 표정을 짓는다. 세상은 다양하다.

"어머, 벌써 연꽃잎이 나왔네."

"그럼, 아직 모르고 있었어요?"

"응, 지금 처음 본 거야."

수수께끼가 말한다. 수수께끼만 생각하고 있는 자는 세상 물정에 어둡다. 긴고와 후지오에 대한 것을 제외하면 머리는 진공상태가 된다. 연꽃잎을 생각할 상황이 아닌 것이다.

연꽃잎이 나온 뒤에는 연꽃이 핀다. 연꽃이 핀 뒤에는 모기장을 접어 창고에 넣는다. 그러고 나면 귀뚜라미가 운다. 가을비가 내린다. 늦가을 찬바람이 분다. ……수수께끼 여자가 수수께끼를 푸느라 고심하는 동안 세상은 변한다. 그래도 수수께끼 여자는 한곳에 앉아 수수께끼를 풀 생각이다. 수수께끼 여자는 세상에서 자신보다 현명한 사람은 없다고 생각한다. 세상 물정에 어둡다고는 꿈에도 생각하지 않는다.

잉어가 첨벙 하고 다시 뛰어오른다. 약간 탁한 물에 진흙이 가라앉아 있고, 흐릿한 붉은 그림자가 조용히 흙을 움직이며 등만이 날렵하게 미지근한 바닥에서 떠오른다. 매끄러운 물결에 반짝이며 비치는 햇빛을 무너뜨리지 않을 정도로 꼬리를 흔들고 있나 싶더니 힘껏 물을 차며 쑥 뛰어오른다. 온통 떠오른 짙은 진흙 속에 흐릿한 붉은 것이 그림자를 숨기며 지나간다. 따스한 물을 등으로 가르는 흔적은 한 줄기 물결로 넘실거리며 작년의 갈대를 바람 없이 희롱한다. 고노의 일기에는 조입운무적(鳥入雲無迹) 어행수유문(魚行水有紋)[14]이라는 한시 일련이 율도 절구도 되지 않은 채 그대로 해서체로 쓰여 있다. 봄빛은 천지를 덮지 않고 임의로 사람의 마음을 기쁘게 한다. 다만 수수께끼 여자는 행복하지 않다.

"왜 저렇게 뛰어오르지?"

수수께끼 여자가 묻는다. 수수께끼 여자가 수수께끼를 생각하는 것처럼 잉어도 무턱대고 뛰어오르는 것이리라. 별나다고 하면 둘 다 별나다. 후지오는 아무런 대답도 하지 않는다.

14 "새 날아드니 구름에 흔적 없고, 물고기 지나니 물에 잔물결 이네." 1899년 소세키 자신이 지은 한시 "鳥入雲無迹 魚行水自流(새 날아드니 구름에 흔적 없고, 물고기 지나니 물 저절로 흐르네)"에서 가져온 것이다.

중국의 시인은 물에 떠오른 연꽃잎을 일러 청동 동전을 깔아놓은 것 같다고 했다. 물론 동전과 같은 무거운 느낌은 들지 않는다. 그러나 물가에 비로소 어제오늘의 가녀린 목숨을 의탁하고 속세의 바람에 엷은 얼굴을 드러내는 동안은 동전처럼 자잘하다. 색도 완전히 푸른 색이라고는 말할 수 없다. 얇은 미농지(美濃紙) 두께에 불과해 울적하다며 초록색을 싫어하는 온화한 갈색에 날마다 침범하는 청록색을 섞어놓은 잎 위에는 잉어가 뛰어오른 봄의 자취가, 불면 날아가고 놔두면 흐트러지지 않는 구슬이 되어 굴러다니고 있다. 대답을 하지 않은 후지오는 그저 눈앞의 경치만 바라본다. 잉어가 또 뛰어오른다.

어머니는 무심하게 연못 위를 바라보다가 마침내 기분을 바꿔 물어본다.

"요즘 오노 씨가 통 오지 않는 것 같네. 무슨 일 있는 거니?"

후지오는 험한 기색으로 돌아선다.

"왜요?"

가만히 어머니를 올려다본 뒤 시치미를 떼고 다시 정원 쪽으로 시선을 돌린다. 어머니는, 어머, 하고 생각한다. 아까 그 잉어가 불그스름하게 물에 떠 있는 잎 아래를 지난다. 잎은 가볍게 움직인다.

"못 오면 무슨 연락이라도 해줄 것 같은데. 어디 아프기라도 한 거 아닐까?"

"아프다고요?"

후지오의 목소리는 아주 날카롭게 들릴 정도로 높다.

"아니, 어디 아프기라도 한 거 아니냐고 그냥 물어본 거야."

"아플 리가요."

밀져야 본전이라는 심정의 과감한 어조는 코앞에서 훙 하고 멈춘다. 어머니는 또, 어머나, 하고 생각한다.

"그 사람은 언제 박사가 될까?"

"글쎄요, 언제일까요?"

마치 남의 일처럼 되묻는다.

"너, 그 사람하고 싸우기라도 한 거야?"

"오노 씨하고 어디 싸움이 되겠어요?"

"그렇겠지, 공짜로 배우고 있는 것도 아니고 상당한 사례를 하고 있으니까."

수수께끼 여자에게는 그 이상의 해석은 불가능하다. 후지오는 대답을 보류한다.

어제저녁에 있었던 일을 모두 털어놓으며 이러이러했다고 이야기해버리면 그뿐이다. 물론 어머니는 기를 쓰고 자신을 동정할 것임에 틀림없다. 털어놓는다고 사정이 나빠질 거라고는 전혀 생각하지 않지만 자진해서 동정을 사는 것은, 굶주림에 시달려 낯선 사람의 문 앞에서 한두 푼 적선을 청하는 것과 크게 다를 바 없다. 동정은 자존심의 적이다. 어제까지만 해도 무대에서 춤추던 꼭두각시 인형처럼, 말하는 것도 귀찮은 자신의 새끼손가락 앞에 마음대로 서게 하고 자게 하고 끝내는 웃게 하고 애태우게 하고 당황하게 하여 재미있게 흥겨워하고 있던 자랑스러운 얼굴을, 어머니도 아주 장하다며 벌름거리는 코끝으로 의기양양 허세를 부리고 있었는데…… 그건 겉으로만 그런 것이다. 사실 어젯밤의 일을 보면, 손짓하며 부르는 참억새는 그쪽으로 나부낀다. 낯선 얼굴의 아름다운 사람과 사이좋게 차를 마시고 있었다며 의외의 뚜껑을 열면 어머니 앞에서 체면을 구긴다. 자존심이 인정할 수 없다고 말한다. 놓친 매라면 가망 없는 것으로 단념하고 이제 필요 없다고 말한다. 뒤를 밟아 쿵쿵거리지 않는 개라면 내동댕이 친 뒤 버리고 왔다고 공언한다. 오노의 무분별은 거기까지는 나아가지 않았다. 내버려두면 돌아올지도 모른다. 아니, 돌아올 것임에 틀림없다고, 사요코와 자신을 비교한 자존심이 증언해준다. 돌아왔을 때 매운 맛을 보여준다. 매운 맛을 보여준 후 서 있게 하고 누워 있게 한다. 웃게 하고 안달하게 하고 당황하게 한다. 그렇게 하며 재미있어하는 듯한 자랑스러운 얼굴을 어머니에게 보여주면 어머니에게도 체면이 선다. 오빠와 하지메에게 보여주면 두 사람에 대한 복수도 된다. 그때까지는 이야기하지 않으리라. 후지오는 대답을 보류했다. 어머니는 자신의 오해를 깨달을 기회를 영원히 잃었다.

"좀 전에 긴고 오지 않았니?"

어머니가 다시 묻는다. 잉어는 뛰어오르고, 연꽃은 싹을 틔우고, 잔디는 점차 푸른빛을 더해간다. 목련꽃은 썩었다. 수수께끼 여자는 그런 것에 신경 쓰지 않는다. 밤낮 없이 긴고의 유령에 시달리고 있다. 서재에 있으면 뭘 하고 있을까 생각하고, 생각하고 있으면 무슨 생각을 하고 있을까 생각하고, 후지오에게 가면 무슨 이야기를 하러 갔을까 생각한다. 긴고는 배 아파 낳은 자식이 아니다. 배 아파 낳은 자식이 아니니 방심할 수 없다. 이것이 수수께끼 여자가 선천적으로 배운 대진리다. 이 진리를 발견함과 동시에 수수께끼 여자는 신경쇠약에 걸렸다. 신경쇠약은 문명의 유행병이다. 자신의 신경쇠약을 남용하면 자기 자식까지도 신경쇠약에 걸리게 될 것이다. 그리하여 그 아이의 병에도 애를 먹고 있다고 말한다. 감염된 사람이야말로 정말 성가시다. 애를 먹는다는 것은 누가 할 소리인지 알 수 없다. 확실히 수수께끼 여자는 긴고에게 애를 먹고 있다.

"아까 긴고가 오지 않았니?"

"왔어요."

"어떻든?"

"여전하던데요."

"그 애도 정말……" 이마에 엷은 팔자가 그려진다. "골칫거리라니까." 이때 순식간에 팔자가 깊어진다.

"하여튼 어금니에 뭐가 낀 것처럼 뭔가 숨기는 듯이 비아냥거리기만 해요."

"비아냥거리기만 하는 거면 괜찮게, 때때로 무슨 생각을 하는지 알 수 없는 잠꼬대 같은 말을 해서 아주 난처해 죽겠어. 아무튼 요즘 좀 이상하다니까."

"그게 철학이겠지요."

"철학인지 뭔지 모르겠지만, ……아까는 무슨 말이라도 했니?"

"네, 또 시계 이야기……"

"돌려달라던? 하지메 씨한테 주건 말건 쓸데없는 참견은."

"좀 전에 나갔지요?"

"응, 어디 나갔을 거야."

"아마 무네치카 씨 집에 갔을 거예요."

대화가 여기까지 이어졌을 때, 오노 씨 오셨습니다, 라며 하녀가 두 손을 바닥에 짚는다. 어머니는 자신의 방으로 물러간다.

툇마루를 돌아가는 어머니의 그림자가 장지문 뒤로 사라졌을 때, 오노는 안쪽 현관 쪽에서 거실을 지나 복도로 돌지 않고 그다음에 있는 6첩 다다미방을 통과해서 온다.

경쇠(磬)[15]를 치고 방으로 들어가 마주 앉을 때 발소리를 듣기만 해도 공안(公案)에 대해 깊이 생각했는지 안 했는지 손바닥을 들여다보 듯이 훤히 알 수 있다고 말한 스님이 있다. 기가 죽었을 때는 걸음걸 이에도 그것이 나타난다. 도살장으로 끌려가는 짐승의 걸음걸이라는 옛말도 있다. 참선을 하는 승려에게만 나타나는 현상이라고는 할 수 없다. 재사인 오노에게도 적용된다. 오노는 평소에도 세상에 대해 너무 조심스럽다. 오늘은 한층 더 이상하다. 싸움에 지고 남의 눈을 피해 도망치는 사람은 살랑거리는 참억새에도 마음이 편치 않은 법이다. 오노는 푸르스름한 새 다다미에 가볍게 살짝 내려놓은 검은 양말 끝에 조심스러움을 놓으며 들어왔다.

어두운 곳이나 모르는 곳을 보려고도 하지 않는 후지오는 눈을 들지 않았다. 그저 다다미에 내려놓은 양말 끝을 힐끗 보기만 하고, 아하, 하고 깨달았다. 오노는 자리에 앉기 전부터 이미 무시당하고 있다.

"안녕하세요……"

오노는 자리에 앉으면서 웃는다.

"어서 오세요."

후지오는 진지한 얼굴로 상대를 정면으로 쳐다본다. 후지오의 시선을 받은 오노의 눈동자가 흔들린다.

"격조했습니다."

곧바로 변명을 덧붙인다.

"아니에요."

여자는 남자의 말을 막는다. 단지 그뿐이다.

남자는 기선을 제압당한 기분으로 어디서부터 다시 시작할까 생각한다. 방은 여느 때처럼 조용하다.

15 원래는 중국의 악기인데 일본에서는 불구(佛具)로서 근행(勤行) 때 울린다.

"이제 꽤 따뜻해졌네요."

"네."

방 안에 이 한마디가 울렸을 뿐 그 후에는 원래대로 조용해진다. 그때 잉어가 첨벙 하고 다시 뛰어오른다. 연못은 동쪽으로, 오노의 등쪽이다. 오노가 잠깐 뒤를 돌아보며 '잉어가'라고 말하려고 여자 쪽을 보자 상대의 눈은 남쪽의 목련을 주시하고 있다. 항아리처럼 긴 꽃잎에서 짙은 자줏빛이 봄을 좇아 빠져나간 뒤의 잔해에는 덧없는 갈색 얼룩이 주름살을 짓고 있고, 어떤 것은 툭 끊어진 꽃받침만 보인다.

'잉어가'라고 말하려고 한 오노는 다시 그만둔다. 여자의 얼굴은 전보다 다가가기 힘들다. 여자는 그동안 소식이 없었던 남자로부터 그 이유를 말하게 할 생각으로 그저 '아니에요'라고만 대답한 것이다. 남자는 아차 싶어 '꽤 따뜻해졌군요'라며 마음을 바꿔보려고 했지만 그래도 효과가 없으므로 '잉어가'라는 쪽으로 화제를 바꾸려고 한 것이다. 남자는 뻗디디어 설 때까지 미끄러질 생각으로 여러모로 걱정하고 있는데, 여자는 여전히 원래의 자리에 앉아 꼼짝하지 않는다. 사정을 모르는 오노는 다시 생각하지 않으면 안 된다.

사오일 오지 않았던 것이 마음에 들지 않는 거라면 어떻게든 될 것이다. 어제저녁 박람회에서 보았다면 좀 성가시다. 그래도 변명할 길은 얼마든지 있다. 그러나 후지오가 과연 자신과 사요코를, 줄줄이 움직이는 검은 그림자가 끊임없이 교체되는 가운데서 본 것일까? 보았다면 그뿐이다. 보지 않았는데 이쪽에서 큰맘 먹고 말하는 것은 낯선 사람의 코앞에서 알몸을 드러내고 더러운 종기 냄새를 풍기는 것과 같은 일이다.

젊은 여자와 같이 거리를 걷는 것은 현대의 풍조다. 단지 걸을 뿐이라면 명예로운 일이 될지언정 흠이라고는 할 수 없다. 하룻밤의 아련한 사람과 즉흥적인 부추김을 받아, 옷깃이 스치는 것도 전생의 인연이라고 하듯 오늘 밤만 스치고, 그 뒤에는 모르는 세상의 검은 물결이 술렁거리는 가운데 서쪽과 동쪽에 머리를 묻는 생판 남이 된다. 그런 거라면 별 지장이 없다. 자진해서 그런 이야기도 할 것이다. 유감스럽게도 사요코와 자신은 바둑판 위에 이유도 없이 바싹 붙인 채 놓인 두 개의 돌과 같은 얕은 관계가 아니다. 이쪽에서 도망쳐 나온 5년이라는 긴 세월을 그쪽에서는 헤어지지 않겠다고 밤낮없이 풀어낸 실이 사실 가늘긴 해도 붉은 인연의 색으로 지금까지 이어져 있는 그런 사이인 것이다.

아무 관계없는 여자라고 단언하면 되는 일이기도 하다. 하지만 그것은 사람들도 싫어하고 자신도 좋아하지 않는 거짓말이다. 거짓말은 복국이다. 그 자리에서 탈만 나지 않는다면 그것만큼 맛있는 것도 없다. 그러나 독이 있기라도 하면 괴로워하며 피를 토하지 않으면 안 된다. 게다가 거짓말은 진실을 되살린다. 잠자코 있으면 들키지 않고 빠져나갈 기회도 있지만, 숨기려고 하는 그럴싸한 몸치장, 이름 치장, 끝내는 집안 치장에 대한 의심의 눈초리는 아니나 다를까 과녁에 집중되기 십상이다. 그럴싸하게 꾸미는 것은 결국 드러나고 마는 것이 타고난 성질이다. 그렇게 드러난 것 안에서 추한 정체가, 그것 보라며 나타났을 때 몸의 녹은 평생 지워지지 않는다. 오노는 그 정도의 분별력은 갖췄다. 이해관계에 어둡지 않은, 무척 영리한 사람이다. 서쪽과 동쪽으로 떨어진 교토를 꿰매 5년의 긴 그리움의 실로 묶여 있는 자신의 사정을, 토라져서 눈앞에 앉아 있는 당사자에게는 이야기하고 싶지 않다. 적어도 새로운 피가 통하는 요즘 사랑의 맥박이 장단을 맞쳐 떳떳한 부부라며 두 사람의 손목에서 따뜻하게 뛸 때까지는 이야기하고 싶지 않다. 그런 사정을 말하지 않기로 한다면, 아무 관계없는 여자라고 딱 잡아떼는 당장의 거짓말은 하고 싶지 않다. 거짓말을 하지 않겠다고 한다면, 사요코에 대한 이야기는 이름마저도 밝히고 싶지 않다. 오노는 자꾸만 후지오의 모습을 살피고 있다.

"어제저녁에 박람회에 가……"

과감하게 여기까지 말한 오노는, '가셨습니까'라고 할지 아니면 '가셨다더군요'라고 할지 잠깐 망설인다.

"네. 갔었어요."

망설이고 있는 남자의 코끝을 스치고 검은 그림자가 획 지나간다. 남자는 눈 깜짝할 사이에 선수를 빼앗기고 말았다. 어쩔 수 없으므로 말을 붙인다.

"아름다웠겠네요?"

'아름다웠겠네요'라는 말은 시인의 말로는 너무 평범하다. 입에 담은 당사자도, 이건 좀 심하다, 고 자각한다.

"아름다웠어요."

여자는 명확하게 받아들인다. 그러고 나서 말을 끼었듯이 덧붙인다.

"사람도 꽤 아름다웠어요."

오노는 엉겁결에 후지오의 얼굴을 본다. 다소 짐작하기 힘들다.

"그랬습니까?"

어련무던한 대답은 대개의 경우 어리석은 대답이다. 약점이 있을 때는 어떤 시인이라도 스스로 어리석음을 감수한다.

"아름다운 사람도 꽤 봤어요."

후지오는 날카롭게 거듭 말한다. 어쩐지 불온한 말이다. 왠지 무사히 빠져나갈 수 있을 것 같지 않다. 남자는 어쩔 수 없이 입을 다문다. 여자도 멈춘 채 움직이지 않는다. 아직도 털어놓지 않을 생각인가, 하는 눈빛으로 오노를 보고 있다. 무네모리(宗盛)[16]라는 사람은 칼을 들이밀어도 할복하지 않았다고 한다. 이해(利害)를 중시하는 문명인이 그토록 경솔하게 자신에게 손해가 되는 일을 진술할 리 없다. 오노는 좀 더 적의 동정을 소상하게 밝힐 필요가 있다.

"누구 동행한 분이라도 있었습니까?"

아무렇지 않게 물어본다.

이번에는 여자의 대답이 없다. 끝까지 하나의 관문을 지키고 있다.

"방금 문 앞에서 고노를 만났는데 고노도 함께 간 모양이더군요."

"그걸 알고 있으면서 왜 물으시죠?"

여자는 새치름하게 토라졌다.

"아니, 혹시 달리 동행한 분이 있었나 해서요."

오노는 용케 피한다.

"오라버니 말고요?"

"예."

"오라버니한테 물어보면 될 텐데요."

여전히 기분은 좋지 않지만, 잘만 하면 그럭저럭 소용돌이에서 빠져나올 수 있을 것 같다. 상대의 말에 매달려 왔다 갔다 하는 사이에 어느새 평지로 나오는 일도 있다. 오노는 지금까지 매번 그런 수로 성

---

16 다이라노 기요모리(平淸盛, 1118~1181)의 셋째 아들 다이라노 무네모리(平宗盛). 단노우라 전투(壇ノ浦の戰い)에서 미나모토노 요리토모(源賴朝)에게 패해 포로가 된다. 이때 무네모리는 비굴한 태도로 목숨을 구걸했으나 결국 참수된다.

공해왔다.

"고노한테 물어볼까 하다가, 빨리 오려고 서둘렀거든요."

"호호호호."

별안간 후지오가 큰 소리로 웃는다. 남자는 흠칫 놀란다. 그 틈에 이런 말이 날아온다.

"그렇게 서두르는 사람이 사오일 동안은 왜 무단결석을 한 거죠?"

"아니, 사오일 동안은 굉장히 바빠서 도저히 올 수 없었습니다."

"낮에도요?"

여자는 어깨를 뒤로 뺀다. 긴 머리가 한 가닥 한 가닥 살아 있는 듯이 움직인다.

"예?"

이상한 얼굴을 한다.

"낮에도 그렇게 바빴나요?"

"낮이라고 하면……"

"호호호호. 모르시겠어요?"

이번에도 정원까지 들릴 정도의 새된 목소리로 웃는다. 여자는 자유자재로 웃을 수 있다. 남자는 어리둥절해 있다.

"오노 씨, 낮에도 일루미네이션이 있나요?"

후지오는 이렇게 말하며 두 손을 얌전히 무릎 위에 포갠다. 반짝이는 다이아몬드가 번쩍 오노의 눈으로 아프게 뛰어든다. 오노는 죽비로 탁 하고 뺨을 맞았다. 동시에 머릿속에서, 봤구나, 하는 소리가 난다.

"지나치게 공부만 하면 오히려 금시계를 받을 수 없어요."

여자는 시치미를 뗀 얼굴로 다그친다. 남자의 진은 완전히 무너진다.

"실은 일주일 전에 교토에서 예전 선생님이 올라오셔서요."

"어머, 그래요? 전혀 몰랐어요. 그럼 바쁘셨겠네요. 그랬구나, 그런 줄도 모르고 물색없이 실례되는 말을 해서……"

여자는 모르는 체하고 머리를 숙인다. 삼단 같은 머리가 다시 움직인다.

"교토에 있을 때 신세를 많이 진 분이라……"

"그러니 좋잖아요, 잘해드리면 말이에요. 전 어제저녁에 오라버니와 하지메 씨, 이토코 씨하고 일루미네이션을 보러 갔었어요."

"아, 그렇습니까?"

"네, 그런데 그 연못가에 가메야(龜屋)가 새로 낸 가게가 있잖아요? 알고 계시죠, 오노 씨?"

"예, ……알고…… 있습니다."

"알고 계시는군요. ……알고 계시겠지요. 거기서 다 같이 차를 마셨어요."

남자는 자리에서 일어나고 싶다. 여자는 일부러 끝까지 침착한 태도를 가장한다.

"정말 맛있는 차였어요. 아직 가본 적 없으세요?"

오노는 입을 다물고 있다.

"아직 가보지 않았다면 다음에 교토 선생님을 모시고 꼭 가보세요. 저도 하지메 씨한테 다시 한번 데려가달라고 할 생각이거든요."

후지오는 하지메라는 이름을 묘하게 울려 발음한다.

봄빛이 기운다. 봄날은 길어도 두 사람의 전유물은 아니다. 도코노마에 장식된 마졸리카[17] 탁상시계가 끝나지 않는 대화를 그 한마디로

17 15세기에 발전한 이탈리아의 아름다운 도기, 또는 이를 모방한 도기.

뚝 끊었다. 30분쯤 지나 오노는 문밖으로 나선다. 그날 밤 후지오는 꿈속에서 '놀라는 동안에는 즐거움이 있다! 여자는 행복한 존재다!'라는 조롱의 방울소리를 듣지 않았다.

13

굵고 네모난 기둥 두 개를 세워놓고 문이라고 한다. 문짝이 있는지 없는지는 알 수 없다. 야간우편이라고 써놓고 판자 울타리에 구멍을 뚫어놓은 걸 보면 밤에는 문단속을 하는 모양이다. 정면에는 봉분을 한 무덤처럼 잔디밭을 쌓아올리고 푸른 지우산을 펼친 듯한 모양의 소나무를 심어 거리와 차단한다. 소나무를 돌아가면 호선을 그리며 머리 위에서 만나는 현관의 차양에 부조된 물결 모양이 보인다. 장지문은 활짝 열려 있다. 차분해 보이는 하얀 맹장지에 무악(舞樂) 때 쓰는 가면 크기의 초서체를 다이가도(大雅堂)류의 필체로 난폭하게 휘갈겨 써 방과의 칸막이로 삼고 있다.

고노는 현관을 오른쪽으로 돌아 신발장이 들여다보이는 격자문을 살짝 열었다. 가느다란 지팡이 끝으로 회삼물 바닥 위를 여기저기 두드리며 서 있다. 실례한다는 말도 하지 않는다. 물론 나와보는 사람도 없다. 집 안은 사람이 사는 기미도 보이지 않을 만큼 적막하다. 문 앞을 지나는 인력거 소리가 오히려 요란하게 들린다. 가느다란 지팡이 끝이 톡톡 소리를 낸다.

잠시 후 조용한 가운데 장지문이 쓰윽 열리는 소리가 들린다. 기요, 기요, 하고 하녀를 부른다. 하녀는 없는 모양이다. 발소리는 부엌 쪽으로 다가왔다. 지팡이 끝이 톡톡 소리를 낸다. 발소리는 부엌에서 안쪽 현관 쪽으로 빠져나갔다. 장지문이 열린다. 이토코와 고노가 얼굴을 마주하고 섰다.

하녀도 있고 서생도 두는 처지의 사람은 소탈한 태도를 보이는 이라 할지라도 좀처럼 손님을 맞으러 나가지 않는다. 나가보려고 하다가 일으키던 무릎을 내리고 한 땀이든 두 땀이든 재봉실이 앞에 나가는 것이 상례다. 비파를 안은 무거운 마음¹이라는 긴 날이 너무 길어버티지 못하고 무너지려는 것을, 우는 등에 소리에 멍하니 꿈을 지탱하며 기요를 부르니 기요는 뒤뜰에라도 간 모양이다. 활짝 열린 부엌에는 찻물을 끓이는 솥만 조용히 빛나고 있다. 구로다는 평소처럼 서생 방에서 빡빡 밀어버린 머리를 팔 안쪽에 묻고 책상 위에서 고양이처럼 자고 있을 것이다. 퇴거한 빈 집으로도 생각되는 가운데 안쪽 현관에서 톡톡 하는 소리가 들려온다. 뭐지, 하고 무심코 장지문을 열자 넓은 세계에 단 한 사람 고노가 서 있다. 격자문으로 비쳐드는 바깥의 햇빛을 등지고 어스름한 큰 키로 회삼물 바닥 한가운데에서 움직이지도 않은 채 자꾸만 지팡이를 톡톡 두드리고 있다.

"어머."

동시에 지팡이 소리가 멈춘다. 고노는 모자챙 아래로 여자의 얼굴을 오랜만에 보는 듯이 쳐다본다. 여자는 황급히 시선을 피하고 가느

---

1 요사 부손의 하이쿠 "가는 봄이여, 비파를 안은 무거운 마음(ゆく春やおもたき琵琶の抱心)"에서 나온 표현.

다란 지팡이 끝을 바라본다. 지팡이 끝에서 뜨거운 것이 올라와 얼굴
이 확 달아오른다. 기름을 바르지 않은 있는 그대로의 모습으로 부풀
린 머리를 떨어뜨리는 듯이 이토코는 허리를 앞으로 굽힌다.

"어디 나가십니까?"

고노는 말끝을 올려 간단히 묻는다.

"네, 잠깐……"

이렇게만 대답하고 근심 없는 쌍꺼풀눈에 애교의 물결을 일으킨다.

"아무도 없어요? ……아버님은요?"

"아버지는 아침부터 요쿄쿠 모임에 가셨어요."

"그래요?"

남자는 긴 몸을 반쯤 돌려 옆얼굴을 이토코 쪽으로 돌린다.

"자, 들어오세요. …… 오라버니는 곧 돌아올 거예요."

"고맙습니다."

고노는 벽을 보며 말한다.

"자, 들어오세요."

꾀어 들이듯이 한쪽 발을 뒤로 뺀다. 거친 줄무늬 비단으로 만든 기
모노 차림이다.

"고맙습니다."

"자, 이쪽으로……"

"어디 갔는데요?"

고노는 벽을 향했던 얼굴을 여자 쪽으로 살짝 돌린다. 뒤에서 비쳐
드는 햇살에 창백한 볼이, 그렇게 봐서인지는 모르겠으나 어제보다
좀 야윈 것 같다.

"산보 갔겠죠, 뭐."

여자는 고개를 갸우뚱하며 말한다.

"저도 지금 산보 갔다가 돌아오는 길입니다. 꽤 많이 걸었더니 피곤해서요."

"자, 잠깐 들어와서 쉬세요. 곧 돌아올 시간이에요."

이야기는 조금씩 이어진다. 이야기가 이어지는 것은 마음이 이어졌다는 증거다. 고노는 나뭇결이 거친 커다란 게다를 벗고 집 안으로 들어간다.

가로지른 중인방에 못대가리를 감추기 위한 무거운 쇠붙이 장식이 붙어 있고, 움직이지 않는 봄의 도코노마 안쪽 깊숙이에는 쓰네노부(常信)[2]의 운룡도(雲龍圖)가 걸려 있다. 거무스름하게 먹을 부은 듯한 색의 비단을 네모나게 둘러싸고 있는 무늬가 들어간 쪽빛 천으로 인해 예스러운 멋이 나는 시대의 그림은 상아 족자마저도 차분해 보이게 한다. 사자의 모습을 청자에 주조한, 입만 있는 향로를 의젓하게 올려놓은 30센티미터 남짓한 탁자는 표면에 광택이 있는 기름을 내뿜어 갈색에서 자줏빛으로, 자줏빛에서 검은색으로 변해가는 짙은 색의 자단이다.

봄철 늦게 지는 긴긴 해는 툇마루에 쏟아지고, 세상을 오로지 추워만 하는 사람은 문 가까이서 비백 무늬 옷의 앞섶을 여민다. 길고 고르지 못한 국화 무늬의 옷에 화려한 옷깃을 통통한 턱에 밀어붙이고 마주 보이는 환한 장지문을 눈부시다고 생각하는 여자는 입구에 앉아 있다. 8첩 다다미방은 너무 넓어 아주 작은 두 사람을 저만치 떨어져 있게 한다. 둘 사이는 대략 2미터나 된다.

홀연히 구로다가 나타났다. 주름이 다 없어진 고쿠라산 하카마 옷

---

2 가노파의 화가 가노 쓰네노부(狩野常信, 1636~1713).

자락 사이로 검붉은 발을 비죽비죽 내밀며 차를 가져온다. 담배합을 가져온다. 과자가 담긴 그릇을 가져온다. 2미터의 거리는 관례대로 메워져 주객의 위치는 접대의 도구로 간신히 이어진다. 낮잠의 꿈속에서 홀연히 깨어난 구로다는 두 사람 사이에 기계적으로 인연의 실을 건넨 채 몽롱한 정신을 밤송이머리에 가둬두고 다시 서생 방으로 물러간다. 이제 원래의 빈 집이 된다.

"어제저녁은 어땠습니까? 피곤하셨지요?"

"아니에요."

"피곤하지 않았다고요? 저보다 튼튼하군요."

고노는 살짝 웃는다.

"오갈 때 다 전차를 탔으니까요."

"전차도 피곤한 거 아닌가요?"

"왜요?"

"그 사람 때문에. ……그 사람 때문에 피곤하지요. 그렇지도 않은가요?"

이토코는 동그란 볼 한쪽에 보조개를 보였을 뿐이다. 대답은 하지 않는다.

"재미있었습니까?"

고노가 묻는다.

"네."

"어떤 게 재미있었나요? 일루미네이션?"

"네, 일루미네이션도 재미있었지만……"

"일루미네이션 말고 또 재미있는 게 있었습니까?"

"네."

"뭐가요?"

"그런데 좀 이상하네요."

이토코는 고개를 갸우뚱거리며 귀엽게 웃고 있다. 요령부득인 고노도 어쩐지 웃고 싶어진다.

"뭔가요, 재미있었다는 건?"

"말해볼까요?"

"말해보세요."

"저어, 다 함께 차를 마셨잖아요?"

"예, 그 차가 재미있었다는 건가요?"

"차가 아니에요. 차는 아니지만 말이에요."

"아, 예."

"그때 오노 씨가 있었잖아요?"

"예, 있었지요."

"아름다운 분을 데리고 오셨잖아요?"

"아름답다? 그래요. 젊은 사람과 같이 있는 것 같았습니다."

"그분을 알고 계시죠?"

"아뇨, 모릅니다."

"어머, 오라버니가 그렇게 말하던데요."

"그야 얼굴을 알고 있다는 의미겠지요. 이야기를 나눠본 적은 한 번도 없습니다."

"하지만 알고 계시잖아요."

"하하하하, 어떻게든 알고 있어야 하는 건가요? 실은 몇 번 본 적이 있습니다."

"그래서 그렇게 말한 거예요."

"그래서 뭐라고요?"

"재미있었다고요."

"왜죠?"

"어떻든요."

쌍꺼풀에 밀려드는 파도는 밀려왔다가 부서지고 부서졌다가 밀려오며 보란 듯이 검은 눈동자를 희롱한다. 무성한 어린잎 사이로 비치는 햇빛이 뒤섞이며 대지에 깔리고, 바람은 가지 끝을 흔들고, 아물거리는 이끼는 똑똑히 보이지 않는 것 같다. 고노는 이토코의 얼굴을 보면서도 그 이유에 대한 설명을 요구하지 않는다. 이토코도 나서서 그이유를 말하지 않는다. 그 이유는 애교 속에 빠져 그 골자를 알기도 전에 행방을 감추고 말았다.

예쁘게 꾸민 표주박 모양의 얕은 연못에서 질냄비에 지지는 달걀노른자처럼 늘 즐겁게 지내는 금붕어는 꼬리를 세우고 흔들며 수초에 숨어들어도 물결에 휩쓸릴 염려가 없다. 썰물과 밀물 때 거친 조류가 생기는 좁은 해협을 빠져나가는 도미의 뼈는 조수에 부대끼며 해마다 단단해진다. 거친 바다 밑은 지옥으로 가는 밑 빠진 곳이어서 장난으로는 갈 수도 돌아올 수도 없다. 다만 넓은 바다의 거친 물고기도, 꼬리가 세 개 달린 금붕어도 같은 공간에 넣어지면 이웃해서 사는 수족관의 친구가 된다. 그 사이를 가로막는 것은 보이지 않는다. 칸을 막는 유리는 투명하지만, 빠져나가려고 하면 콧등만 아플 뿐이다. 바다를 모르는 이토코는 바다 이야기를 할 수 없다. 고노는 잠시 표주박 모양으로 응대하고 있다.

"그 여자가 그렇게 미인일까요?"

"저는 아름답다고 생각해요."

"그런가요?"

고노는 툇마루 쪽을 본다. 잘라낸 그대로의 화강암에 마르지 않은 이슬이 내려 언제까지고 촉촉하게 바라볼 수 있는 지름 60센티미터의 가장자리를 택해 해오라비난초라고도 제비꽃이라고도 할 수 없는 꽃 몇 송이가 가는 봄을 틈타 몰래 피어 있다.

"예쁜 꽃이 피어 있군요."

"어디요?"

이토코의 눈에는 정면의 적송과 나무 밑동 쪽에 자라고 있는 얼룩조릿대가 보일 뿐이다.

"어디에요?"

이토코는 다정한 턱을 내밀며 건너편을 바라본다.

"저기요. ……거기서는 안 보이겠네요."

이토코는 살짝 허리를 일으킨다. 그리고 긴 소매를 흔들면서 무릎으로 두세 걸음 툇마루 쪽으로 다가간다. 두 사람의 거리가 코끝이 닿을 정도가 되자 희미한 꽃이 보인다.

"어머."

여자는 멈춘다.

"예쁘지요?"

"네."

"모르고 있었나요?"

"네. 전혀요."

"너무 작아서 보이지 않았겠지요. 언제 피고 언제 지는지 알 수가 없거든요."

"역시 복사꽃이나 벚꽃이 예뻐서 좋아요."

고노는 대답을 하지 않고 그저 입속으로 혼잣말을 한다.

"불쌍한 꽃이군."

이토코는 입을 다물고 있다.

"어제 그 여자 같은 꽃이군요."

고노가 거듭 말한다.

"왜요?"

여자는 수상하다는 듯이 묻는다. 남자는 긴 눈을 돌려 여자의 얼굴을 가만히 보고 있다가 곧 진지하게 말한다.

"당신은 마음이 태평해서 좋군요."

"그런가요?"

여자도 진지하게 대답한다.

칭찬을 들은 건지 핀잔을 들은 건지 알 수 없다. 마음이 태평한 것인지 아닌지도 알 수 없다. 마음이 태평한 것이 좋은 건지 안 좋은 건지 이해하기 힘들다. 다만 고노를 믿고 있다. 믿고 있는 사람이 진지하게 말하니 진지하게 '그런가요?'라고 말할 수밖에 없다.

무늬는 사람의 눈을 빼앗는다. 기교는 사람의 눈을 속인다. 질은 사람의 영혼을 분명히 한다. '그런가요?'라는 말을 들었을 때 고노는 어쩐지 고마움을 느꼈다. 직접 사람의 영혼을 볼 때 철학자는 이해의 머리를 숙이고 분하다고도 어떻다고도 생각하지 않는다.

"좋습니다. 그걸로 좋아요. 그렇지 않으면 안 됩니다. 언제까지고 그렇지 않으면 안 됩니다."

이토코는 아름다운 치아를 드러낸다.

"어차피 이런걸요. 언제까지고 이럴 거예요."

"그렇게는 안 될 겁니다."

"하지만 천성적으로 이러니까 언제까지고 변할 수 없어요."

"변할 겁니다. ……아버님과 오라버니 곁을 떠나면 변하게 될 겁니다."

"왜 그렇죠?"

"떠나면 좀 더 영리하게 변합니다."

"저는 좀 더 영리한 사람이 되고 싶은걸요. 영리하게 변하는 것이 더 좋잖아요. 어떻게든 후지오 씨처럼 되고 싶은데, 이렇게 바보 같아서……"

고노는 무척 가엾다는 표정으로 이토코의 천진난만한 입가를 보고 있다.

"후지오가 그렇게 부럽습니까?"

"네. 정말 부러워요."

"이토코 씨."

남자의 어조가 문득 부드러워진다.

"왜요?"

이토코는 마음을 터놓고 있다.

"지금 세상은 후지오 같은 여자가 너무 많아 곤란합니다. 조심하지 않으면 위험하지요."

도톰한 쌍꺼풀의 여자는 여전히 커다란 눈동자에 애교의 이슬을 떨어뜨리고 있을 뿐이다. 위험해하는 기색은 흔적조차 보이지 않는다.

"후지오가 한 명 나오면 어제저녁에 본 여자 같은 사람 다섯 명은 죽일 겁니다."

선명한 눈동자에 떨어지는 것이 확 흩어진다. 표정은 순식간에 변한다. 죽인다는 말은 그토록 무서운 것이다. 물론 그 밖의 의미는 알지 못한다.

"당신은 그대로가 좋습니다. 움직이면 변하지요. 움직여서는 안 됩니다."

"움직이면요?"

"예, 사랑을 하면 변합니다."

여자는 목구멍에서 튀어나오려는 것을 꿀꺽 삼킨다. 얼굴이 새빨개진다.

"시집을 가면 변합니다."

여자는 고개를 숙인다.

"그대로가 좋습니다. 시집을 가기에는 아깝습니다."

사랑스러운 쌍꺼풀이 계속해서 두세 번 깜박인다. 굳게 다문 입가를 눈물의 그림자가 조르르 지나간다. 해오라비난초라고도 제비꽃이라고도 할 수 없는 꽃은 여전히 봄을 시샘하며 피어 있다.

14

전차가 붉은 팻말을 달고 붕 하는 소리를 내며 들어온다. 교대로 뒤에서부터 거리의 바람을 레일 위로 몰아내며 사라진다. 맹인이 적당히 틈을 노려 주뼛주뼛 건너편으로 건넌다. 찻집의 어린 점원이 절구에 뭔가를 갈면서 웃는다. 신호수가 입은 앙고라천은 올 사이에 먼지가 잔뜩 끼어 누런색으로 흐릿해보인다. 헌책방에서 양복이 나온다. 사냥모자가 요세(寄席)¹ 앞에 서 있다. 오늘 밤의 공연물 제목이 칠판에 분필로 하얗게 쓰여 있다. 하늘은 철사투성이다. 소리개 한 마리도 보이지 않는다. 위가 조용한 만큼 아래는 굉장히 잡다하고 산만한 세계다.

"이보게, 이봐."

커다란 목소리가 뒤에서 부른다.

스물네댓 살의 부인이 잠깐 돌아보고 그냥 간다.

"이보게."

---

1 라쿠고(落語), 강담(講談), 만담 등을 들려주는 대중적인 연예장.

이번에는 상호가 새겨진 짧은 겉옷이 돌아본다.

불린 당사자는 모르는 모양으로, 오는 사람을 피해 잰걸음으로 간다. 서로 내기라도 하듯이 달려온 두 대의 인력거에 막혀 사이는 점점 더 벌어진다. 무네치카는 가슴을 내밀고 뛰기 시작한다. 넉넉하게 입은 겹옷과 하오리가 발을 내려놓을 때마다 춤을 춘다.

"이보게."

뒤쪽에서 손을 얹는다. 어깨가 딱 멈추고 동시에 오노의 갸름한 얼굴이 비스듬히 보인다. 두 손에는 뭔가 들려 있다.

"이보게."

손을 올린 채 어깨를 흔든다. 오노는 흔들리면서 돌아본다.

"누군가 했더니…… 실례했네."

오노는 모자를 쓴 채 정중히 인사한다.

"무슨 생각을 그렇게 하는 건가? 아무리 불러도 듣지 못하는 것 같더군."

"그랬나? 전혀 몰랐네."

"뭔가 서두르고 있는 것 같고, 게다가 땅 위를 걷고 있는 것 같지 않아서 좀 이상했네."

"뭐가 말인가?"

"자네 걸음걸이 말일세."

"20세기니까, 하하하하."

"그게 신식 걸음걸이인가? 어쩐지 한쪽 다리는 신식이고 한쪽 다리는 구식인 모양이더군."

"사실 이런 걸 들고 있으니 걷기 힘들어서 그러는 거 아닌가."

오노는 두 손을 앞으로 내밀고, 이것 보게, 라고 말하는 듯이 스스로 아래쪽을 내려다본다. 무네치카도 자연스럽게 허리 아래로 시선을 옮긴다.

"그건 뭔가?"

"이건 휴지통이고, 이건 남포등 받침대네."

"그런 하이칼라 차림으로 큰 휴지통 같은 걸 들고 있으니 괴상하군."

"괴상해도 어쩔 수 없네. 부탁받은 일이니까."

"부탁받아서 괴상해지는 것은 감탄할 만한 일이네. 자네한테 휴지통을 들고 거리를 걸을 만큼의 의협심이 있는 줄은 미처 몰랐네."

오노는 잠자코 웃으면서 고개를 숙여 보인다.

"그런데 어디 가는 건가?"

"이걸 들고……"

"그걸 들고 집으로 가는 건가?"

"아닐세. 부탁을 받았으니 사서 가져가는 거네, 자네는?"

"나야 어디든 간다네."

오노는 내심 좀 당황했다. 서두르고 있는 것 같고, 게다가 땅 위를 걷고 있지 않은 것 같다고 무네치카가 말한 것은 바로 현재의 상태에 잘 들어맞는 평이다. 구두로 밟는 대지는 넓기도 하고 단단하기도 하다. 그러나 어쩐지 밟고 있다는 느낌이 분명하지 않다. 그런데도 서두르고 싶다. 무사태평한 무네치카 같은 사람을 만나 선 채 이야기를 나누는 것조차 곤란하다. 같이 걷자고 하면 더욱 곤란하다.

평소에도 무네치카에게 붙잡히면 왠지 불안하다. 무네치카와 후지오의 관계를 아는 듯 모르는 듯한 사이에 자신과 후지오의 관계가 성립되고 말았다. 표면상 남의 약혼자를 가로채는 정도의 죄는 범하지 않을 생각이지만, 무네치카의 마음은 묻지 않아도 알 수 있다. 노골적인 사람의 행동거지 하나하나에서도 마음이 가는 곳이 어디인지는 추측할 수 있다. 그것을 뒤에서 깨뜨리려고 했다고까지는 말할 수 없어도 사실상 무네치카의 바람은 자신 때문에 영구히 막히게 될 것이다. 인정상 미안하지 않을 수 없다.

그것만 해도 미안한데, 무네치카는 스스럼없이 대해주고 자신과 후지오 사이를 추호도 걱정하지 않아 더더욱 미안하다. 만나면 격의 없이 이야기를 나눈다. 농담을 한다. 웃는다. 남자의 본령을 이야기한다. 동양의 경륜을 논한다. 하지만 연애 문제는 그다지 이야기하지 않는다. 이야기하지 않는다기보다 오히려 말할 수 없는 것일지도 모른다. 무네치카는 아마 사랑의 진상을 이해할 수 없는 사람일 것이다. 후지오의 남편으로는 부족하다. 그럼에도 불구하고 미안한 것은 여전히 미안한 것이다.

미안하다는 말은 자아를 숨긴 말이다. 자아를 숨긴 말이므로 감사하다. 오노는 마음속으로 무네치카에게 미안해하고 있다. 그러나 그 미안함 속에는 커다란 자기가 포함되어 있다. 장난을 치다 부모 앞에 섰을 때의 기분을 생각해보면 알 수 있을 것이다. 부모에게 죄송해하며 뉘우치기보다는 어쩐지 위험하다는 느낌이 더 크다. 자신의 장난이 자신과 아무 상관이 없는 사람의 머리 위에 떨어진 피해는 어찌 되었든 간에, 그 피해가 반사해서 자신의 머리에 꽝 울리는 것은 오싹하다. 천둥을 싫어하는 사람이 천둥을 담아두고 있는 구름 낀 산봉우리 앞으로 나가면 좀 머뭇거리는 것과 같은 일이다. 그냥 미안한 것과는 상당히 다른 느낌이다. 하지만 오노는 이를 미안함이라 말하고 있다. 자신의 느낌을 미안함 이하로 분해하는 것을 좋아하지 않기 때문일 것이다.

"산보라도 가는 건가?"

오노가 정중히 묻는다.

"응, 전차를 탔다가 지금 막 저쪽 모퉁이에서 내렸네. 그러니 어디를 가든 상관없네."

이 대답은 다소 논리에 맞지 않다고 오노는 생각한다. 그러나 논리는 아무래도 좋다.

"난 좀 급해서……"

"나는 급한 건 상관없네. 잠깐 자네가 가는 쪽으로 서둘러 함께 걸으세. ……그 휴지통 이리 주게. 내가 들어주겠네."

"뭘, 괜찮네. 보기 흉할 걸세."

"자, 이리 주게. 역시 크기에 비해 가볍군그래. 보기 흉한 건 내가 아니라 자넬세."

무네치카는 쓰레기통을 흔들면서 걷기 시작한다.

"그렇게 드니 참 가벼워 보이는군."

"물건은 어떻게 드느냐에 달린 거라네, 하하하하. 이거 간코바에서 샀나? 상당히 정교한 물건이군. 휴지를 넣기에는 아깝겠는걸."

"그래서 이렇게 들고 길거리를 걸을 수 있는 거 아닌가? 진짜 휴지가 들어 있다면……"

"뭐 어떤가, 들고 걸을 수 있네. 전차는 인간쓰레기를 잔뜩 싣고 으스대며 거리를 가지 않나?"

"하하하하, 그럼 자네는 쓰레기통 운전사가 되는 거라네."

"자네가 쓰레기통 사장이고, 이걸 부탁한 사람은 주주가 되나? 웬만한 쓰레기는 넣을 수 없겠군그래."

"시가(詩歌) 쓰레기라든가 오거서(五車書) 쓰레기를 넣으면 어떻겠나?"

"그런 건 필요 없네. 지폐 쓰레기를 가득 넣어두고 싶네."

"그냥 쓰레기를 넣어두고 최면을 거는 게 빠를 것 같네."

"일단 인간이 먼저 쓰레기가 되는 거네. 이렇게 우선 말을 꺼낸 나부터 시작해볼까? 인간쓰레기라면 최면을 걸지 않아도 얼마든지 있네."

"말을 꺼낸 사람은 좀처럼 먼저 시작하려고 하지 않을 거네. 인간쓰레기가 스스로 쓰레기통으로 들어가주면 고맙겠지만 말일세."

"자동쓰레기통을 발명하면 되지 않겠나? 그렇게 되면 인간쓰레기가 다들 알아서 뛰어들겠지."

"일단 전매특허라도 따야 하는 거 아닌가?"

"아하하하, 좋지. 자네가 아는 사람 중에 뛰어들게 하고 싶은 사람이라도 있는 건가?"

"있을지도 모르지."

오노는 용케 빠져나간다.

"그런데 자네는 어제저녁에 묘한 동행자와 일루미네이션을 보러 갔더군."

어제 박람회 구경을 갔다는 사실은 조금 전에 들통 나고 말았다. 이제 와서 감출 필요는 없다.

"응, 자네들도 갔다고 하던데."

오노는 아무렇지 않게 대답한다. 고노는 자신이 직접 보고서도 시치미를 떼고 있다. 후지오는 시치미를 떼고, 게다가 무슨 일이 있어도 이쪽에서 먼저 털어놓게 하려고 한다. 무네치카는 정면으로 물어온다. 오노는 아무렇지 않게 대답하면서 마음속으로, 역시 그랬었군, 하고 생각한다.

"그 사람은 자네한테 어떤 사람인가?"

"좀 심한 질문이군. ……예전 선생님이시네."

"그 여자는 그럼 옛 은사님의 따님이겠군."

"뭐, 그런 셈이지."

"그렇게 함께 차를 마시는 모습을 보니 남남 같지 않더군."

"형제처럼 보이던가?"

"부부겠지. 그것도 좋은 부부 말일세."

"황송하군."

오노는 잠깐 웃었으나 곧 눈길을 돌린다. 반대편 창문 안에 금박이 들어간 서양 책이 찬란하게 시인의 주의를 끌고 있다.

"자네, 저 서점에 신간이 꽤 들어온 것 같던데 보고 가지 않겠나?"

"책이라? 살 책이라도 있나?"

"재미있는 책이 있다면 살 수도 있지."

"쓰레기통을 산 다음 책을 사는 건 굉장한 아이러니인데."

"그건 또 왠가?"

무네치카는 대답하기 전에 쓰레기통을 든 채 전차 사이로 건너편으로 뛰어간다. 오노도 종종걸음으로 따라간다.

"이야, 이거 상당히 예쁜 책들이 진열되어 있군. 어떤가, 사고 싶은 책이 있나?"

"어디 그럼."

오노는 허리를 굽히고 금테 안경을 창문에 바짝 붙이고 정신없이 들여다본다.

새끼 양 가죽을 부드럽게 무두질하여 거무스름한 진한 녹색 한가운데에 수련을 정교하게 그려 넣고 꽃잎이 끝나는 꽃받침 언저리에서부터 선을 똑바로 아래쪽까지 그려 표지 주위를 빙 두른 책이 있다. 책등을 평평하게 재단하고 진한 빨간색에 금발 머리를 전면에 뻗어가게 한 것 같은 무늬의 책이 있다. 딱딱한 황동판에 천의 결을 꽉 눌러 두꺼운 박을 입히고 세로로 놓은 것이 있다. 매정하게 잘린 자국의 책등을 진한 쥐색과 녹색으로 상하를 구별하여 양쪽에 글자만 아로새긴 것이 있다. 거친 종이에 품위 있는 붉은 서명(書名)을 배치한 안표지도 보인다.

"다 갖고 싶어 하는 것 같군그래."

무네치카는 책을 보지도 않고 오노의 안경만 보고 있다.

"이거 정말, 다 신식 장정이군."

"표지만 예쁘게 해놓고 내용에 대한 보험이라도 들었다고 생각하는 모양이지?"

"자네 전공과는 달리 이건 문학서니까."

"문학서라서 외관을 예쁘게 할 필요가 있다는 건가? 그럼 문학자니까 금테 안경을 낄 필요가 있겠군그래."

"정말 심한 말이군. 하지만 어떤 의미에서 보면 문학자도 어느 정도는 예술품 같은 거겠지."

오노는 마침내 창가에서 벗어난다.

"예술품이어도 상관없지만 금테 안경만으로 보험을 드는 것은 한심한 일이네."

"자칫하면 안경이 재난을 당하겠군그래. ……자네는 근시 아닌가?"

"공부를 하지 않으니까 되고 싶어도 될 수가 없네."

"그럼 원시도 아닌가?"

"농담하지 말게. ……자, 이제 그만 가세."

두 사람은 어깨를 나란히 하고 다시 걷기 시작한다.

"자네, 가마우지라는 새 알고 있나?"

"그럼 알지, 그런데 가마우지가 어떻다는 건가?"

"그 새는 물고기를 애써 삼키나 싶으면 다시 토해낸다네. 한심한 일이지."

"한심하다니? 오히려 물고기가 어부의 어롱에 들어가서 좋은 거 아닌가?"

"그래서 아이러니라는 거네. 애써 책을 읽는다 싶었는데 곧 쓰레기통에 넣어버리네. 학자라는 존재는 책을 토하며 살고 있는 거지. 아무것도 자신의 자양분이 되지 않네. 득을 보는 건 쓰레기통뿐이라는 거지."

"그런 말을 들으니 학자도 참 딱하군그래. 뭘 하면 좋을지 알 수 없게 되네."

"액션이지. 책만 읽어서는 아무것도 할 수 없다는 건 접시에 담은 모란병(牡丹餠)[2]을 그림 속 모란병으로 착각해서 얌전히 바라보고 있는 것과 같은 일이네. 특히 문학자라는 존재는 아름다운 것을 토해내는 것에 반해 아름다운 행동은 하지 않지. 어떤가, 자네, 서양 시인 중에 그런 사람이 있지 않나?"

"있겠지."

오노는 느릿하게 대답했으나 곧 되묻는다.

"예를 들면?"

2 멥쌀과 찹쌀을 섞어 찐 다음 팥소나 콩가루 등을 묻힌 떡.

"이름 같은 건 잊어버렸는데, 여자를 속인다거나 마누라를 내팽개치거나 한 사람이 있지 않았나?"

"그런 사람은 없겠지."

"무슨, 있네, 분명히 있네."

"그런가? 나도 잘은 기억하지 못하겠지만……"

"전문가가 기억하지 못해서야 곤란하지. ……그건 그렇고 어제저녁의 그 여자 말이네."

오노는 어쩐지 겨드랑이 밑이 축축한 느낌이다.

"그 사람은 내가 잘 알고 있네."

거문고 사건이라면 이토코에게서 들었다. 그 밖에 아는 게 있을 리 없다.

"쓰타야 뒤에 있었지?"

오노는 단번에 앞서 나가버린다.

"거문고를 켜고 있었네."

"꽤 잘하지 않던가?"

오노는 쉽게 기죽지 않는다. 후지오를 만났을 때와는 분위기가 좀 다르다.

"훌륭했겠지. 왠지 모르게 졸음이 쏟아졌으니까."

"하하하하, 그거야말로 아이러니네."

오노는 웃는다. 오노의 웃음소리는 어떤 경우에도 정(靜)이라는 글자를 벗어나지 않는다. 게다가 윤기가 있다.

"놀리는 게 아니네. 진지하다네. 농으로라도 자네 은사님의 따님을 무시했다면 미안하네."

"하지만 졸리게 하면 곤란하겠지."

"졸리게 하는 점이 좋은 거네. 사람도 그렇다네. 졸리게 하는 사람은 어딘가 존경할 만한 구석이 있거든."

"예스러워서 존경할 만하겠지."

"자네 같은 신식 남자는 아무리 해도 졸리지 않지."

"그러니까 존경할 만한 구석이 없다는 건가?"

"그것만이 아니네. 경우에 따라서는 존경할 만한 사람을 시대에 뒤처졌다고 헐뜯고 싶어 하지."

"오늘은 어쩐지 공격만 당하는군. 이쯤에서 헤어지세."

오노는 다소 곤란한 상황을 일부러 웃어넘기고 멈춰 선다. 동시에 오른손을 내민다. 휴지통을 돌려받으려는 것이다.

"아니네. 좀 더 가져다주겠네. 어차피 난 한가하니까."

두 사람은 다시 걷기 시작한다. 두 사람은 서로의 마음을 늘어놓은 채 함께 걷기 시작한다. 두 사람은 서로를 경멸하고 있다.

"자넨 매일 한가한 모양이군."

"나 말인가? 난 책 같은 건 잘 안 읽으니까."

"아니, 그거 말고도 자넨 별로 바쁜 일이 있어 보이지 않네."

"그렇게 바빠할 필요를 느끼지 않기 때문이지."

"그거 다행이군."

"만족스럽게 있을 수 있을 때 그렇게 있지 않으면 만일의 일이 닥칠 때는 곤란하네."

"임시 응급의 만족이라. 더더욱 다행이군, 하하하하."

"자네, 요즘에도 고노 집에 가나?"

"지금, 갔다 오는 길이네."

"고노 집에 가랴 은사님 모시고 다니랴 바쁘겠군?"

"고노 집은 사오일 쉬었네."

"논문은?"

"하하하하, 글쎄 언제쯤 될지……"

"서둘러 내는 게 좋을 거네. 언제쯤 될지, 하고 있다가는 애써 바쁘게 지낸 보람이 없지 않은가."

"뭐, 임시 응급으로 해보겠네."

"그런데 그 은사님의 따님 말일세."

"응."

"그 따님과 관련해서 상당히 재미있는 이야기가 있다네."

오노는 덜컥한다. 무슨 이야기인지 알 수 없다. 안경테 쪽으로 비스듬히 무네치카를 보니 여전히 휴지통을 흔들며 의기양양하게 정면을 향해 걸어가고 있다.

"어떤……"

되물을 때는 어쩐지 힘이 없다.

"어떤 거냐면 말일세, 상당히 깊은 인연이 있는 것 같네."

"누구와 말인가?"

"우리와 그 따님 말일세."

오노는 조금 안심한다. 그러나 왠지 마음에 걸린다. 깊든 얕든 무네치카와 고도 선생과의 관계를 뚝 잘라서 버리고 싶다. 그러나 자연이 맺어준 인연은 아무리 유능한 사람이라고 해도, 천재라고 해도 어찌할 도리가 없다. 교토에 여관이 수백 개나 있는데 하필이면 왜 쓰타야에 묵은 것일까? 거기에 묵지 않아도 되었을 것이다. 일부러 산조에서 인력거를 세우고, 일부러 쓰타야에 묵은 것은 불필요한 일이다. 별난 일이라 생각한다. 쓸데없는 장난이라 생각한다. 그쪽에 이익도 없는데 기꺼이 남을 괴롭히려고 그곳에 묵은 거라고 생각한다. 하지만 아무리 생각해도, 어떻게 생각해도 어쩔 수 없는 일이다. 오노는 대답할 기운도 없다.

"그 따님이 말일세, 자네."

"응……"

"그 따님이, 라고 하면 안 되지. 그 따님을, 이라고 해야지. ……봤다네."

"여관 2층에서 말인가?"

"2층에서도 봤지."

'도'라는 말이 다소 마음에 걸린다. 봄비 내리는 난간에 나와 개나리꽃과 함께 오래된 뜰을 내려다본 일은 진작 알고 있다. 이제 와서 그런 이야기를 해도 놀라지 않는다. 그러나 2층에서도, 라고 한 것은 위험하다. 그때 외에도 본 적이 있음에 틀림없다. 평소라면 자진해서 물어보겠지만 왠지 허세를 부리는 것 같아 '어디서?'라고 굳이 강하게 나가지 못한 채 두세 걸음 걷는다.

"란잔(아라시야마)에 가는 것도 봤네."

"그냥 보기만 한 건가?"

"모르는 사람하고 이야기는 못 하지. 보기만 했네."

"이야기라도 나눴으면 좋았을걸."

오노는 불쑥 농담을 던진다. 갑자기 기세가 좋아진다.

"경단을 먹는 것도 봤네."

"어디서 말인가?"

"역시 란잔에서지."

"그뿐인가?"

"또 있네. 교토에서 도쿄까지 함께 왔네."

"역시 계산해보니 같은 기차였더군."

"자네가 역으로 마중 나온 것도 봤네."

"그랬나?"

오노는 쓴웃음을 짓는다.

"그 사람은 도쿄 사람이라고 하더군."

"누가……"

이렇게 말하다 말고 오노는 안경알 가장자리로 기묘하게 상대의 옆얼굴을 들여다본다.

"누가? 누가라니?"

"누가 그런 얘기를 해주던가?"

오노는 의외로 침착하다.

"그 여관 하녀가 얘기해주었네."

"여관의 하녀가? 쓰타야의 하녀가 말인가?"

확인하는 듯한, 그 뒷이야기를 듣고 싶어 하는 듯한, 그 뒷이야기가 없다는 것을 확인하고 싶어 하는 듯한 모습이다.

"그렇다네."

무네치카가 말한다.

"쓰타야의 하녀는……"

"저쪽으로 도는 건가?"

"좀 더 가야 하네. 어떤가, 산보는?"

"이제 그만 돌아가야겠네. 자, 소중한 휴지통. 떨어뜨리지 말고 잘 들고 가게."

오노는 공손히 휴지통을 받아 든다. 무네치카는 표연히 사라진다.

혼자가 되면 서두르고 싶어진다. 서두르면 좀 더 빨리 고도 선생의 집에 도착한다. 도착하는 것은 달갑지 않다. 고도 선생의 집에 서둘러 가고 싶은 것이 아니다. 오노는 왠지 모르게 서두르고 싶은 것이다. 두 손에는 짐이 들려 있다. 다리는 움직이고 있다. 천황에게 하사받은 시계는 조끼 안에서 소리를 내고 있다. 거리는 혼잡하다.

오노의 머리는 모든 것을 잊고 서두르고 있다. 빨리 하지 않으면 안 된다. 그러나 어떻게 빨리 해야 좋을지 알 수 없다. 다만 하루가 12시 간으로 줄어들어 운명의 인력거가 생각하는 방향으로 전속력으로 회 전해주는 것 외에 방법이 없다. 자진해서 자연의 법칙을 깨뜨릴 정도 의 잘못된 생각은 하지 않을 생각이다. 그러나 자연 쪽에서 조금은 사 정을 참작하여 자신 편이 되어 움직여주어도 좋을 것 같다. 그렇게 되 는 것이 틀림없다는 보증만 있다면, 관세음보살에게 오햐쿠도(御百 度)[3]를 해도 상관없다. 부동명왕(不動明王)에게 호마(護摩)[4]를 올려도 좋다. 물론 예수교의 신자도 될 수 있다. 오노는 걸으면서 신의 필요 성을 느꼈다.

무네치카라는 남자는 학문적 능력도 부족하고 공부도 하지 않는다. 시의 정취도 이해하지 못한다. 저래가지고 앞으로 뭐가 될지, 하고 이 상하게 생각한 적도 있다. 뭘 할 수 있을까, 하고 경멸한 적도 있다. 노 골적이어서 싫어진 적도 있다. 그러나 이제 와서 생각해보니 자신은 그런 태도를 도저히 취할 수가 없다. 할 수 없다고 이쪽이 열등하다는 결론을 내리지는 않는다. 세상에는 할 수도 없지만 또 하고 싶지도 않 은 일이 있다. 젓가락 끝으로 접시를 돌리는 기예는 가능한 쪽보다 불

3 신사나 절 경내에서 일정한 거리를 백 번 왕복하며 그때마다 배례와 기원을 되풀이하는 일.
4 부동명왕 앞에 불을 피우고 공양물을 던져 넣어 재앙이나 악업을 태워 없애는 의식.

가능한 쪽이 더 고상하다고 생각한다. 무네치카의 언어와 동작은 물론 자신이 따라 하기 어렵다. 그러나 따라 하기 힘든 점이 오히려 자신의 명예라고 지금까지는 알고 있다. 그 남자 앞에 서면 왠지 압박을 받는다. 불쾌하다. 개인은 상대에게 유쾌함을 주는 것이 제일 중요한 의무라고 생각한다. 무네치카는 사교의 가장 중요한 의미도 모르고 있다. 그런 남자는 평범한 세계에서도 성공할 수 없다. 외교관 시험에 떨어지는 것도 당연하다.

그러나 그런 남자 앞에서 느끼는 압박감은 일종의 묘한 감정이다. 노골적인 데서 나오는 것인지, 단조로운 데서 나오는 것인지, 이른바 옛날풍의 솔직함에서 나오는 것인지 이제껏 해부해보고자 계획한 적은 없지만 아무튼 묘하다. 그쪽에는 고의로 자신을 억누르려는 기색이 전혀 보이지 않는데도 이쪽에서는 어쩐지 그렇게 느껴진다. 남이야 어떻든 아랑곳하지 않고 그저 마음 내키는 대로 생각하는 것을 행동으로 옮기는 자연스러움 속에서, 어때, 하고 말하는 듯한 압박이 얼굴을 내민다. 자신은 어쩐지 기가 죽는다. 그 남자에 대해서는 미안해하는 이면에 의리도 있으므로 그것이 빌미가 되어 도덕상의 의무가 제재를 가하는 것이라고만 생각해왔지만, 결코 그래서만은 아니다. 예컨대 하늘을 꺼리지 않고 땅을 꺼리지 않는 산이 무심하게 우뚝 솟았는데, 이상하다기보다는 아름답지 않아 보이는 느낌이다. 별에서 떨어지는 이슬을 꽃술에 받아 가련한 꽃잎을, 이따금 바람의 소식으로서 작은 시내에 흘려보낸다. 자신은 이런 경치가 아니면 즐겁게 여기지 않는다. 요컨대 무네치카와 자신은 노송나무 산과 꽃밭의 차이로, 원래부터 성미가 맞지 않아 묘한 느낌이 드는 것임에 틀림없다.

성미가 맞지 않는 사람을, 맞지 않으면 그뿐이라며 모른 체했던 적도 있다. 딱하다고 생각한 적도 있다. 한심하다고 경멸한 적도 있다. 그러나 오늘만큼 부러운 적이 없다. 고상해서, 품위가 있어서, 자신의 이상에 가까워서 부럽다고는 꿈에도 생각하지 않는다. 그저 그런 기분이 될 수 있다면 정말 좋겠다고, 지금의 괴로움과 비교하자니 문득 부러워진 것이다.

후지오에게는 사요코와 자신의 관계를 다 말했다. 깊은 관계가 있다고 말하지는 않았다. 신세를 진 옛 사람 곁에서 불안한 마음으로 시중드는 작은 그림자를, 만나지 못한 5년이라는 안개를 사이에 두고 다시 막 만난 아련한 사이라고 잘라 말했다. 은혜를 입은 것은 정의 마음, 스승에게 극진한 것은 제자의 본분, 그 밖에는 새와 물고기의 관계도 아니라고 단언했다. 되도록 하지 않으려고 참아온 거짓말을 결국 하고야 말았다. 가까스로 해버린 거짓말은 거짓이라도 지키지 않으면 안 된다. 거짓말을 진실이라고 속일 생각은 없어도, 해버린 이상 거짓말에 대해 의무가 있고 책임이 있다. 분명히 말하자면 그 거짓말에 평생의 이해(利害)가 달려 있다. 이제 거짓말은 할 수 없다. 이중의 거짓말은 신도 싫어한다고 들었다. 오늘부터는 무슨 일이 있어도 거짓말을 진실로 통용시키지 않으면 안 된다.

그것이 왠지 모르게 괴롭다. 앞으로 선생님 댁에 가면 아마 이중의 거짓말을 하지 않으면 안 되는 이야기를 해올 것이다. 타개할 방법은 얼마든지 있지만, 사정없이 몰아붙이면 무정하게 거절할 용기는 없다. 좀 더 냉혹한 사람으로 태어났다면 별로 힘들지도 않을 것이다. 법률상의 문제가 되는 고약한 일을 하지 않았다고 생각하기 때문에 단호하게 거절해버리면 그뿐이다. 그러나 그렇게 해서는 은인에게 죄송하다. 은인이 강요하기 전에, 자신의 거짓말이 발각되기 전에 자연이 빨리 회전하여 자신과 후지오가 공공연하게 결혼할 수 있도록 일을 진행시키지 않으면 안 된다.

그다음은? 그 뒤의 일은 그때 생각하면 된다. 사실은 그 무엇보다 유효하다. 결혼이라는 사실이 성립하면 모든 일은 그 새로운 사실을 토대로 해서 다시 생각하지 않으면 안 된다. 그 새로운 사실이 세상 사람들로부터 인정받으면 그다음에는 도리에 어긋난 어떤 희생이라도 치를 것이다. 생각을 바꾸는 것이 아무리 괴롭더라도 그렇게 할 것이다.

다만 위기일발인 상황에서 번민한다. 어떻게 할 수도 없는 마음에 조급해진다. 나아가는 것이 두렵다. 물러나는 것이 싫다. 빨리 사건이 전개된다면, 하고 바라면서도 전개되는 것이 불안하다. 그래서 무사태평한 무네치카가 부럽다. 모든 일을 헤아려 생각하는 사람은 단순한 사람을 부러워한다.

봄날은 간다. 가는 봄이 끝나간다. 비단 같은 연노랑 천 여러 장이 나풀나풀 하늘을 떠나 땅 위를 덮는다. 뿌리치는 바람도 보이지 않는 거리는 황혼이 행하는 대로 아주 고요해지고, 날 저물어 어둑어둑한 대지의 색은 시시각각으로 널리 퍼진다. 서쪽 끝에 쓸데없이 희미하게 불타고 있는 구름은 점차 자줏빛으로 변한다.

메밀국숫집 간판에 그려진 오카메[5]의 얼굴이 어슴푸레하게 부풀어 올라 뒤에서 켜는 등불을 이제나저제나 하며 붉은 뺨으로 기다리고 있는 건너편 골목은 4미터도 안 되는 좁은 길이다. 황혼은 좁고 길게 집과 집 사이에 떨어져 집집마다의 닫히지 않은 문을 빠져나간다.

돌아서 왼쪽 세 번째 집까지 왔다. 대문이라는 말은 붙일 수 없다.

5 추녀의 대표적인 얼굴로, 둥근 얼굴에 광대뼈가 불거지고 코가 납작한 여자.

거리와 간신히 구분된 격자문을 드르륵 열자 안쪽은 어슴푸레하게 다가오는 저녁을 한층 어둡게 새기며 아래로 내려온 듯한 기분이다.

"실례합니다."

오노가 말한다.

조용한 목소리는 차분한 봄날의 분위기를 깨지 않을 정도로 평온하다. 30센티미터 넓이의 뚜껑 널판에 툇마루 밑으로 뚫려 있는 마름모꼴의 검은 구멍을 바라보면서 주인이 나오기를 기다린다. 대답이 희미하게 들린다. '응'이라고 한 건지, '어'라고 한 건지, '예'라고 한 건지 전혀 알 수 없는 소리다. 오노는 여전히 마름모꼴의 검은 구멍을 바라보며 안에서 사람이 나오기를 기다리고 있다. 드디어 장지문 너머에서 누군가 끙 하고 벌떡 일어난 듯하다. 집을 요상하게 지었는지 마루청이 울리는 소리가 또렷하게 들린다. 예의 벽지 무늬의 맹장지가 열린다. 다다미 두 장 크기의 현관으로 나왔나 생각할 틈도 없이 어둑한 장지문 뒤에 야윈 고도 선생의 얼굴이 수염과 함께 나타난다.

평소에도 그다지 건강해 보이지는 않는다. 뼈가 가늘고 몸집이 가늘고 얼굴은 더욱 가늘다. 게다가 먹어가는 나이는 거역할 수 없는 비와 바람과 고생을 내뿜어 힘든 세상에 모질게 붙든 마음마저 가늘어질 뿐이다. 오늘은 한층 안색이 좋지 않다. 자랑거리인 수염도 예사로 보이지 않는다. 검은 틈 사이를 하얀 것이 메우고 있고, 하얀 틈 사이를 바람이 지나간다.

옛 사람은 턱 아래까지 존재가 희미하다. 한 올씩 찬찬히 들여다보니 선생의 수염은 한 올씩 흐느적거리고 있다. 오노는 정중하게 모자를 벗고 말없이 인사한다. 영국식 신식 머리가 아득한 '과거' 앞에 떨어진다.

지름이 수십 미터가 넘는 원을 그리고, 그 둘레에는 철로 된 격자문을 단 여러 개의 상자를 매단다. 운명의 놀이꾼은 앞을 다투어 상자 안으로 들어간다. 원은 돌기 시작한다. 이 상자에 있는 자는 파란 하늘 가까이 올라갈 때, 저 상자에 있는 자는 모든 것을 빨아들이는 대지로 천천히 내려간다. 대관람차를 발명한 자는 짓궂은 철학자다.

영국식 머리는 이 상자 안에서 이제 구름 속으로 올라가려고 한다. 세상을 한탄하다 늙은 것을 기념하기 위해서라며 불안한 수염에 소중하게 깨소금을 뿌려놓고 있는 선생은 저 상자 안에서 이제 어두운 곳으로 가라앉으려고 한다. 한쪽이 30센티미터 올라가면 다른 한쪽이 30센티미터 내려가도록 운명은 정해져 있다.

올라가는 자는 올라가고 있다는 자각을 갖고, 내려가면서 밤으로 가는 자 앞에 공손한 머리를 아낌없이 숙인다. 이를 신이 만든 아이러니라고 한다.

"야, 이거."

선생은 기분이 좋다. 운명의 대관람차에서 내리는 사람은 오르는 자를 만나면 자연히 기분이 좋아진다.

"자, 들어오게."

금세 방으로 돌아간다. 오노는 구두끈을 푼다. 끈을 다 풀기도 전에 선생이 다시 나온다.

"어서 들어오게."

낮인데도 다다미방 한가운데에 깔아놓은 잠자리를 벽 쪽으로 밀어놓았고, 그 자리에는 새로 장만한 방석이 깔려 있다.

"무슨 일이라도 있었습니까?"

"어쩐 일인지 오늘 아침부터 몸이 좋지 않아서 말이야. 그래도 아침에는 참고 있었는데 점심때부터 그만 잠이 들어버렸네. 마침 꾸벅꾸벅 졸고 있는 참에 자네가 온 거라, 기다리게 해서 미안하네."

"아닙니다. 지금 막 격자문을 연 참이었습니다."

"그랬나? 아무래도 누가 온 것 같아서 놀라 나가본 거라네."

"그러셨습니까? 이거, 방해가 되었군요. 그냥 주무시고 계셨으면 좋았을 텐데요."

"아니네. 뭐 별일 아니니까. ……그런데 사요코도, 일하는 할멈도 없어서 원."

"어디 갔……"

"잠깐 목욕탕에 갔네. 장도 볼 겸 해서."

사람이 빠져나온 잠자리는 봉긋하고, 기어 나온 구멍은 장지문을 향하고 있다. 그림자가 진 쪽이 어둑하게 이불의 무늬를 흐릿하게 하고 있고, 아무렇게나 던져놓은 하오리의 안감이 빈약한 빛을 반짝반짝 모으고 있다. 안감은 쥐색의 가이(甲斐)산 비단이다.

"좀 오슬오슬한 것 같네. 하오리라도 걸쳐야겠는걸."

선생은 자리에서 일어난다.

"누워 계시는 게 좋을 것 같습니다."

"아니네. 좀 일어나 있겠네."

"왜 그러는 걸까요?"

"감기에 걸린 것 같지는 않은데, ……뭐 별일 아닐 거네."

"어제저녁에 외출하신 것이 좋지 않았던 걸까요?"

"아니, 거 무슨 소리. ……그런데 어제저녁에는 큰 신세를 졌네."

"아닙니다."

"사요코도 무척 기뻐했다네. 덕분에 좋은 눈요기를 했네."

"시간이 좀 더 있으면 여기저기 모시고 갈 수 있을 텐데……"

"바쁠 텐데. 뭐, 바쁜 건 좋은 일이지."

"그래도 죄송스러워서……"

"아니네. 그런 걱정은 전혀 할 필요가 없네. 자네가 바쁘다는 것은 우리한테도 기쁜 일이니까."

오노는 입을 다문다. 방 안은 점차 어두워진다.

"그런데 밥은 먹었나?"

선생이 묻는다.

"예."

"먹었다고? 안 먹었으면 이리 올라오게. 아무것도 없지만 오차즈케[6] 정도는 있을 거네."

선생은 휘청거리며 일어서려고 한다. 굳게 닫아놓은 장지문에 검고 긴 그림자가 생긴다.

"선생님, 정말 됐습니다. 밥은 먹고 왔습니다."

"정말인가? 어려워하면 안 되네."

"어려워하는 게 아닙니다."

검은 그림자는 꺾이더니 원래대로 낮아진다. 아린 듯한 기침을 두세 번 한다.

"기침을 하시네요?"

"마른…… 마른기침이 나와서……"

말을 하자마자 다시 두세 번 기침을 한다. 오노는 망연히 기침이 멎기를 기다린다.

"누워서 몸을 따뜻하게 하는 것이 좋을 것 같습니다. 차가우면 몸에

6 밥에 더운 찻물을 부은 것.

해롭습니다."

"아니네, 이제 괜찮네. 기침이 한번 나오기 시작하면 잠깐 동안은 어쩔 도리가 없네. 나이를 먹으면 기력이 없어져서…… 뭐든지 젊을 때뿐이야."

젊을 때뿐이라는 말은 지금까지 여러 차례 들어온 말이다. 그러나 고도 선생의 입을 통해 들은 것은 이번이 처음이다. 이 세상에 뼈만 남았나 싶은 사람이 어지러운 세상에 성긴 수염을 맡기고 길지 않은 여생에 지난 10년, 20년을 번갈아 호흡하는 입에서 그 말이 나온 것은 적어도 이번이 처음이다. 자정을 알리는 종소리가 댕 하고 음침하게 울린다. 침침한 방에서 침침한 사람으로부터 이 말을 들은 고노는 절실하게 젊을 때뿐이라고 생각한다. 젊은 시절은 두 번 다시 오지 않는다고 생각한다. 젊을 때 잘하지 않으면 평생 손해라고 생각한다.

평생의 손해를 보고 이 선생처럼 늙었을 때의 마음은 필시 쓸쓸할 것이다. 정말이지 보람이 없을 것이다. 그러나 은혜를 입은 분에게 죄송하게 의리 없는 짓을 해서 죽을 때까지 잠자리가 뒤숭숭한 것은 손해를 당한 옛날을 떠올리는 것보다 개운치 않을지도 모른다. 아무튼 젊은 시절은 두 번 다시 오지 않는다. 두 번 다시 오지 않는 젊은 시절에 정한 일은 평생을 좌우한다. 평생을 좌우하는 일을 자신은 지금 어느 쪽으로든 정하지 않으면 안 된다. 오늘 후지오를 만나기 전에 선생 집으로 왔다면 그 거짓말을 당분간 보류했을지도 모른다. 그러나 거짓말을 해버린 지금에 와서 생각해보면 어쩔 수 없는 일이다. 미래의 운명은 후지오에게 맡겼다고 해도 좋다. 오노는 마음속으로 이런 변명을 한다.

"도쿄는 참 많이 변했네."

선생이 말한다.

"격심한 곳이고 매일 변하고 있습니다."

"무서운 곳이야. 어제저녁에도 꽤 놀랐네."

"사람들이 아주 많이 나왔으니까요."

"많이 나왔지. 그래도 아는 사람은 좀처럼 만나지 못하겠지?"

"글쎄요."

애매하게 대답한다.

"만나기도 하는가?"

"아니, 뭐……"

오노는 얼버무렸지만, 눈 딱 감고 말해버린다.

"뭐, 만나지는 못하겠지요."

"만나지 못한다? 과연 넓은 곳이야."

선생은 무척 감탄하고 있다. 어쩐지 촌스러워 보인다. 오노는 안색이 안 좋은 선생의 얼굴에서 시선을 옮겨 자신의 무릎 앞을 바라본다. 커프스는 순백색이다. 한 쌍의 칠보 단추는 녹색 위에 매끈한 담홍색을 띠며 가냘픈 금테 안에 따뜻하게 싸여 있다. 양복의 옷감은 품질 좋은 영국산이다. 자신을 눈앞에서 찾아냈을 때 오노는 돌연 자신이 살아야 할 세계를 자각했다. 선생에게 끌려들 것 같은 아슬아슬한 순간에 불현듯 잃어버린 것을 생각해낸 것 같은 기분이다. 선생은 물론 모른다.

"함께 걸어본 것도 참 오랜만이었지. 올해로 정확히 5년이 되나?"

자못 그립다는 듯이 말한다.

"예, 5년 만입니다."

"5년 만이든, 10년 만이든 이렇게 한곳에 살게 되면 되는 거지. ……

사요코도 기뻐하고 있다네."

나중에 보충하듯이 한마디 덧붙인다. 오노는 잠시 대답하는 것을 잊고 어둑한 방 안으로 오그라드는 기분이다.

"아까, 따님이 찾아왔더군요."

할 수 없이 말을 건넨다.

"어, ……뭐 급한 일은 아니었지만, 혹시 한가하면 데리고 가서 물건이라도 샀으면 해서 말이네."

"공교롭게도 그때 막 외출하려던 참이어서요."

"그랬다고 하더군. 뜻하지 않게 방해를 했겠군그래. 무슨 급한 일이라도 있었나?"

"아닙니다. 그리 급한 일은 아니었습니다만……"

점점 말을 머뭇거린다. 선생은 오노를 추궁하지 않는다.

"아, 그랬나? 그거 참."

막연한 대답을 한다. 대답이 막연한 것과 함께 방 안도 몽롱하게 희미해진다. 오늘 밤에는 달이 떴다. 달이 떴지만 아직 짬은 있다. 그런데도 해는 졌다. 도코노마에는 겨우 흉내만 낸 정도로 한 칸을 진한 쪽빛의 모래벽으로 칠하고, 그 안쪽에는 선생의 비장품인 시바타 기토[7]의 그림 족자를 걸어두었다. 당대(唐代)의 의관에 휘청거리는 발을 위태롭게 내딛고 칠칠치 못하게 팔에 둘러 감은 긴 소매를 동자의 어깨에 기댄 술 취한 모습은 이 집의 쓸쓸함과 달리 봄의 계절인 사월에 적합한 낙천가다. 조금 전에는 명령처럼 이마를 숨기는 관의 검은색이 두드러지게 눈에 띄었는데, 문득 보니 끈인지 장식인지 틀에 박힌 방식으로 좌우로 흐르는 폭 넓은 비단마저 어슴푸레하게 다가오는 저

7 시바타 기토(柴田義董, 1780~1819). 시조파(四條派)의 화가로 인물화에 뛰어났다.

녁을 맞이하여 다가오는 밤에 섞여 들려고 한다. 선생도 자신도 우물쭈물하고 있다가는 한 구멍에 빠져 그림자처럼 사라져버릴 것 같다.

"선생님, 부탁하신 남포등 받침대 사왔습니다."

"그거 참 고맙네. 어디 보세."

오노는 어둑한 가운데 현관으로 나가 받침대와 쓰레기통을 가져온다.

"이야, 이거 너무 어두워서 잘 안 보이는군. 불을 켜고 나서 천천히 보도록 하지."

"제가 켜겠습니다. 남포등은 어디 있습니까?"

"미안하군. 이제 곧 돌아올 시간인데. 툇마루로 나가면 오른쪽 두껍닫이 안에 있으니 그럼 부탁함세. 청소는 이미 해놓았을 거네."

거무스름한 그림자 하나가 일어나 장지문을 쓰윽 연다. 남아 있는 그림자가 가만히 손으로 팔짱을 끼고 움직이지 않는 동안 밤이 엄습해온다. 6첩 다다미방은 쓸쓸한 사람을 음침한 기운으로 가둔다. 콜록콜록 기침을 한다.

잠시 후 툇마루 한 귀퉁이에서 성냥을 긋는 소리와 함께 기침 소리가 멎는다. 환한 것이 방 안으로 움직여온다. 오노는 무릎을 꺾고 남포등을 새로운 받침대 위에 올린다.

"안성맞춤이군. 안정감이 있어. 자단인가?"

"모조품이겠지요."

"모조품이라도 훌륭하네. 얼마 줬나?"

"뭐 괜찮습니다."

"괜찮지 않지. 얼마인가?"

"두 개 합쳐서 4엔이 좀 넘습니다."

"4엔? 역시 도쿄는 물가가 비싸. ……쥐꼬리만 한 연금으로 살아가기에는 교토가 훨씬 나은 것 같군."

이삼 년 전과 달리 선생은 쥐꼬리만 한 연금과 저축해놓은 얼마 안 되는 돈에서 나오는 이자로 생활해나가야 한다. 오노를 돌봐주던 때와는 상황이 상당히 다르다. 경우에 따라서는 오노가 얼마간 보태주기를 바라는 것으로도 보인다. 오노는 단정히 앉아 있다.

"사요코만 아니라면 교토에 살아도 별 지장은 없지만, 젊은 딸이 있으면 어지간히 걱정이 되는 법이라……"

도중에 말을 끊고 잠시 쉰다. 오노는 단정히 앉은 채 대꾸하지 않는다.

"나야 어디서 죽든 매한가지지만, 사요코 혼자 달랑 남게 되면 불쌍해서, 이 나이에 일부러 도쿄까지 나온 거라네. ……아무리 도쿄가 고향이라고 해도 벌써 떠난 지 20년이 넘었네. 가까이 지내는 사람도 없고 아는 사람도 없지. 타향이나 다름없는 곳이네. 그런데 와보니 모래먼지는 날리지, 혼잡하지, 물가는 비싸지, 절대 살기 좋은 곳은 아닌 것 같네."

"예, 살기 좋은 곳은 아니지요."

"그래도 옛날에는 친척도 두세 집 있었는데, 오랫동안 소식이 끊겨서 지금은 어디 사는지도 모른다네. 평소에는 그렇게까지 생각하지 않지만, 이렇게 한나절이라도 누워 있으면 그런 생각을 하게 되네. 어쩐지 마음이 안 놓여서."

"그렇군요."

"자네가 옆에 있어주는 게 무엇보다도 마음 든든하다네."

"도움도 되어드리지 못하는데요 뭐."

"아니네. 여러 가지로 친절하게 해줘서 정말 고맙네. 바쁠 텐데……"

"논문만 아니면 그래도 한가하겠지만……"

"논문이라? 박사논문이지?"

"예, 그렇습니다."

"언제 제출하나?"

언제 제출할지는 알 수 없다. 빨리 제출하지 않으면 안 된다고 생각한다. 이렇게 마음에 걸리는 일이 없었다면 꽤 썼을 거라고 생각한다. 그러나 입으로는 이렇게 말한다.

"지금 열심히 쓰고 있는 중입니다."

선생은 속에 입은 옷의 소매에서 손을 빼내 맨살의 품에 팔꿈치까지 밀어 넣고 두세 번 어깨를 흔든다.

"정말 으슬으슬하군그래."

가늘고 긴 수염을 옷깃 안으로 집어넣는다.

"그럼 좀 누우시지요. 일어나 계시면 몸에 해로우니까요. 저는 이만 가보겠습니다."

"아니, 거 무슨 소린가? 잠깐 이야기 좀 더 하세. 이제 곧 사요코도 돌아올 시간이니까. 눕고 싶으면 실례를 무릅쓰고 내가 알아서 눕겠네. 게다가 아직 할 이야기가 남아 있기도 하고."

선생은 별안간 가슴에서 손을 빼내 무릎 위에 올리고 두 손으로 동시에 무릎을 친다.

"자, 천천히 있다 가게. 이제 막 저물지 않았나."

달갑지 않은 가운데서도 오노는 역시 죄송하게 생각한다. 이 정도로 자신을 붙잡고 싶은 것은 그저 그 시절에 대한 그리움이나 하룻저녁의 무료함 때문이 아니다. 앞으로의 일이 걱정되어 죽은 후의 안심을 한시라도 빨리 맥이 뛰는 손으로 잡고 싶기 때문일 것이다.

사실 오노는 아직 저녁도 먹지 않았다. 이곳에 있으면 듣고 싶지 않은 이야기가 나온다. 허리는 진작부터 공중에 떠 있다. 그러나 선생의 모습을 보면 무리하게 무릎을 펼 수도 없다. 노인은 아픈 몸에도 불구하고 애써 나를 위해 힘을 내고 있다. 익숙하고 편한 이불은 한쪽으로 치워져 구멍이 되었을 뿐이다. 온기는 이미 옛날 일이다.

"그런데 사요코 일이네만."

선생은 남포등 불빛을 바라보며 말한다. 남포등 심지에 반원형으로 불이 켜져 있는 등피 안은 기름통에 차 있는 기름을 말없이 빨아올려 온화한 불꽃의 혀가 이제 막 저문 봄을 움직이지 않고 지키고 있다. 사람을 슬프고 쓸쓸하게 하는 저녁을 단 한 점의 여백으로 보상한다. 등불은 희망의 그림자를 부른다.

"그런데 사요코 일이네만. 알다시피 그렇게 내성적인 성격이기도 하고, 요즘 여학생들처럼 하이칼라 교육을 받은 것도 아니라 아무래도 자네 마음에 들지는 않겠지만……"

여기까지 말한 선생은 남포등에서 눈을 뗀다. 눈길이 오노 쪽으로 향한다. 어떻게든 상대하지 않으면 안 된다.

"아닙니다. ……천만의 말씀을요……"

이렇게 대답하고 잠깐 말을 끊었지만, 선생은 여전히 이쪽 눈에서 눈동자를 움직이지 않는다. 게다가 입을 열지 않고 어쩐 일인지 기다리고 있다.

"마음에 들지 않다니요…… 그런 일이…… 있을 리 있겠습니까……"

띄엄띄엄 대답한다. 드디어 납득한 선생은 앞으로 나아간다.

"그 애도 가여워서 말이네."

오노는 그렇다고도 그렇지 않다고도 말하지 않는다. 손은 무릎 위에 있다. 눈은 손 위에 있다.

"내가 이렇게 살아 있을 때는 그럭저럭 괜찮네. 하지만 몸이 이 모양이니 언제 무슨 일이 일어나지 말란 법도 없지 않겠나. 그때가 곤란하네. 예전에 한 약속도 있고 자네도 약속을 파기할 만큼 경박한 사람이 아니니까 내가 죽고 난 후에라도 사요코를 보살펴주기야 하겠지만……"

"그야 물론입니다."

이런 말을 하지 않으면 안 된다.

"그 점은 나도 안심하고 있네. 하지만 여자는 마음이 좁아서 말이야, 하하하하, 그래서 곤란하다 그 말이네."

어쩐지 억지로 웃는 것처럼 들린다. 선생의 얼굴은 웃었기 때문인지 더욱 쓸쓸해진다.

"그리 걱정하실 필요는 없을 겁니다."

미덥지 못한 말이다. 말의 허리가 휘청거린다.

"나야 괜찮지만, 사요코가 말이야."

오노는 오른손으로 양복의 무릎을 문지르기 시작한다. 두 사람 다 잠시 입을 다물고 있다. 무정한 등불이 두 사람을 절반씩 비춘다.

"자네한테도 여러 가지 사정이 있겠지. 하지만 아무리 사정이 좋아진다고 해도 해결되는 건 아니네."

"그렇지도 않습니다. 조금만 있으면 됩니다."

"하지만 졸업한 지 2년이나 되지 않았나?"

"예. 하지만 앞으로 조금은……"

"그 조금이라는 게 언제까지를 말하는 건가? 그게 확실하다면 기다려도 좋겠지. 사요코한테도 내가 잘 말해두겠네. 하지만 그냥 조금이라고 하면 곤란하네. 아무리 부모라도 자식한테 얼마간 책임이 있으니까 말이네. ……그 조금이라는 건 박사논문을 다 쓸 때까지를 말하는 건가?"

"예. 일단 그렇습니다."

"꽤 오랫동안 쓰고 있는 것 같은데, 언제쯤 끝날 것 같은가? 대략 말이네."

"가능하면 빨리 끝내려고 애를 쓰고 있습니다만, 좀 큰 문제라서요."

"하지만 대충 예상은 할 수 있을 거 아닌가?"

"앞으로 조금만 있으면 됩니다."

"다음 달 정도인가?"

"그렇게 빨리는……"

"다다음 달이면 어떤가?"

"아무래도……"

"그럼 결혼을 하고 나서 쓰면 되잖은가? 결혼하고 나서 논문을 쓰지 못할 이유는 없을 것 같은데."

"그렇지만 책임이 무거워지니까요."

"지금까지처럼 일하기만 한다면 그게 무슨 상관이겠는가? 우리는 당분간 경제적으로 자네의 신세를 지지 않아도 되니까 말이네."

오노는 대답할 말이 없다.

"지금 수입은 어느 정도나 되나?"

"아주 조금입니다."

"조금이라면?"

"다 해서 60엔쯤 됩니다. 혼자 빠듯한 정도입니다."

"하숙을 하면서 말인가?"

"예."

"그거 참 어리석은 일 아닌가? 혼자 60엔이나 쓰는 건 너무 아깝네. 살림을 차려도 편하게 살 수 있겠어."

오노는 또 대답할 말이 없다.

도쿄는 물가가 비싸다고 말하면서 도쿄와 교토를 구별할 줄 모른다. 나루미산 헤코오비[8]를 매고 고구마 죽이나 먹으면서 추위를 견디던 시대와 대학을 졸업하고 상당한 존경을 받는 만큼 의복과 모자에 지출하지 않으면 안 되는 지금의 처지를 비교할 줄도 모른다. 책은 학자에게는 목숨 다음으로 소중한 것이다. 맹인의 지팡이와 마찬가지로 없어서는 세상을 살아갈 수 없을 만큼 소중한 도구다. 그 책이 책상 위로 솟아나기라도 한단 말인가. 그중에는 놀랄 만큼 많은 돈을 주고 산 것도 있다. 선생은 그런 비용이 어느 정도 들어가는지 전혀 알지 못한다. 그래서 쉽사리 대답을 할 수 없는 것이다.

오노가 무슨 생각을 했는지 왼손으로 다다미를 짚고 오른손을 뻗어 남포등의 심지를 확 올린다. 6첩 다다미방의 소지구(小地球)가 별안간 동쪽으로 회전한 듯이 한차례 밝아진다. 선생의 세계관이 그 반짝임과 함께 변한 듯이 밝아진다. 오노는 아직 남포등 심지 조절기를 놓지 않는다.

"이제 됐네. 그 정도면 충분해. 너무 심지를 돋우면 위험하네."

선생이 말한다.

오노는 손을 놓는다. 손을 뺄 때 스스로 커프스의 안쪽으로 팔뚝까

---

8 아이치 현 나루미(鳴海) 지방에서 생산되는 목면으로 만든 남성용 오비.

지 들여다본다. 얼마 후 양복 안주머니에서 순백의 손수건을 꺼내 손가락 끝에 묻은 기름기를 닦아낸다.

"불이 좀 옆으로 구부러진 듯해서요……"

오노는 깨끗하게 닦아낸 손가락 끝을 코앞으로 가져가 킁킁거리며 두세 번 냄새를 맡는다.

"그 할멈이 자르면 늘 구부러지네."

선생은 두 갈래로 갈라진 불을 보면서 말한다.

"그런데 그 할멈은 어떻습니까? 일은 잘합니까?"

"아, 그래, 아직 고맙다는 인사도 못 했군. 여러 가지로 성가시게 하기만 해서……"

"아닙니다. 사실 나이가 있으니 일을 잘할 거라고 생각했습니다만……"

"뭐, 그 정도면 충분하네. 점점 익숙해지는 것 같으니까."

"그렇습니까? 그거 아주 잘되었군요. 사실은 어떨까 싶어 걱정하고 있었습니다. 그 대신 사람은 확실하다고 합니다. 아사이가 보증하고 갔으니까요."

"그랬군. 그런데 아사이는 어떻게 되었나? 아직 돌아오지 않았나?"

"이제 돌아올 때가 되었습니다. 어쩌면 오늘쯤 기차로 돌아올지도 모르겠습니다."

"그저껜가 편지에는 이삼일 안으로 돌아온다고 했는데."

"아, 그랬습니까?"

이렇게만 말하고 오노는 돋운 심지 끝을 무심히 바라본다. 아사이의 귀경과 심지의 관계를 확인하려고 사색하는 것처럼 눈동자를 한 점에 모은다.

"선생님."

오노는 얼굴을 선생 쪽으로 돌린다. 평소와 달리 입가에 약간의 결심을 보이고 있다.

"뭔가?"

"지금 말씀하신 것 말입니다."

"음."

"이삼일만 기다려주시겠습니까?"

"이삼일 더?"

"저도 확실한 답변을 드리기 전에 여러 가지로 생각해보고 싶으니까요."

"그야 좋고말고. 사흘이 아니라 나흘이라도, 아니 일주일이라도 좋네. 일이 확실해지기만 한다면 안심하고 기다리지. 그럼 사요코한테도 그렇게 말해두겠네."

"예, 아무쪼록."

이렇게 말하면서 천황으로부터 하사받은 시계를 꺼낸다. 여름으로 가는 긴 해가 지고 나서 밤의 바늘은 빨리 도는 듯하다.

"그럼 오늘 밤은 이만 실례하겠습니다."

"좀 더 괜찮지 않나? 곧 돌아올 텐데."

"곧 다시 찾아뵙겠습니다."

"그렇다면 뭐…… 변변한 대접도 못 하고 이거."

오노는 깨끗이 일어선다. 선생은 남포등을 든다.

"괜찮습니다. 그럼 아무쪼록."

이 말을 하면서 현관으로 나간다.

"야, 이거 달밤이로군."

남포등을 어깨 높이까지 올리며 선생이 말한다.

"예, 아주 온화한 밤입니다."

오노는 구두끈을 묶으면서 격자문으로 길거리를 내다본다.

"교토는 더 온화하지."

허리를 굽히고 있던 오노는 드디어 신발 벗는 곳에 선다. 격자문이
열린다. 가냘픈 체구가 반쯤만 길로 나간다.

"세이조(淸三)."

선생이 남포등 뒤에서 불러 세운다.

"예."

오노는 달빛이 비치는 데서 돌아본다.

"아니, 특별한 용건은 아니네. ……이렇게 도쿄로 올라온 것은 사요
코를 빨리 치우고 싶어서였다고 생각해주게. 알겠나?"

오노는 공손하게 모자를 벗고 인사한다. 선생의 그림자는 남포등과
함께 사라진다.

밖은 어슴푸레하다. 반은 세상을 비추고 반은 세상을 가리는 빛이
하늘에 걸려 있다. 하늘은 높은 듯 낮은 듯 안정되지 못한 모습을 깊
지 않은 밤에 띄우고 있다. 걸려 있는 것은 더욱 둥실둥실 떠 있다. 둥
근 가장자리에 노란빛을 띤 고리를 어슴푸레 부풀리고 있어 윤곽도
뚜렷하지 않다. 노란 띠는 바깥으로 갈수록 색을 잃고 거무스름한 쪽
빛 안으로 스며든다. 흘러가면 달도 사라질 것 같다. 달은 하늘에, 사
람은 땅에 섞여들기 쉬운 밤이다.

오노의 구두는 축축한 빛을 꺼리는 것처럼 땅에 떨어지는 뒤축을
바짓부리에 감추고 메밀국숫집 사방등이 있는 데까지 골목길을 빠져
나가 왼쪽으로 꺾는다. 거리에는 사람 냄새가 난다. 땅에 깔리는 그림

자는 길지 않다. 둥글게 되어 움직여 온다. 으슥하게 흔들리며 사라진다. 게다 소리는 아련하게 휩싸여 서리처럼 흐릿하다. 쓰다듬으며 지나는 전신주에 뭔가 하얀 무늬 같은 것이 보인다. 속이는 눈동자를 수상쩍어하며 뚫어지게 바라보니 분필로 그린, 한 우산을 쓴 남녀의 모습이 비친다. 그만큼 옅은 밤에 낮에 옮겨온 안개가 버티고 있다. 가는 이도 오는 이도 어쩐지 요령부득이다. 도망치면 안개 속, 나가면 달의 세계다. 오노는 꿈처럼 걸음을 옮겨왔다. 홀로 외로이 간다는 시구와도 닮았다.

실은 아직 저녁도 먹지 않았다. 평소라면 거리에 나갔을 때 바로 서양 요릿집에라도 뛰어들 생각으로 득의양양하게 주름이 잡힌 양복 깃을 자랑스러운 얼굴로 옮겼을 것이다. 오늘 저녁에는 아무리 시간이 흘러도 배가 고파오지 않는다. 우유조차 마실 마음이 들지 않는다. 날은 너무 따뜻하다. 위는 묵직하다. 갈지자걸음은 아니지만 끌고 가는 발은 확실히 땅을 밟고 있는 느낌이 들지 않는 것 같다. 발을 가만히 내려놓는 탓인지도 모른다. 그렇다고 해서 대지에 탁 부딪치는 느낌도 들지 않는다. 순사처럼 걸을 수 있다면 특별히 몽롱할 필요가 없다. 걱정할 필요도 없다. 순사니까 그렇게도 걸을 수 있다. 오노에게는, 특히 오늘 밤의 오노에게는 순사를 흉내 낼 수가 없다.

왜 이렇게 소심한 걸까? 오노는 생각하면서 휘청휘청 걷고 있다. 왜 이렇게 소심한 걸까? 두뇌도 남에게 뒤지지 않는다. 학문도 급우의 배는 된다. 행동거지에서부터 옷을 맵시 있게 입는 것에 이르기까지 모두 세련되었다고 자신하고 있다. 다만 소심하다. 소심하기 때문에 손해를 본다. 손해만 보는 거라면 그래도 괜찮지만, 어찌할 도리가 없는 곤경에 빠지고 만다. 물에 빠진 자는 물을 찬다고 어떤 책에 쓰여 있었다. 큰일을 위해서 지금은 딴 일에 일절 마음을 쓸 수 없는 때라며 포기하고 차버리면 그뿐이다. 하지만……

여자의 목소리가 들린다. 사람 그림자는 둘, 길 맞은편에서 이쪽으로 다가온다. 여성용 굽 낮은 게다와 통나무 게다 소리가 장단을 맞추며 미지근하게 저녁을 새기는 여유로움 속에서 말소리가 들려온다.

"남포등 받침대를 사오셨을까요?"

한 사람이 말한다.

"그렇겠지요."

또 한 사람이 대답한다.

"지금쯤 오셨을지도 모르겠어요."

먼저 말한 사람이 말한다.

"글쎄 어떨지요."

나중에 말한 사람이 대답한다.

"하지만 사온다고 하셨잖아요."

이렇게 밀어붙인다.

"아아, 정말 너무 따사로운 밤이네요."

도망친다.

"뜨거운 목욕물 탓이겠지요. 약탕은 몸을 덥혀주니까요."

설명한다.

두 사람은 여기서 오노의 건너편을 지나간다. 가는 것을 바라보니 늘어선 처마 밑으로 머리 그림자만이 비스듬히 메밀국숫집 쪽으로 움직여 간다. 고개를 돌리고 잠시 멈춰 서 있던 오노는 다시 걷기 시작한다.

아사이처럼 미안해하는 마음이 적은 사람이라면 금세 정리할 수도 있다. 무네치카처럼 무사태평한 사람이라면 어렵지 않게 어떻게든 할 것이다. 고노라면 초연한 태도로 둘 사이에 끼어 꼼짝하지 못하고 있을지도 모른다. 그러나 자신은 할 수 없다. 저쪽에 가서 한발 깊게 빠지고 이쪽에 와서 한발 더 깊게 빠진다. 양쪽을 어렵게 여겨 한발씩 양쪽에 잡히고 만다. 결국에는 인정에 얽매이고 의지가 부족하기 때문이다. 이해(利害)? 이해라는 것은 인정의 토대 위에 나중에 씌운 평판의 껍데기에 불과하다. 자신을 움직이는 첫 번째 힘이 무엇이냐고 물으면 바로 인정이라고 대답할 것이다. 이해라는 대답은 세 번째도 네 번째도 아니고, 경우에 따라서는 전혀 없어도 자신은 역시 마찬가지 결과에 빠질 거라고 생각한다. 오노는 이런 생각을 하며 걸어간다.

아무리 인정이라도 이렇게 우유부단해서는 안 된다. 팔짱을 끼고 일이 진행되는 대로 내버려두면 사건이 어떻게 발전할지 알 수 없다. 상상하면 두려워진다. 인정에 진절머리를 치면 칠수록 무시무시한 전개를 직접 보게 될지도 모른다. 반드시 여기서 어떻게든 하지 않으면 안 된다. 그러나 아직 이삼일의 여유가 있다. 이삼일 동안 충분히 생각하고 나서 결단해도 늦지 않다. 이삼일 지나 좋은 방법이 떠오르지 않으면 그때야말로 어쩔 수 없다. 아사이를 붙잡고 고도 선생에게 가서 담판을 해달라고 부탁하는 수밖에 없다. 사실 조금 전에도 그런 생각으로 아사이가 돌아올 날짜를 감안해서 이삼일의 유예를 달라고 했던 것이다. 이런 일은 인정에 구애받지 않는 아사이가 제격이다. 자신처럼 정이 두터운 사람은 도저히 거절할 수가 없다. 오노는 이런 생각을 하며 걸어간다.

달은 아직 하늘에 있다. 흘러가려고 해서 흘러가는 기색은 보이지 않는다. 땅에 떨어지는 빛은 선명할 틈도 없이 묵직한 온기에 갇혀 한

없이 큰 꿈을 중천으로 이끈다. 성긴 별은 구름을 지나 안쪽으로 빠져 나가려는 듯이 보인다. 솜 안에 쏜 포탄이 간신히 빛나는 것 같다. 고 요한 밤이다. 오노는 이 가운데를 생각에 잠겨 걸어간다. 오늘 밤은 반종(半鐘)[9]도 울리지 않을 것이다.

9 화재, 천재, 도둑 등을 알리기 위해 치는 종.

15

　방은 남향이다. 좌우로 여닫는 프랑스식 창문은 바닥에서 15센티
미터 높이부터 바로 유리다. 열어두면 햇빛이 들어온다. 따뜻한 바람
이 들어온다. 햇빛은 의자 다리에서 멈춘다. 바람은 멈추는 법을 모르
므로 사정없이 천장까지 분다. 커튼 뒤까지 스쳐간다. 활짝 트여 환한
서재다.

　프랑스식 창문을 피해 오른쪽에 책상 하나가 놓여 있다. 반원형의
미닫이문을 닫으면 위에서 자물쇠가 걸린다. 열면 녹색 나사(羅紗)를
붙인 한가운데를 앞쪽으로 비스듬히 낮게 깎아놓아, 등을 편하게 기
대고 책을 펼칠 수 있게 되어 있다. 아래에는 좌우에 은으로 된 쇠장
식이 달린 서랍이 층층이 달려 있고, 그 네 번째 서랍이 바닥에 닿는
다. 바닥은 녹나무 판자를 짜 맞춘 것인데 니스 칠을 해서 무례한 구
두 밑창을 걸핏하면 위태롭게 하겠다는 듯 번들거린다.

　그 밖에 테이블이 있다. 치펀데일[1] 양식이나 아르누보 양식을 적절
히 조합한 모양인데, 과감한 현대풍을 날씬하고 연약한 옛날풍에 숨

겨 방 한가운데를 점령하고 있다. 주위에 놓여 있는 의자 네 개도 물론 같은 식의 구조다. 공단의 무늬가 쌍으로 보이기는 하지만 햇빛을 막는 하얀 커버의 앉는 중간 부분도, 기대는 등 부분도 그저 안심하고 편안하게 앉을 수 있게만 할 뿐 눈요기는 되지 않는다.

책장은 벽에 붙어 있는데 270센티미터 높이로 문까지 이어져 있다. 짜 맞추어 겹으로 포갤 수 있고 떼어내면 한 단의 책장이 되는 것이 마음에 들어, 돌아가신 아버지가 서양에서 주문해 가져온 것이다. 가득 들어찬 책은 남색, 노란색 등 색색으로 그윽한 빛을 격렬하게 주고받고 있으며 책등의 금박을 한 장식 문자, 네모난 문자가 가로세로로 아름답다.

오노는 긴고의 서재를 볼 때마다 부럽다. 긴고도 물론 이 서재를 싫어하지 않는다. 원래는 아버지가 거처하는 방이었다. 칸막이 문 하나만 열면 바로 응접실로 통한다. 다른 문으로 나가면 안쪽 복도에서 일본식 방으로 이어진다. 서양식 방 두 개는 아버지가 비좁은 집을 20세기로 넓힌 편리의 결과다. 취향에 맞는다기보다는 오히려 실용에 쫓겨 시대의 유행에 자신을 내맡긴 건축이다. 그다지 기분 좋은 방은 아니다. 그러나 오노는 굉장히 부러워하고 있다.

이런 서재에 들어와 좋아하는 책을 좋아하는 시간에 읽고, 지겨워졌을 때는 좋아하는 사람과 좋아하는 이야기를 나누면 극락일 거라고 생각한다. 박사논문은 금방 써 보인다. 박사논문을 쓴 후에는 후대를 놀라게 할 대저서를 써 보인다. 필시 유쾌할 것이다. 그러나 지금과 같은 하숙집에서는 이웃의 시끌벅적한 소음이 머리를 휘저어 도저히

1 18세기 영국의 가구 제작자인 토머스 치펜데일(Thomas Chippendale)이 창안한 가구 양식. 주로 곡선이 많은 장식적인 디자인을 선보였다.

안 된다. 지금처럼 과거에 추궁당하고 의리나 인정으로 어수선한 상황에 밤낮으로 신경이 쓰여서는 도저히 안 된다. 자랑은 아니지만 자신은 머리가 뛰어나다. 머리가 뛰어난 자는 그 두뇌를 써서 세상에 공헌하는 것이 천직이다. 천직에 진력하기 위해서는 진력할 수 있을 만한 조건이 필요하다. 이런 서재가 그 조건의 하나다. 오노는 이런 서재에 들어가고 싶어 견딜 수가 없다.

고등학교는 달랐지만 대학에서는 고노도 오노도 같은 학년이었다. 철학과 순문학으로 과가 달랐으므로 오노는 고노의 학력(學力)을 알 수가 없다. 다만 「철학 세계와 현실 세계」라는 논문을 내고 졸업했다고 들었을 뿐이다. 「철학 세계와 현실 세계」의 가치는 읽지 않은 사람으로서 알 수야 없지만, 아무튼 고노는 시계를 받지 못했다. 자신은 받았다. 하사받은 시계는 시간을 가늠할 뿐만 아니라 두뇌의 좋고 나쁨까지 가늠한다. 미래의 진보와 학계의 성공도 가늠한다. 특전에서 탈락한 고노는 대단한 사람이 아닐 게 뻔하다. 게다가 졸업하고 나서는 이렇다 할 연구도 하지 않는 듯하다. 내부에 깊은 사고를 쌓아놓고 있을지도 모르지만, 쌓아놓고 있다면 이미 내놓았을 것이다. 내놓지 않은 것은 쌓아놓지 않았다는 증거로 봐도 별 지장은 없을 것이다. 아무리 봐도 자신은 고노보다는 유익한 재목이다. 이런 유익한 재목이 매달 60엔으로 분주하게 살아가는데 고노는 팔짱을 끼고 아주 무료한 나날을 보내고 있다. 이 서재를 고노가 점령하는 것은 아까운 일이다. 자신이 고노의 신분으로 이 서재의 주인이 될 수 있다면, 최근 2년 동안 그에 상응하는 일을 했을 것이다. 준마도 마구간에만 매여 있으면 그 능력을 발휘할 수 없다는 말도 있듯이, 부모에게 물려받은 가난으로 인한 하늘이 준 불공평을 오늘까지 어쩔 수 없이 견뎌왔다. 일양

래복(一陽來復)²이라고 들었다. 바라건대, 하고 오노는 평소에도 늘 마음속으로 빌었다. ……아무것도 모르는 고노는 오도카니 책상에 앉아 있다.

정면의 창문을 열고 나가면 돌계단 하나만 지나도 넓은 잔디밭이 한눈에 바라보일 뿐만 아니라 바로 붙어 있어 쾌청한 기운이 방 안으로 들어오는데도 고노는 문을 꼭 닫고 쥐 죽은 듯이 틀어박혀 있다.

오른쪽의 작은 창은 유리를 내려 닫아놓은 데다 그것마저 좌우에서 드리운 커튼으로 거의 가려놓았다. 비쳐드는 햇빛은 희미하게 바닥 위에 떨어진다. 거무스름한 적갈색 모직에 도드라진 꽃무늬 커튼은 먼지를 뒤집어쓴 채 스무 날 정도는 움직인 적이 없는 듯하다. 색도 어지간히 바랬다. 방과 어울리지 않는 장식도 과도기 일본에서는 당연히 훌륭하게 통용된다. 커튼 사이로 유리에 얼굴을 대고 바깥을 내다보니 홍가시나무 정원수 사이로 연못이 보인다. 굵은 세로 줄무늬 사이로 띄엄띄엄 물결무늬처럼 보이는 연못에서 비스듬히 마주 보이는 것이 후지오의 방이다. 고노는 정원수도 보지 않고 연못도 보지 않고 잔디밭도 보지 않고 가만히 책상에 기대고 있다. 작년에 타다 남은 석탄 하나가 난로 안에서 차갑게 봄을 보고 있는 모습이다.

얼마 후 탁 하고 책을 내려놓는 소리가 난다. 고노는 손때 묻은 예의 일기장을 꺼내 뭔가 적기 시작한다.

많은 사람들은 나에게 악을 행하려고 한다. 동시에 나는 그들을 흉악한 무리라고 하지 않는다. 또 그 흉악하고 난폭한 짓에 저항하지 않는다. 가로되 명령에 복종하지 않으면 너희를 증오할 것이다.

2 나쁜 일이 끝나고 좋은 일이 다가온다는 뜻.

고노는 조그만 글씨로 이렇게 써넣고 그 아래에 가타카나로 레오파르디[3]라고 적는다. 일기장을 오른쪽으로 치운다. 옮겨놓은 책을 다시 원래 자리에 놓고 조용히 읽기 시작한다. 가느다란 자개 펜대를 단 펜이 책상을 데굴데굴 굴러 바닥으로 떨어진다. 뚝 떨어져 다리 밑에 검은 자국이 생긴다. 고노는 두 손을 책상 모서리에 대고 버티며 허리를 약간 뒤로 젖혔지만, 시선을 떨어뜨려 방금 생긴 검은 방울을 바라본다. 둥근 원이 넘쳐 사방으로 확 퍼지고 있다. 자개 펜대는 몸을 뒤치더니 어둑어둑한 데서 길쭉하게 차가운 빛을 발한다. 고노는 의자를 비켜 놓는다. 손을 더듬어 집어 든 펜대는 전에 아버지가 서양에서 사다준 선물이다.

고노는 펜대를 쥔 손을 펴고 그것을 손가락 위에서 손바닥 안으로 굴린다. 손바닥과 손가락 끝의 높낮이를 바꾸자 긴 펜대는 데굴데굴 앞으로 갔다가 뒤로 돌아온다. 움직일 때마다 반짝반짝 빛난다. 작은 유품이다.

펜대를 굴리면서 책을 이어서 읽는다. 페이지를 넘기자 이런 내용이 적혀 있다.

검객이 검을 휘두를 때 서로의 실력이 같다면 검술은 의미가 없다. 그가 이를 하나의 계책 끝에 제압할 수 없다면 배우지 않은 자와 상대하여 적이 되는 것과 같다. 남을 속이는 것 또한 이와 같다. 속임을 당하는 자가 속이는 자와 똑같이 속임수에 능할 때 두 사람의 위치는 성실하게 상대하는 것과 추호도 다를 바 없다. 그러므로 거짓과 악은 우세를 이끌어내 도

---

3 자코모 레오파르디(Giacomo Leopardi, 1798~1837). 이탈리아의 시인이자 사상가. 『교훈적 소품집』, 『감상』 등의 작품이 있다.

와주지 않는 것 외에는, 거짓이 부족하고 악이 부족한 것에 마주치지 않는 것 외에는, 마지막으로 지극한 선을 적으로 삼지 않는 것 외에는 효과를 거두기 힘들다. 세 번째 경우는 원래부터 드물다. 두 번째 역시 많지 않다. 흉악한 자는 패덕에 필적할 만한 것을 정상 상태로 삼는다. 서로 상처를 주고도 끝내 달성할 수 없거나 또는 천신만고 끝에야 비로소 달성할 수 있는 것도, 단지 서로 선을 행하고 덕을 베풀어 쉽게 도달할 수 있다는 것을 생각하면 슬플 것이다.

고노는 다시 일기장을 집어 든다. 자개 펜대를 잉크병 속으로 툭 떨어뜨린다. 떨어뜨린 채 좀처럼 꺼내지 않나 싶었는데 결국 손을 뗀다. 펼쳐져 있는 레오파르디 위에 노란 표지의 일기장을 놓는다. 두 발에 힘을 주고 깍지 낀 손을 목덜미에 대고 의자 등받이에 기댄다. 올려다본 순간 아버지의 반신화(半身畵)와 눈이 마주친다.

그다지 크지는 않다. 반신이라고 해도 조끼의 단추 두 개가 보일 뿐이다. 옷은 프록코트로 보이는데 어두운 배경에 빨려들어 살짝 비치는 흰색 셔츠와 이마가 넓은 얼굴만 밝게 보일 뿐이다.

유명한 사람이 그린 것이라고 한다. 3년 전에 귀국했을 때 아버지는 이 그림을 들고 아득한 바다를 건너 요코하마의 부두에 내렸다. 그 이후에는 긴고가 올려다볼 때마다 벽면에 걸려 있다. 올려다보지 않을 때도 벽면에서 긴고를 내려다보고 있다. 붓을 쥐고 있을 때도, 턱을 괴고 있을 때도, 선잠을 자며 머리를 책상에 기대고 있을 때도 끊임없이 내려다보고 있다. 긴고가 집에 없을 때조차 캔버스 속의 사람은 항상 서재를 내려다보고 있다.

내려다보고 있는 만큼 살아 있다. 눈망울에 긴장감이 있다. 그것도 끈기에 내맡겨 정성껏 칠해서 그려낸 눈망울이 아니다. 한 번의 붓질로 윤곽을 그렸고 눈썹과 속눈썹 사이에 자연스러운 그림자가 생겨나 있다. 아래쪽 속눈썹은 늘어져 있다. 먹은 나이가 모여 눈초리를 잡아당기는, 배 지나간 자리 같은 것이 떠올라 있다. 그 안에 눈동자가 살아 있다. 움직이지 않고, 게다가 살아 있는 순간의 표정을 그대로 화폭에 담은 솜씨는 회심의 기회를 포착한 비범한 재주라고 하지 않을 수 없다. 고노는 그 눈을 볼 때마다, 살아 있구나, 하고 생각한다.

공상의 세계에 하나의 파도가 일면 천 개의 파도가 따라 인다. 파도끼리 서로 포옹하여 사색의 나라에서 자신을 잊어버릴 때 오뇌(懊惱)가 고개를 들고 그 눈과 딱 마주치면, 앗, 있었구나, 하고 생각한다. 어떤 때는, 이런, 있었구나, 하고 놀랄 때도 있다. 고노가 레오파르디로부터 눈을 떼고 모든 것을 의자 등받이에 맡겼을 때는 평소보다 심하게, 이런, 있었구나, 하고 놀랐다.

추억거리로 죽은 자를 회상하게 하는 유품은, 떠올릴 실마리를 주면서도 죽은 자를 원래대로 돌려놓지 못하는 무참한 것이다. 몸에서 떨어지지 않은 몇 올의 머리카락을 품다가 울다가 하지만, 세월은 그저 앞으로 흘러갈 뿐인 덧없는 세상이다. 유품은 태워버리는 것이 제일이다. 아버지가 돌아가시고 나서 고노는 왠지 이 그림을 보는 것이 싫어졌다. 떠나도 별 이상은 없다며 침착한 근거지를 마련해두고 지척에서 자비로운 얼굴을 생생히 떠올리는 것은, 떠난 부모를 기억의 종이에 드러낼 뿐만 아니라 만날 날을 봄까지 기다리라는 점(占)도 된다. 그러나 만나려고 생각한 사람은 이미 죽고 말았다. 살아 있는 것은 그저 눈망울뿐이다. 그것도 살아 있기만 할 뿐 전혀 움직이지 않는다. 고노는 망연히 눈망울을 바라보며 생각에 잠겨 있다.

아버지도 참 가엾다. 살려면 좀 더 살 수 있는 나이인데. 수염도 전혀 세지 않았다. 혈색도 싱싱하다. 물론 죽을 생각도 없었을 것이다. 참 가엾다. 어차피 죽을 거라면 일본에 돌아와 죽었더라면 좋았을 것을. 필시 남기고 싶은 말도 있었을 것이다. 묻고 싶은 것, 이야기하고 싶은 것도 많았는데. 안타깝다. 지긋한 나이에 서너 번이나 외국에 파견되었고, 더군다나 임지에서 갑작스러운 병에 걸려 급사하고 말았다.

살아 있는 눈은 벽에서 고노를 가만히 내려다보고 있다. 고노는 의자에 앉은 채 벽 위쪽을 가만히 보고 있다. 두 사람의 눈은 볼 때마다 딱 마주친다. 가만히 움직이지 않고 눈을 마주한 채 초를 거듭하여 분이 되자 어쩐 일인지 상대의 눈동자가 움직였다. 눈동자를 딴 데로 움직이는 변덕스러운 움직임이 아니다. 가만히 지켜보는 눈빛이 점차 강해져 눈을 빠져나온 영혼이 일직선으로 천천히 고노에게 다가온다. 고노는, 어라, 하고 고개를 움직였다. 머리카락이 의자 등받이를 떠나 6센티미터쯤 앞으로 나왔을 때 영혼은 그새 사라지고 말았다. 눈 깜짝할 사이에 눈 속으로 돌아간 것 같다. 액자는 여전히 액자에 지나지 않는다. 고노는 다시 검은 머리를 의자 등받이 위쪽에 기댔다.

어이가 없다. 하지만 요즘에는 가끔 이런 일이 있다. 몸이 쇠약해진 탓이거나 두뇌의 상태가 좋지 않아서일 것이다. 그렇다 해도 이 그림은 싫다. 완고한 아버지를 닮았다는 것만이 여전히 마음에 걸린다. 죽은 자에게 마음을 남긴들 아무 소용이 없다는 것은 알고 있다. 그런 때에 죽은 자를 코앞에 걸어놓고 생각하라고 자꾸 재촉하는 것은 목검을 내밀고 할복하라고 강요하는 것과 같은 일이다. 귀찮을 뿐 아니라 불쾌하기까지 하다.

그것도 보통 때라면 별개의 문제다. 아버지를 떠올릴 때마다 아버지에게 미안해진다. 지금의 몸과 마음은 자신에게조차 미안하다. 현실 세계에 사는 것은 명색뿐인 의식주를 탐하는 것일 뿐이고 머리는 다른 나라에 있다. 어머니와 여동생을 잊었기에 이렇게 살아 있기도 하다. 현실 세계의 지면에서 발뒤꿈치를 드는, 즉 현실 세계와 대적하는 일을 이해할 수 없는 이해(利害)의 사람의 눈으로 보면 필시 더없이 바보 같은 일일 것이다. 자신은 모든 것을 버릴 각오가 있다고 하더라도 이런 꼬락서니를 아버지에게 보여주고 싶지는 않다. 아버지는 보통 사람이다. 무덤 속에서 아버지가 보고 있다면 아마 불초자식이라고 생각할 것이다. 불초자식은 아버지를 생각하고 싶지 않다. 생각하면 미안해진다. 아무래도 이 그림은 안 되겠다. 기회가 되면 창고로 치워버리자.

열 사람은 열 사람의 운명을 가진다. 뜨거운 것에 데어 생선회를 후후 불어 식히는 것[4]은 그루터기를 지키며 토끼를 기다리는 것[5]과 똑같은 중대한 법칙에 지배되는 것이다. 한낮의 하늘에 오포(午砲)[6]가 울리고 집집마다 밥을 지을 때 지구 반대쪽에 있는 사람들은 이불 속에서 한밤의 태평한 일을 꾀하느라 여념이 없다. 고노가 홀로 서재에서 생각에 잠겨 있는 동안 어머니와 후지오는 다다미방에서 조그만 소리로 이야기를 나누고 있다.

"그럼 아직 말하지 않은 거네요."

후지오가 말한다. 갈색을 띤 명주실로 짠 겹옷은 의외로 수수한 대신 길게 트인 소매 뒤에서 홍견으로 댄 안감이 한 줄기 요염한 색을

---

4 한 번 실패한 것에 질려 쓸데없이 조심하는 것을 비유한 표현.
5 오랜 습관을 지키며 생각을 바꾸지 않는 것을 비유한 표현.
6 정오를 알리기 위해 쏘는 공포(空砲).

내비치고 있다. 오비에서는 갈색을 띤 주황색의 고풍스러운 무늬가 보인다. 직물의 이름은 알 수 없다.

"긴고 말이야?"

어머니가 되묻는다. 어머니도 나이에 어울리게 수수한 줄무늬 기모노에 안팎이 다른 천으로 된 오비를 매고 있는데 검은색만 눈에 띌 정도로 바짝 졸라맸다.

"네."

이렇게 대답한 후지오는 다시 확인하듯 묻는다.

"오라버니는 아직 모르죠?"

"아직 말 안 했어."

이렇게 말한 어머니는 차분하다. 방석 가장자리를 들추며 묻는다.

"아니, 담뱃대가 어디 갔지?"

담뱃대는 화로 맞은편에 있다.

"여기요."

후지오는 긴 담배설대를 거꾸로 엄지손가락과 손바닥 사이에 끼워 잡고 손잡이가 달려 있는 쇠 주전자 위로 건넨다.

"말하면 무슨 말이라도 할까요?"

내민 손을 이쪽으로 다시 거둬들인다.

"말하면 그만인 거야?"

어머니는 빈정거리듯이 잘라 말하고는 아래를 보고 담뱃대의 대통에 살담배 구모이를 담는다. 딸은 대답하지 않는다. 대답하면 약해진다. 가장 강한 대답을 하려고 생각할 때는 입을 다물고 있는 것이 제일이다. 무언은 황금이다.

화로에 박아놓은 삼발이 밑에서 충분히 불을 붙인 어머니는 코에서 나오는 연기와 함께 입을 연다.

"말이야 언제든지 할 수 있지. 말하는 게 좋을 거 같으면 내가 해줄게. 뭐 의논할 것도 없어. 이렇게 할 생각이라고 말하면 그뿐인 거지."

"그야 나도, 내 생각이 정해진 이상 오라버니가 무슨 말을 해도 들어주지 않겠지만……"

"어떤 말도 할 애가 아니야. 의논 상대가 될 정도면 처음부터 이렇게 하지 않고도 얼마든지 다른 방법이 있었겠지."

"하지만 오라버니가 마음먹기에 따라서는 우리가 곤란해질 수도 있잖아요."

"그래. 그렇지 않다면 얘기고 뭐고 필요 없었겠지. 그래도 표면상으로는 이 집안의 상속인이니까. 그 애가 승낙해주지 않으면 우리가 길거리에 나앉게 될 뿐이거든."

"그런데도 무슨 말을 할 때마다 재산은 다 줄 테니 그리 알라고 한다니까요."

"말만 해서는 어쩔 도리가 없잖아."

"그렇다고 재촉할 수도 없잖아요."

"어차피 줄 거라면 재촉해서 받아도 상관없겠지만, 세상에 체면이 서지 않으니까 문제인 거지. 그 애가 아무리 학자라도 우리 쪽에서 그런 말을 꺼내기는 힘들지."

"그러니까 말하면 되잖아요?"

"뭘 말이야?"

"뭐라니요? 그 일요."

"오노 씨 문제 말이야?"

"네."

후지오는 명백하게 대답한다.

"그거야 말해도 좋지. 어차피 언젠가는 말하지 않으면 안 되는 문제
니까."

"그렇게 하면 어떻게든 하겠지요. 전 재산을 다 줄 생각이라면 줄
거고요. 얼마간 나눠 줄 생각이라면 나눠 주겠지요. 집이 싫다면 어디
로든 나갈 거고요."

"하지만 엄마 입으로, 너한테는 신세 지고 싶지 않으니까 후지오 좀
어떻게 해달라, 이런 말을 하는 것도 힘들지."

"그렇지만 오라버니 쪽에서 보살피는 건 싫다고 했잖아요. 돌볼 수
는 없고 재산은 주지 않고, 그렇다면 엄마를 대체 어떻게 할 생각인
걸까요?"

"어떻게 할 생각 같은 건 전혀 없을 거야. 다만 그렇게 미적미적하
면서 남을 곤란하게 하는 거지."

"조금은 이쪽 사정도 알 것 같은데 말이에요."

어머니는 잠자코 있다.

"지난번에 금시계를 무네치카 씨한테 주라고 말했을 때도……"

"오노 씨한테 주겠다고 할 거야?"

"오노 씨라고는 말하지 않겠지만, 하지메 씨한테 준다고는 말하지
않았어요."

"그 애는 참 이상해. 데릴사위를 들여서 보살피라고 할 때는 언제고
또 너를 하지메 씨한테 주고 싶어 한다니까. 하지만 하지메 씨는 외아
들이잖아. 어떻게 데릴사위로 들일 수 있겠어?"

"흐음."

후지오는 가는 목을 옆으로 돌려 정원을 내다본다. 황혼을 재촉하

는 것으로만 보였던 아사기자쿠라 꽃은 모조리 우듬지를 떠났고 빛나는 갈색 어린잎이 싹트고 있다. 왼쪽에 둥글게 손질된 서너 그루의 무성한 홍가시나무 사이로 서재의 창이 살짝 보인다. 마음껏 한쪽으로 치우쳐 가지를 뻗은 벚나무를 오른쪽으로 지나면 연못이 나온다. 연못 끝에 튀어나온 곳이 자신의 방이다.

조용한 정원을 한눈에 둘러본 후지오는 다시 옆얼굴을 돌리고 어머니를 정면으로 본다. 어머니는 조금 전부터 후지오를 향한 채 눈을 떼지 않고 있다. 두 사람이 얼굴을 마주했을 때, 후지오는 무슨 생각을 했는지 아름다운 한쪽 볼을 씰룩거린다. 웃음이라고까지는 할 수 없는 것이 분명히 떠오르기 전에 자연스럽게 사라진다.

"무네치카 쪽은 괜찮겠지요?"

"괜찮지 않다고 해도 어쩔 도리가 없잖아."

"하지만 거절은 했겠지요?"

"거절했고말고. 저번에 갔을 때 무네치카 아버님한테 이유를 잘 말씀드리고 왔지. ……돌아와서 너한테 말했던 대로 말이야."

"그건 기억하고 있지만, 어쩐지 확실하지 않은 것 같아서요."

"확실하지 않은 것은 그쪽 일이지. 알다시피 무네치카 아버님은 아주 느긋한 양반이니까."

"우리도 확실히 거절한 것은 아니었잖아요."

"그야 지금까지의 의리가 있으니까. 요령부득인 심부름꾼처럼, 후지오가 싫다고 하니 거절하겠습니다, 이렇게 말할 수는 없는 거고."

"뭐, 싫은 사람은 어떻게 해도 좋아지지 않으니까 차라리 알아듣기 쉽게 말해주는 게 나아요."

"그래도 세상은 그런 게 아니야. 넌 아직 어려서 노골적으로 말해도 상관없다고 생각할지 모르지만 세상은 그렇지가 않아. 똑같이 거절한다고 해도, 역시 정취도 있고 맛도 있게 말하지 않으면 안 되거든. ……화나게 한다고 해도 별수 없는 노릇이고."

"뭐라고 하면서 거절했는데요?"

"아무리 해도 긴고가 결혼을 하겠다는 말을 하지 않는다, 나도 나이가 들어 불안하다고 했지."

단숨에 대답한다. 그리고 잠깐 차를 마신다.

"나이가 들어 불안하니까?"

"불안하니까 긴고가 그렇게 끝까지 버틸 생각이라면 데릴사위라도 들일 수밖에 없다, 그런데 하지메 씨는 무네치카 집안의 소중한 상속자니까 우리한테 올 수도 없고 또 후지오를 줄 수도 없는 거 아니겠느냐, 라고 말했지."

"그럼 오라버니가 만약 결혼을 하겠다고 하면 곤란해지잖아요?"

"뭐, 괜찮아."

어머니의 거무스름한 이마에 짜증 섞인 팔자가 생긴다. 팔자는 이내 사라진다. 그러고는 말한다.

"결혼을 하겠다고 하면 하는 거고, 이토코든 누구든 맘대로 얻으면 되는 거지. 우리는 우리대로 빨리 오노 씨를 맞아들이면 되니까."

"하지만 무네치카 씨는요?"

"괜찮아, 그런 걱정은 안 해도 돼."

어머니는 답답하다는 듯 잘라 말하고서 덧붙인다.

"외교관 시험에 합격하기 전에는 결혼할 입장이 아니겠지."

"만약 합격하면 당장 뭐라고 해올 텐데요?"

"하지만 그 애가 시험에 합격할 수 있겠어? 한번 생각해보라고.

……설령 합격하면 널 주겠다는 약속을 했다고 해도 괜찮아."

"그렇게 말했어요?"

"그렇게는 말하지 않았지. 그런 말은 하지 않았지만 말했다 해도 괜찮다는 거지. 합격할 애가 아니니까."

후지오는 웃으면서 고개를 갸우뚱한다. 그리고 곧 말쑥하게 자세를 바로하고 이야기를 일단락 지으면서 말한다.

"그럼 무네치카 아버님은 확실히 거절당했다고 생각하고 있는 거죠?"

"그렇게 생각하고 있겠지. ……어떻든, 그 이후 하지메 씨의 태도는? 좀 변하기는 했니?"

"아니, 똑같아요. 저번에 박람회에 갔을 때도 여전하던걸요."

"박람회에 간 게 언제였지?"

"오늘로……" 후지오는 생각한다. "그러니까 그제, 그끄제 저녁요."

"그렇다면 이미 하지메 씨한테 전해졌을 텐데. ……하긴 무네치카 아버님이 그런 양반이니까, 경우에 따라서는 수수께끼가 풀리지 않았을지도 모르겠다."

어머니는 자못 속이 타는 모양이다.

"아버지도 아버지지만, 하지메 씨 역시 특이한 사람이니까 아버지한테 그 얘기를 듣고도 태연한 표정을 짓고 있는 건지도 몰라요."

"그렇겠지. 뭐가 어떻다고도 말할 수 없겠지. 그럼 이렇게 하자. 아무튼 긴고한테 말하는 거야. ……이쪽에서 가만히 있으면 아무리 시간이 지나도 끝이 안 나는 문제니까."

"지금 서재에 있을걸요."

어머니는 자리에서 일어난다. 툇마루로 나간 발을 한 걸음 뒤로 빼더니 허리를 구부리고 나지막한 소리로 말한다.

"너, 하지메 씨 만날 거지?"

"만날지도 몰라요."

"만나면 살짝 내비치는 게 좋아. 오노 씨하고 오모리(大森)에 간다고 했잖아. 내일이던가?"

"네. 내일 가기로 약속했어요."

"뭣하면 둘이서 놀러 다니는 모습이라도 보여주는 게 좋겠지."

"호호호호."

어머니는 서재 쪽으로 향한다.

활짝 트인 툇마루를 지나 아름다운 나뭇결이 돋보이게 온통 윤을 낸 서양식 방의 문을 반쯤 여니 닫혀 있던 안은 어둑어둑하다. 손잡이를 앞으로 밀면서 여는 문에 몸을 맡기고 두 발을 소리 없이 판자를 짜 맞춘 바닥에 내려놓았을 때 도어볼트가 찰카닥 하고 되튀는 소리가 난다. 커튼으로 봄을 막고 있는 어둑어둑한 서재가 두 사람을 인간 세상에서 차단한다.

"정말 어둡구나."

어머니는 이렇게 말하면서 한가운데에 있는 테이블까지 와서 멈춰 선다. 의자 등받이 위로 머리만 보이는 긴고의 뒷모습이 소리가 들린 쪽으로 가만히 돌자 눈썹 끝이 3분의 1쯤 비스듬하게 나타난다. 한쪽의 검은 수염이 윗입술을 따라 자연스럽게 내려와 그것이 끝나는 지점에서 느닷없이 되감긴다. 입은 다물고 있다. 동시에 검은 눈동자는 눈초리까지 끌려왔다. 어머니와 아들은 이런 자세로 서로를 알아보았다.

"음침하구나."

어머니는 서 있는 자세로 거듭 말한다.

말 없는 사람은 자리에서 일어난다. 실내화로 두세 번 바닥을 울리며 테이블 모서리까지 발을 옮기고서야 비로소 천천히 입을 연다.

"창문을 열까요?"

"아무려면 어떠니? 엄마는 아무래도 괜찮다만, 그냥 네가 울적할 것 같아서 말이야."

말 없는 사람은 다시 오른쪽 손바닥을 테이블 너머 앞으로 내민다. 재촉을 받은 어머니는 먼저 의자에 앉는다. 긴고도 의자에 앉는다.

"어떠니, 몸은?"

"걱정해주셔서 고맙습니다."

"좀 나아진 거니?"

"예, 뭐……"

이렇게 건성으로 대답하면서 고노는 등을 펴고 팔짱을 낀다. 동시에 테이블 아래에서는 오른쪽 발등에 왼쪽 바깥 복사뼈를 올린다. 어머니의 눈에서는 길이가 줄어든 달걀색 셔츠의 소매가 정면으로 보일 뿐이다.

"건강에 신경 좀 써야지, 그렇지 않으면 엄마도 걱정되니까……"

어머니의 말이 채 끝나기도 전에 고노는 턱을 목으로 끌어당기고 테이블 밑을 들여다본다. 검은 버선 두 개가 겹쳐 있다. 어머니의 발은 보이지 않는다. 어머니가 다시 말을 잇는다.

"몸이 안 좋으면 그만 기분까지 울적해져서 자신한테도 좋지 않고……"

고노는 문득 고개를 든다. 어머니는 급히 화제를 바꾼다.

"그래도 교토에 다녀온 후로는 좀 나아진 것 같구나."

"그렇습니까?"

"호호호호. 그렇습니까라니, 남 일처럼 말이야. ……어쩐지 안색이
건강해 보이잖아? 햇볕에 타서 그런가?"

"그럴지도 모르지요."

고노는 고개를 돌려 창 쪽을 본다. 커튼의 깊은 주름이 좌우로 갈라
진 사이로 홍가시나무의 어린잎이 타오르는 듯이 유리창에 비친다.

"이야기라도 하게 저쪽 다다미방으로도 좀 오렴. 그쪽은 활짝 트여
서 서재보다는 기분이 좋을 테니까. 하지메 씨처럼 가끔은 시시한 여
자를 상대로 세상 돌아가는 이야기라도 하면 기분전환도 되고 좋을
거야."

"고맙습니다."

"어차피 말상대가 될 만한 이야기는 할 수 없겠지만, 그래도 바보는
바보 나름대로……"

고노는 부신 듯한 눈을 홍가시나무에서 다른 데로 돌린다.

"홍가시나무가 아주 예쁘게 싹을 틔웠네요."

"그래, 예쁘구나. 오히려 어설픈 꽃보다는 낫지. 여기서는 한 그루밖
에 보이지 않네. 저쪽으로 돌아가면 둥글게 손질해놓은 것이 아주 예
쁘거든."

"어머니 방에서 가장 잘 보이겠군요."

"그래. 한번 구경해볼래?"

고노는 보겠다고도 보지 않겠다고도 하지 않는다. 어머니는 말한
다.

"게다가 말이야, 요즘에는 날씨 때문인지 연못의 비단잉어가 정말
잘 뛰어올라…… 여기서도 들리니?"

"잉어가 뛰어오르는 소리요?"

"그래."

"아니요."

"들리지 않는다고? 그렇겠지, 이렇게 문을 꼭 닫아놓고 있으니까. 엄마 방에서도 들리지 않을 정도인데. 요전에는 후지오가 내 귀가 어두워졌다고 실컷 놀리더라. 하긴 뭐 귀가 어두워질 만한 나이니까 어쩔 수 없는 일이긴 하지만 말이야."

"후지오는 있습니까?"

"있지. 지금쯤 오노 씨가 와서 공부할 시간일 거야. ……무슨 볼일이라도 있는 거야?"

"아니요, 특별히 볼일이 있는 건 아닙니다."

"그 애도 그렇게 드센 구석이 있는 아이라 필시 네 비위에 거슬리는 일도 있겠지만, 친동생이라 생각하고 좀 참고 보살펴주면 좋겠구나."

고노는 팔짱을 낀 채 깊은 눈동자로 가만히 어머니를 응시한다. 어머니의 눈은 왠지 테이블 위에 떨어져 있다.

"보살피기는 할 생각입니다."

조용히 말한다.

"네가 그렇게 말해주니 나도 정말 안심이 되는구나."

"보살필 생각 정도가 아닙니다. 그렇게 하고 싶은 겁니다."

"그렇게까지 생각해준다는 말을 들으면 후지오도 무척 기뻐할 거야."

"하지만……"

말이 끊긴다. 어머니는 다음 말을 기다린다. 긴고는 팔짱을 풀고 의자에 기댄 등을 앞으로 당기고 가슴을 테이블 모서리에 댈 정도로 다가간다.

"하지만, 어머니, 후지오는 제 보살핌을 받을 생각이 없습니다."

"그럴 리가……"

이번에는 어머니가 몸을 의자 등받이에서 뗀다. 고노는 눈썹 하나 까딱하지 않는다. 여전히 나지막한 목소리로 조용히 말을 잇는다.

"보살핀다는 것은 보살핌을 받는 쪽이 이쪽을 신앙…… 신앙이라고 하니까 신 같아서 이상하군요."

고노는 여기서 말을 뚝 끊는다. 어머니는 아직 차례가 돌아오지 않은 것이라고 생각했는지 순순히 기다리고 있다.

"아무튼 보살핌을 받아도 좋다고 생각할 만큼 신용하는 사람이 아니면 안 됩니다."

"그거야 네가 그렇게 생각하고 단념해버리면 그만이지만……"

여기까지는 아무 어려움 없이 말을 했지만, 갑작스레 어조를 바꿔 압박하듯이 말을 잇는다.

"후지오도 실은 불쌍한 아이잖니, 그렇게 말하지 말고 어떻게든 해주면 안 될까?"

고노는 팔꿈치를 세우고 손바닥으로 이마를 받친다.

"하지만 후지오는 저를 깔보고 있어서 보살펴주면 아마 싸움만 하게 될 겁니다."

"후지오가 널 깔보고 있다니……"

단아한 어머니치고는 부정하는 목소리가 비교적 크다.

"그런 일이 있다면 누구보다 먼저 내가 미안하지."

이 말을 덧붙일 때는 이미 평소의 말투로 돌아와 있다.

고노는 말없이 팔꿈치를 세우고 있다.

"후지오가 무슨 무례한 짓이라도 한 거야?"

고노는 여전히 이마에 댄 손 밑으로 어머니를 보고 있다.

"만약 무례한 일이 있었다면 내가 차분히 얘기해볼 테니까 뭐든 거리낌 없이 얘기해줄래? 서로한테 거북한 일이 있으면 좋지 않으니까."

이마에 댄 다섯 손가락은 마디가 길고 가늘며 손톱 모양까지 여자처럼 가냘프다.

"후지오도 이제 스물넷이 되었지요?"

"해가 바뀌었으니 스물넷이 됐지."

"이제 어떻게든 하지 않으면 안 되겠지요?"

"시집 말이야?"

어머니는 간단히 확인한다. 고노는 시집이라든가 사위라든가 하는 분명한 말을 하지 않는다. 어머니가 다시 말한다.

"실은 후지오 일도 의논하고 싶은데, 그 전에……"

"뭔가요?"

오른쪽 눈썹은 여전히 손바닥 아래 숨어 있다. 눈빛은 깊다. 그러나 예리한 점은 어디에도 보이지 않는다.

"어떨까? 다시 한번 생각해주면 좋을 것 같은데."

"뭘 말인가요?"

"네 문제 말이야. 후지오도 어떻게든 하지 않으면 안 되겠지만, 네 문제를 먼저 결정하지 않으면 엄마도 곤란하니까."

고노는 손등 뒤에서 한쪽 뺨으로 웃는다. 쓸쓸한 웃음이다.

"몸이 좋지 않다고는 하지만, 너 정도의 몸으로 결혼한 사람이야 얼마든지 있잖아."

"그야 그렇겠지요."

"그래서 말인데 너도 다시 한번 생각해봐. 그중에는 결혼을 하고 나서 무척 건강해진 사람도 있다고 하니까."

고노의 손은 이때야 비로소 이마에서 떨어진다. 테이블 위에는 쾌지 한 장과 연필 한 자루가 놓여 있다. 아무 생각 없이 쾌지를 집어 들고 뒤집어보니 영어가 서너 줄쯤 적혀 있다. 읽어보다가 깨닫는다. 어제 읽은 책에서 잊어버리지 않기 위해 옮겨 적어놓고 그대로 내버려둔 종잇장이다. 고노는 쾌지를 테이블 위에 엎어놓는다.

어머니는 마음속으로만 찡그리고 고노의 대답을 얌전히 기다리고 있다. 고노는 연필을 들고 종이 위에 오(烏)자를 쓴다.

"어떠냐?"

오(烏)자는 이제 조(鳥)자가 된다.

"그렇게 해주면 좋을 텐데 말이야."

조(鳥)자가 이번에는 때까치 격(鴃)자가 된다. 그 뒤에 설(舌)자를 써넣는다.[7] 그리고 얼굴을 든다. 입을 연다.

"뭐 후지오부터 결정하면 되겠지요?"

"네가 무슨 일이 있어도 승낙해주지 않으면 그렇게 할 수밖에 없겠지."

말을 끝낸 어머니는 맥없이 고개를 숙인다. 동시에 아들의 종이 위에 삼각형이 생긴다. 삼각형 세 개가 겹쳐 비늘무늬가 된다.

"어머니, 이 집은 후지오한테 주겠습니다."

"그럼 넌……"

---

7 격설(鴃舌)은 때까치의 소리라는 뜻으로, 알아들을 수 없는 외국 사람의 말을 낮잡아 이르는 말이다.

부정하려 든다.

"재산도 후지오한테 주겠습니다. 저는 아무것도 필요하지 않습니다."

"그럼 우리가 난처할 뿐이야."

"난처하십니까?"

차분하게 말한다. 모자는 잠깐 눈을 마주친다.

"난처하냐고? ……내가 돌아가신 그 양반한테 죄송하지 않겠어?"

"그렇습니까? 그럼 어떻게 하면 좋겠습니까?"

고노는 적갈색 연필을 테이블 위에 탁 내던진다.

"어떻게 하면 좋겠느냐고? 어차피 엄마처럼 못 배운 사람은 잘 모르긴 하지만, 못 배운 사람도 나름대로 그리되면 죄송하다고 생각하지."

"싫으십니까?"

"싫다니, 지금까지 내가 그런 과분한 말을 한 적이 있었니?"

"없습니다."

"나도 없었다고 생각해. 네가 그렇게 말할 때마다 고맙다는 말은 늘 해왔잖아."

"고맙다는 말은 늘 들었습니다."

어머니는 나뒹군 연필을 집어 들고 뾰족한 끝을 본다. 끝에 달린 둥근 지우개를 본다. 마음속으로 어떻게 해볼 도리가 없는 사람이라고 생각한다. 잠시 후 지우개를 테이블 위로 쭉 당기면서 말한다.

"그럼 무슨 일이 있어도 집안을 이을 생각이 없다는 거지?"

"집안은 이어받겠습니다. 저는 법률상 상속인이니까요."

"고노 집안은 이어받지만 엄마는 돌볼 수 없다는 말이구나."

고노는 대답하기 전에 긴 눈 한가운데에 눈동자를 고정한 채 어머니의 얼굴을 뚫어지게 쳐다본다. 그리고 정중하고 겸손한 태도로 말한다.

"그래서 집도 재산도 모두 후지오한테 주겠다고 한 겁니다."

"그렇게까지 말한다면 나도 어쩔 수 없구나."

어머니는 한숨과 함께 이 한마디를 테이블 위에 내던진다. 고노는 초연하다.

"그럼 다른 방도가 없으니까 네 일은 네가 알아서 하기로 하고, ……후지오 말인데."

"예."

"실은 오노 씨가 좋을 것 같은데 어떨까?"

"오노 말인가요?"

이렇게만 말하고 입을 다문다.

"안 될까?"

"안 될 건 없겠지요."

천천히 말한다.

"괜찮다면 그렇게 결정하려고 하는데……"

"괜찮겠지요."

"괜찮다고?"

"예."

"그렇다면 이제 안심했다."

고노는 꼼짝 않고 정면의 뭔가를 뚫어지게 바라보고 있다. 마치 앞에 있는 어머니의 존재를 잊고 있는 것 같다.

"그럼 이제…… 넌 어떻게 할 건데?"

"어머니, 후지오도 알고 있겠지요?"

"물론 알고 있지. 그건 왜?"

고노는 역시 먼 곳을 보고 있다. 이윽고 눈을 한 번 깜박거리더니 문득 시선이 가까워졌다.

"무네치카는 안 됩니까?"

"하지메 씨 말이냐? 원래대로라면 하지메 씨가 가장 좋겠지. ……아버지도 무네치카 아버님과 그런 사이였고 말이야."

"무슨 약속이라도 있지 않았습니까?"

"약속이라고 할 만한 건 없었어."

"아버지가 시계를 주겠다고 말씀하신 적이 있는 것 같은데요."

"시계?"

어머니는 고개를 갸우뚱한다.

"아버지의 금시계 말입니다. 석류석 장식이 붙은 거요."

"아아, 그래그래. 그런 일이 있었던 것 같구나."

어머니는 그제야 생각난 것처럼 말한다.

"하지메는 아직 기대하고 있는 것 같습니다."

"그래?"

이렇게만 말하고 어머니는 시치미를 떼고 있다.

"약속이 있었다면 주지 않으면 안 됩니다. 도리에 어긋나는 일이니까요."

"시계는 지금 후지오가 맡아두고 있으니까 내가 잘 말해두마."

"시계 이야기이기도 합니다만, 저는 주로 후지오 이야기를 하는 겁니다."

"하지만 후지오를 주겠다는 약속은 전혀 없었어."

"그렇습니까? ……그럼 상관없겠지요."

"그렇게 말하면 내가 어쩐지 네 생각을 거스르는 것 같아 미안하지만, ……그런 약속이 있었다는 기억이 전혀 없는데 어쩌겠니."

"예. 그렇다면 없는 거겠지요."

"그야 약속이 있든 없든 하지메 씨한테 보내도 좋겠지만, 그 애도 외교관 시험이 아직 끝나지 않았으니 공부하는 중에 보낼 수도 없는 노릇이고 말이야."

"그거야 상관없습니다."

"게다가 하지메 씨는 장남이라 아무래도 무네치카 집안을 이어받지 않으면 안 될 거고."

"후지오한테는 데릴사위를 들일 생각입니까?"

"그러고 싶지는 않지만 네가 엄마 말을 들어주지 않으니까……"

"후지오가 다른 데로 간다고 해도 재산은 후지오한테 줄 겁니다."

"재산은…… 내 생각을 오해하면 곤란한데…… 엄마 마음속에는 재산 같은 건 전혀 들어 있지 않아. 그건 속을 열어 보여주고 싶을 정도로 깨끗하다고 생각해. 그렇게 보이지 않니?"

"그렇게 보입니다."

고노가 말한다. 아주 진지한 어조다. 어머니에게도 조롱의 의미로는 해석되지 않는다.

"그저 나이가 들어 마음이 불안하니까…… 단 하나뿐인 후지오까지 보내버리면 그 뒤가 곤란하니까 말이야."

"그러시겠지요."

"그렇지만 않다면 하지메 씨가 좋을 텐데. 너하고도 사이가 좋고……"

"어머니, 오노를 잘 아십니까?"

"알고 있다고 생각해. 예의 바르고 친절하고 학문적인 능력도 있는 훌륭한 사람이잖아. ……그건 또 왜?"

"그렇다면 됐습니다."

"그렇게 쌀쌀맞게 말하지 말고 무슨 생각이 있으면 말해봐. 모처럼 의논하러 왔으니까 말이야."

한동안 패지의 낙서를 응시하고 있던 고노는 눈을 들자마자 온화하게 잘라 말한다.

"오노보다는 무네치카가 어머니를 더 소중하게 생각할 겁니다."

"그야……"

곧바로 나선다. 그러고는 조용히 말한다.

"그럴지도 모르지. ……네 눈이 잘못되지는 않았겠지만 다른 일하고 달리 이 문제만은 부모나 오빠 생각대로는 되지 않으니까."

"후지오가 꼭 오노여야 한다고 말합니까?"

"어, 뭐 꼭 그렇다고는 말하지 않지만."

"그건 저도 알고 있습니다. 알고 있긴 하지만. ……그런데 후지오는 집에 있습니까?"

"부를까?"

어머니가 자리에서 일어난다. 일어서면서 연분홍빛 당초무늬가 잔뜩 흩뜨려진 벽지 적당한 자리에 달린 벨 한가운데의 하얀 곳을 누르자 자리로 돌아오기도 전에 대답이 들린다. 입구의 문이 15센티미터쯤 살짝 열리는 곳을 돌아본 어머니가 말한다.

"후지오한테 볼일이 있으니까 잠깐 오라고 해."

열린 문이 살짝 닫힌다.

어머니와 아들은 테이블을 사이에 두고 마주 본다. 긴고는 다시 연필을 집어 든다. 세 개의 비늘 주위에 닿을락 말락 한 크기의 원을 그린다. 원과 비늘 사이를 칠한다. 검은 선을 하나하나 정성껏 나란히 그어간다. 어머니는 무료한 듯이 아들의 도안을 은근히 바라보고 있다.

두 사람의 속은 물론 알 수 없다. 다만 겉모습만은 너무나도 조용하다. 만약 행동거지가 내면의 상황을 형이하(形而下)로 옮기는 기호가 될 수 있다면, 이 두 사람만큼 한가한 모자를 쉽사리 찾아볼 수 없을 것이다. 지루한 시간을 수십 개의 선으로 나누고 똑바로 세 비늘 외부를 빈틈없이 칠하는 아들과 순순히 손을 무릎 위에 올리고 똑바로 앉아 획을 그을 때마다 까매지는 원 안을 지켜보고 있는 어머니는 사이좋고 화목한 모자다. 마음이 부드럽고 즐거운 모자다. 사이에 있는 테이블에 가로막힌 가슴과 가슴을 마주하고 봄을 차단하는 커튼 안에서 세상을, 사람을, 다툼을 잊어버린 모습이다. 죽은 사람의 초상은 여느 때처럼 벽 위에서 조용하고 차분한 이 모자를 내려다보고 있다.

정성껏 긋는 선은 차츰 빽빽해진다. 검은 부분이 점차 늘어난다. 오른쪽의 반달 모양에 해당하는 부분만 남았을 때 찰카닥 하고 도어볼트가 뒤틀리는 듯한 소리가 나더니 기다리던 후지오가 입구에 나타난다. 하얀 모습을 봄에 맡긴다. 짙은 배경 속에서 어깨 위쪽이 떠 있는 것처럼 보인다. 고노의 연필은 긋다 만 선의 중간에서 딱 멈췄다. 동시에 후지오의 얼굴이 배경을 쏙 빠져나온다.

"얘기는 어떻게 됐어요?"

후지오는 이렇게 말하며 어머니 옆으로 와서 앉는다. 자리에 앉은 후 다시 어머니에게 묻는다.

"얘기는 나왔어요?"

어머니는 그저 후지오를 의미 있는 듯이 볼 뿐이다. 고노의 검은 선은 그사이에 네 개 늘었다.

"오라버니가 너한테 무슨 볼일이 있다고 해서."

"그래요?"

이렇게 말하자마자 후지오는 다시 오빠 쪽을 향한다. 검은 선이 자꾸 생기고 있다.

"오라버니, 나한테 볼일 있어요?"

"응."

이렇게 대답한 고노는 그제야 얼굴을 든다. 얼굴을 들고 나서는 아무 말도 하지 않는다.

후지오는 다시 어머니를 본다. 어머니를 보는 후지오의 얼굴에서는 엷은 웃음의 그림자가 예쁜 볼을 스친다. 오빠가 마침내 입을 연다.

"후지오, 이 집과 내가 아버지한테 받은 재산은 다 너한테 줄게."

"언제요?"

"오늘 줄게. ……그 대신 어머니는 네가 보살펴야 해."

"고마워요."

후지오는 이렇게 대답하고는 다시 어머니를 본다. 역시 웃고 있다.

"너, 무네치카한테는 갈 생각 없어?"

"네, 없어요."

"없다고? 무슨 일이 있어도 싫은 거야?"

"네, 싫어요."

"그래? ……오노가 그렇게 좋아?"

후지오는 표정이 굳어진다.

"그걸 물어서 뭘 하려고요?"

의자에 앉은 채 등을 곧추 펴며 말한다.

"아무것도 안 해. 나한테는 아무 도움도 안 되는 일이거든. 다만 널 위해 말해주는 거야."

"날 위해서요?"

후지오는 말끝을 올린다. 그러고는 자못 경멸하는 듯이 떨어뜨리며 말한다.

"그렇구나."

어머니가 비로소 입을 연다.

"오라버니 생각으로는 오노 씨보다는 하지메 씨가 더 나을 거라는 이야기야."

"오라버니는 오라버니고 저는 저예요."

"오라버니는 오노 씨보다는 하지메 씨가 엄마를 더 소중히 돌봐줄 거라고 말하는 거야."

"오라버니."

후지오는 날카롭게 긴고를 향하고는 조용히 말한다.

"오라버니는 오노 씨의 성격을 알고 있어요?"

"알고 있지."

조용히 말한다.

"알 리 없잖아요?"

후지오는 일어서면서 다시 말한다.

"오노 씨는 시인이에요. 고상한 시인이란 말이에요."

"그래?"

"정취를 아는 사람이에요. 사랑을 아는 사람이고요. 온후한 군자 같은 사람이란 말예요. ……철학자는 알 수 없는 인격을 갖춘 사람이에요. 오라버니는 하지메 씨를 알겠지요. 하지만 오노 씨의 가치는 모를 거예요. 절대 모를 거예요. 하지메 씨를 칭찬하는 사람이 어떻게 오노 씨의 가치를 알겠어요."

"그럼 오노로 정해."

"물론이에요."

말을 내뱉은 자줏빛 리본은 문 쪽으로 움직인다. 가녀린 손으로 손잡이를 휙 돌리자마자 후지오의 모습은 짙은 배경 속으로 사라진다.

16

　서술의 붓은 고노의 서재를 떠나 무네치카의 집으로 들어간다. 같은 날이다. 또 같은 시각이다.

　여전히 자단 책상을 앞에 두고 무네치카 아버지가 거칠고 두꺼운 목면에 무늬를 염색한 인도 사라사로 만든 방석 위에 앉아 있다. 셔츠를 싫어해서 겉옷 속에 입은 검은색 견직물 옷의 옷깃이 풀어헤쳐져 맨살이 드러나 텁수룩한 가슴 털이 보인다. 인베(忌部)산 도자기 장식품인 포대(布袋)상[1] 중에 흔히 이런 것이 있다. 포대상 앞에는 이상하게 생긴 담배합이 놓여 있다. 고슌즈이(吳祥瑞)[2]라는 이름이 새겨진 청화백자 담배합에는 산이 있고 버드나무가 있고 사람이 있다. 비슷한 크기로 그려진 사람과 산 사이를 한 줄기 금박 가루가 꾸불꾸불 길

---

　1 중국 후량(後梁)의 승려인 포대화상(布袋和尙)의 상. 체구가 비대하고 배가 불룩하게 나왔으며 항상 지팡이를 들고 자루를 메고 다니면서 길흉과 날씨를 점쳤다고 한다. 일본에서는 칠복신(七福神)의 하나다.
　2 여러 설이 있는데 보통은 이세노쿠니(伊勢國) 사람으로 명나라로 건너가 도기 제법을 배워 아리타(有田) 근처에서 도공이 되었다고 하는 인물을 가리킨다.

게 이어져 가장자리까지 기어오른다. 모양은 항아리 같은데 사발처럼 벌어졌고, 벌어진 끝이 갑작스레 좁아지며 둥근 테가 된다. 마주 보고 있는 귀를 빠져나가는 덩굴에는 적갈색을 띤 등나무를 바싹 감아 손잡이가 되도록 했다.

어제 무네치카 아버지는 어디 골동품 가게에선지 바대를 대서 기운 이 담배합을 찾아내 사왔다. 그러고는 오늘 아침부터 상서(祥瑞, 숀즈이)로다, 상서로다, 하며 호들갑을 떨고는 재를 넣고 불을 넣고 자꾸만 담배를 피우고 있다.

그때 입구의 장지문을 드르륵 열고 무네치카가 평소처럼 활달하게 들어온다. 아버지는 담배합에서 눈을 뗐다. 보아하니 아들은 아버지에게 물려받은 헐렁헐렁한 양복을 입고 캐시미어 양말에만 대단한 멋을 부렸다.

"어디 가는 거냐?"

"가는 게 아니고 지금 막 돌아온 참입니다. 아, 더워. 오늘은 상당히 덥네요."

"집에 있으면 그렇지도 않아. 넌 무턱대고 서두르니까 더운 거야. 좀 차분히 걷는 게 어떠냐?"

"충분히 차분하다고 생각하는데, 그렇게 보이지 않나 보죠? 그럼 곤란한데 이거. ……이야, 드디어 담배합에 불을 넣었군요. 과연."

"어떠냐, 이 숀즈이?"

"왠지 술독 같은데요."

"무슨, 담배합이지. 너희들이 이러쿵저러쿵하면서 비웃지만, 이렇게 재를 넣고 보면 역시 담배합답지?"

노인은 덩굴 손잡이를 잡고 숀즈이를 공중으로 휙 들어 올린다.

"어떠냐?"

"예, 좋은데요."

"좋지? 슌즈이는 가짜가 많아서 쉽게 구할 수가 없거든."

"대체 얼만데요?"

"얼마인지 한번 맞혀봐라."

"짐작할 수가 없는데요. 함부로 말했다가는 또 저번의 소나무처럼 정신 못 차리게 야단만 맞을 테고요."

"1엔 80전이다. 싸지?"

"그게 싼 건가요?"

"거저주운 거나 다름없지."

"예에, ……아니, 툇마루에 또 새로운 분재가 생겼네요."

"아까 백량금과 바꿔 심었다. 그건 사쓰마(薩摩)산 화분인데 아주 오래된 거지."

"16세기 포르투갈 사람들이 썼던 모자같이 생겼는데요. ……야, 이 거, 이 장미는 또 굉장히 빨갛네요."

"그건 불견소(佛見笑)라는 건데, 역시 장미의 일종이지."

"불견소요? 묘한 이름이군요."

"『화엄경』에 '외면은 보살 같고(外面如菩薩) 내면은 야차 같다(內心如夜叉)'라는 구절이 있다. 알고 있지?"

"그 구절은 알고 있습니다."

"그래서 불견소라고 한단다. 꽃은 아름답지만 가시가 아주 많지. 어디 한번 만져봐라."

"뭘요, 만져보지 않아도 됩니다."

"하하하하, 외면은 보살 같고, 내면은 야차 같다, 여자는 위험한 존재지."

노인은 이렇게 말하면서 담뱃대 대통 끝으로 숀즈이 안을 마구 쑤셔댄다.

"참 까다로운 장미도 있군요."

무네치카는 감탄하며 불견소를 바라본다.

"그래."

노인은 뭔가 생각났다는 듯이 무릎을 치고 말을 잇는다.

"하지메, 저 꽃을 본 적이 있느냐? 저기 도코노마에 꽂아둔 거 말이다."

노인은 앉아서 얼굴만 뒤로 돌린다. 뒤틀린 목에는 갈 곳을 잃어버린 살이 세 겹으로 겹쳐 어깨 쪽으로 밀려나온다.

높게 만들지 않고 널빤지만 깐 갈색을 띤 도코노마에는 낚싯대를 멘 현자화상(蜆子和尙)[3]의 모습을 단숨에 그린 족자가 고요하고 차분하게 걸려 있고, 그 앞에는 청동으로 만든 오래된 항아리가 놓여 있다. 학처럼 긴 목에서 쑥 나온 두 줄기에는 열십자 모양으로 사방으로 뻗어 있는 잎을 경계로 염주에 꿰인 것 같은 이슬방울이 두 개씩 짝을 이뤄 피어 있다.

"무척 가느다란 꽃이네요. ……본 적이 없는 건데, 이름이 뭔가요?"

"그게 예의 후타리시즈카(二人靜)[4]다."

"예의 후타리시즈카라고요? 예고 뭐고 지금까지 들어본 적이 없는

3 중국 당나라 말기의 선승. 기행으로 유명하며 그물과 낚싯대를 가지고 새우나 바지락(蜆)을 잡았다고 하여 이런 이름으로 불렸다.
4 우리말로는 꽃대(학명은 Chloranthus serratus)라고 하나 이야기 전개에 맞춰 후타리시즈카(둘이서 조용히)라는 일본 이름으로 번역한다. 여러해살이풀로 가지는 갈라지지 않고 잎은 네 장으로 마주나는데 끝이 뾰족하고 가장자리에 톱니가 있다. 줄기 끝에서 두 개의 꽃이삭이 나온다.

데요."

"기억해두는 게 좋아. 재미있는 꽃이지. 하얀 꽃이삭이 반드시 두 개씩 나오거든. 그래서 후타리시즈카야. 요쿄쿠[5]에 시즈카의 영혼이 둘이 되어 춤을 추는 게 있는데, 알고 있느냐?"

"모릅니다."

"후타리시즈카라. 하하하하, 정말 재미있는 꽃이야."

"왠지 업보가 있는 꽃뿐이네요."

"찾아보기만 하면 업보는 얼마든지 있지. 너, 매화가 얼마나 종류가 많은 줄 아느냐?"

노인은 담배합을 들고 또 담뱃대의 대통으로 재 속을 휘젓는다. 무네치카는 그 기회를 틈타 화제를 돌린다.

"아버지, 오늘 말이죠, 오랜만에 이발소에 가서 머리를 깎고 왔습니다."

오른손으로 검은 데를 매만진다.

"머리를?"

노인은 이렇게 말하며 담배설대의 중간 부분을 숀즈이의 가장자리에 톡톡 두드려 재를 떤다.

"별로 깔끔하게 되지도 않은 것 같은데?"

정면으로 돌고 나서 말한다.

"깔끔하게 되지 않았다고요, 아버지? 이건 반삭발 머리가 아니에요."

---

5 제아미(世阿弥)의 작품이라고 전해지는 요쿄쿠 작품인 〈후타리시즈카〉를 말한다. 헤이안 시대 말기에서 가마쿠라 시대 초기의 여성 시즈카고젠(靜御前)의 영혼이 요시노(吉野)에서 봄나물을 캐는 여성에게 들리고, 그 여성이 시즈카의 의상을 입고 춤을 추자 시즈카도 거기에 따라 춤을 춘다. 즉 한 명의 시즈카가 두 명이 되어 춤을 춘다.

"그럼 뭔데?"

"가르마를 한 거예요."

"가르마가 안 타졌는데?"

"곧 알게 되실 거예요. 한가운데가 좀 길죠?"

"그러고 보니 좀 긴 것 같기도 하고. 그만둬라, 보기 흉하다."

"보기 흉한가요?"

"게다가 이제 곧 여름인데 숨 막힐 듯이 더워서……"

"하지만 아무리 숨 막힐 듯이 더워도 이렇게 해두지 않으면 안 되거든요."

"그건 또 왜?"

"하여튼 안 됩니다."

"묘한 놈 다 보겠네."

"하하하하, 실은요, 아버지."

"그래."

"외교관 시험에 합격했습니다."

"합격했다고? 야, 이거, 그랬구나. 그럼 빨리 좀 말하지 않고."

"뭐, 머리라도 좀 다듬고 나서 말씀드리고 싶어서요."

"머리야 아무려면 어떠냐?"

"하지만 반삭발을 하고 외국에 가면 죄수로 오해받는다고 하니까요."

"외국에…… 외국에 가게 되는 거냐? 언제?"

"뭐, 이 머리가 오노 세이조 머리만큼 자랐을 때겠지요."

"그렇다면 아직 한 달은 남았겠구나?"

"예, 그 정도는 남았지요."

"한 달 정도 남았다면 안심이다. 떠나기 전에 여유 있게 의논할 수도 있을 테니까."

"예, 시간이야 얼마든지 있습니다. 시간이야 얼마든지 있지만, 이 양복은 오늘부로 반납하고 싶습니다."

"하하하하, 못 입겠느냐? 잘 어울리는데."

"아버지가 하도 잘 어울린다고 해서 지금까지 입었는데…… 여기저기가 헐렁헐렁하잖아요."

"그래? 그럼 관둬라. 아버지가 다시 입지 뭐."

"하하하하. 정말 놀라운데요. 그거야말로 그만두세요."

"그럼 그만두지 뭐. 구로다한테나 줄까?"

"구로다한테야말로 달갑지 않은 일이지요."

"그렇게 이상한가?"

"이상한 건 아니지만, 몸에 맞지 않아서요."

"그래? 그럼 역시 이상하겠지."

"예, 결국 이상하지요."

"하하하하, 그런데 이토코한테는 말했느냐?"

"시험 말입니까?"

"그래."

"아직 안 했습니다."

"아직 안 했다고? 왜? ……대체 언제 알았느냐?"

"제게 통지가 온 건 이삼일 전입니다. 바빠서 그만 아직 아무한테도 말하지 못했습니다."

"넌 너무 태평해서 못써."

"잊어버리지는 않습니다. 그러면 되지요, 뭐."

"하하하하, 그걸 잊어버리면 큰일이지. 좀 더 신경을 써야겠다."

"예, 그래서 지금 이토코한테도 말해주려고요. ……제 걱정을 하고 있을 테니까요. ……이번에 합격한 것도 그렇고, 이 머리에 대한 설명도……"

"머리는 됐고…… 대체 어디로 가게 된 거냐? 영국이냐? 아니면 프랑스?"

"그런 건 아직 모릅니다. 모르긴 해도 서양이긴 하겠지요."

"하하하하, 정말 태평하구나. 뭐 어디든 간다는 게 좋은 거지."

"서양 같은 데는 가고 싶지 않지만…… 뭐, 순서가 그러니 어쩔 수 없습니다."

"음, 뭐 아무 데나 가면 되는 거지."

"중국이나 조선이라면 원래대로 반삭발에 이런 헐렁헐렁한 양복을 입고 갈 수 있을 텐데 말이에요."

"서양은 까다로운 곳이지. 하지만 너처럼 예의가 없는 사람한테는 좋은 수업이 될 테니, 잘됐다."

"하하하하, 서양에 가면 타락할 것 같았는데요."

"왜?"

"서양은 사람을 두 유형으로 꾸며서 가지 않으면 안 되니까요."

"두 유형이라니?"

"예의 없는 내면과 아름다운 외면요. 성가시니까요."

"일본도 그렇지 않으냐? 문명의 압박이 심하니까 겉을 아름답게 꾸미지 않으면 사회에서 살아갈 수가 없지."

"그 대신에 생존경쟁도 치열하게 되니까 내면은 점점 무례해지겠지요."

"바로 그렇지. 겉과 속이 반대 방향으로 발달하게 되는 거지. 앞으로의 인간은 살아가면서 갈기갈기 찢기는 형을 받은 거나 마찬가지야. 고통스럽겠지."

"지금의 인간이 진화하면 신의 얼굴에 돼지 불알을 단 놈들만 생겨서 안정될지도 모르지요. 아, 싫은데, 그런 수업이나 하러 나가는 건 말이에요."

"그럼 차라리 그만둘래? 집에 있으면서 아비의 낡은 양복이나 입고 태평스럽게 제멋대로 지껄여대는 게 좋을지도 모르지, 하하하하."

"특히 영국 사람은 마음에 안 들어요. 하나부터 열까지 영국이 모범이라도 되는 듯한 얼굴로 뭐든지 자기들 방식대로 밀어붙이려고만 하니까요."

"하지만 영국 신사라면 요즘 상당히 평판이 좋지 않으냐?"

"영일동맹[6] 같은 것도 뭐 그렇게 축하할 만한 건 아니지요. 덩달아 떠들어대는 사람들이, 영국에 가본 적도 없는 주제에 깃발만 내세우고 말이죠, 마치 일본이 없어진 것 같지 않습니까?"

"그래. 어느 나라나 겉이 겉대로 발달하면 속도 그에 맞게 발달할 테니까. ……뭐 나라만이 아니라 개인도 그렇지."

"일본이 훌륭해져서 영국이 일본 흉내를 내게 하지 않으면 안 돼요."

"네가 일본을 훌륭하게 만들어야지, 하하하하."

무네치카는 일본을 훌륭하게 하겠다고도 하지 않겠다고도 말하지 않는다. 문득 손을 뻗으니 사라사 넥타이가 옷깃 한가운데까지 밀려

6 1902년 러시아 세력의 동진(東進)을 견제하기 위해 영국과 일본 사이에 맺은 동맹조약. 1921년 워싱턴 회의에서 폐기되었다.

올라가 있고 묶은 곳은 옆으로 비틀어져 있다.

"이 넥타이는 정말 잘 미끄러져서 못쓰겠어요."

무네치카는 손을 더듬어 위치를 바로하면서 말을 잇는다.

"그럼, 이토코한테 잠깐 말하러 갔다 올게요."

무네치카가 일어서려고 한다.

"좀 기다려라, 잠깐 의논할 게 있다."

"무슨 일인데요?"

일어서려던 엉덩이를 내릴 때 책상다리 비슷한 자세를 취한다.

"사실 지금까지는 네 위치가 정해지지 않아서 별로 말을 안 꺼냈는데……"

"결혼 얘기 말인가요?"

"그래. 어차피 외국에 갈 거라면 떠나기 전에 정한다든가, 결혼을 한다든가, 아니면 데려간다든가……"

"데려가는 건 도저히 안 됩니다. 돈이 부족하니까요."

"데려가지 않아도 좋아. 확실히 매듭지어놓고, 그리고 놔두고 가면 그동안은 내가 소중하게 맡아줄 테니까."

"저도 그렇게 하려고 생각하고 있습니다."

"그래서 말인데, 마음에 든 처자라도 있는 거냐?"

"고노의 여동생을 생각하고 있는데, 어떨까요?"

"후지오 말이냐? 으음."

"안 됩니까?"

"뭐, 안 될 건 없지."

"외교관의 아내는 그런 여자가 아니면 안 됩니다."

"그래서 말인데, 사실 고노의 부친이 살아 계실 때 나하고 잠깐 그

이야기도 했었다. 너는 잘 모르겠지만 말이다."

"고노 아버님이 저한테 시계를 주신다고 했었습니다."

"그 금시계 말이냐? 후지오가 장난감으로 가지고 놀아서 유명
한……"

"예, 아주 오래된 시계지요."

"하하하하, 그런 시계가 바늘이나 제대로 돌아갈까? 시계는 그렇다
치고, 사실은 제일 중요한 당사자 얘긴데 말이야, ……얼마 전 고노
어머님이 왔을 때 좋은 기회라 생각하고 그 이야기를 꺼내봤다."

"예, 뭐라고 하던가요?"

"정말 좋은 인연이긴 한데 아직 사회적 위치가 결정되지 않아서 유
감스럽지만……"

"사회적 위치가 결정되지 않았다는 건 외교관 시험에 합격하지 못
했다는 뜻이군요."

"뭐, 그렇겠지."

"그렇다면 좀 놀라운데요."

"아니, 그 여자는 말이 아주 능한 대신에 뜻이 잘 통하지 않아서 곤
란하더라. 말을 막힘없이 술술 하긴 하는데, 결국 요점을 알 수가 없
어. 요컨대 비경제적인 여자지."

다소 씁쓸한 기색으로 담뱃대로 무릎을 탁탁 치던 아버지는 시선마
저 툇마루 쪽으로 옮긴다. 조금 전에 옮겨 심은 불견소가 봄과 여름의
경계에서 이때라는 듯이 선명한 붉은색을 뿜내고 있다.

"하지만 거절한 건지 안 한 건지 알 수 없는 건 성가신 일이군요."

"성가시지. 지금까지도 그 여자와 엮였다가 성가시게 된 일이 꽤 많
았지. 간살스럽게 아양을 떠는 목소리로 말을 장황하게 늘어놓고 말

이야…… 난 그게 싫어."

"하하하하, 그거야 상관없지만…… 결국 담판은 짓지도 못한 겁니까?"

"그러니까 그쪽이 하는 말은, 네가 외교관 시험에 합격한다면 그땐 줘도 좋다는 거였어."

"그럼 간단하네요. 이렇게 합격했으니까요."

"그런데 또 있어, 귀찮은 일이. 이거 정말……"

아버지는 두 손바닥을 안쪽으로 가지런히 모으고 눈을 동그랗게 문지른다. 눈동자가 벌게진다.

"합격해도 안 되는 겁니까?"

"안 되는 건 아니겠지만, ……긴고가 집을 나간다고 하더라."

"말도 안 돼."

"만약 집을 나가면 어머니를 돌볼 수 없게 되지. 그래서 데릴사위를 들이지 않으면 안 된다는 거야. 그러면 너한테든 누구한테든 시집을 보낼 수 없게 된다고 하더라."

"정말 어처구니없는 말을 하는군요. 무엇보다 고노가 집을 나간다니, 그럴 리 없을 텐데요."

"집을 나간다니, 설마 스님이 될 생각은 아니겠지만, 결혼을 해서 어머니 보살피는 건 싫다고 한다지 뭐냐."

"고노가 신경쇠약이어서 그런 터무니없는 말을 하는 겁니다. 잘못 생각한 거지요. 설사 나간다고 해도…… 후지오 씨 어머니는 고노를 내보내고 데릴사위를 들일 생각인가요?"

"그렇게 되면 정말 큰일이라며 걱정하고 있더라."

"그럼 후지오 씨를 시집보내도 되는 거 아닙니까?"

"그렇지. 그렇지만 만약의 경우를 생각하면 자기도 불안해서 견딜 수 없다고 하더라."

"뭐가 뭔지 모르겠네요. 마치 야와타노야부시라즈(八幡の藪知らず)[7]에 들어간 것 같은데요."

"정말 그렇구나…… 요령부득이어서 아주 난처해."

아버지는 이마에 주름살을 지으며 눈을 치뜨고 머리를 여기저기 어루만진다.

"그런데 그런 얘기를 나눈 게 언제인가요?"

"저번이지. 일주일쯤 됐나?"

"하하하하, 저는 합격했다는 소식을 이삼일 늦게 했는데 아버지는 일주일이군요. 부모인 만큼 저보다 배나 태평하신데요."

"하하하하, 하지만 요령부득이니 말이야."

"확실히 요령부득이군요. 당장 요점이 뭔지 확실히 알아오겠습니다."

"어떻게?"

"우선 고노한테 결혼을 하도록 설득해서 스님이 되지 않도록 하고, 후지오 씨를 줄지 말지 확실한 담판을 하고 올 생각입니다."

"너 혼자 할 생각이냐?"

"예, 혼자서도 충분합니다. 졸업하고 나서 아무것도 하지 않았으니까 적어도 이런 일이라도 하지 않으면 지겨워서 안 됩니다."

"그래, 자기 일을 스스로 처리하는 것은 좋은 일이지. 한번 해보는 게 좋아."

"그리고 말이죠, 만약 고노가 결혼을 하겠다고 하면 이토코를 줄 생

---

7 지바 현 야와타(八幡)에 있는 숲으로, 한번 들어가면 나올 수 없게 된다는 전설이 있다.

각인데 괜찮을까요?"

"그건 괜찮다. 상관없어."

"우선 이토코의 의향을 물어보고……"

"물어보지 않아도 괜찮을 거다."

"그래도 이런 일은 물어보지 않으면 안 됩니다. 다른 일과는 다르니까요."

"그럼 물어봐라. 이리 오라고 할까?"

"하하하하, 아버지와 오빠 앞에서 물어보는 건 안 될 일이지요. 제가 지금 가서 물어보겠습니다. 그래서 본인이 좋다고 하면 고노한테도 그렇게 말하겠습니다."

"그래, 좋아."

짤막한 바지를 입은 무네치카가 벌떡 일어난다. 불견소와 후타리시즈카와 현자화상과 포대상을 남겨두고 복도로 이어진, 1층과 2층 사이의 방으로 간다.

탕탕 두 번째 계단을 밟으니 뒤를 북통 모양으로 불룩하게 맨 여동생의 오비가 예쁘게 보인다. 세 번째 계단을 밟으니 하늘색 리본이 옆으로 기울고 통통한 한쪽 볼이 입구 쪽을 향하고 있다.

"오늘은 공부하는 모양이네. 이거 희한한 일인데. 그런데 그건 뭐야?"

무네치카는 느닷없이 책상 옆에 앉는다. 이토코가 책을 탁 덮는다. 덮은 책 위로 통통하고 둥글둥글한 손을 올려놓는다.

"아무것도 아니에요."

"아무것도 아닌 책을 읽는다니, 정말 한량이 따로 없구나."

"어차피 그런걸요, 뭐."

"이제 손을 떼도 되잖아? 마치 바닥에 깔린 카루타⁸라도 집은 것 같네."

"카루타든 뭐든 상관없잖아요. 제발 부탁이니까 저쪽으로 좀 가줘요."

"정말 날 귀찮게 여기는구나. 이토코, 아버지가 그런 말을 하시더라."

"무슨 말요?"

"이토코는 『여대학(女大學)』⁹이나 좀 읽으면 좋을 텐데, 요즘에는 연애소설만 읽어서 정말 곤란하다고 말이야."

"어머, 거짓말. 내가 언제 그런 걸 읽었다고 그래요?"

"나야 모르지. 아버지가 그렇게 말씀하시니까."

"거짓말이에요. 아버지가 그런 말을 할 리 없잖아요."

"그런가? 하지만 사람이 들어오니까 읽던 책을 덮고 쥐덫¹⁰처럼 열심히 누르고 있는 걸 보면 아버지가 하는 말도 완전히 거짓말 같지는 않아 보이는데."

"거짓말이에요. 거짓말이라고 하는데도, 정말 오라버니는 비열해요."

"비열하다는 건 좀 심한데. 그럼 요주의 인물인 매국노겠네, 하하하

---

8 놀이에 사용하는 카드. 직사각형 모양에 그림이나 글자 등이 그려진 몇 장이 한 세트로 이루어진다. 여러 가지 카루타 놀이가 있는데, 일반적으로 손에 든 카드와 같은 세트의 카드를 바닥에 깔린 카드 중에서 먼저 찾는 것을 겨룬다.

9 에도 시대 중기부터 여성의 교육에 이용된 교훈서. 여기서 '대학(大學)'은 교육기관인 대학이 아니라 사서오경의 하나인 대학을 말하며 가정 내에서 여자의 복종을 강조하는 등 봉건적인 도덕관으로 일관되어 있다.

10 일반적인 쥐덫이 아니라 엎어놓은 말을 막대기로 받치고 그 밑에 미끼를 놓아 쥐가 건드리면 말이 떨어져 가두게 하는 것.

하."

"하지만 사람이 하는 말을 믿지 않으니까 그렇죠. 그럼 증거를 보여
드릴까요? 잠깐 기다려봐요."

이토코는 덮었던 책을 소매로 가리면서 자기 앞으로 당기고는 오빠
에게 보이지 않도록 하면서 오비 뒤로 숨긴다.

"바꿔치기하면 안 돼."

"잠자코 기다리기나 하세요."

이토코는 오빠의 눈을 피해 긴 소매 안에 감춘 책을 자꾸만 뒤적이
다가 드디어 위로 내민다.

"봐요."

두 손으로 주의 깊게 가린 페이지의 나머지 3센티미터쯤 되는 모서
리 한가운데에 붉은 빛깔의 도장이 보인다.

"도장이잖아? 뭐야…… 고노(甲野)?"

"알았지요?"

"빌린 거야?"

"네. 연애소설 아니죠?"

"안을 보여주지 않는 이상 뭐라고 말할 수는 없지만, 뭐 그건 그렇
다고 해주지. 그런데 너 올해 몇 살이지?"

"맞혀보세요."

"맞혀보지 않아도 구청에 가면 바로 알 수 있는 거지만, 참고 좀 하
려고 물어보는 거야. 감추지 말고 말하는 게 너한테는 득이 될 텐데."

"숨기지 말고 말하라니요? ……왠지 나쁜 짓이라도 한 것 같네요.
저, 싫어요, 그렇게 강요받고 말하는 건."

"하하하하, 역시 철학자의 제자인 만큼 쉽게 권위에 굴복하지 않는

점은 기특해. 그럼 다시 묻겠는데, 올해 연세가 어떻게 되시는지요?"

"그렇게 농으로 얼버무린다고 누가 말할 줄 알아요?"

"이거 곤란한데. 정중하게 물으면 또 그렇다고 화를 내고 말이야. ……스물하나였나? 아니 스물둘인가?"

"대충 그쯤이에요."

"확실하지 않은 거야? 자기 나이도 확실히 모르다니, 그럼 오라버니도 좀 불안한데. 아무튼 십 대는 아니지?"

"쓸데없는 참견 아닌가요? 남의 나이 같은 걸 묻고. ……그걸 물어서 어쩌려고요?"

"뭐, 특별한 용도가 있어서는 아닌데, 실은 너를 시집보낼 생각이어서 말이야."

반 농담 상대가 되어 놀림을 받고 있던 여동생의 모습이 돌연 변한다. 얼음 위에 뜨거운 돌을 놓자 순식간에 차가워진다. 이토코는 단번에 기운을 발산한다. 동시에 생기 있는 눈을 슬쩍 내리깔고 다다미의 결을 세기 시작한다.

"어때? 시집가는 건 싫지 않겠지?"

"몰라요."

나지막한 소리로 말한다. 여전히 고개를 숙인 채다.

"모르면 안 되지. 오라버니가 가는 게 아니라 네가 가는 거야."

"가겠다고 하지도 않았잖아요."

"그럼 가지 않겠다는 거야?"

이토코가 머리를 아래위로 끄덕인다.

"가지 않겠다고? 정말?"

대답은 없다. 이번에는 고개조차 움직이지 않는다.

"가지 않으면 오라버니가 할복하지 않으면 안 되는데. 큰일이군."

고개 숙인 눈빛은 보이지 않는다. 다만 통통한 볼을 웃음의 그림자가 스치고 지나간다.

"웃을 문제가 아니잖아. 정말 배를 갈라야 한다고. 그래도 좋아?"

"마음대로 가르세요."

불쑥 얼굴을 든다. 생글생글 웃는다.

"배를 가르는 거야 좋은데 너무 심각하니까 말이야. 할 수 있는 일이라면 이대로 살아 있는 것이 서로 편하지 않을까? 너도 하나뿐인 오라버니한테 배를 가르게 하는 건 재미없잖아."

"아무도 재미있다고 하지는 않았어요."

"그러니까 오라버니를 살려주는 셈치고 시집가겠다고 하면 안 될까?"

"하지만 이유도 말하지 않고 아닌 밤중에 홍두깨격으로 그렇게 무리한 말을 하면……"

"이유야 물어보기만 하면 얼마든지 이야기해주지."

"됐어요. 이유 같은 건 듣지 않아도 돼요. 난 시집 같은 건 가지 않을 테니까요."

"이토코, 네 대답은 쥐불꽃[11]처럼 빙빙 돌기만 하잖아. 착란 상태야."

"뭐라고요?"

"아니, 아무것도 아니야. 법률 용어니까. ……그래서 말인데, 이토코, 아무리 시간이 지나도 결말이 나지 않으니까 눈 딱 감고 털어놓겠는데, 실은 이런 거야."

"이유는 듣겠지만 시집은 가지 않아요."

11 작은 불꽃으로, 불을 붙이면 쥐처럼 지면을 빙글빙글 돌다가 터진다.

"조건을 붙여서 들을 생각이야? 꽤 교활한데. 사실 오라버니가 후지오 씨와 결혼할까 하는데 말이야."

"또……"

"또라니? 이번이 처음이야."

"하지만 후지오 씨는 그만둬요. 후지오 씨는 오라버니한테 오고 싶어 하지 않아요."

"너는 지난번에도 그런 말을 했지?"

"네. 그러니까 싫어하는 사람과 결혼하지 않아도 되잖아요. 여자는 얼마든지 있으니까요."

"그거야 맞는 말이다. 싫어하는 사람한테 강요하다니, 오라버니는 그런 비겁한 사람이 아니야. 네 위신과도 관계되는 일이지. 싫어하는 게 확실해지면 다른 여자를 찾아야지."

"차라리 그렇게 하는 게 좋겠지요."

"그렇지만 그게 확실치가 않아서 말이야."

"그러니까 확실히 하겠다는 거예요? 정말……"

내성적인 여동생은 좀 놀랐다는 듯 눈길을 책상 위로 옮긴다.

"지난번에 고노 어머님이 와서 아래층에서 아버지와 은밀히 의논한 일이 있었지? 그때 그 이야기가 나왔대. 고노 어머님은, 지금은 안 되겠지만 내가 외교관 시험에 합격해서 신분이 정해지면 어떻게든 그때 다시 의논을 하자고 아버지한테 말했다더라."

"그래서?"

"그러니까 괜찮은 거잖아, 오라버니가 떡하니 외교관 시험에 합격했으니까."

"어머, 언제?"

"언제라니? 이번에 떡하니 합격했지."

"어머나, 정말이에요? 놀랐어요."

"오라버니가 합격한다고 놀라는 녀석이 어디 있어? 엄청난 실례지."

"하지만 그런 일은 빨리 말해주면 좋잖아요. 이래 봬도 얼마나 걱정했는지 몰라요."

"다 네 덕분이야. 감읍해 마지않는다. 감읍은 하고 있지만 잊어버렸으니 어쩔 수 없지."

오누이는 격의 없이 서로 마주 본다. 그리고 동시에 웃는다.

웃음이 그쳤을 때 오빠가 말한다.

"그래서 나도 이렇게 머리를 깎고 머지않아 서양으로 가게 될 텐데, 아버지는 떠나기 전에 결혼을 해서 인격을 갖추고 가라고 극성이어서 오라버니는, 어차피 결혼하려면 후지오 씨와 하겠다, 외교관의 아내로는 그런 하이칼라가 아니면 앞으로 곤란하다, 라고 말했지."

"그렇게 후지오 씨가 마음에 든다면 그렇게 해요. ……여자를 보는 건 역시 여자가 한 수 위라니까요."

"그거야 재원인 네 의견임에 틀림없을 테니까 나도 충분히 참고할 생각인데, 아무튼 확실히 담판을 짓고 오지 않으면 안 될 거야. 그쪽도 싫다면 싫다고 할 거고. 외교관 시험에 합격했다고 해서 별안간 마음이 바뀌어 결혼하겠다는 경박한 말은 하지 않겠지."

이토코의 코웃음 소리가 두세 번 끊기며 희미하게 새어 나온다.

"혹시 그렇게 말하려나?"

"글쎄, 물어보지 않으면…… 하지만 물을 거면 긴고 씨한테 물어보세요. 창피당하면 안 되니까."

"하하하하, 싫으면 거절하는 것이 세상의 규칙이지. 거절당한다고 해도 창피한 일은 아니야."

"하지만?"

"⋯⋯창피한 일은 아니지만 고노한테 물을게. 고노한테 묻기는 하겠는데⋯⋯ 거기에 문제가 있어."

"어떤 문제요?"

"선결 문제가 있지. ⋯⋯선결 문제야, 이토코."

"그러니까 그게 어떤 문제냐고 묻고 있잖아요?"

"다른 게 아니라 고노가 중이 되겠다고 난리거든."

"당치않은 소리, 불길하게."

"뭐, 요즘 세상에 중이 되겠다는 정도의 결심을 한다면 불길한 일인지 모르겠지만 아주 축하할 만한 현상이지."

"무슨 그런 심한 말을⋯⋯ 스님은 호기심으로 되는 게 아니잖아요."

"뭐라고도 말할 수 없지. 요즘처럼 번민이 유행하는 시대[12]에는 말이야."

"그럼 오라버니부터 돼보세요."

"호기심으로 말이야?"

"호기심이든 뭐든 상관없으니까요."

"하지만 반삭발로도 죄수로 오해받는데 빡빡머리로 외국 공사관에 있으면 미친 사람이라고 생각할 거 아냐? 다른 일이라면 하나뿐인 여동생 말이니까 뭐든지 들어줄 생각이지만 중이 되는 것만은 좀 봐주라. 중하고 유부는 어렸을 때부터 좋아하지 않았으니까."

12 러일전쟁 전후 철학청년이 배출되고 그중 한 사람인 게곤(華嚴) 폭포에 투신자살한 후지무라 미사오(藤村操)가 상징하는 것처럼 일본에서는 인생의 불가해한 고민을 안은 자가 많았다. 제일고등학교 학생 후지무라 미사오의 자살은 철학적 자살로서 당시 화제가 되었다. 후지무라 미사오는 소세키의 제자로, 『나는 고양이로소이다』에도 이 자살 사건이 언급된다.

"그럼 긴고 씨도 스님이 되지 않아도 되잖아요?"

"그렇지, 왠지 논리가 좀 이상하긴 하지만, 뭐 결국 중이 되지는 않 겠지."

"오라버니가 하는 말은 어디까지가 진심이고 어디까지가 농담인지 모르겠어요. 그래서 어디 외교관 일을 할 수 있겠어요?"

"그렇게 말하는 사람이 아니면 외교관에는 맞지 않는 거야."

"사람을…… 그래서 긴고 씨가 어떻게 했는데요, 사실은?"

"사실은 고노가 말이야, 집과 재산을 후지오 씨한테 주고 자신은 집 을 나가겠다고 했다더라."

"왜요?"

"그러니까 병든 몸으로는 어머니를 돌볼 수 없기 때문이라던데."

"그래요? 가엾네요. 그런 사람은 돈도 집도 필요 없겠지요. 그렇게 하는 편이 좋을지도 모르겠어요."

"너까지 그렇게 찬성해버리면 선결 문제를 해결하기가 어려워지는 데."

"하지만 돈이 산더미처럼 쌓여 있다고 해도 긴고 씨한테는 아무런 의미가 없겠지요. 차라리 후지오 씨한테 주는 게 나을 거예요."

"넌 여자답지 않게 통이 크구나. 하기야 뭐 다른 사람 거니까."

"나도 돈 같은 건 필요 없어요. 방해가 될 뿐이거든요."

"방해할 만큼 없으니 다행이군, 하하하하. 하지만 그런 마음가짐은 기특하다. 비구니가 될 수도 있겠어."

"아아, 싫어요. 비구니니 스님이니 하는 건 정말 싫어요."

"그것만은 오라버니도 찬성이다. 그러나 자신의 재산을 버리고 집 을 나간다는 건 어리석은 짓이지. 재산이야 뭐 그렇다고 치고, ……긴고가 집을 나가면 그 뒤가 곤란하니까 후지오한테는 데릴사위를 들일 거다, 그러나 하지메한테는 줄 수 없다, 고노 어머님이 이렇게 말했다는 거야. 그럴듯하지. 다시 말해 고노가 멋대로 구는 바람에 내 혼담까지 깨지게 된 거라 그 말이거든."

"그렇다면 오라버니가 후지오 씨하고 결혼하려고 긴고 씨를 말리겠다는 건가요?"

"뭐, 어떤 면에서 보면 그런 거지."

"그럼 긴고 씨보다 오라버니가 더 멋대로 구는 거 아닌가요?"

"이번에는 굉장히 논리적으로 나오는데. 하지만 어이가 없잖아. 당연히 상속받을 재산을 버리다니 말이야."

"그래도 싫다면 어쩔 수 없는 일이잖아요."

"싫다는 건 신경쇠약 탓이야."

"신경쇠약이 아니에요."

"병적인 것만은 틀림없잖아."

"병이 아니에요."

"이토코, 오늘은 평소와 다르게 아주 단호한데."

"왜냐하면 긴고 씨는 원래 그런 분이니까요. 다들 그걸 병이라고 하는데, 그건 그 사람들이 틀린 거예요."

"하지만 정상은 아니지. 그런 의견을 내는 건 말이야."

"자기 것을 자신이 버리는 거잖아요."

"그야 그렇지만……"

"필요 없으니까 버리는 거지요."

"필요 없다고……"

"정말 필요 없는 거예요, 고노 씨는요. 억지나 앙갚음 같은 게 아니란 말이에요."

"이토코, 넌 고노의 지기(知己)다. 오라버니 이상의 지기야. 그 정도로 믿고 있을 줄은 몰랐는걸."

"지기든 아니든 사실을 말하는 거예요. 옳은 것을 말하는 거란 말이에요. 고노 씨 어머니나 후지오 씨가 그렇지 않다고 하면 그 사람들이 틀린 거예요. 저는 거짓말하는 걸 아주 싫어해요."

"감동했다. 배운 건 없어도 진심에서 우러나오는 자신감이 있으니까 감동적이야. 오라버니도 대찬성이다. 그런데 말이야, 이토코, 다시 의논하겠는데, 고노가 집을 나가든 말든, 재산을 주든 말든 너, 고노한테 시집갈 생각 있어?"

"그건 얘기가 전혀 다르지요. 지금까지 말한 것은 그냥 솔직한 제 심정일 뿐이에요. 긴고 씨가 가엾어서 한 말이었단 말이에요."

"그건 알아. 의미를 꽤 잘 알고 있구나. 여동생이지만 감탄했다. 그래서 다른 문제로서 묻는 거야. 어때, 싫어?"

"싫다니……"

말을 꺼낸 이토코는 갑작스레 고개를 숙인다. 잠시 자신의 장식용 깃 모양을 바라보고 있는 것처럼 보인다. 얼마 후 눈을 깜박이는 눈썹에 맺힌 눈물 한 방울이 무릎 위로 뚝 떨어진다.

"이토코, 왜 그래? 오늘은 기분이 급변해서 오라버니를 아주 당황하게 하는구나."

대답도 없는 입가는 굳게 다물어진 채 움푹 들어가 있고, 순식간에 또 눈물 두 방울이 떨어진다. 무네치카는 아버지에게 물려받은 양복 호주머니에서 너저분한 손수건을 쓱 꺼낸다.

"자, 닦아."

이렇게 말하며 이토코의 가슴 앞으로 손수건을 내민다. 여동생은 붙박이 인형처럼 꼼짝도 하지 않는다. 무네치카는 오른손으로 손수건을 내민 채 살짝 엉거주춤한 자세가 되어 아래에서 여동생의 얼굴을 들여다본다.

"이토코, 싫은 거야?"

이토코는 아무 말도 하지 않고 고개를 흔든다.

"그럼 갈 생각이 있는 거구나?"

이번에는 고개가 움직이지 않는다.

무네치카는 손수건을 동생의 무릎 위에 놓은 채 몸만 원래의 위치로 되돌린다.

"울면 안 되지."

무네치카는 이렇게 말하며 여동생의 모습을 지켜보고 있다. 잠시 두 사람 다 입을 다문다.

이토코가 마침내 손수건을 집어 든다. 거친 비단으로 만든 기모노의 무릎 위가 살짝 젖어 얼룩이 생겼다. 그 위로 손수건의 주름을 정성껏 펴고 두 번 접어서 깐다. 모서리를 꼭 누르고 있다. 그러고 나서 눈을 든다. 눈은 바다 같다.

"나는 시집갈 생각이 없어요."

"시집갈 생각이 없다고?"

거의 무의미하게 여동생의 말을 되풀이한 무네치카는 곧 힘주어 말한다.

"농담하면 안 돼. 방금 싫지 않다고 했잖아?"

"하지만 긴고 씨는 결혼할 생각이 없는걸요."

"그거야 물어보지 않으면 모르지…… 그래서 오라버니가 물어보러 가려는 거야."

"물어보는 건 관둬요."

"왜?"

"아무튼 관둬요."

"그럼 어쩔 수 없지."

"어쩔 수 없어도 되니까 관둬요. 나는 지금 이대로도 전혀 부족한 게 없어요. 이걸로 됐어요. 오히려 시집가면 안 돼요."

"난처한데, 이거. 어느새 그렇게 굳어진 거야? ……이토코, 오라버니는 말이야, 후지오 씨하고 결혼하려고 너를 고노한테 주려는 이기적인 생각에서 말하는 게 아니야. 지금은 그저 너만 생각하고 의논하고 있는 거라고."

"그건 알고 있어요."

"그것만 안다면 그다음 이야기는 쉬워지지. 그러니까 넌 고노를 싫어하지 않지? ……좋아, 그건 오라버니가 그렇게 알고 있으니까 상관없어. 알았지? 다음으로 고노한테 물어보는 건 싫다고 했지? 오라버니는 그 이유를 전혀 모르겠지만, 그것도 그걸로 됐다고 치자. ……물어보는 건 싫지만, 만약 고노가 결혼하겠다고 하기만 하면 시집을 가도 좋은 거지? ……뭐, 돈이나 집은 어떻게 되든 상관없을 거고. 무일푼인 고노한테 간다는 건 오히려 너의 명예야. 바로 그렇기에 이토코인 거지. 오라버니도 아버지도 반대하지 않아……"

"시집을 가면 사람이 나빠지는 건가요?"

"하하하하, 느닷없이 큰 문제를 던지는구나, 그건 또 왜지?"

"아무튼…… 만약 나빠지면 정나미가 떨어질 뿐이니까요. 그래서 언제까지나 이렇게 아버지와 오라버니 옆에 있는 게 좋을 것 같아요."

"아버지하고 오라버니하고…… 그야 아버지도 나도 언제까지고 너하고 함께 있고 싶지. 하지만 말이야, 이토코, 그게 문제인 거야. 시집을 가서 점점 인간이 훌륭해지고, 그래서 남편한테도 사랑받으면 좋잖아. ……그보다는 실제 문제가 중요해. 그래서 말이야, 아까 이야기한 건데 오라버니가 책임지고 해결해도 되겠지?"

"뭘요?"

"고노한테 묻는 건 싫다고 하면서 고노가 널 신부로 맞이하는 게 언제가 될지 모른다고 했잖아……"

"아무리 기다린다고 그런 날이 오겠어요? 난 긴고 씨 속마음을 훤히 알고 있어요."

"그러니까 오라버니가 책임지고 해결하겠다는 거지. 반드시 고노한테 승낙을 받아낼 테니까 두고 보라고."

"하지만……"

"아니, 꼭 승낙을 받을 거야. 오라버니가 책임지고 해결할게. 뭐, 괜찮아. 오라버니도 이 머리가 자라는 대로 외국에 가야 하니까. 그럼 한동안 너도 만날 수 없을 텐데, 지금까지 친절하게 대해준 답례로 해결해주지. ……여우 털 조끼에 대한 답례로 말이야. 괜찮지?"

이토코는 아무 대답도 하지 않는다. 아래층에서는 아버지가 요쿄쿠를 부르기 시작한다.

"이런, 또 시작이군. ……그럼 갔다 올게."

무네치카는 1층과 2층 사이에 있는 이토코의 방에서 내려간다.

17

　오노와 아사이는 다리까지 왔다. 걸어온 길은 푸른 보리밭 속에서 나온다. 가는 길도 푸른 보리밭 속으로 들어간다. 한 줄기 길을 앞뒤로 남겨두고 깊은 계곡 밑을 철도 레일이 지난다. 높다란 둑은 봄에 깃든 초록을 바로 이때라며 소생시키고 멋진 벼랑을 만들며 돌아 둥근 병풍처럼 활 모양으로 꺾여 아득히 사라진다. 끊어진 다리는 레일 위 대략 30미터 높이로 남쪽에서 북쪽으로 가로지른다. 난간에 기대고 내려다보니 양쪽의 넓고 푸른 기슭을 끝까지 가면 돌담에 닿는다. 돌담을 아래로 내려다보니 갈색 길이 가늘게 가로놓여 있다. 레일은 좁은 길 안에서 가느다랗게 빛난다. 두 사람은 끊어진 다리 위까지 와서 멈춘다.

　"경치가 좋군."

　"음, 좋은 경치네."

　두 사람은 난간을 기대고 선다. 서서 보는 사이에 한없이 펼쳐진 보리는 조금씩 자란다. 따뜻하다기보다 오히려 더운 날이다.

끝없이 푸른 멍석을 깔아놓은 것 같은 그 끝은 분위기가 확 바뀌어 수수한 숲이다. 거무스름한 상록수 속에 노란빛이 도는 현란한 초록색이 마치 가루가 되어 공중으로 흩뿌려지는 것처럼 보이는 것은 녹나무의 어린잎인 듯하다.

"오랜만에 교외로 나오니 기분 좋은데."

"가끔은 이런 곳도 좋군그래. 하지만 난 시골에서 막 돌아와서 그런지 전혀 새롭지가 않네."

"자넨 그렇겠지. 자넬 이런 곳에 데려와서 좀 미안하군."

"아니, 상관없네. 어차피 놀고 있으니까. 하지만 사람은 놀 틈이 있으면 안 되겠지. 뭐, 돈벌이할 만한 거 좀 없나?"

"돈벌이야 내 쪽에는 없지만 자네 쪽에는 많지 않나?"

"아니네, 요즘은 법과도 별 재미 없네. 문과나 마찬가지지. 은시계가 아니면 통하지 않는다네."

오노는 다리 난간에 등을 기댄 채 안주머니에서 예의 그 은제 담뱃갑을 꺼내 찰칵 연다. 금박을 입힌 이집트 담배의 필터 부분이 가지런히 늘어서 있다.

"한 대 어떤가?"

"아, 고맙네. 아주 멋진 걸 갖고 있군."

"응, 선물로 받은 거네."

오노는 자신도 한 대 뽑은 후 다시 보이지 않는 곳에 집어넣는다.

두 사람이 내뿜은 연기는 무사히 올라가 별일 없이 공중으로 사라진다.

"자넨 항상 이런 고급 담배를 피우나? 상당히 여유 있어 보이는군. 돈 좀 빌려주지 않겠나?"

"하하하하, 내가 빌리고 싶을 정도네."

"아니, 설마 그렇겠나? 조금만 빌려주게. 난 이번에 고향에 가느라 돈을 많이 써서 아주 난처한 지경이네."

진심으로 말하는 듯하다. 오노의 담배 연기가 휙 옆으로 날아간다.

"얼마나 필요한가?"

"30엔도 좋고 20엔도 좋네."

"그만한 돈이 있을 리 있겠나?"

"그럼 10엔도 좋네. 5엔도 좋고."

아사이는 얼마든지 내린다. 오노는 뒤로 서서 두 팔꿈치를 철제 난간에 기대고 새끼염소 가죽으로 만든 구두를 약간 앞으로 내민다. 담배를 입에 문 채 안경 너머로 구두 끝에 달린 장식을 내려다보고 있다. 긴긴 봄날의 햇빛이 긴 그림자를 만들며 아낌없이 내리쬔다. 잘 닦인 가죽이 짙게 빛나고 그 위에는 온통 눈에 보이지 않을 정도의 먼지가 쌓여 있다. 오노는 가지고 있던 가느다란 지팡이로 구두 옆쪽을 탁탁 두드린다. 먼지는 구두를 떠나 3센티미터쯤 날아오른다. 지팡이를 맞은 부분만 군데군데 까매진다. 나란히 보이는 아사이의 구두는 군화처럼 묵직하고 모양 없다.

"10엔이라면 어떻게 해볼 수 있을 것 같은데, ……언제까지인가?"

"이번 달 말까지는 반드시 갚겠네. 그러면 되겠나?"

아사이는 얼굴을 들이대며 말한다. 오노는 입에서 담배를 뗀다. 손가락 사이에 담배를 끼운 채 한 번 떨자 1센티미터쯤 되는 재가 구두 위로 떨어진다.

몸은 그대로 두고 하얀 옷깃 위로 머리만 옆으로 돌리자 난간에 턱을 괸 사람의 얼굴이 15센티미터 아래로 보인다.

"이달 말이든 언제든 좋네. ……그 대신 부탁이 좀 있네. 들어주겠나?"

"그럼. 말해보게."

아사이는 쉽게 받아들인다. 동시에 턱을 괸 손을 떼고 등을 곧추세운다. 두 사람의 얼굴은 거의 스칠 정도로 가까워졌다.

"사실은 이노우에 선생님 일인데 말이네."

"아아, 선생님은 어떻게 지내시나? 시골에서 올라오고 나서 아직 찾아뵐 여유가 없어 못 갔네만. 자네, 선생님을 뵈면 안부 전해주게. 내 친김에 따님한테도, 하하하하."

아사이는 크게 웃는다. 이어서 난간에서 가슴을 내밀고 침 같은 가래를 아래로 멀리 뱉는다.

"그 따님 일인데……"

"드디어 결혼하는 건가?"

"자넨 너무 성급해서 탈이야. 그렇게 먼저 얘기해버리면……"

오노는 여기서 말을 끊고 잠깐 보리밭을 바라보고 있다. 곧 손에 들고 있던 담배꽁초를 건너편으로 던진다. 하얀 커프스가 한 쌍의 칠보 단추와 함께 딸가닥 울린다. 금박을 입힌 3센티미터 남짓한 담배꽁초가 공중을 날아 다리 옆에 떨어진다. 떨어진 담배꽁초에서 피어오른 연기는 거꾸로 땅에서 기어오른다.

"아까운 짓을 하는군."

아사이가 말한다.

"자넨 정말 내 말을 들어주겠나?"

"정말 듣고 있네. 그리고?"

"그리고라니? 아직 아무 말도 하지 않았는데? ……돈은 어떻게든 마련해보겠네, 그런데 자네한테 긴히 부탁할 일이 있네."

"그러니까 말하게. 자네와는 교토에서부터의 오랜 친구 아닌가. 뭐든지 들어주겠네."

상당히 열정적인 기세다. 오노는 한쪽 팔꿈치를 떼고 아사이 쪽으로 몸을 빙 돌린다.

"자네라면 내 부탁을 들어줄 거라고 생각하고, 실은 자네가 돌아오길 기다리고 있었네."

"그거 참 적절한 때에 돌아온 거로군. 무슨 담판이라도 하는 건가? 결혼 조건인가? 요즘은 재산 없는 신부를 맞이하는 건 불편하니까 말이야."

"그런 일이 아니네."

"하지만 그런 조건을 붙여놓는 게 자네의 장래를 위해 좋을 걸세. 그리하게. 내가 담판해주겠네."

"그거야 내가 결혼을 할 거라면 그런 담판을 해도 좋겠지만……"

"결혼할 생각 아닌가? 다들 그렇게 생각하고 있다네."

"누가 말인가?"

"누가라니? 우리가지."

"그거 참 난감하군. 내가 이노우에 선생님 따님을 아내로 맞이하다니. ……약조 같은 건 없었네."

"그랬나? ……그거 참 믿을 수가 없군그래."

아사이가 말한다. 오노는 마음속으로 지속한 인간이라고 생각한다. 이런 남자라서 아무렇지 않게 자신의 파혼을 부탁할 수 있다고 생각한다.

"그렇게 처음부터 놀리면 이야기를 할 수 없잖은가."

오노는 원래의 얌전한 태도로 돌아간다.

"하하하하, 그렇게 진지해지지 않아도 되네. 그렇게 얌전하게 나가면 손해야. 얼굴이 좀 더 두꺼워지지 않으면 안 되네."

"잠깐 기다려주게. 배우는 중이니까."

"배우게 어디 좀 데려가줄까?"

"아무쪼록 잘 부탁하네."

"그렇게 말하면서 남몰래 열심히 배우고 있는 거 아닌가?"

"설마."

"아니, 그렇지 않은 것 같은데. 요즘 꽤나 멋 부리는 걸 보면 말이야. 특히 아까 그 담뱃갑이 어디서 났는지도 아주 수상해. 그러고 보니 이 담배도 어쩐지 묘한 냄새가 나는군."

이렇게 말한 아사이는 타들어가는 손가락 사이의 담배를 코앞으로 가져가 두세 번 킁킁 냄새를 맡는다. 오노는 정말 센스 없는 서툰 익살이라고 생각한다.

"자, 걸으면서 얘기하세."

서툰 익살이 계속되는 것을 끊기 위해 오노는 다리 한가운데로 한 발 내디딘다. 아사이의 팔꿈치는 난간을 떠난다. 땅을 뚫고 나온 좌우의 보리밭에 햇볕이 내리쬔다. 따사로운 초록빛은 이삭을 스치며 밭두렁을 오른다. 들판을 온통 뒤덮은 아지랑이는 현기증이 나도록 두 사람을 감싼다.

"덥군."

아사이가 뒤에서 따라오며 말한다.

"어, 그렇군."

아사이를 기다리던 오노는 두 사람의 어깨가 나란해졌을 때 다시

발걸음을 옮기기 시작한다. 걸으면서 진지한 문제로 들어간다.

"아까 그 이야기인데…… 실은 이삼일 전에 이노우에 선생님 댁에 갔을 때, 선생님이 갑작스럽게 혼담을 꺼내셔서 말이야……"

"기다리고 계셨겠지."

이렇게 말을 받은 아사이가 뭔가 또 말하려고 했으므로 오노는 이야기의 속도를 높여 급히 진행시킨다.

"선생님께서 상당히 강하게 나오시니 나도 그렇게 신세를 진 선생님의 감정을 상하게 할 수도 없어서 천천히 생각해보겠다며 이삼일 말미를 얻고 돌아왔네."

"그야 신중하게……"

"자, 끝까지 내 말을 들어주게. 비평은 나중에 천천히 들을 테니까. ……그래서 자네도 알다시피 나도 선생님의 신세를 많이 졌으니까 선생님이 하시는 말은 뭐든지 들어주지 않는 것도 도리가 아니어서……"

"그야 그렇지."

"그건 그렇지만 결혼 문제는 다른 문제와 달리 평생의 행복을 좌우하는 큰 문제니까 아무리 은혜를 입은 선생님의 명령이라고 해도 그렇게 간단히 복종할 수는 없는 거 아니겠나?"

"그야 그렇겠지."

오노는 상대의 얼굴을 힐끗 쳐다본다. 상대는 의외로 진지하다. 이야기는 이어진다.

"그것도 나한테 분명한 약속을 했다거나 또는 따님에게 책임질 일이라도 했다면 선생님께 재촉받을 것까지도 없겠지. 내가 나서서 어떻게든 매듭짓겠지만, 사실 난 그 점에서는 결백하다네."

"음, 결백하지. 자네만큼 고상하고 결백한 인간은 없지. 그건 내가 보증하네."

오노는 다시 힐끗 아사이의 얼굴을 쳐다본다. 아사이는 전혀 알아채지 못한다. 이야기는 또 진행된다.

"그런데 선생님께서는 처음부터 나한테 그만큼의 책임이 있는 것으로 간주하고, 만사를 거기에서 연역하고 계신 듯하네."

"음."

"그렇다고 근본으로 돌아가 선생님의 생각은 출발점부터 틀렸다고 그 오류를 지적할 수도 없는 노릇이고……"

"그야 자네가 너무 사람이 좋아서 그런 거네. 좀 더 세상에 닳지 않으면 손해네."

"손해를 본다는 건 나도 알고 있지만, 아무래도 내 성격상 그렇게 노골적으로 반대할 수가 없어서 말이야. 특히 상대는 신세를 진 선생님이기도 하고."

"그래, 상대는 신세를 진 선생님이니까 말이야."

"더군다나 내 입장에서 보면, 지금 한창 박사논문에 매달려 있는 중이라 그런 이야기가 나오면 더욱 난처하다네."

"아직 박사논문을 쓰고 있나? 대단하네."

"대단한 건 아니네."

"아니야, 대단하네. 은시계를 받은 머리가 아니면 도저히 불가능하지."

"그런 거야 아무래도 좋네만…… 그래서 말인데, 지금 내가 말한 사정이라 애써 베풀어주신 후의는 고맙지만, 지금은 일단 거절하고 싶은 거네. 하지만 내 성격에 선생님을 뵈면 죄송스러워서 도저히 그런 말이 나오지 않을 것 같아서 자네한테 이렇게 부탁하는 거라네. 어떤가, 맡아줄 수 있겠나?"

"그렇군, 그거야 문제없네. 내가 선생님을 뵙고 잘 말씀드려보겠네."

아사이는 오차즈케를 후루룩 먹어치우는 일처럼 쉽게 받아들인다. 일이 자신의 의도대로 진행되자 오노는 잠깐 쉬었다가 가려고 한두 걸음 앞으로 옮긴다. 그러고 나서 말한다.

"그 대신 선생님을 평생 보살펴드릴 생각이네. 나도 언제까지고 이렇게 우물쭈물하고 있지는 않을 생각이니까…… 사실은 선생님도 예전처럼 경제적으로 여유가 있는 것 같지 않고. 그러니 더욱 죄송스럽지. 지난번에 의논할 때도 단지 결혼이라는 단순한 문제가 아니라 그걸 방편으로 경제적인 원조를 받고 싶다는 기색까지 내비쳤을 정도네. 그러니 원조는 할 생각이네. 어디까지나 선생님을 위해 최선을 다할 생각이지. 하지만 결혼을 하니까 잘해드리고, 결혼하지 않으니까 잘하지 않겠다는 그런 경박한 생각은 추호도 없네. 어디까지나 신세를 진 건 진 거니까, 그리고 무슨 일이 있어도 그것을 갚을 때까지는 그 은혜가 사라지는 게 아니니까 말일세."

"자넨 참 기특하군. 선생님도 이 말을 들으시면 아주 기뻐하실 거네."

"내 생각이 잘 전달되도록 말씀드려주게. 오해가 생기면 나중에 또 곤란해지니까."

"알았네. 감정 상하지 않도록 잘 말씀드리겠네. 그 대신 10엔은 빌려주는 거네."

"알았네."

오노는 웃으며 대답한다.

송곳은 구멍을 뚫는 도구다. 줄은 물건을 묶는 수단이다. 아사이는 파혼을 요구하는 기계다. 송곳이 아니고는 송판을 빠져나가려고 시도하지 않는다. 새끼줄이 아니고는 소라를 묶을 각오도 하지 못한다. 아사이이기에 이 담판을 마치 목욕탕에 가는 기분으로 받아들일 수 있다. 오노는 재주꾼이다. 도구 이용하는 법을 잘 알고 있다.

다만 파혼을 요구하는 것과 파혼을 요구하면서도 그 이후의 문제를 깨끗이 정리하는 것은 다른 재주다. 낙엽을 떨어뜨리는 사람이 꼭 뜰을 쓰는 사람이라고는 할 수 없다. 아사이는 설사 천황이 보고 있다고 해도 서슴지 않고 감히 낙엽을 떨어뜨릴 수 있는 자다. 그와 동시에 설령 천황 참관 때도 먼지 터는 일을 왜 하는지 이해할 수 없을 만큼 무책임한 자다. 아사이는 물에 뜨는 기술을 모르고도 물에 뛰어들 만한 배짱이 있는 자다. 아니, 물에 뛰어들 때 뜨는 기술이 필요하다는 생각조차 하지 못하는 호걸이다. 그저 받아들일 뿐이다. 해볼 생각으로 뭐든지 받아들인다. 그뿐이다. 선악, 시비, 경중, 결과를 도외시하고 사물을 생각할 수 있다는 면에서 아사이는 딴마음이 없는 선인이다.

그 정도의 일을 모를 오노가 아니다. 알고 의뢰하는 것은 그저 파혼을 요구하기만 하면 그것으로 충분하다고 단념했기 때문이다. 그쪽에서 불평을 해오면 도망칠 생각이다. 도망칠 수 없다고 해도 그사이 그쪽에서 울며 겨자 먹기로 단념할 수밖에 없는 준비를 해두었다. 오노는 내일 후지오와 오모리로 놀러 갈 약속을 해두었다. 오모리에서 돌아온 뒤라면 대략적인 일이 드러나도 후지오와의 관계가 끊어지는 일은 없을 것이다. 그리고 이노우에 선생에게는 약속대로 물질적인 원조를 할 것이다.

이런 생각을 굳히고 있는 오노는 아사이가 흔쾌히 부탁을 들어주었을 때 한쪽 짐을 내려놓았다고 생각했다.

"이렇게 해가 비치니까 보리 향이 코끝으로 떠오르는 것 같군."

오노는 마침내 화제를 자연으로 옮긴다.

"향이 난다고? 나한테는 전혀 나지 않는데."

아사이는 둥근 코를 쿵쿵거리며 이렇게 말하고는 다시 묻는다.

"그런데 자네는 여전히 그 햄릿의 집에 다니는 건가?"

"고노네 집 말인가? 아직 다니고 있네. 오늘도 이따 갈 생각이네."

아무렇지 않게 대답한다.

"얼마 전에 교토에 간 모양이더군. 벌써 돌아왔나? 잠깐 보리 향이라도 맡고 왔는지 모르겠군. ……재미없어, 그 인간은. 어쩐지 어둡고 음침한 얼굴만 하고 있어서 말이야."

"글쎄."

"그런 인간은 빨리 죽어주는 게 낫지. 재산은 꽤 있나?"

"그런 것 같네."

"그 친척은 어떻게 지내나? 가끔 학교에서 봤는데."

"무네치카 말인가?"

"그래. 이삼일 안에 그 친구 집에 가보려고 하네."

오노는 돌연 걸음을 멈춘다.

"무슨 일로?"

"일자리 좀 부탁하려고. 되도록 여기저기 부탁해두지 않으면 안 되니까 말이야."

"하지만 무네치카도 외교관 시험에 떨어져서 곤란에 처해 있네. 부탁해봐야 소용없을 텐데."

"뭐, 무슨 상관인가. 가서 말이라도 해봐야지."

오노는 눈을 땅바닥에 떨어뜨리고 아무 말 없이 4, 5미터쯤 걷는다.

"자네, 선생님 댁은 언제 가볼 생각인가?"

"오늘 저녁이나 내일 아침에 가보겠네."

"그런가."

보리밭을 돌아 나가자 삼나무 그늘이 이어진 언덕이 나타난다. 두 사람은 앞서거니 뒤서거니 하면서 언덕을 내려간다. 말을 건넬 틈도 없다. 언덕을 다 내려와 성긴 삼나무 울타리를 지나칠 때 오노가 입을 연다.

"자네, 혹시 무네치카 집에 가면 이노우에 선생님 이야기는 하지 말아주게."

"안 하겠네."

"아니, 정말이네."

"하하하하, 정말 창피해하는군. 상관없잖은가."

"좀 난처한 일이 있어서 그러네, 꼭……"

"알았네. 말하지 않겠네."

오노는 어쩐지 마음이 몹시 불안하다. 반쯤은 조금 전에 부탁한 일을 취소하고 싶다.

사거리에서 아사이와 헤어진 오노는 불안한 마음으로 고노의 집에 도착했다. 오노가 후지오의 방으로 들어간 지 15분쯤 되었을 때, 무네치카는 고노의 서재 입구에 섰다.

"이보게."

고노는 평소의 의자에 평소대로 앉아 평소와 같이 기하학 무늬를 도안하고 있다. 동그라미 안의 세 비늘 모양은 이미 완성되었다.

'이보게' 하고 불렀을 때 고개를 든다. 놀라거나 격해지거나 겁내거나 젠체하기보다는 오히려 아주 간단하게 고개를 든 것이다. 따라서 철학적이다.

"자넨가?"

고노가 말한다.

무네치카는 성큼성큼 테이블 모서리까지 다가와 굵은 눈썹으로 팔자를 그리며 불쑥 말한다.

"이거 공기가 안 좋군. 몸에는 독이네. 좀 열지."

위아래의 잠금쇠를 풀고 한가운데의 손잡이를 잡자마자 바닥을 쓸 듯이 정면의 프랑스식 창문을 일자로 연다. 정원 앞에서 싹트는 푸른 잔디밭과 함께 널찍한 봄이 방 안으로 들어온다.

"이렇게 하면 아주 상쾌해지지. 아아, 기분 좋다. 정원의 잔디가 꽤 파래졌군."

무네치카는 다시 테이블로 돌아와 비로소 의자에 앉는다. 조금 전에 수수께끼 여자가 앉았던 의자다.

"뭘 하고 있나?"

"응?"

움직이던 연필을 멈춘 고노가 묻는다.

"어떤가? 꽤 훌륭하지 않나?"

무늬로 가득 찬 종잇조각을 테이블 위로 무네치카에게 내민다.

"이건 뭔가? 무지하게 많이 그렸군그래."

"벌써 한 시간 넘게 그리고 있네."

"내가 오지 않았으면 밤중까지 그리고 있었겠군. 시시한데."

고노는 아무 말도 하지 않는다.

"이게 철학과 무슨 관계라도 있는 건가?"

"있어도 좋겠지."

"모든 세계의 철학적 상징이라고 하겠지? 혼자 머리로 용케 이렇게 나 늘어놨군그래. '염색집의 그림 그리는 사람과 철학자'라는 논문이라도 쓸 생각인가?"

이번에도 고노는 아무 말도 하지 않는다.

"어쩐지 자네는 여전히 꾸물거리고 있군. 언제 봐도 미적지근해."

"오늘은 특히 더 미적지근하네."

"날씨 탓 아닌가? 하하하하."

"날씨 탓이라기보다는 살아 있기 때문이지."

"글쎄, 푹 삶아져도[1] 쌩쌩한 사람은 그리 많지 않은 듯하네. 이렇게 서로 30년 가까이나 끊임없이⋯⋯"

"언제까지고 덧없는 세상의 냄비 속에서 미적지근하게 있는 거지."

고노는 그제야 비로소 웃는다.

"그런데 고노, 오늘은 보고도 할 겸 담판을 하러 왔네."

"말을 어렵게 꺼내는군."

"조만간 서양에 가네."

"서양에?"

"응, 유럽으로 가는 거지."

"가는 것은 좋지만, 우리 아버지처럼 푹 삶아지면 안 되네."

"뭐라 말할 수는 없지만, 인도양만 지나면 대체로 괜찮지 않겠나."

---

1 앞에 나온 '미적지근하다(煮え切らない)'의 글자 그대로의 뜻이 '푹 삶아지지 않다'는 뜻이어서 나온 말장난. 즉 '미적지근하다'의 반대를 '미적지근하지 않고 분명하다'가 아니라 '푹 삶아지지 않다'는 말로 장난스럽게 표현한 것.

"하하하하."

고노가 웃는다.

"실은 최근의 좋은 기회에 외교관 시험에 합격해서 보다시피 재빨리 머리를 잘랐네. 역시 최근의 좋은 기회를 이용해 나가지 않으면 안 되거든. 그래서 세상의 번거로운 일로 아주 바쁘다네. 좀처럼 동그라미나 삼각형을 늘어놓고 있을 수가 없지."

"그거 참 경사로군."

고노는 테이블 너머로 상대의 머리를 유심히 관찰한다. 그러나 특별히 어떤 비평도 하지 않는다. 질문도 하지 않는다. 무네치카도 나서서 설명하는 수고를 하지 않는다. 따라서 머리 이야기는 그걸로 끝난다.

"일단 여기까지가 내 보고네."

무네치카가 말한다.

"우리 어머니는 만났는가?"

고노가 묻는다.

"아직 뵙지 못했네. 오늘은 이쪽 현관으로 들어와서 다다미방은 지나지 않았네."

무네치카는 그의 말대로 구두를 신은 채다. 고노는 의자 등받이에 기대고 이 낙천가의 머리와 사라사 무늬의 옷깃 장식, 그리고 그의 아버지에게 물려받은 양복을 가만히 바라보고 있다. 옷깃 장식은 여느 때처럼 옷깃 중간까지 떠올라 있다.

"뭘 보고 있나?"

"아무것도 아니네."

이렇게 말하면서 여전히 보고 있다.

"자네 어머님께 인사나 하고 올까?"

이번에는 아니라고도 뭐라고도 하지 않고 바라보고 있다. 무네치카가 의자에서 허리를 일으키려고 한다.

"관두는 게 좋을 걸세."

고노가 테이블 너머에서 명료한 한마디를 내뱉는다.

천천히 의자에서 일어나던 장발의 남자는 오른손으로 이마를 쓸어올리며 왼손으로 의자 위쪽을 잡은 채 죽은 아버지의 초상화 쪽으로 얼굴을 돌린다.

"어머니한테 인사할 바에는 차라리 저 초상화에나 하게."

아버지에게 물려받은 양복을 입은 남자는, 동그란 눈으로 방 안에 우뚝 서 있는 칠흑 같은 머리의 주인공을 지켜본다. 다음으로 동그란 눈으로 벽 위에 있는 고인의 초상을 쳐다본다. 마지막으로 칠흑 같은 머리의 주인공과 고인의 초상을 비교해본다. 다 비교해봤을 때 우뚝 솟은 사람이 야윈 어깨를 움직여 무네치카의 머리 위에서 말한다.

"아버지는 돌아가셨네. 하지만 살아 있는 어머니보다는 믿을 수 있지. 믿을 수 있어."

의자에 기댄 사람의 얼굴은 이 말과 함께 저절로 다시 초상화로 향한다. 그 상태로 잠시 움직이지 않는다. 살아 있는 눈이 위에서 내려다보고 있다.

잠시 후 의자에 기댄 사람이 말한다.

"자네 아버님도 참 가엾게 됐네."

서 있는 사람이 대답한다.

"저 눈은 살아 있네. 아직 살아 있어."

이 말을 끝내고 방 안을 이리저리 돌아다니기 시작한다.

"정원으로 나가세. 방 안은 음침해서 못쓰겠네."

자리에서 일어난 무네치카는 옆에서 다가온 고노의 손을 잡자마자 열어놓은 프랑스식 창문을 빠져나가 두 단의 돌층계를 밟고 잔디밭으로 내려간다. 발이 부드러운 땅에 닿았을 때 무네치카가 묻는다.

"대체 무슨 일인가?"

잔디밭은 남쪽으로 20미터쯤 이어지다가 키 큰 떡갈나무 산울타리에서 끝난다. 폭은 그 반도 되지 않는다. 빽빽한 정원수에 가로막힌 안쪽은 다섯 평 정도의 연못을 사이에 두고 돌출된 새 방이 있고 그 안에 후지오의 책상이 놓여 있다.

두 사람은 느릿느릿한 걸음으로 잔디밭 끝까지 갔다. 돌아올 때는 4, 5미터 우회해서 정원수 그늘을 지나 서재 쪽으로 돌아왔다. 둘 다 말이 없다. 우연히 보조도 맞았다. 정원수가 한가운데서 트여 있어 두세 개의 포석이 연못 쪽으로 이끄는 모퉁이까지 갔을 때 난데없이 새 방에서 꿩이 우는 듯한 요란한 웃음소리가 들려왔다. 두 사람의 발은 약속이나 한 듯 뚝 멈췄다. 시선은 일시에 같은 방향을 향한다.

120센티미터 폭의 공터가 연못가까지 가늘고 길게 이어져 있고, 연못 너머에는 바로 물로 떨어지는 처마에 옆으로 뻗은 아사기자쿠라가 긴 가지를 드리우고 있다. 그 처마 밑 툇마루 끝에서 오노와 후지오가 이쪽을 향한 채 웃으며 서 있다.

좌우에는 불규칙한 봄의 잡목림이 우거져 있고 위로는 벚꽃나무 가지가 있으며 아래로는 미지근한 물에 뿌리를 두고 쑥 기어올라 물에 떠 있는 연꽃잎에 두 활인화(活人畫)[2]가 둘러싸여 서 있다. 구획하는

---

2 분장한 사람이 배경 앞에 가만히 서서 그림 속의 인물처럼 보여주는 것. 역사상의 인물에서 제재를 취하는 일이 많으며, 메이지·다이쇼 시대에 집회 등의 여흥으로 행해졌다.

틀이 자연적인 풍물의 정수만으로 이루어졌기 때문에, 틀의 형태가 정취를 잃지 않을 만큼 바르고 또 눈을 어지럽히지 않을 만큼만 불규칙하기 때문에, 징검돌과 물과 툇마루의 간격이 적당하기 때문에, 높은 데에 있어서 놓쳐버리지 않고 너무 낮지 않은 데 위치해 있기 때문에, 마지막으로 짧은 숨으로 내뿜는 환영으로 홀연히 나타났기 때문에, 두 사람의 시선은 연못 건너의 두 사람에게 모였다. 그와 동시에 연못 건너 두 사람의 시선도 연못 이쪽의 두 사람에게 쏠렸다. 마주보는 네 사람은 서로 꼼짝하지 않고 서 있다. 아슬아슬한 순간이다. 앗 하는 순간을 가장 먼저 뛰어넘는 자가 이긴다.

여자는 순간 하얀 버선 한쪽을 뒤로 뺐다. 갈색을 띤 주황색으로 염색한 고풍스러운 무늬가 선명하게 봄의 한적한 정취를 풍기는 오비 사이에서 구불거리는 뭔가를 억지로 잡아당기듯이 날카롭게 빼냈다. 가는 뱀의 불룩한 머리를 손바닥에 쥐고 가늘고 긴 황금색을 공중으로 흔드니 심홍색 빛은 탁 하고 꼬리부터 솟구친다. 다음 순간에는 오노의 가슴 좌우에 찬란한 금 시곗줄이 고정된 번개처럼 걸려 있다.

"호호호호, 당신한테 제일 잘 어울리는 것 같네요."

후지오의 새된 목소리는 탁한 물을 때리고 날카롭게 두 사람의 귀로 튀어서 돌아온다.

"후지……"

움직이려고 하는 무네치카의 옆구리를 찌르듯이 고노는 그를 앞으로 민다. 무네치카의 눈에서 활인화가 사라진다. 덮어씌우듯이 덮쳐온 고노의 얼굴이 친구의 귀 언저리에 다다른다.

"가만있게……"

고노는 나지막한 목소리로 말하면서 어리둥절해하고 있는 사람을 정원수 뒤로 끌고 간다.

어깨에 손을 얹고 밀듯이 돌계단을 올라 서재로 돌아온 고노는 아무 말 없이 문 비슷한 프랑스식 창문을 좌우에서 탁 닫았다. 위아래의 잠금쇠를 여느 때처럼 잠근다. 다음에는 입구의 문으로 향한다. 이미 꽂혀 있는 열쇠를 찰칵 돌리자 자물쇠는 쉽게 잠긴다.

"뭘 하는 건가?"

"방문을 잠갔네. 다른 사람이 들어오지 못하게 말이야."

"그건 왜?"

"이유는 없어."

"대체 무슨 일이야? 안색이 영 안 좋네."

"뭐, 괜찮네. 자, 앉게."

고노는 조금 전의 그 의자를 책상 가까이 끌어당긴다. 무네치카는 어린아이처럼 명령에 따른다. 고노는 상대방을 진정시킨 후 조용히 익숙한 안락의자에 앉는다. 몸은 책상을 향한 채다.

"무네치카."

벽을 향하고 불렀으나 얼마 후 고개만 휙 돌려 정면에서 말한다.

"후지오는 안 되네."

침착한 어조에 어쩐지 따뜻함이 묻어 있다. 모든 가지를 푸른색으로 돌릴 준비를 하기 위해 한적한 가운데를 남몰래 지나는 봄의 맥박은 고노의 동정(同情)이다.

"그런가?"

팔짱을 낀 무네치카는 이렇게만 말한다. 그러고 나서 침울하게 덧붙인다.

"이토코도 그런 말을 하더군."

"자네보다 자네 여동생이 사람 보는 눈이 있군그래. 후지오는 안 돼. 엉뚱한 애야."

짤깍 하고 문손잡이를 돌린 사람이 있다. 문은 열리지 않는다. 이번 에는 밖에서 문을 똑똑 두드린다. 무네치카가 뒤를 돌아본다. 고노는 눈길조차 주지 않는다.

"내버려두게."

냉정하게 말한다.

입구의 문에 입을 댄 것처럼 호호호호 하고 크게 웃는 자가 있다. 발소리는 다다미방 쪽으로 달려가면서 멀어진다. 두 사람은 얼굴을 마주 본다.

"후지오야."

고노가 말한다.

"그런가?"

무네치카가 다시 대답한다.

그러고는 조용해진다. 책상 위의 탁상시계가 똑딱똑딱 울린다.

"금시계도 포기하게."

"응. 포기하지."

고노는 머리를 벽으로 돌린 채이고, 무네치카는 팔짱을 낀 채다. 시 계는 똑딱똑딱 울린다. 다다미방 쪽에서 여러 사람이 한꺼번에 웃는 다.

"무네치카."

고노는 다시 고개를 돌리고 말을 잇는다.

"후지오가 싫어하네. 잠자코 있는 게 나을 거야."

"응, 잠자코 있겠네."

"후지오는 자네 같은 인격자를 이해하지 못하네. 천박하고 엉뚱한 애지. 오노한테 줘버리게."

"내 머리가 이렇게 생겨먹었네."

무네치카는 마디 굵은 손을 품에서 빼내 막 깎은 머리 꼭대기를 톡톡 두드린다.

고노는 눈가에 웃는 듯 마는 듯한 웃음을 띠며 정중하게 고개를 끄덕인다. 그러고 나서 말한다.

"머리가 그렇게 생겨먹었으니 후지오 같은 애는 필요 없겠지?"

"으음."

무네치카는 이렇게만 가볍게 대답한다.

"그럼 이제 안심이네."

고노는 편안하게 뻗은 한쪽 다리를 들어 다른 쪽 무릎 위에 올려놓는다. 무네치카는 담배를 피우기 시작한다. 내뿜는 담배 연기 속에서 혼잣말처럼 말한다.

"이제부터야."

"이제부터지. 나도 이제부터네."

고노도 혼잣말처럼 대답한다.

"자네도 이제부턴가? 이제부터 어떻다는 건가?"

무네치카가 담배 연기를 휘저으며 힘찬 얼굴로 다가가며 묻는다.

"본래의 무일푼 상태에서 다시 시작하니까 이제부터지."

손가락 사이에 시키시마[3]를 끼운 채 가져갈 입이 있다는 것조차 잊고 어안이 벙벙해 있던 무네치카는 자신의 귀를 의심하는 듯이 되묻

---

3 전매제 실시 후 처음으로 발매된 종이필터 담배의 이름. 1904년부터 1943년까지 판매되었다. 시키시마(敷島)는 일본의 다른 이름.

는다.

"본래의 무일푼에서 다시 시작한다니?"

고노는 보통 때와 같은 침착한 어조로 대답한다.

"나는 이 집과 재산을 후지오한테 다 줘버렸네."

"줘버렸다고? 언제?"

"조금 전에. 그 도안을 그리고 있었을 때네."

"그건……"

"바로 그 동그라미에 세 개의 비늘을 그리고 있었을 때지. ……그 무늬가 제일 잘되었어."

"줘버리다니, 그렇게 쉽게……"

"뭐, 필요도 없는데. 있으면 있을수록 성가시기만 하지."

"자네 어머님께서 받아들이시던가?"

"받아들이지 않았네."

"받아들이지 않는 것을…… 그럼 자네 어머님께서 곤란하시겠군."

"주지 않는 것이 곤란하겠지."

"하지만 자네 어머님은 늘 자네가 터무니없는 일을 하지 않을까 걱정하고 있었지 않은가?"

"어머니는 가짜네. 자네들이 모두 어머니한테 속고 있는 거지. 어머니가 아니라 수수께끼야. 도덕이 쇠퇴하고 인정이 메마른 말세 문명의 특산물이지."

"그건 너무……"

"자네는 친어머니가 아니라서 내가 곡해한다고 생각하겠지. 그래도 상관없네."

"하지만……"

"자네는 나를 믿지 못하나?"

"물론 믿지."

"내가 어머니보다 위네. 현명하지. 도리도 알고 있고. 그래서 내가 어머니보다 선인(善人)이네."

무네치카는 입을 다물고 있다. 고노가 말을 잇는다.

"어머니가 나한테 집에서 나가지 말라고 하는 것은 나가달라는 의미네. 재산을 가지라는 것은 넘기라는 의미지. 보살핌을 받고 싶다는 것은 그게 싫다는 뜻이네. ……그래서 나는 표면적으로 어머니의 뜻을 거역하지만 내실은 어머니의 바람대로 해주고 있는 걸세. ……한 번 보게, 내가 집을 나간 뒤에 어머니는 내가 나빠서 나간 것처럼 말할 테니. 사람들도 그렇게 믿을 테고. ……나는 굳이 그만큼의 희생을 해서라도 어머니나 여동생을 위해 적절한 조치를 취해주는 거라네."

무네치카는 의자에서 벌떡 일어나 책상 모서리까지 가더니 한쪽 팔꿈치를 책상 위에 올리고 고노의 얼굴을 덮어씌우듯이 들여다보며 말한다.

"자네, 미쳤나?"

"미쳤다는 건 처음부터 알고 있네. ……지금까지도 뒤에서는 바보 같은 미치광이라고 불려왔네."

이때 무네치카의 커다랗고 동그란 눈에서 눈물이 책상 위 레오파르디에 뚝뚝 떨어진다.

"왜 말하지 않았나? 그 사람들을 내보냈으면 되었을 텐데."

"그 사람들을 내보내면 그들의 성격만 타락할 뿐이네."

"그 사람들을 내보내지 않는다고 해도 자네가 나갈 필요까지는 없지 않은가?"

"내가 나가지 않으면 내 성격이 타락할 뿐이네."

"왜 재산을 다 줘버렸나?"

"필요 없어서네."

"나하고 의논이라도 좀 했으면 좋았을 텐데."

"필요 없는 걸 주는 일인데 무슨 의논할 필요가 있겠나."

"으음."

무네치카는 이렇게 대답했을 뿐이다.

"나한테 필요 없는 돈 때문에 도리를 지켜야 할 어머니하고 여동생을 타락시키는 게 무슨 자랑거리가 되겠는가."

"그럼 결국 집에서 나갈 생각인가?"

"그래. 내가 집에 있으면 모두가 타락하게 되네."

"나가서 어디로 가겠다는 건가?"

"어디로 갈지는 알 수 없네."

무네치카는 책상 위에 있는 레오파르디를 무심히 집어 들고 책등을 세로로 하여 경사진 느티나무 모서리를 가볍게 톡톡 두드리면서 잠시 깊은 생각에 잠긴 모양이다. 잠시 후 입을 연다.

"우리 집에 오지 않겠나?"

"자네 집에 간들 무슨 수가 있겠나?"

"싫은가?"

"싫지는 않네만 어쩔 도리가 없는 일이네."

무네치카는 가만히 고노를 쳐다본다.

"고노, 부탁이니 우리 집으로 오게. 나나 아버지는 그렇다 치고 이토코를 위해서라도 꼭 와주게."

"이토코 씨를 위해서?"

"이토코는 자네의 지기네. 자네 어머님이나 후지오 씨가 자네를 오해한다고 해도, 내가 자네를 잘못 본다고 해도, 일본의 모든 사람들이 자네를 박해한다고 해도 이토코만은 믿을 만할 걸세. 이토코는 학문도 없고 재능도 없지만 자네의 가치를 잘 알고 있네. 자네의 속을 훤히 꿰뚫고 있지. 이토코는 내 여동생이지만 훌륭한 아이네. 존경할 만한 아이야. 이토코는 돈이 한 푼도 없어도 타락할 염려가 없는 여자지. ……고노, 이토코를 아내로 맞아주게. 집을 나가도 좋네. 산속으로 들어가도 좋아. 어디로 가서 어떻게 유랑을 한다고 해도 상관없네. 아무래도 좋으니까 이토코를 데려가주게. ……나는 이토코 문제를 책임지고 해결하려고 왔네. 자네가 내 말을 들어주지 않으면 동생 볼 낯이 없네. 하나뿐인 여동생을 죽이지 않으면 안 된다네. 이토코는 존경할 만한 여자네. 진실한 여자지. 정직하다네. 자네를 위해서라면 뭐든지 할 걸세. 죽이는 건 너무 아까운 일이네."

무네치카가 의자에 앉아 있는 고노의 앙상한 어깨를 흔들어댄다.

18

사요코는 할멈으로부터 과자 봉지를 받았다. 봉지를 뒤집어 이즈모(出雲)산 접시에 담으니 한가운데 있는 파란 봉황 무늬가 일본제 비스킷으로 가려졌다. 노란색 가장자리는 대부분 남아 있다. 가지런히 올려놓은 두 쌍의 대나무 젓가락이 떨어지지 않도록 조심하며 거실에서 방으로 가져왔다. 방에는 아사이가 선생을 상대로 교토 이래의 옛일을 기쁘게 되살리고 있다. 때는 아침이다. 햇빛이 조금씩 툇마루로 다가온다.

"아가씨는 도쿄를 잘 알고 계시지요?"

아사이가 사요코에게 묻는다.

"네."

과자 접시를 손님과 주인 사이에 놓고 부드러운 어깨를 뒤로 물리면서 조그만 소리로 대답한 사요코는 그냥 일어날 수가 없다.

"이 아이는 도쿄에서 자랐다네."

선생이 부족한 점을 보충하고 나선다.

"그랬군요. ……정말 많이 컸네요."

아사이는 난데없이 화제를 바꾼다.

사요코는 쓸쓸한 미소를 지으며 고개를 숙이고 이번에는 대답조차 하지 않는다. 아사이는 스스럼없는 얼굴로 사요코를 바라보고 있다. 지금부터 이 여자의 혼담을 깨는구나, 하는 생각을 하면서 태연히 바라보고 있다. 결혼 문제에 대한 아사이의 의견은 길거리의 점쟁이처럼 손쉬운 것이다. 여자의 미래나 평생의 행복에 대해서는 그다지 동정을 표하지 않는다. 부탁받은 일이므로 그저 부탁받은 대로 일을 진행시키기만 하면 된다고 생각하고 있다. 그리고 그것이 가장 법학사적인 것이고, 법학사적인 것은 가장 실제적이며, 실제적인 것은 최상의 방법이라고 생각하고 있다. 아사이는 가장 상상력이 적은 사람이고, 게다가 상상력이 적은 것을 일찍이 부족하다고 느껴본 적이 없는 사람이다. 상상력은 이지(理智)의 활동과는 전혀 다른 작용이고, 이지의 활동은 오히려 상상력 때문에 늘 방해를 받는다고 믿고 있다. 상상력을 기대하며 새삼 온전한 인성으로 돌리지 않는 좋은 조치가 지혜와 분별의 순수한 작용 이외에서 나오는 경우가 있다고는 법과(法科) 교실의 어떤 선생으로부터도 들어본 적이 없다. 따라서 아사이는 전혀 모른다. 그저 거절하기만 하면 그걸로 끝난다고 생각하고 있다. 쓸쓸한 사요코의 운명이 자신의 말 한마디로 어떻게 변할 것인가 하는 문제는 아사이가 꿈에서도 생각할 수 없는 것이다.

아사이가 무심하게 사요코를 바라보고 있는 사이에 고도 선생은 두세 번 이상한 기침을 한다. 사요코는 어쩐지 불안한 마음으로 아버지를 본다.

"약은 드셨어요?"

"아침 건 벌써 먹었다."

"좀 추우신 거 아니에요?"

"춥지는 않지만 좀……"

선생은 오른손 손목에 왼손 손가락 세 개를 댄다. 사요코는 옆에 아사이가 있는 것도 잊고 맥을 짚는 아버지의 얼굴만 바라보고 있다. 선생의 얼굴은 수염과 함께 나날이 말라빠져 길쭉해지고 있다.

"어때요?"

걱정스럽다는 듯이 사요코가 묻는다.

"좀 빠른 듯싶다. 열은 여전히 떨어지지 않았고."

이마에 살짝 주름이 잡힌다. 선생이 열을 재고 초조한 듯이 불쾌한 얼굴을 할 때마다 사요코는 슬퍼진다. 들판에서 소나기를 피해 밑으로 들어간 삼나무 한 그루를 고맙게 생각하며 우듬지를 올려다보니 번개가 친다. 무섭다기보다 나이 든 사람이 가엾다. 제대로 보살피지 못해서 나는 짜증이라면 비위를 맞출 수도 있다. 마음으로 이겨낼 수 없는 병 때문이라면 효행도 어쩔 수 없다. 본인도 일시적인 감기라고 생각하고 걱정하지 않았던 어제오늘의 기침을, 의사에게 슬쩍 물어보니 질이 안 좋은 것이라고 한다. 이삼일 사이에 열이 내리지 않는다며 안달하는 가벼운 병이 아닐 것이다. 알리면 걱정한다. 말하지 않으면 지레짐작한다. 게다가 짜증을 낸다. 이런 상태가 지속되면 일 년 후에는 신경이 모두 드러나 공기에 닿기만 해도 펄쩍펄쩍 뛸지도 모른다. 어젯밤 사요코는 아버지와 눈을 마주칠 수도 없었다.

"하오리라도 입고 계시는 것이 좋지 않을까요?"

고도 선생은 아사이의 말에 대답도 하지 않고 사요코에게 말한다.

"체온계 있지? 한번 재볼까?"

사요코는 거실로 간다.

"어디 편찮은 데라도 있으십니까?"

아사이가 대수롭지 않게 묻는다.

"아니네. 감기에 좀 걸렸네."

"아, 그러셨군요. ……벌써 새잎이 꽤 돋았네요."

아사이는 선생의 병에 대해서는 전혀 동정도 하지 않고 신경도 쓰지 않는다. 병의 원인과 경과와 용태를 자세히 물어볼 거라고 생각했던 선생의 예상은 빗나갔다.

"애야, 없어? 어떻게 된 거야?"

옆방을 향해 평소보다 큰 목소리로 말한다. 이어서 기침을 두 번 한다.

"예, 지금 찾고 있어요."

조그만 목소리로 대답한다. 그러나 체온계를 가져올 기미는 없다. 선생은 아사이를 보고 건성으로 대답한다.

"아, 그런가?"

아사이는 시시해진다. 빨리 볼일을 마치고 돌아가자고 생각한다.

"선생님, 오노는 참 못쓰겠더군요. 완전히 하이칼라가 되어서 따님과 결혼할 생각도 없더군요."

순서도 없이 툭 늘어놓는다.

고도 선생의 움푹 팬 눈동자가 단숨에 날카로워진다. 곧 날카로운 것이 가득 퍼져 얼굴 전체가 아주 불쾌한 표정으로 변한다.

"그만두는 게 나을 겁니다."

어디 두었는지 몰라 체온계를 찾고 있던 옆방의 사요코는 직사각형의 목제 화로 두 번째 서랍을 20센티미터쯤 뺀 채 손을 뚝 멈춘다.

선생의 불쾌한 얼굴은 더욱 짙어진다. 상상력이 없는 아사이는 결과를 전혀 예상할 수 없다.

"오노는 요즘 굉장한 하이칼라가 되었습니다. 그런 사람과 결혼하는 건 따님의 손해지요."

불쾌한 얼굴은 마침내 참을 수 없는 지경에 이르렀다.

"자네는 오노의 험담을 하러 왔나?"

"하하하하, 선생님, 정말입니다."

아사이는 묘한 데서 큰 소리로 웃는다.

"쓸데없는 참견이네. 경박하기는."

선생이 날카롭게 받아친다. 선생의 목소리는 점차 평소와 달라진다. 아사이는 그제야 깜짝 놀란다. 잠시 잠자코 있다.

"애야, 체온계는 아직 못 찾았어? 뭘 그렇게 꾸물대는 게야?"

옆방에서 대답은 들려오지 않는다. 아무 소리도 나지 않는 가운데 한쪽으로 밀어둔 장지문에 그림자가 비친다. 장지문 아래쪽 끝에서 가느다란 하얀 나무통이 살짝 나타난다. 다다미 위에서 받은 선생은 퐁 소리를 내며 뚜껑을 뺀다. 꺼낸 체온계를 햇빛에 비추어 두세 번 마구 흔들면서 말한다.

"왜 그런 쓸데없는 소리를 하는 건가?"

눈금을 비춰본다. 선생의 정신은 반쯤 체온계에 가 있다. 아사이는 그사이에 기운을 되찾았다.

"실은 부탁을 받고 왔습니다."

"부탁을 받았다고? 누구한테?"

"오노의 부탁을 받고 왔습니다."

"오노한테 부탁을 받았다고?"

선생은 겨드랑이 밑에 체온계 끼우는 걸 잊어버렸다. 망연한 표정이다.

"그런 사람이라 직접 선생님을 찾아뵙고 거절할 수 없는 겁니다. 그래서 저한테 부탁한 것이고요."

"흐음. 좀 더 자세히 말해보게."

"이삼일 안에 반드시 답을 하지 않으면 안 된다고 해서 제가 대리로 찾아온 겁니다."

"그러니까 어떤 이유로 거절했는지, 그 이야기를 좀 더 자세히 해보라는 거 아닌가."

장지문 뒤에서 사요코가 코를 푼다. 조심스러운 소리이긴 하지만 바로 장지문 한 장 너머에 있는 사람의 소리처럼 들린다. 상인방 가까이에서 들린 것을 보니 맹장지 너머에 서 있는 모양이다. 아사이의 귀에는 어떤 느낌을 주었는지 알 수 없다.

"이유 말인가요? 박사가 되지 않으면 안 되니까 아무래도 결혼은 할 수 없다고 합니다."

"그럼 박사라는 칭호가 사요코보다 중요하다는 말이군."

"그렇지는 않겠지만, 박사가 되지 못하면 앞으로 굉장히 불리할 테니까요."

"그래, 알았네. 이유는 그것뿐인가?"

"거기다 확실히 계약하지 않은 일이라고 했습니다."

"계약이라는 건 법률상 유효한 계약을 말하는 건가? 증서를 주고받는 걸 말하는 거겠지?"

"증서는 없지만…… 그 대신 오랫동안 신세를 졌으니 그 보답으로 물질적인 원조를 하고 싶답니다."

"매월 돈을 주겠다는 말인가?"

"그렇습니다."

"얘야, 사요코, 잠깐 와봐라. 사요코, 사요코."

목소리는 점점 커진다. 대답은 끝내 들려오지 않는다.

사요코는 장지문 뒤에 웅크린 채 꼼짝하지 않고 있다. 선생은 어쩔 수 없이 다시 아사이 쪽으로 몸을 돌린다.

"자네는 결혼했나?"

"아직 못 했습니다. 하고는 싶지만 제 앞가림이 먼저니까요."

"결혼을 안 했다면 참고로 들어두는 게 좋을 거네. ……남의 딸은 장난감이 아니네. 박사 칭호와 사요코를 맞바꾼다니, 그게 어디 될 말인가? 생각해보게. 아무리 가난한 집 딸이라도 살아 있는 사람이네. 내 입장에서 보면 소중한 딸이야. 한 사람을 죽여가면서까지 박사가 될 생각이냐고 오노한테 물어보게. 그리고 이렇게 말해주게. 이노우에 고도는 법률상의 계약보다는 도덕상의 계약을 중시하는 사람이라고 말이네. ……매달 돈을 주겠다고? 달라고 누가 부탁이라도 했다던가? 오노를 보살펴준 것은 울며 매달리기에 불쌍해서 호의로 한 일이네. 무슨 물질적인 원조를 하겠다고? 무례하기 짝이 없군. ……사요코, 할 말이 있으니 잠깐 이리 나와봐. 얘야, 대체 어디 있는 거야?"

사요코는 장지문 뒤에서 흐느끼고 있다. 선생은 자꾸만 기침을 한다. 아사이는 당황한다.

이렇게 화를 낼 줄은 생각지 못했다. 또 이렇게 화를 낼 이유도 없다. 자신이 한 말은 사리가 명백하다. 세상에서 성공하기 위해서는 누구의 눈에도 박사라는 칭호가 중요하다. 모호한 약속을 파기해달라는 것도 그렇게 도리에 어긋난 일이라고는 생각되지 않는다. 신세를 지기만 하는 것은 괘씸한 일일지 모르겠지만, 신세를 진 만큼 물질적으로 갚겠다고 하면 기꺼이 이쪽의 의무감을 만족시킬 만한 것이다. 그런데 불쑥 화부터 낸다. 여기서 아사이는 당황했다.

"선생님, 그렇게 화를 내시면 곤란합니다. 안 된다면 다시 오노를 만나 이야기해볼 테니까요."

이는 아사이의 진심이다.

잠시 입을 다물고 있던 선생은 다소 차분한 어조로 분한 듯히 말한다.

"자네는 결혼을 아주 간단한 일로 생각하는 모양이지만 그런 게 아니네."

선생이 하는 말의 주된 뜻은 모르겠지만, 선생의 태도에는 대단하던 아사이도 마음이 조금 움직인다. 그러나 결혼은 편의에 의해 약속을 하고 편의에 의해 약속을 파기한다고 해도 별 지장이 없는 거라고 믿고 있는 아사이는 별다른 대답을 하지 않는다.

"자네는 여자의 마음을 모르니까 그런 심부름을 온 거겠지."

아사이는 여전히 입을 다물고 있다.

"인정을 모르니까 태연히 그런 말을 하는 거겠지. 오노가 파혼을 하면 사요코는 내일부터 어디로든 갈 수 있을 거라고 생각하고 그런 말을 한 걸 거야. 5년간 남편이라고 믿고 있던 사람한테서 특별한 이유도 없이 난데없이 거절당하고 아무렇지 않게 다른 데로 시집갈 수 있는 여자가 세상에 어디 있겠나? 있을지도 모르겠지만 사요코는 그런 경박한 여자가 아니네. 그렇게 경박하게 키웠다고 생각하지 않네. ……자네는 그렇게 경솔하게 파혼을 중개하고 사요코의 인생을 그르쳐서 기분이 좋은가?"

선생의 움푹 팬 눈에 눈물이 어린다. 자꾸만 기침이 나온다. 아사이는 과연 그것이 사실이라면, 하고 기가 막힌다. 곧 가엾어진다.

"그럼 좀 기다려주십시오, 선생님. 다시 한번 오노하고 말해볼 테니까요. 저는 그저 부탁을 받고 왔을 뿐이라 그런 자세한 내막은 전혀 몰랐습니다."

"아니네. 말하지 않아도 상관없네. 싫다는 사람한테 억지로 딸을 주고 싶진 않네. 하지만 본인이 와서 직접 그 이유를 설명하는 게 좋을 거네."

"하지만 따님이 그런 생각이면……"

"사요코의 생각 정도는 오노도 잘 알고 있을 거네."

선생은 손바닥으로 뺨을 때리듯 딱 잘라 말한다.

"그래도 그러면 오노도 곤란할 테니까 다시 한번……"

"오노한테 그렇게 말해주게. 이노우에 고도는 아무리 자신의 딸이 소중하다고 해도 싫다는 사람한테 머리를 숙여가면서까지 보내는 비열한 사람이 아니라고 말이네. ……사요코, 얘야, 어디 있어?"

장지문 뒤에서 소맷자락 같은 것이 문 아래쪽에 닿는 소리가 난다.

"사요코, 오노한테 그렇게 대답해도 괜찮겠지?"

대답은 전혀 없다. 잠시 후 흐흑 하고 소맷자락에 얼굴을 묻는 소리가 들린다.

"선생님, 오노한테 다시 한번 말하겠습니다."

"말하지 않아도 되네. 직접 와서 거절하라고 말해주게."

"아무튼…… 오노한테 그렇게 전하겠습니다."

아사이는 마침내 자리에서 일어났다. 현관까지 배웅을 나온 선생에게 고개를 숙였을 때 선생이 말한다.

"딸 같은 건 갖는 게 아니야."

밖으로 나온 아사이는 휴우 하고 숨을 내쉰다. 지금까지 이런 감정을 느껴본 적이 없다. 골목을 나와 메밀국숫집의 사방등을 오른쪽으로 빠져나가 전차가 다니는 데까지 나가 돌연 전차에 뛰어오른다.

후다닥 전차에 올라탄 아사이는 한 시간쯤 후에 무네치카 집에 불쑥 나타났다. 이어서 인력거 두 대가 나온다. 한 대는 오노의 하숙집으로 향한다. 한 대는 고도 선생의 집으로 사라진다. 50분쯤 지나 현관의 소나무 밑동 근처에서 인력거 한 대가 검은 포장을 내린 채 고노의 집을 향해 달린다. 소설은 이 인력거 세 대의 사명을 순차적으로 그리지 않으면 안 된다.

무네치카를 태운 인력거의 바퀴 소리가 오노의 하숙집 앞에서 멈췄을 때 오노는 마침 점심을 다 먹은 참이었다. 밥상이 나와 있다. 밥통도 물리지 않은 채다. 주인공은 책상 앞으로 자리를 옮겨 입으로 내뿜고 있는 진한 연기를 바라보며 생각에 잠겨 있다. 오늘은 후지오와 오모리에 가기로 약속이 돼 있다. 약속이므로 가지 않으면 안 된다. 그러나 반드시 가야 한다고 생각하니 어쩐 일인지 마음이 좀 꺼림칙하다. 불안하다. 약속만 하지 않았다면 좀 더 태평했을 것이다. 밥도 한 공기쯤은 더 먹었을지 모른다. 주사위는 물론 자신이 던졌다. 주사위 눈은 분명히 나왔다. 루비콘 강[1]을 건너지 않으면 안 된다. 그러나 아무렇지 않은 듯 태연히 강을 건넌 카이사르는 영웅이다. 보통 사람은 막상 무슨 일이 일어나기 직전에 다시 생각한다. 오노는 다시 생각할 때마다 꼭 그만두었으면 좋았을 거라고 후회한다. 타려고 한 배에 한

---

[1] 고대 로마 시대에 이탈리아와 갈리아의 국경을 흐르던 강. 카이사르가 일대 결심을 하고 이곳을 건너 로마로 진격해 폼페이우스를 추방하고 정권을 장악했다.

쪽 발을 올려놓았을 때 뱃사공이, 출발합니다, 하고 삿대를 고쳐 잡으면, 잠깐 기다리게, 하는 말이 하고 싶어진다. 누군가 육지에서 달려와 끌어내주면 좋을 거라고 생각한다. 막 배에 올라탔을 때라면 그래도 육지로 돌아갈 기회가 있기 때문이다. 약속을 지키지 않은 동안은 물가를 떠나지 않은 배와 마찬가지로 아직 절체절명의 순간은 아니다. 메러디스²의 소설에 이런 이야기가 있다.

어떤 남자와 여자가 서로 짜고 정거장에서 만날 계획을 세운다. 계획이 순조롭게 진행되어 부웅 하고 기적이 울리면 두 사람의 명예는 그걸로 끝이다. 두 사람의 운명이 막상 결정되기 직전에 이르렀을 때 여자는 결국 역에 나타나지 않았다. 남자는 기다리던 사람이 오지 않아 얼이 빠진 얼굴로 마차를 타고 공허하게 집으로 돌아갔다. 나중에 들으니 친구인 아무개가 여자를 억지로 잡아두어 일부러 약속을 지키지 못하게 했다고 한다.

후지오와 약속을 한 오노는 이런 식으로 약속을 깰 수 있다면 오히려 행복할지도 모르겠다고 생각하면서 담배 연기를 바라보고 있다. 게다가 아사이는 아직 답을 갖고 오지 않았다. 승낙한다면 어느 쪽으로 굴러도 다행이다. 거절한다면 피할 수 없는 운명의 갈림길까지 미리 밀어붙이고 나서 나중에 임기응변으로 난관을 헤쳐나갈 계획이므로 한시라도 빨리 오모리로 가버리면 된다. 물론 거절한다는 답변을 기다릴 필요는 없다. 없긴 하나 결행하기 직전이 되면 마음에 걸린다. 머리로 짜낸 계획을 인정이 무너뜨리려고 한다. 실행하지 못하도록

---

2 조지 메러디스(George Meredith, 1828~1909). 영국의 시인이자 소설가. 여기서는 그의 소설 『이기주의자*The Egoist; a Country in Narrative*』를 말한다. 소세키의 초기 소설, 특히 『우미인초』는 메러디스의 영향을 많이 받았다고 한다.

상상력이 되돌린다. 오노는 시인인 만큼 상상력이 무척 풍부하다.

상상력이 풍부하기 때문에 자신이 거절하러 갈 마음이 들지 않았다. 선생의 얼굴과 사요코의 얼굴, 방의 모습, 살림살이를 직접 보고, 직접 본 것을 미래로 끌어다가 상상의 거울에 떠올려 바라보면 두 갈래의 길이 된다. 자신이 이 거울 속에 넣어져 있을 때는 봄이고 풍요롭고 모두 행복하다. 거울 표면에서 자신의 그림자를 지워버리면 어두워지고 저물고 모두 비참해진다. 이런 일단의 정신에서 자신의 영혼만을 분리하는 담판을 하는 것은, 작은 부뚜막에 피어올라야 할 연기를 예상하면서도 장작을 빼앗는 것과 같다. 차마 할 수 없다. 쓴 것을 삼킬 때 사람은 눈을 감는다. 이렇게 뒤엉킨 인연을 싹둑 자르기 위해서는 상상의 눈을 뜨고 있을 수 없다. 그래서 오노는 눈이 감긴 아사이에게 부탁했다. 부탁한 후에는 상상을 죽여버리면 된다. 미덥지 못하지만 그런 결심만은 했다. 그러나 개 한 마리라도 죽이는 것은 쉬운 일이 아니다. 타고난 마음의 작용을, 사정이 좋지 않은 곳만 검게 칠하고 지우고 잘라서 없애는 것은 고래부터 수천만 명이 시도한 궁여지책이고 수천만 명이 똑같이 실패한 졸책이다. 인간의 마음은 원고지와 다르다. 오노가 이런 결심을 한 그날 밤부터 상상력이 부활했다.

야윈 볼을 떠올린다. 움푹 꺼진 눈을 떠올린다. 엉클어진 머리를 떠올린다. 벌레 같은 숨을 떠올린다. 그리고 상상은 일변한다.

피를 떠올린다. 무시무시한 밤과 바람과 비를 떠올린다. 빈약한 등불을 떠올린다. 백지만 바른 장례식용 초롱을 떠올린다. 오싹해져서 상상은 멈춘다.

상상이 멈췄을 때 불현듯 약속을 떠올린다. 약속의 이행으로 초래 될 달갑지 않은 결과를 떠올린다. 결과는 또다시 상상의 힘으로 꼬불꼬불 복잡한 파란을 일으킨다. 양심이 볼모로 잡힌다. 평생 되찾을 수 없다. 이자에 이자가 붙는다. 등이 무거워지고 아파오고 허리가 굽는다. 자고 난 뒤의 기분이 개운치 않다. 세상이 뒤에서 손가락질한다.

멍하니 담배 연기를 바라보고 있다. 천황으로부터 받은 시계는 1초마다 약속의 이행을 재촉한다. 썰매 위에 힘없이 몸을 맡긴 것 같다. 팔짱을 끼고 가만히 있으면 자연스럽게 약속의 수렁으로 빠져든다. '시간'의 썰매만큼 정확히 미끄러지는 것은 없다.

'역시 가는 게 좋을까? 떳떳하지 못한 행동만 하지 않으면 가도 별문제는 없을 것이다. 그것만 조심하면 돌이킬 수 있다. 사요코 쪽은 아사이의 답변에 따라 어떻게든 하기로 하자.'

담배 연기가 미래의 그림자를 흐릿하게 뒤덮을 만큼 짙게 깔렸을 때 무네치카의 건장한 모습이 모든 상상을 몰아내며 현실 세계에 나타났다.

언제 어떻게 하녀가 안내를 했는지 알 수 없다. 무네치카는 불쑥 들어왔다.

"꽤 어수선하군."

무네치카는 이렇게 말하며 붉은 기가 도는 짙은 팥색 밥상을 복도로 내놓는다. 검은색 밥통을 내놓는다. 질 주전자까지 밖으로 내놓고 방 한가운데에 앉으며 말한다.

"괜찮은가?"

"이거 실례했네."

주인은 송구스럽다는 듯 자세를 고쳐 앉는다. 마침 하녀가 와서 물 끓이는 주전자와 함께 밥상과 그릇을 가져간다. 마음을 하루에 맡기고 굳이 한쪽 손을 까딱하는 일조차 하지 않는 자는 스스로 약속을 지키지 않으면 안 될 운명에 처한다. 매초마다 편하지 않은 가슴으로 한 발 한발 무서운 곳으로 나아간다. 별안간 옆에서 뛰쳐나온 무네치카가, 어쩔 수 없이 미끄러지게 된 사람을 도중에 가로막는다. 가로막힌 사람은 방해꾼을 만난 것과 동시에 원래의 위치에서 한순간의 안락함을 탐할 수 있다.

약속은 반드시 지켜야 한다. 그러나 지킬 수 있는 조건을 빼앗은 사람은 자신이 아니다. 자진해서 약속을 지키지 않는 것과 방해 때문에 지킬 수 없는 것은 기분이 다르다. 약속을 지키기 어려워졌을 때 자신에게 그 책임이 없도록 누군가 방해해주는 것은 기쁜 일이다. 왜 가지 않느냐고 양심이 힐문한다면, 가려는 의무감은 있었으나 무네치카가 방해를 해서 어쩔 수 없었노라고 대답한다.

오노는 오히려 호의적으로 무네치카를 맞았다. 그러나 단 하나의 이런 호의는 좋지 않은 감정 때문에 불행하게도 사방에서 심하게 가로막혔다.

무네치카와 후지오는 먼 친척 관계다. 자신이 후지오를 궁지에 빠뜨리든 후지오가 자신을 궁지에 빠뜨리든, 시치미를 뚝 떼고 두 사람 사이에 돌이킬 수 없는 관계가 생길 것 같은 위태로운 약속을 했을 뿐 아니라 지금 막 실행에 옮기려고 하는 참에 난데없이 뛰어든 것은, 귀찮은 것은 그만두더라도 무척 꺼림칙하다. 무관한 사람이라면 그래도 나을 것이다. 난데없이 뛰어든 이는, 하고많은 사람 중에 하필이면 상대의 친척이다.

그저 친척일 뿐이라면 그래도 나을 것이다. 무네치카는 진작부터 후지오를 마음에 두고 있었다. 외국에서 죽은 후지오의 아버지가 일찌감치 자신의 사윗감으로 허락한 이가 무네치카다. 어제까지도 무네치카는 두 사람의 관계를 모른 채 예전의 바람을 그대로 유지하고 있었다. 도난당한 돈의 행방도 모른 채 빈 금고를 지키고 있었던 셈이다.

비밀의 구름은 봄을 치는 금 시곗줄의 번개로 인해 반쯤 뚫렸다. 잠들어 있던 눈을 뜨게 한 금 시곗줄 뒤로 아사이가 찾아가 이노우에 선생의 일이라도 발설하면 곤란하다. 가엾다는 말은 단지 상대에게 하는 말이다. 마음이 꺼림칙하다는 것은 상대에게 이쪽에서 미안한 일을 했을 때 사용한다. 곤란하다는 것은 한층 고자세를 취하며 이해(利害)가 직접 자신에게 미칠 때 사용한다. 오노는 무네치카의 얼굴을 보고 무척 곤란했다.

무네치카의 방문에 환영의 뜻을 표하는 오노의 아주 작은 호의의 핵은 가엾다는 고리로 멋쩍게 둘러싸여 있다. 그 위에는 꺼림칙하다는 고리가 어쩐지 기분 나쁘게 겹쳐 있다. 가장 바깥에는 곤란하다는 고리가 먹물을 흘린 것처럼 한없이 미래로 이어져 있다. 그리하여 무네치카는 그 미래를 관장하는 주인공처럼 보인다.

"어제는 실례했네."

무네치카가 말한다. 오노는 얼굴이 벌게져서 시선을 내려뜨린다. 나중에 금시계에 대한 이야기가 나올 거라고 생각하며 어쩐지 불안한 마음으로 담배에 불을 붙인다. 무네치카는 그런 기색조차 비치지 않는다.

"오노, 아까 아사이가 와서 말이야, 그 일로 일부러 찾아왔네."

단도직입적으로 말한다.

오노의 신경은 단번에 얼얼하게 움직인다. 잠시 후 담배 연기가 코에서 아주 천천히 음침하게 흘러나온다.

"오노, 자네의 적이 왔다고 생각해서는 안 되네."

"아니, 절대⋯⋯"

이렇게 말했을 때 오노는 다시 한번 움찔한다.

"나는 빗대어 빈정거리면서 남의 약점이나 이용하는 그런 사람이 아니네. 보다시피 내 머리는 그렇게 생겨먹었네. 그런 여유는 약에 쓰려고 해도 없지. 있어도 우리 가풍에 맞지 않고⋯⋯"

무네치카가 말한 의미는 정확히 전달되었다. 다만 머리가 그렇게 생겨먹었다는 말의 의미는 알 수 없다. 그러나 되물을 만큼의 용기가 없으므로 잠자코 있다.

"나를 그런 비열한 인간이라 생각한다면, 바쁜 사람을 일부러 찾아온 보람이 없네. 자네도 교육을 받은, 사리를 분별할 줄 아는 사람이네. 나를 그런 사람으로 본다면 자네한테 내 말은 전혀 효과가 없겠지."

오노는 아직도 입을 다물고 있다.

"내가 아무리 한가한 사람이라고 해도 자네한테 경멸이나 받자고 인력거를 타고 오지는 않을 걸세. ⋯⋯아무튼 아사이가 말한 대로겠지?"

"아사이가 어떻게 말하던가?"

"오노, 난 진지하네. 알겠나? 사람이라면 일 년에 한 번쯤은 진지해지지 않으면 안 되네. 표피만 살아 있으면 상대할 의욕이 안 생기지. 또 상대를 한다고 해도 재미없을 거고. 난 자네를 상대해줄 생각으로 온 거네. 알았나, 알겠어?"

"음, 알았네."

오노는 얌전히 대답한다.

"그렇다면 자네를 나와 대등한 인간으로 보고 말하겠네. 자네는 어쩐지 늘 불안해하는 것 같네. 전혀 태연한 구석이 없는 것 같은데."

"그럴지도…… 모르겠네."

오노는 몹시 난감해하면서 솔직히 고백한다.

"자네가 그렇게 꺼리지 않고 말하는 걸 보니 전적으로 사실이겠지, 정말 딱하긴 하지만 말이야."

"그렇다네."

"남이 불안해하든 태연하지 못하든 표피만으로 살고 있는 경박한 사회에서는 상관할 바가 못 되네. 남은커녕 자기 자신이 불안하면서도 득의양양해하는 사람들도 많거든. 나도 그중의 한 사람일지도 모르지. 아니 분명히 그중 한 사람일 거네."

오노는 그제야 처음으로 상대의 말을 적극적으로 가로막는다.

"자네가 부럽네. 실은 늘 자네 같은 사람이 되었으면 좋겠다고 생각할 정도라네. 그런 점에서 보면 나는 정말 시시한 인간임에 틀림없지."

아양으로 장단을 맞춘다고는 여겨지지 않는다. 표피의 문명은 깨졌다. 안에서 본심이 나온다. 초연히 진정성을 띤 목소리다.

"오노, 그걸 알고 있었나?"

무네치카의 목소리에는 어딘가 온기가 있다.

"알고 있네."

이렇게 대답하고, 잠시 후 다시 한번 대답한다.

"알고 있어."

오노는 고개를 숙인다. 무네치카는 얼굴을 앞으로 내민다. 오노는 고개를 숙인 채 다시 말한다.

"내 성격은 약하다네."

"왜 그런가?"

"그렇게 태어나서 어쩔 수 없네."

고개를 숙인 채 이렇게 말한다.

무네치카는 얼굴을 더욱 앞으로 내민다. 한쪽 무릎을 세운다. 무릎 위에 팔꿈치를 올린다. 앞으로 내민 얼굴을 팔꿈치로 지탱한다. 그리고 말한다.

"자네는 나보다 학문적 능력이 뛰어나네. 머리도 나보다 좋지. 난 자네를 존경하고 있네. 존경하고 있기 때문에 자네를 구하려고 왔네."

"나를 구하려고……"

오노가 얼굴을 들었을 때 무네치카는 바로 코앞에 있다. 얼굴을 들이대듯이 하며 말한다.

"이렇게 위태로울 때 타고난 성격을 뜯어고치지 않으면 평생 불안하게 지내야 하네. 아무리 공부를 해도, 아무리 학자가 된다고 해도 돌이킬 수가 없지. 지금이네, 오노. 자네가 진지해져야 할 때는. 세상에는 진지함이 어떤 건지 평생 알지도 못한 채 끝내는 사람도 얼마든지 있다네. 껍데기만으로 살고 있는 사람은 흙으로만 만들어진 인형이나 다를 바 없지. 진지함이 없으면 어쩔 수 없지만, 있는데도 인형이 되는 것은 안타까운 일이네. 진지해지고 나면 기분이 아주 좋아진다네. 자네는 그런 경험이 있나?"

오노는 고개를 떨어뜨린다.

"그런 경험이 없다면 한번 해보게, 지금 말이네. 이런 기회는 평생 두 번 다시 찾아오지 않을 테니까. 이번 기회를 놓치면 정말 끝장이네. 평생 진지함의 맛을 모른 채 죽게 되겠지. 죽을 때까지 삽살개처럼 허둥지둥 불안할 뿐일 거네. 인간은 진지해질 기회가 거듭될수록 완성되어가지. 인간다운 기분이 드는 거네. 허풍이 아닐세. 자신이 직접 경험해보지 않으면 모른다네. 알다시피 나는 학문적 능력도 없고 공부도 하지 않고 시험에 떨어지기도 하고 빈둥거리고 있네. 그래도 자네보다는 태연하지. 내 여동생은 신경이 둔해서 그렇다고 생각한다네. 뭐, 신경이 둔하기도 하겠지. 하지만 그렇게 무신경하다면 오늘도 이렇게 인력거를 타고 찾아오지는 않았을 거네. 그렇지 않나, 오노?"

무네치카가 빙긋 웃는다. 오노는 웃지 않는다.

"내가 자네보다 태연한 것은 학문 때문도 공부 때문도 뭐 때문도 아니네. 때때로 진지해지기 때문이지. 진지해진다기보다는 진지해질 수 있다고 하는 편이 낫겠군. 진지해질 수 있는 것만큼 자신감이 생기는 일은 없다네. 진지해질 수 있는 것만큼 침착해지는 것도 없다네. 진지해질 수 있는 것만큼 정신의 존재를 자각하는 일도 없다네. 천지 앞에 자신이 엄존하고 있다는 관념은 진지해져야 비로소 얻을 수 있는 자각이지. 진지함이란 진검승부라는 뜻이네. 해치운다는 뜻이지. 해치우지 않고는 배겨낼 수 없다는 의미라네. 인간 전체가 활동한다는 의미지. 입이 능숙하게 움직이거나 손이 빠르게 움직이는 것은 아무리 그렇게 움직인다고 해도 진지한 것은 아니네. 머릿속을 유감없이 세상에 내던져야 비로소 진지해진 기분이 드는 거네. 하지만 안심하게. 사실 내 누이도 어제야 진지해졌네. 고노도 어제야 진지해졌고. 나는 어제도, 오늘도 진지하네. 자네도 이번에 한번 진지해져보게. 사람이 진지해지면 그 사람만 목숨을 구하는 게 아니네. 세상이 목숨을 구한다네. 어떤가, 오노, 내가 하는 말 알아듣겠나?"

"음, 알아들었네."

"난 진지하네."

"진지하게 알아들었네."

"그럼 됐네."

"고맙네."

"그런데 말이네, 그 아사이라는 사람은 인간으로서 전혀 인정할 수 없는 자라 그자의 말을 일일이 믿었다가는 큰일이지만, ……원래는 아사이가 나한테 와서 이러쿵저러쿵 말한 것을 자네 앞에서 조목조목 말해야겠지. 그리고 자네의 말과 대조한 뒤 사실을 판단하는 것이 당연할지도 모르네. 아무리 내 머리가 나쁘다고 해도 그 정도는 알고 있네. 하지만 진지해지고 진지해지지 않고는 큰 문제네. 계약이 있었다 느니, 어쩌고저쩐다느니. 아내를 얻으면 박사가 될 수 없다는 등 박사가 되지 못하면 난처하다는 등 꼭 어린애들 같은 그런 말들이야 어떻게 되든 상관없겠지. 오노, 안 그런가?"

"응, 상관없지."

"요컨대 진지한 조치는 어떻게 하면 되는가 하는 것이네. 그게 자네가 할 일이지. 방해가 안 된다면 의논 상대가 되어주겠네. 내가 이리저리 뛰어다녀도 좋네."

맥없이 고개를 숙이고 있던 오노는 그때 자세를 고쳐 앉는다. 얼굴을 들어 무네치카를 똑바로 쳐다본다. 눈동자는 평소와 달리 단단히 자리 잡아 움직이지 않는다.

"진지한 조치는 가능한 한 빨리 사요코 씨하고 결혼하는 일이네. 사요코 씨를 버리는 건 미안한 일이지. 고도 선생님께도 송구한 일이고. 내가 나빴네. 거절한 것은 전적으로 내 잘못이네. 자네한테도 미안하네."

"나한테 미안하다고? 뭐, 그건 됐네. 자네도 나중에 알게 될 걸세."

"정말 미안하네. ……거절하지 않았다면 좋았을 것을. 거절하지 않았다면…… 아사이는 벌써 거절한다고 말했겠지?"

"그거야 자네가 부탁한 대로 거절했다고 하네. 하지만 이노우에 선생님은 자네가 직접 와서 말하라고 했다더군."

"그럼 가겠네. 지금 당장 가서 사죄를 드리고 오겠네."

"그런데 지금 우리 아버지한테 이노우에 선생님 댁에 가보시라고 부탁해두었네."

"자네 아버님을?"

"그렇다네. 아사이의 말에 따르면 선생님은 굉장히 화가 나 있는 모양이네. 그리고 아가씨도 많이 울고 있다고 해서 말이야. 내가 자네 집으로 와서 의논을 하는 동안 무슨 일이라도 생기면 곤란하니까 위로도 할 겸 해서 가보시라고 했네."

"이거 참 여러 가지로 친절을 베풀어주고……"

오노는 다다미에 머리가 닿을 만큼 머리를 숙인다.

"뭐, 우리 노인네는 어차피 놀고 있으니까 도움만 된다면 기꺼이 뭐든 해준다네. 그래서 그렇게 해두었는데 말이네, 만일 이야기가 잘되면 인력거를 그쪽으로 보낼 테니 아가씨를 이쪽으로 보내달라고 부탁해두었네. ……아가씨가 오면 내가 있는 앞에서 미래의 아내라고 자네 입으로 확실하게 말해주면 좋겠네."

"그리하겠네. 내가 그쪽으로 가도 좋고."

"아니네, 내가 아가씨를 이쪽으로 부르는 것은 다른 볼일도 있어서라네. 그 일이 끝나면 셋이서 고노한테 갈 거네. 그리고 후지오 씨 앞에서 다시 한번 자네가 분명히 말하는 거네."

오노는 다소 기가 죽은 것처럼 보인다. 무네치카가 바로 덧붙인다.

"뭐하면 내가 후지오 씨한테 자네의 아내가 될 사람을 소개해도 좋네."

"그럴 필요까지 있겠나?"

"자네는 진지해진다고 하지 않았나? 내 앞에서 후지오 씨와의 관계를 깨끗이 끊어 보여야 하네. 그 증인으로 사요코 씨를 데려가는 거니까."

"사요코 씨를 데려가는 건 좋지만, 일부러 짓궂은 짓을 하는 것 같으니까 되도록 원만하게 하는 게……"

"일부러 짓궂은 짓을 하는 건 나도 싫지만, 이것도 다 후지오 씨를 도와주기 위해서니까 어쩔 수 없네. 그런 성격은 보통 방법으로는 고쳐지지 않으니까 말이네."

"하지만……"

"자네가 면목이 없다는 건가? 이런 처지에 면목이 없다느니 멋쩍다느니 하면서 꾸물대고 있는 건 역시 표피적인 활동이네. 자네는 방금 진지해지겠다고 하지 않았나? 내가 보기에 진지함이라는 건 실행이라는 두 글자로 귀착하는 거네. 입으로만 진지해지는 것은 입만 진지해지는 거지 인간이 진지해지는 게 아니네. 자네라는 한 인간이 진지해졌다고 주장한다면, 그렇게 주장하는 만큼의 증거를 실제로 보여주지 않으면 아무 소용이 없네."

"그럼 하겠네. 아무리 많은 사람들 앞이라도 상관없네, 하겠네."

"좋네."

"그런데 다 털어놓자면, 실은 오늘 오모리에 가기로 약속되어 있네."

"오모리에? 누구하고?"

"지금 자네가 말한 그 사람하고."

"후지오 씨하고 말인가? 몇 시에?"

"세 시에 역에서 만나기로 했는데……"

"세 시라, 지금 몇 시나 됐나?"

무네치카의 조끼 중간쯤에서 틱 하는 소리가 난다.

"벌써 두 시네. 자넨 어차피 갈 수 없을 거네."

"관두겠네."

"후지오 씨 혼자 오모리에 가지는 않을 걸세. 내버려두면 돌아오겠지. 세 시가 지나면 말일세."

"일 분이라도 늦으면 기다릴 사람이 아니네. 곧 돌아올 거네."

"그럼 됐네. ……어쩐지 비가 내리는 모양이군. 비가 내려도 가기로 했나?"

"그렇다네."

"이 비는…… 좀처럼 그칠 것 같지 않은데. ……아무튼 편지로 사요코 씨를 부르세. 우리 아버지가 기다리다 못해 걱정하고 있을 테니까 말이네."

봄에 어울리지 않는 세찬 빗줄기가 비스듬히 내린다. 하늘 속은 헤아릴 수 없을 만큼 깊다. 깊은 가운데서 그칠 줄도 모르고 수많은 선을 그으며 떨어져 내린다. 화로가 필요할 만큼 춥다.

편지는 빗소리 속에서 썼다. 심부름꾼이 인력거의 덮개를 때리는 비에 흔들리며 쏜살같이 달려갔을 때 서술은 이동한다. 조금 전 무네치카 집의 대문을 나선 두 번째 인력거는 이미 고도 선생의 집에 도착하여 응분의 사명을 다하고 있다.

고도 선생은 열이 나 누워 있다. 소중히 간직하고 있는 기토의 그림 족자를 등지고 누워 있는 선생의 이마를 사요코가 얼음주머니로 식혀 주고 있다. 울어서 벌겋게 부은 눈으로 머리맡에 쭈그리고 앉아 얼음 주머니 주름만 세고 있는 것처럼 보인다. 쉽사리 얼굴을 들지 않는다. 무네치카의 아버지는 위령선 꽃무늬 잠옷에서 60센티미터쯤 떨어진 자리에 듬직하게 앉아 있다. 굵직한 무릎이 방석에서 비어져 나와 다 다미를 가볍게 누르고 있는 모습은, 핏기가 가시고 홀쭉한 고도 선생 의 얼굴에 비하면 위풍당당하다.

무네치카 노인의 목소리는 여전히 쩌렁쩌렁하다. 고도 선생의 목소 리도 평소보다 높다. 대화는 이 두 사람 사이에서 진행되고 있다.

"실은 그런 사정으로 이렇게 갑작스럽게 찾아뵙게 되었습니다. 편 찮으실 때라 심히 죄송스럽습니다만, 급한 일이라 그러니 언짢게 생 각하지는 말아주십시오."

"아닙니다. 정말 실례되는 꼴을 보여드려 저야말로 면목이 없습니 다. 일어나서 인사를 드려야 하겠지만……"

"천만의 말씀이십니다. 그대로 계시는 편이 이야기하기도 쉽고, 오 히려 저한테는 편합니다, 하하하하."

"정말 친절하게 일부러 찾아주셔서 감사합니다."

"뭐, 옛날이라면 무사는 서로의 처지를 이해한다고 했는데 말이지 요, 하하하하. 저도 언제 신세를 지게 될지도 모르는 일이고요. 그런데 오랜만에 도쿄로 돌아오셨으니 필시 불편하고 곤란한 일이 많을 겁니 다."

"20년 만입니다."

"20년이라? 그거 참, 강산이 두 번이나 바뀌었겠군요. 친척들은요?"

"없는 거나 마찬가집니다. 오랫동안 소식을 끊고 살았으니까요."

"그렇군요. 그럼 의지할 만한 사람은 오직 오노 군뿐이겠군요. 그거 참, 정말 괘씸한 일까지 당하셨으니, 원."

"어이없는 꼴을 당했습니다."

"아니, 하지만 어떻게든 되겠지요. 그렇게 걱정하지 않으셔도 될 겁니다."

"걱정은 하지 않습니다. 그저 어이없는 꼴을 당했을 뿐이지요. 아까도 딸아이한테 어쩔 수 없는 운명으로 알고 체념하라고 잘 말해두었습니다."

"하지만 지금까지 애써 정성을 기울여왔는데, 그렇게 선뜻 단념하는 것도 아까우니 아무쪼록 이 일은 일단 저희한테 맡겨주십시오. 제 아들도 힘닿는 대로 애를 써보겠다고 했으니까요."

"호의는 정말 감사합니다. 하지만 그쪽에서 거절한 이상 딸도 가고 싶지 않을 거고, 간다고 해도 제가 줄 수 없는 형편이라……"

사요코가 얼음주머니를 살짝 들어 올리고 수건으로 이마의 물기를 정성껏 닦는다.

"얼음주머니는 잠깐 그만둬보자. ……그런데 사요코, 너, 오노한테 가지 않아도 괜찮지?"

사요코는 얼음주머니를 쟁반에 올려놓는다. 두 손을 다다미에 짚고 쟁반을 뒤덮듯이 머리를 내민다. 얼음주머니에 눈물이 뚝뚝 떨어진다. 고도 선생은 베개를 벤 반백의 머리를 반쯤 뒤로 돌리고 다시 말한다.

"괜찮겠지?"

얼음주머니에 뚝 떨어지는 눈물이 보인다.

"당연하지, 당연하고말고……"

무네치카 노인이 일단 두 번 계속해서 말한다. 고도 선생의 머리는 원래의 위치로 돌아갔다. 고도 선생은 물기 어린 눈을 빛내며 가만히 무네치카 노인을 지켜보고 있다. 그리고 곧 말을 잇는다.

"하지만 그렇게 오노 군이 후지오 양인가 하는 아가씨와 결혼이라도 하게 되면 댁의 아드님도 가엾게 되겠군요."

"아닙니다. 그건 걱정하지 않으셔도 됩니다. 제 자식 놈은 후지오 양을 맞아들이지 않기로 했습니다. 아마, 아니 분명히 맞아들이지 않을 겁니다. 만약 맞아들인다고 해도 제가 허락하지 않을 겁니다. 자식 놈을 싫어하는 여자는, 자식 놈이 맞아들이겠다고 해도 제가 허락하지 않을 겁니다."

"사요코, 무네치카 씨 아버님께서도 이렇게 말씀하시지 않느냐, 같은 일이다."

"저는…… 그 사람한테 가지 않아도…… 괜찮아요."

사요코가 아버지의 베개 뒤에서 띄엄띄엄 말한다. 세찬 빗소리 속에서 간신히 들린다.

"아니, 그리되면 곤란합니다. 제가 일부러 달려온 보람이 없게 되지요. 오노 군한테도 여러 가지 사정이 있을 테니까, 제 자식 놈 이야기를 들어보고 나서 아무쪼록 아까 말씀드린 대로 해주셨으면 합니다. ……제가 직접 자식 놈에 대해 이러쿵저러쿵 말하는 건 이상하지만, 제 자식 놈은 도리를 아는 아입니다. 절대 나중에 폐가 될 만한 일은 하지 않을 겁니다. 파혼을 하는 것이 좋겠다고 생각하면 그렇게 권할 겁니다. ……처음 뵙긴 했지만, 부디 저를 믿어주시기 바랍니다. ……

이제 뭔가 소식이 올 때가 됐는데, 공교롭게 비가 와서……"

바퀴 소리를 울리며 비를 뚫고 달려온 인력거 한 대가 격자 대문 앞에 멈춰 섰다. 드르륵 하고 문을 열자마자 후줄근하게 젖은 짚신을 섬돌에 올려놓는 자가 있다. ……서술은 세 번째 인력거의 사명으로 옮아간다.

세 번째 인력거가 이토코를 태우고 삐걱거리며 고노의 집으로 달려가는 동안 고노는 서재를 정리하기 시작했다. 책상 서랍을 하나씩 빼고 어느새 쌓인 서류를 찢어서 버리고 또 찢어서 버린다. 바닥에는 무릎 언저리에만 찢어진 종잇조각이 쌓였다. 고노는 흩어진 휴지를 밟고 섰다. 이번에는 서랍에서 한 장, 두 장 잔글씨로 쓴 메모지를 꺼낸다. 그중에는 대여섯 페이지를 모아 철한 것도 있다. 대개는 서양 종이다. 또 서양 글자다. 고노는 일별하고는 바로 책상 위에 올려놓는다. 그중에는 반 줄도 읽지 않고 옮겨놓는 것도 있다. 잠시 후 대략 30센티미터 높이로 쌓였다. 서랍은 대부분 비었다. 고노는 위아래로 손을 넣어 전체를 난로 옆으로 가져가 말없이 모두 던져 넣었다. 쌓인 것은 주인공의 손을 떠나자마자 와르르 무너져 내렸다.

포도 잎을 청동으로 주조한 재떨이가 테이블 위에 있다. 재떨이 위에 성냥이 있다. 고노는 손을 뻗어 성냥갑을 집어 들었다. 집고 나서 옆으로 흔들어보니 초라하게 대여섯 개가 빈약한 소리를 낸다. 이번에는 책상으로 돌아간다. 레오파르디 옆에 있던 노란색 표지의 일기장을 집어 들고 난로 앞으로 돌아온다. 일기장의 배 부분에 엄지손가락을 대고 주르륵 넘기자 검은색 잉크와 쥐색 연필 글씨가 어른거린다. 그러다 노란색 표지에서 멈췄다. 뭘 쓴 것인지 전혀 알 수 없다. 어젯밤 잠자리에 들기 전에 써넣은 다음의 한 구절이 마지막 페이지의 마지막 구절이라는 것만은 기억하고 있다.

길을 나서면 무언의 객(入道無言客)
집을 나서면 머리를 깎지 않은 중(出家有髮僧)

고노는 눈 딱 감고 일기장을 흩어진 종이 위에 올린다. 웅크린다. 난로 옆 깔개 앞에서 쉭 하고 성냥 긋는 소리가 난다. 흩어진 종이는 조용한 가운데 나른한 기지개를 켜듯이 아래쪽에서부터 타오르기 시작한다. 종이 사이에서 타는 냄새가 올라온다. 그러자 종이는 아래쪽에서부터 움직이기 시작한다.

'음, 또 쓸 게 있군.'

고노는 무릎을 세우면서 연기 속에서 일기장을 꺼낸다. 종이는 갈색으로 변한다. 희미한 소리가 들리더니 난로 안은 온통 불길에 휩싸인다.

"어머, 무슨 일이야?"

문 앞에 선 어머니가 수상쩍다는 듯이 난로 안을 보고 있다. 고노는 목소리를 듣고 몸을 비스듬히 그쪽으로 돌린다. 소맷자락 앞으로 불빛을 받으며 어머니와 마주 선다.

"추워서 좀 따뜻하게 하려고요."

이렇게 말하며 위에서 난로 안을 내려다본다. 불은 옅은 적갈색으로 타오른다. 쪽빛과 자줏빛이 간헐적으로 섞여 굴뚝 안으로 올라간다.

"그럼 불 쬐렴."

마침 불어온 바람에 네다섯 개의 빗줄기가 유리창에 부서졌다.

"비가 내리기 시작했군요."

어머니는 대답도 하지 않고 세 걸음쯤 방 가운데로 다가온다. 달래는 듯한 표정으로 긴고를 보며 말한다.

"추우면 석탄이라도 때라고 할까?"

활활 타오르던 불길은 흔들리는 자줏빛 혀가 오른 후에 단숨에 픽 꺼졌다. 난로 안은 깜깜하다.

"아니, 됐습니다. 이제 꺼졌습니다."

말을 마친 긴고는 난로에서 등을 돌린다. 그때 죽은 아버지의 눈동자가 벽 위에서 반짝 빛났다. 쏴아 하고 빗소리가 들려온다.

"아니, 이런. 편지가 이렇게 흩어져 있고…… 다 필요 없는 것들이니?"

긴고가 바닥을 바라본다. 찢어서 버린 편지는 엉망으로 흩어져 있다. 어떤 것은 두세 줄, 또 어떤 것은 대여섯 줄, 심하게는 한 줄 반 만에 찢긴 것도 있다.

"다 필요 없습니다."

"그럼 좀 치우자. 휴지통은 어디 있니?"

긴고는 대답하지 않는다. 어머니는 책상 아래를 들여다본다. 서양식 바구니 모양의 휴지통이 발판 너머에 희미하게 보인다. 어머니는 몸을 구부려 손을 뻗는다. 남색 단자 오비가 창으로 비쳐드는 빛을 정면으로 받았다.

긴고는 몸을 오른쪽으로 똑바로 뻗어 커버가 달린 의자 윗부분을 잡았다. 앙상한 어깨를 비스듬히 하여 책상 쪽으로 질질 끌어당겼다.

어머니는 책상 안쪽에서 휴지통을 끌어냈다. 편지 조각을 하나하나 주워 휴지통에 넣는다. 구겨진 것을 정성껏 펴서 들여다본다. "언젠가 만나 뵌 후에⋯⋯"라는 조각을 던져 넣는다. "⋯⋯실례를 무릅쓰고자 합니다. 다만 사정이 허락하는 경우에는⋯⋯"이라는 조각도 던져 넣는다. "⋯⋯는 도저히 참을 수 없⋯⋯"이라는 조각은 뒤집어본다.

긴고는 어머니를 곁눈으로 힐끗 쳐다본다. 책상 모서리로 끌어당긴 의자 등받이에 꾸욱 팔 힘이 실린다. 하얀 커버 위에 훌쩍 남색 버선이 놓인다. 짙은 남색 버선은 바로 책상 위로 올라간다.

"아니, 뭘 하는 거냐?"

어머니는 편지 조각을 쥔 채 아래에서 올려다본다. 눈과 눈 사이에서 두려움의 기색이 분명하게 읽힌다.

"액자를 내리려고요."

위에서 침착하게 대답한다.

"액자를?"

두려움은 놀라움으로 변한다. 긴고는 오른손으로 도금한 액자 틀을 잡는다.

"잠깐 기다려."

"왜요?"

오른손은 여전히 틀을 잡고 있다.

"액자를 내려서 어떻게 하려고?"

"가져갈 겁니다."

"어디로?"

"집에서 나가니까요. 이 액자만은 가지고 갈 겁니다."

"나간다니? 자, 나가더라도 좀 천천히 떼는 게 좋긴 않을까?"

"안 되나요?"

"안 되는 건 아니지. 네가 갖고 싶으면 가져가도 좋긴 한데. 뭐 그렇게 서두르지 않아도 좋지 않겠니?"

"하지만 지금 떼지 않으면 시간이 없습니다."

어머니는 이상한 얼굴로 멍하니 서 있다. 긴고는 두 손으로 액자를 잡는다.

"나간다고? 너 정말 나갈 생각이야?"

"나갈 생각입니다."

긴고는 등을 돌리고 대답한다.

"언제?"

"지금 나갈 겁니다."

긴고는 두 손으로 일단 액자를 위로 치켜 올려 못에서 빼낸 후 아래로 내린다. 이제 액자는 가느다란 실 한 가닥으로 벽에 걸려 있다. 손을 떼면 실이 끊어져 떨어질 것 같다. 두 손으로 공손히 받쳐 들고 있다. 어머니가 아래에서 말한다.

"이렇게 비가 오는데……"

"비가 와도 상관없습니다."

"적어도 후지오하고 작별 인사는 하고 가야지."

"후지오는 없지 않나요?"

"그러니까 좀 기다려달라는 거야. 아닌 밤중에 홍두깨처럼 이렇게 나가다니, 나를 난처하게 하는 거잖아."

"난처하게 할 생각은 없습니다."

"너한테 그런 생각이 없다고 해도 세상 사람들 눈이 있잖니. 집을 나가려면 그런 준비를 하고 나서 나가야지, 그렇지 않으면 내가 창피를 당하거든."

"세상 사람들이……"

이렇게 말하면서 긴고는 액자를 든 채 고개만 뒤로 돌린다. 그 순간 가늘고 길게 찢어진 긴고의 눈이 한 번 어머니에게 떨어졌다. 곧 어머니에게서 멀어지다가 문에 이르러 딱 멈춘다. ……어머니는 섬뜩한 느낌이 드는지 뒤를 돌아본다.

"어머."

하늘에서 내려온 듯 조용히 서 있던 이토코가 천천히 머리를 숙인다. 의젓하게 부풀린 히사시가미가 원래의 자리로 돌아오고, 이토코는 책상 옆으로 걸어온다. 하얀 버선이 나란해졌을 때 긴고를 똑바로 올려다보며 말한다.

"모시러 왔어요."

"가위 좀 집어 주시겠어요?"

긴고가 위에서 부탁한다. 턱으로 가리킨 레오파르디 옆에 가위가 있다. ……뚝 하는 소리와 함께 액자는 벽에서 떨어졌다. 가위는 찰카닥 하는 소리와 함께 바닥으로 떨어졌다. 두 손으로 액자를 받쳐 든 긴고는 책상 위에서 정면으로 빙 돌았다.

"오라버니가 긴고 씨를 모시고 오라고 해서 왔어요."

긴고는 받쳐 든 액자를 눈높이보다 약간 낮은 쪽에서 천천히 아래로 내린다.

"갑시다. ……인력거로 오셨습니까?"

"네."

"이 액사 들어갈까요?"

"실을 수 있을 거예요."

"그럼……"

긴고는 다시 액자를 들고 입구 쪽으로 간다. 이토코도 간다. 어머니가 불러 세운다.

"잠깐 기다려. ……이토코 씨도 잠깐 기다려주세요. 뭐가 마음에 안 들어서 부모 집을 나가는지는 모르겠지만, 내 입장에서도 좀 생각해 줘야지, 그렇지 않으면 세상 사람들한테 면목이 서지 않잖아."

"세상 사람들이 뭐라 하든 상관없습니다."

"그런 분별없는 말이나 하고…… 철없는 어린애처럼……"

"어린애라면 좋지요. 어린애가 될 수 있다면 더욱 좋고요."

"또 그런…… 어린애에서 힘들게 어른이 되었잖아? 너, 지금까지 정성을 들인 것이 한두 가지가 아니야. 생각 좀 해봐."

"생각했으니까 나가는 겁니다."

"정말 왜 그런 억지를 부리는 건지 원. 모든 게 내 불찰로 일어난 일이라 지금 울면서 하소연한다고 해도 아무 소용이 없겠지만…… 난…… 돌아가신 아버지한테……"

"아버지는 괜찮습니다. 아무 말도 하지 않을 겁니다."

"아무 말도 하지 않을 거라니…… 정말 그렇게 고집을 부려서 나를 괴롭히지 않아도 되잖아."

고노는 액자를 든 채 아무 대답도 하지 않는다. 이토코는 얌전히 옆에 붙어 있다. 비는 방을 에워싸며 들이친다. 멀리서 바람이 소리를 몰아온다. 쏴아 하고 높게 울린다. 또 넓게 울린다. 그 울림 속에 고노는 묵묵히 서 있다. 이토코도 잠자코 서 있다.

"무슨 말인지 좀 알아들었니?"

고노는 여전히 잠자코 있다.

"이렇게까지 얘기했는데 아직도 모르는 거야?"

고노는 여전히 입을 열지 않는다.

"이토코 씨, 이런 꼴이니 집에 가면 아버님이나 오라버니한테 아무쪼록 지금 본 그대로 이야기 좀 해주세요. ……이런 꼴을 보여서 뭐라해야 할지, 정말 면목이 없네요."

"어머님, 긴고 씨가 집을 나가고 싶다는데 그냥 보내주면 되지 않을까요? 억지로 붙잡아도 아무 소용이 없을 것 같은데요."

"이토코 씨까지 그런 말을 한다면 어쩔 도리가 없네요. ……실례가될지 모르겠지만, 아직 젊으니까 그런 경솔한 생각도 하는 것이겠지만요. ……아무리 나가고 싶다고 해도 산속 외딴집에 사는 사람도 아니고, 그렇게 지금 막 결심하고 나가버리면, 나가는 당사자보다 남은사람이 난처해요."

"왜요?"

"왜냐하면 사람들은 워낙 말이 많으니까요."

"남이 뭐라고 하든, 그게 왜 안 된다는 거죠?"

"그야 서로 세상에 얼굴을 내밀 수 있어야 이렇게 오늘을 살아갈 수있으니까요. 자신보다 세상의 도리가 더 중요해요."

"하지만 이렇게 나가고 싶다고 하잖아요? 가엾지 않나요?"

"그게 도리라는 거예요."

"그게 도리인가요? 그렇다면 하찮은 거네요."

"하찮은 게 아니에요."

"하지만 긴고 씨는 어떻게 되든 상관없다고……"

"상관없는 게 아니에요. 그게 오히려 긴고한테 도움이 되는 거예요."

"긴고 씨보다 어머님한테 도움이 되는 거 아닌가요?"

"세상에 대한 도리예요."

"전 모르겠어요. 나가고 싶은 사람은 세상 사람들이 뭐라든 나가고 싶은 거니까요. 그게 어머님께 폐가 될 리 없어요."

"그래도 이렇게 비가 내리는데……"

"아무리 비가 내린다고 해도 어머님은 비에 젖을 리 없으니까 상관없지 않나요?"

기차가 없을 때의 일이다. 산에 사는 남자와 바다에 사는 남자가 싸움을 했다. 산에 사는 남자가 물고기는 짜다고 말했다. 바다에 사는 남자는 물고기에게 어떻게 소금기가 있겠느냐고 말했다. 싸움은 아무리 시간이 지나도 끝날 줄 몰랐다. 교육이라는 이름의 철로가 놓여 이성의 계단을 자유롭게 오르내리는 방편이 생기지 않는 한 서로의 생각은 알 수 없다. 어떤 때는 너무 움직임이 없는 속된 사회에 있어 그냥 보기만 해도 현기증이 날 것 같은 사람이 아니면 인간으로 통용되지 않는 일이 있다. 그건 거짓이다, 가짜다, 하고 아무리 설득해도 좀처럼 받아들이지 않는다. 어디까지나 움직임 없는 상태의 취향을 주장한다. ……수수께끼 여자와 이토코의 대응은 아무리 시간이 흘러도 평행선만 그을 뿐 한 점으로 모이지 않는다. 산에 사는 남자와 바다에 사는 남자가 물고기에 대해 근본적인 관념을 달리하는 것처럼 수수께끼 여자와 이토코는 인간에 대한 생각이 처음부터 아예 다르다.

바다와 산을 잘 알고 있는 고노는 두 사람을 잠자코 내려다보고 있다. 이토코의 말은 변호가 불필요할 만큼 간단하다. 어머니의 주장은 정나미가 떨어질 만큼 어리석고 또 속되다. 이 두 사람이 문답을 주고받는 가운데 고노는 아버지의 초상화 액자를 안은 채 서 있다. 그다지 지루한 기색도 보이지 않는다. 초조해하는 기색도 없다. 난처해하는 기색도 없다. 두 사람의 문답이 저물녘까지 계속되면 저물녘까지 액자를 들고 그 자세로 계속 서 있을 것만 같다.

그때 빗속에서 부르는 소리가 들린다. 인력거가 현관 앞에 멈춘다. 현관에서 발소리가 다가온다. 제일 먼저 무네치카가 나타났다.

"이야, 아직 가지 않았군."

고노에게 말한다.

"응."

고노는 이렇게만 대답한다.

"어머님도 여기 계셨군요. 마침 잘됐네요."

무네치카가 자리에 앉는다. 오노가 뒤따라 들어온다. 오노의 그림자에서 한 치도 벗어나지 않게 사요코가 뒤따른다.

"어머님, 비가 오는데 이렇게 대부대가 찾아왔습니다. ……사요코 씨, 제 여동생입니다."

활약하는 이는 한마디로 인사와 소개를 겸한다. 무네치카는 분주하다. 고노는 여전히 액자를 들고 서 있다. 오노도 하릴없이 앉지도 못하고 있다. 사요코와 이토코는 쓸데없이 정중하게 고개를 숙인다. 물론 격의 없는 말을 나눌 기회는 없다.

"비가 오는데 용케 이렇게……"

어머니는 모두에게 이 정도의 애교를 부린다.

"잘도 내리는군요."

무네치카가 바로 대답한다.

"오노 씨는……"

어머니가 말을 꺼내자 무네치카가 다시 가로막는다.

"오노 씨는 오늘 후지오 씨하고 오모리에 가기로 약속했다고 합니다. 그런데 갈 수 없게 되어서……"

"그래요? 그런데 후지오는 아까 집에서 나갔는데……"

"아직 돌아오지 않았습니까?"

무네치카는 아무렇지 않게 묻는다. 어머니는 좀 불쾌한 표정을 짓는다.

"참, 오모리에 갈 때가 아니지요."

무네치카는 혼잣말처럼 이렇게 말하고 잠깐 뒤돌아보며 모두에게 주의를 준다.

"모두 자리에 앉읍시다. 서 있으면 지치니까요. 이제 곧 후지오 씨도 돌아올 거고."

"자, 다들 앉으세요."

어머니가 말한다.

"오노, 앉게. 사요코 씨도 어떻습니까? ……고노, 뭔가 그건?"

"아버지 초상화를 떼어냈네. 가지고 나갈까 하고."

"고노, 잠깐 기다리게. 이제 곧 후지오 씨가 돌아올 테니까."

고노는 별다른 대답도 하지 않는다.

"제가 좀 들고 있을게요."

이토코가 나지막한 목소리로 말한다.

"뭘요."

고노는 들고 있던 액자를 바닥에 내려 벽에 기대놓는다. 사요코는 고개를 숙이며 슬쩍 액자를 바라본다.

"후지오한테 무슨 볼일이라도 있나요?"

어머니가 묻는다.

"예, 있습니다."

무네치카가 대답한다.

그러고는…… 비가 내린다. 아무도 입을 열지 않는다. 그때 인력거 한 대가 클레오파트라의 분노를 싣고 신바시에서 위타천(韋陀天)[3]처럼 달려온다.

무네치카가 조끼 위로 시계를 꺼내더니 툭 내뱉는다.

"3시 20분."

뭐라고 응하는 이는 없다. 인력거는 검은 덮개에 빗줄기를 튀기며 쏜살같이 달려온다. 클레오파트라의 분노는 방석 위에서 펄쩍 뛰어오른다.

"어머님, 교토 이야기라도 할까요?"

내리는 비가 땅에 떨어지기 전에 앞지르라고, 인력거에 탄 분노는 인력거꾼의 등에 채찍을 가하며 달려온다. 옆으로 부는 바람을 정면으로 가르며 바퀴를 거꾸로 비틀자 고노의 집 대문 안에 깔린 자갈이 현관 앞까지 길게 두 줄로 부서진다.

짙은 자줏빛 리본에 분노를 모아 덮개를 빠져나올 때 부르르 떤 클레오파트라는 후다닥 현관으로 뛰어든다.

"25분."

무네치카의 말이 끝나기도 전에 분노의 화신은 모욕을 당한 여왕처럼 서재 한가운데에 우뚝 섰다. 여섯 명의 눈은 일제히 자줏빛 리본에 집중된다.

"자, 어서 오세요."

무네치카는 담배를 입에 물면서 말한다. 후지오는 한마디 인사말을 건네는 것조차 치사하게 여긴다. 큰 키를 뒤로 높이 젖히고 험악한 기색으로 방 안을 둘러본다. 둘러보던 시선은 마지막으로 오노에게 이

3 힌두교의 신이자 불법을 수호하는 신으로 발이 빠르다고 한다.

르러 꽉 꽂힌다. 사요코는 양복 어깨 뒤에 숨었다. 무네치카가 벌떡 일어선다. 피우던 담배를 청포도 무늬가 새겨진 재떨이에 처넣는다.

"후지오 씨, 오노 씨는 신바시에 가지 않았어요."

"당신한테는 볼일 없습니다. ……오노 씨, 왜 나오지 않았나요?"

"나갔다면 더 죄송하게 되었을 겁니다."

오노의 말은 평소와 달리 명료하다. 클레오파트라의 눈동자에서는 쿵쾅 번개가 친다. 이 무슨 시건방진 소린가, 하며 오노의 이마를 쏘아본다.

"약속을 지키지 않았으면 설명을 할 필요가 있을 텐데요."

"약속을 지키면 큰일이 날 것 같아서 오노 씨는 나가지 않은 겁니다."

무네치카가 말한다.

"입 다물고 계세요. ……오노 씨, 무슨 이유로 나오지 않았죠?"

무네치카가 두세 걸음 성큼 다가간다.

"제가 소개시켜드리지요."

무네치카가 오노를 옆으로 한발 밀어내자 그 뒤에서 조그만 사요코가 나온다.

"후지오 씨, 이분이 바로 오노의 아냅니다."

후지오의 얼굴은 홀연히 증오에 찬 표정으로 변한다. 증오는 점차 질투로 바뀌었다. 질투의 감정이 가장 깊이 새겨졌을 때 딱 굳어졌다.

"아직 아내는 아닙니다. 하지만 조만간 아내가 될 사람이지요. 5년 전에 결혼하기로 약속했다고 합니다."

사요코는 울어서 부은 눈을 내리깐 채 가는 목을 숙인다. 후지오는 하얀 주먹을 쥔 채 움직이지 않는다.

"거짓말이에요. 거짓말이에요."

두 번이나 같은 말을 되풀이하고 말을 잇는다.

"오노 씨는 제 남편이에요. 제 미래의 남편이라구요. 지금 무슨 말을 하는 거예요? 무례하게……"

"저는 그저 호의를 갖고 사실을 알려드렸을 뿐입니다. 내친김에 사요코 씨를 소개할 생각으로……"

"저를 모욕할 생각이군요."

굳은 표정 속에서 별안간 혈관이 파열했다. 자줏빛 피는 만면에 두 번째 분노를 흘려보낸다.

"호의에섭니다. 호의에섭니다. 오해하면 곤란합니다."

무네치카는 오히려 태연하다. ……오노가 마침내 입을 연다.

"무네치카가 한 말은 다 사실입니다. 이 사람은 제 아내가 될 사람이 맞습니다. ……후지오 씨, 지금까지의 저는 완전히 경박한 사람이었습니다. 당신한테는 죄송하게 생각합니다. 사요코 씨한테도 죄송합니다. 무네치카한테도 미안하게 생각합니다. 오늘부터 새로운 사람이 되려고 합니다. 진지한 사람이 되려고 합니다. 부디 용서하시기 바랍니다. 신바시에 나갔다면 당신한테도, 저한테도 좋지 않은 일이 되었을 겁니다. 그래서 나가지 않았습니다. 용서해주시기 바랍니다."

후지오의 표정은 세 번 변했다. 파열된 혈관의 피는 새하얗게 흡수되어 모멸의 색만이 심각하게 남았다. 가면의 형태는 급격히 무너진다.

"호호호호."

히스테리성 웃음소리가 창밖의 빗줄기를 뚫고 높이 솟구쳤다. 동시에 쥔 주먹을 두꺼운 판자 속으로 집어넣자마자 미끈미끈하고 기다란 시곗줄을 꺼냈다. 심홍색 꼬리는 괴이한 빛을 띠며 좌우로 흔들린다.

"그럼 이건 당신한테는 필요하지 않겠군요. 잘 알았어요. ……무네치카 씨, 당신한테 드리지요, 자."

팔을 드러내며 하얀 손을 쑥 뻗었다. 시계는 무네치카의 검붉은 손바닥에 정확히 떨어졌다. 무네치카는 난로 가까이로 한발 크게 벌렸다. 얏 하는 소리와 함께 검붉은 주먹이 공중을 가른다. 시계는 대리석 모서리에 부딪혀 부서졌다.

"후지오 씨, 저는 이 시계가 탐나서 이런 별난 방해를 한 게 아닙니다. 오노, 나는 다른 사람을 사랑하는 여자를 원해서 이런 장난을 한 게 아니네. 이렇게 부숴버리면, 내 마음을 알겠지. 이것도 제일의적인 활동의 일부네, 그렇지 않나, 고노?"

"그렇지."

멍한 표정으로 서 있던 후지오의 얼굴은 갑작스레 근육이 움직이지 않게 되었다. 손이 굳어졌다. 다리도 굳어졌다. 중심을 잃은 석상처럼 의자를 차 엎으며 바닥에 쓰러졌다.

19

엉긴 구름 속을 빠져나와 거의 하루 종일 쏟아진 비는 땅속 깊숙이 스며들 때까지 내리다 그쳤다. 이때 봄은 끝난다. 매화나무, 벚나무, 복숭아나무, 자두나무에서 꽃이 지고 또 지고 남은 붉은색도 꿈처럼 지고 말았다. 봄에 뽐내는 것은 모두 스러진다. 자존심의 여자는 허영의 독을 마시고 쓰러졌다. 꽃을 잃어버린 바람은 헛되이 죽은 이의 방에 향기를 풍기기 시작한다.

후지오는 베개를 북쪽으로 하고 누워 있다. 가볍게 덮어놓은, 화려하게 염색한 작은 이불에는 바퀴가 강물에 밀려가는 모습이 이 세상 같지 않은 분위기로 염색되어 있다. 위에는 온통 반쯤 물든 담쟁이덩굴이 뻗어 있다. 쓸쓸한 무늬다. 움직일 기미도 없다. 요는 두꺼운 군나이(郡內)산 비단을 두 겹으로 겹쳐놓은 것인 듯하다. 먼지조차 일지 않는 시트를 매끄럽게 깔아놓았는데 그 밑으로 노란색과 짙은 갈색의 거친 격자무늬가 하나씩 보인다.

변하지 않은 것은 검은 머리다. 자줏빛 리본은 떼어버렸다. 있는 것은 있는 것 그대로 머리맡에 흩어져 있다. 오늘까지가 이 세상이라고 생각하는 어머니는 빗질도 해주지 않은 것으로 보인다. 흐트러진 머리는 순백의 시트로 흘러내려 작은 이불의 벨벳 깃에 닿아 있다. 그 가운데에 천장을 보고 누워 있는 얼굴이 있다. 어제의 육체는 그대로지만 색만은 다르다. 눈썹은 여전히 짙다. 눈은 조금 전에 어머니가 감겨주었다. 감길 때까지 어머니는 정성껏 쓸어내렸다. 얼굴 외에는 보이지 않는다.

시트 위에 시계가 있다. 세세하게 새겨진 세공은 무참히 부서져버렸다. 시곗줄만은 멀쩡하다. 앞뒷면의 뚜껑 테두리를 돌아 황금빛이 1.5센티미터 간격으로 꼬불꼬불 구부러지는 한가운데에 석류석 장식이 찌부러진 뚜껑의 눈처럼 붙어 있다.

거꾸로 세워놓은 것은 두 폭짜리 은박을 입힌 병풍이다. 온통 달빛이 교교한 사방 1.8미터 안에 청록색을 마구 써서 나긋나긋한 줄기를 어지럽게 그려놓았다. 불규칙하게 들쭉날쭉한 톱니모양의 잎을 그렸다. 청록색이 끝나는 줄기 끝에는 얇은 꽃잎을 손바닥만 한 크기로 그렸다. 줄기를 튕기면 하늘하늘 떨어질 것처럼 가볍게 그렸다. 요시노(吉野)산 종이를 구겨 생긴 여러 겹의 주름을 홀치기로 염색한 것처럼 얼룩덜룩하게 그렸다. 붉은빛으로 그렸다. 자줏빛으로 그렸다. 모든 것이 은빛 속에서 자란다. 은빛 속에서 핀다. 은빛 속에서 진다고 생각될 정도로 그렸다. 꽃은 우미인초(虞美人草)다. 낙관은 호이쓰(抱一)[1]라고 되어 있다.

병풍 그늘에는 늘 써서 눈에 익은, 쪽매붙임으로 세공한 작은 책상

---

1 사카이 호이쓰(酒井抱一, 1761~1828). 에도 시대 후기의 화가. 스님이 되어 교토에 살면서 하이쿠와 와카를 많이 지었다.

을 놓았다. 다카오카(高岡)식 칠기의 마키에로 무늬를 넣은 벼룻집은 책과 함께 두 개의 판자를 아래위로 어긋나게 댄 선반으로 옮겼다. 책상 위에는 기름을 담은 질그릇을 놓고 대낮이지만 등불의 심지에 불을 붙였다. 심지는 새것이다. 질그릇 위로 10센티미터쯤 꼬리를 끌고 있는 심지 끝은 기름도 머금지 않은 채 하얗게 쭉 뻗어 있다.

그 밖에 백자 향로가 있다. 책상 모서리에는 새파래진 붉은빛을 띤 선향 주머니가 놓여 있다. 재 속에 세워놓은 대여섯 개의 선향은 한 점의 붉은빛부터 연기가 되어 사라져간다. 향은 부처를 닮았다. 색은 흐르는 쪽빛이다. 밑에서부터 짙게 피어오르는 사이에 오른쪽으로 흔들리고 왼쪽으로 흔들린다. 흔들릴 때마다 폭이 넓어진다. 폭이 넓어지는 사이에 색이 옅어진다. 옅어지는 띠 속에 짙은 줄기가 느릿하게 흘러 종국에는 넓은 폭도 띠도 짙은 줄기도 행방을 알 수 없게 된다. 이따금 다 탄 재가 막대 모양 그대로 툭 떨어진다.

두 개의 판자를 아래위로 어긋나게 댄 선반에 올려놓은 벼룻집은 차분한 팥색에 고목 줄기를 파랗게 도드라지게 하고 한홍매(寒紅梅) 몇 송이를 자개 비슷하게 새겨놓았다. 안쪽은 검은색 바탕에 휘파람새 한 마리가 날고 있다. 옆에는 옻칠 바탕에 갈대밭의 기러기를 그려 넣은 용기 안의 어두운 바닥에 깊은 빛을 발하던 석류석 장식이 담겨 있다. 위아래 뚜껑에 빈틈없이 좁쌀 같은 돌기를 새겨놓은 금시계도 담겨 있다. 그 용기 위에는 책 한 권이 올려져 있다. 네 귀퉁이에 금박을 한 책의 배 부분만이 선명하게 보인다. 책 틈으로 자줏빛 책갈피 끈이 길게 비어져 나와 있다. 책갈피를 꽂은 페이지의 위에서 일곱 번째 줄에 '이것이야말로 이집트 여왕의 최후다'라는 한 구절이 있다. 색연필로 가는 줄이 그어져 있다.

모든 것이 아름답다. 아름다운 것 안에 누워 있는 사람의 얼굴도 아름답다. 오만하던 눈은 영원히 감겼다. 오만하던 눈을 감은 후지오의 눈썹, 이마, 검은 머리는 선녀처럼 아름답다.

"향이 꺼지지 않았을까?"

옆방에서 어머니가 일어나며 말한다.

"방금 피워놓고 왔습니다."

긴고가 말한다. 무릎을 가지런히 하고 팔짱을 끼고 앉아 있다.

"하지메, 자네도 향을 올려주게."

"방금 올리고 왔네."

후지오의 방에서 문득 향냄새가 풍겨온다. 다 타버린 재가 가느다란 막대 모양 그대로 향로 안으로 뚝뚝 떨어지고 있다. 은박을 한 병풍에서는 어느새 연기가 난다.

"오노 씨는 아직 안 왔어?"

어머니가 묻는다.

"이제 곧 오겠지요. 지금 부르러 사람을 보냈습니다."

긴고가 말한다.

방문은 일부러 닫아두었다. 칸막이 장지문만이 열려 있다. 바퀴가 강물에 밀려가는 모습을 화려하게 염색한 작은 이불자락만 보인다. 그리고 파초 섬유로 짠 천을 바른 장지문으로 모든 것을 가린다. 이승과 저승을 가르는 장지문의 테두리는 검은색이다. 3센티미터의 폭에 상인방에서 문지방까지 똑바로 이어져 있다. 어머니는 장지문 이쪽에 앉아 있으면서 이따금 보이지 않는 곳을 들여다보는 것처럼 고개를 갸우뚱하며 등을 뒤로 젖힌다. 싸늘해진 다리보다 싸늘해진 얼굴이 더 마음에 걸린다. 들여다볼 때마다 검은 테두리는 화려하게 염색한 작은 이불을 비스듬하게 뚝 자르고 있다. 옮겨 그리면 그대로 무늬 그림이다.

"어머님, 뜻밖의 일을 당해 안됐지만 어쩔 수 없습니다. 단념하셔야 합니다."

"이런 일이 일어날 줄은……"

"이제는 아무리 울어도 어쩔 도리가 없습니다. 다 운명입니다."

"정말 유감스러운 일을 저질렀어요."

눈물을 닦는다.

"너무 울면 오히려 공양이 되지 않습니다. 그보다는 뒤처리가 중요합니다. 이렇게 된 이상 고노한테 꼭 집에 있게 할 수밖에 없습니다. 그렇게 생각하지 않으면 어머님만 곤란해집니다."

어머니는 와악 하고 울기 시작한다. 과거를 돌아보는 눈물은 참기 쉽다. 돌연 미래의 자기 운명을 자각했을 때의 눈물은 발작적으로 찾아온다.

"어떡하면 좋을지…… 그걸 생각하면…… 하지메 씨."

눈물과 콧물 사이로 끊어질 듯한 말이 띄엄띄엄 나온다.

"어머님, 실례되는 말씀입니다만 평소의 생각이 좀 좋지 못했습니다."

"내 불찰로 후지오가 이렇게 되었어요. 긴고한테는 버림받고……"

"그러니까 말이에요, 그렇게 울어봤자 아무 소용이 없으니까……"

"……정말 면목이 없어요."

"그러니까 앞으로 생각을 좀 고치면 돼요. 그렇지 않나, 고노? 그럼 되겠지?"

"다 내 잘못이야."

어머니는 처음으로 긴고를 향한다. 팔짱을 끼고 있던 긴고가 드디어 입을 연다.

"가짜 자식, 진짜 자식을 구별하지 않으면 됩니다. 그냥 보통으로 대해주시면 됩니다. 스스럼없이 하시면 됩니다. 아무것도 아닌 일을 어렵게 생각하지 않으면 되는 겁니다."

고노는 여기서 말을 끊었다. 어머니는 고개를 숙인 채 아무 대답도 하지 않는다. 어쩌면 이해가 되지 않는 것인지도 모른다. 고노는 다시 말을 잇는다.

"어머니는 후지오한테 집과 재산을 물려주고 싶었을 겁니다. 그래서 제가 후지오한테 모든 걸 주겠다고 말씀드렸는데도 끝까지 저를 의심하고 믿어주지 않은 것이 잘못입니다. 어머니는 제가 집에 있는 것을 탐탁지 않게 생각했을 겁니다. 그래서 제가 집을 나가겠다고 말씀드렸는데도 어머니는 체면이 어떻고 하시면서 좋지 않게 생각하신 것이 잘못입니다. 어머니는 오노를 데릴사위로 맞아들이고 싶었을 겁니다. 제가 그런 생각에 찬성하지 않을 것이라 생각하고 저를 교토로 놀러 가게 해놓고 그사이에 오노와 후지오의 관계를 하루하루 깊어지게 했을 겁니다. 그런 책략이 좋지 않습니다. 저를 교토에 놀러 가게 할 때도 저한테나 다른 사람들한테 제 병을 치료하기 위해서라고 말씀하셨을 겁니다. 그런 거짓말이 좋지 않습니다. 그런 점만 고쳐주시면 특별히 제가 집을 나갈 필요가 없습니다. 언제까지고 제가 보살펴드려도 좋습니다."

고노는 이렇게만 말하고 입을 다문다. 어머니는 고개를 숙인 채 잠시 생각에 잠겼다가 이윽고 나지막한 목소리로 대답한다.

"그런 말을 듣고 보니 다 내가 나빴어. 앞으로는 너희들 의견을 든고 어떻게든 나쁜 점은 고칠 테니까……"

"그걸로 됐습니다. 그렇지 않나, 고노? 자네한테도 어머니네. 집에 있으면서 보살펴드려야지. 이토코한테도 잘 얘기해둘 테니까."

"그래."

고노는 이렇게만 대답했다.

옆방의 선향이 꺼지려고 할 때 오노가 창백한 이마에 손을 대며 들어왔다. 쪽빛 연기가 다시 은빛 병풍을 스치며 피어올랐다.

이틀 지나 장례식은 끝났다. 장례식이 끝난 날 밤 고노는 일기를 썼다.

마침내 비극이 찾아왔다. 다가올 비극은 진작부터 예상하고 있었다. 예상한 비극이 그대로 진행되도록 내버려둔 채 한쪽 손조차 내밀지 않은 것은, 악업 많은 사람의 행위에 대한 한쪽 손의 무능을 잘 알기 때문이다. 비극이 위대한 것을 알기 때문이다. 비극의 위대한 힘을 맛보게 하여 전세, 현세, 내세에 걸친 업보를 근저에서부터 씻어내기 위해서다. 불친절해서가 아니다. 한쪽 손을 들면 한쪽 손을 잃고, 한쪽 눈을 움직이면 한쪽 눈을 감게 된다. 손과 눈을 상하게 하고, 그럼에도 그 업은 여전히 변하지 않는다. 그뿐 아니라 시시각각으로 깊어진다. 팔짱을 끼고 눈을 감는 것은 두려워서가 아니다. 손과 눈보다 위대한 자연의 제재를 친절하게 감수하고 순간적으로 암시를 받아 이해하는 본래의 면목에 봉착하게 하는 것이 하찮은 내 뜻이다.

비극은 희극보다 위대하다. 이를 일컬어 죽음은 모든 장애를 봉쇄하기에 위대하다고 말하는 이가 있다. 돌이킬 수 없는 운명의 나락에 떨어져 빠져나올 수 없기에 위대하다는 것은 흐르는 물이 되돌아오지 않기에 위대하다고 하는 것과 마찬가지다. 운명은 단지 최후의 결말을 고하기 때문에 위대한 것만은 아니다. 홀연히 삶이 변해 죽음이 되기에 위대한 것이다. 준비가 되어 있지 않을 때 잊고 있던 죽음이 불쑥 나타나기 때문에 위대한 것이다. 장난을 치던 자가 별안간 옷깃을 여미기에 위대한 것이다. 옷깃을 여미며 새삼 도의(道義)의 필요를 느끼기에 위대한 것이다. 인생의 제일의는 도의에 있다는 명제를 뇌리에 새겨주기에 위대한 것이다. 도의의 운행은 비극에 직면했을 때도 정체되지 않기에 위대한 것이다. 도의의 실천은 이를 남에게 바라는 것이 간절함에도 불구하고 우리가 가장 어렵게 여기는 것이다. 비극은 개인이 이 실천을 억지로 하게 만들기에 위대하다. 도의의 실천은 타인을 가장 편리하게 하고 자신을 가장 불편하게 한다. 각자 힘이 여기에 이를 때 일반 사람들의 행복을 재촉하여 사회를 진정한 문명으로 이끌기에 비극은 위대하다.

문제는 무수하게 존재한다. 좁쌀인가 쌀인가, 이는 희극이다. 공(工)인가 상(商)인가, 이 역시 희극이다. 저 여자인가 이 여자인가, 이 역시 희극이다. 쓰즈레오리(綴織)[2]인가 슈친(繻珍)[3]인가, 이 역시 희극이다. 영어인가 독일어인가, 이 역시 희극이다. 모든 것이 희극이다. 마지막으로 하나의 문제가 남는다. 삶인가 죽음인가, 이것이 비극이다.

10년은 3천6백 일이다. 아침부터 밤까지 보통 사람의 심신을 피로하게 하는 문제는 모두 희극이다. 3천6백 일 내내 희극을 행하는 자는 결국 비극을 잊는다. 어떻게 삶을 해석할까 하는 문제로 번민하다 죽음이라는 글자를 염두에 두지 않게 된다. 이 삶과 저 삶의 선택에 바쁘기에 삶과 죽음이라는 최대 문제를 방치한다.

---

2 몇 가지 색실로 무늬를 짜 넣은 직물.
3 금실이나 은실 등 여러 가지 색실로 무늬를 솟아나게 짠 수자직의 견직물.

죽음을 잊은 자는 사치하게 된다. 한 번 떠오르는 것도 살아 있을 때다. 한 번 가라앉는 것도 살아 있을 때다. 일거수일투족도 모두 살아 있기 때문이다. 아무리 춤을 추든, 아무리 미치든, 아무리 장난을 치든 살아 있는 데서 벗어날 염려는 결코 없다고 생각한다. 사치는 심해지고 대담해진다. 대담함은 도의를 유린하며 마구 날뛴다.

만인은 삶과 죽음이라는 큰 문제에서 출발한다. 이 문제를 해결하여 말하기를 죽음을 버린다고 한다. 삶을 좋아한다고 한다. 여기서 만인은 삶을 향해 나아간다. 단 만인은 죽음을 버린다는 데서 일치하기 때문에 죽음을 버려야 할 필요조건인 도의를 서로 지키도록 묵계했다. 하지만 만인은 나날이 삶을 향해 나아가기 때문에, 나날이 죽음을 등지고 멀어지기 때문에, 마구 날뛰며 추호도 삶 안에서 벗어날 염려가 없다고 자신하기 때문에 도의가 필요하지 않게 된다.

도의에 중점을 두지 않는 만인은 도의를 희생으로 삼아 온갖 희극을 행하며 의기양양하게 군다. 장난친다. 떠든다. 조롱한다. 무시한다. 밟는다. 찬다. 모두 만인이 희극에서 얻는 쾌락이다. 이 쾌락은 삶을 향해 나아감에 따라 분화하고 발전하기 때문에, 이 쾌락은 도의를 희생으로 삼아야 향유할 수 있기 때문에, 희극의 진보는 멈출 줄을 모르고 도의 관념은 나날이 희박해진다.

도의 관념이 극도로 쇠퇴하여 삶을 원하는 만인의 사회를 만족스럽게 유지하기 어려울 때 돌연 비극이 일어난다. 여기서 만인의 눈은 모두 자신의 출발점으로 향한다. 비로소 삶 옆에 죽음이 살고 있다는 것을 안다. 멋대로 미친 듯이 춤출 때 사람으로 하여금 삶의 경계를 벗어나 죽음의 테두리 안으로 들어가게 한다는 것을 안다. 다른 사람도 나도 가장 싫어하는 죽음은 결국 잊어서는 안 되는 영겁의 함정이라는 것을 안다. 함정

주위에서 썩어가는 도의의 밧줄은 함부로 뛰어넘어서는 안 된다는 것을 안다. 밧줄은 새로이 쳐지지 않으면 안 된다는 것을 안다. 제이의 이하의 활동이 무의미하다는 것을 안다. 그리하여 비로소 비극의 위대함을 깨닫는다. ……

두 달 뒤 고노는 이 한 구절을 발췌하여 런던에 있는 무네치카에게 보냈다. 무네치카는 이런 답장을 보내왔다.

이곳은 희극만이 유행한다네.

봄날의 산행
－『우미인초』의 세 가지 서술 층위

강영숙(소설가)

몇 년 전 일본 구마모토 현의 구마모토문학관에 갔을 때, 문학관 로비의 전시 공간에서 안경을 쓴 채 멋진 양복을 입고 지적인 모습으로 소파에 걸터앉아 있던 나쓰메 소세키를 만났다. 안녕하세요! 한 손을 들어 흔드는 순간 등골이 오싹했다. 실물 크기의 종이로 만든 작가는 신기할 정도로 친근해 보였다. 구마모토 제5고등학교에서 영어 교사로 일했던 시절의 집이 구마모토에 남아 있다고 했다. 해가 질 무렵 일본 소설가 나카자와 케이와 시내로 나갔다. 아직도 운행되는 붉은색 노면 전차와 나쓰메 소세키의 소설 속 인물들, 그러니까 그가 말하는 것처럼 "최소한 이 정도는 알고 있어야 하는" 20세기의 인간들을 재회할 것 같은 낭만적인 분위기의 도시가 눈앞에 펼쳐져 있었다.

1.

얼굴이나 체격 모두 사각에 가까운 사내 무네치카 하지메(28세)와

호리호리한 몸집의 사내 고노 긴고(27세)가 교토에 온다. 두 사람은 산행을 하기 위해 교토로 왔고 이내 숙소를 떠나 산에 오른다. 산이 거기 있으니까 그냥 오르는 것이다. 봄날의 산행은 한가롭기 그지없어 무료하기까지 하다. 그런 두 남자의 산행으로 이 긴 소설은 시작된다.

이 소설은 봄에 시작되어 서사의 끝에 이르러도 계절은 여전히 봄이다. 봄은 교토와 도쿄 사이를 제멋대로 왔다 갔다 한다. 필자가 최근에 교토를 여행한 때는 2012년 2월 중순이었다. 교토에서 신칸센을 타고 도쿄로 돌아가는 길에 봤던, 그 높은 산이 고노와 무네치카가 올랐던 히에이잔 산일까. 아마 그럴지도 모른다. 나는 왜 그 산을 카메라에 담았을까. 진한 커피를 마셔도 자꾸만 몰려오던 졸음, 옆에 앉은 이의 고단한 숨소리, 신칸센 안의 이른 봄기운 속에서 히에이잔 산은 아주 높이, 그리고 다른 산들도 그런 것처럼 단지 거기에 가만히 서 있었다.

봄날의 히에이잔 산에서 박람회장으로 공간을 옮겨보는 것이 좋겠다. 일본 사람들이 박람회를 좋아한다는 건 잘 알려진 사실이다. 이노우에 선생의 편지를 인용하면 이 소설에 등장하는 박람회는 1907년(메이지 40년) 3월 20일부터 7월 31일까지 도쿄의 우에노 공원에서 열렸던 것을 말한다(84쪽). 박람회가 열린 도쿄에 관해 오노의 시선을 빌려 말하자면 "도쿄는 눈앞이 아찔한 곳"이고 "다른 지역 사람들은 발뒤꿈치로 걷"고 "도쿄에서는 까치발로 걷는다." 그 정도로 빠르게 변해가고 있는, 시간이 뚝뚝 떨어지는 느낌의 도시가 도쿄인 것이다. 어쩌면 이 박람회장은 『우미인초』 전체에서 가장 중요한 공간일 것이다. 등장인물들의 관계와 갈등 구도, 그리고 욕망과 감정선을 가장 정확하게 보여주는 장면인 동시에 나쓰메 소세키가 강조하는 20세기의 인간들이 집결하는 장소가 바로 이 박람회장이다. 도대체 이들은 무엇을 보기 위해 도쿄로 몰려든 걸까. 나른한 봄의 와중에, 그것도 박람회라니.

개미는 단것에 모이고 사람은 새로운 것에 모인다. 문명인은 격렬한 생존 가운데서 무료함을 한탄한다. 서서 세 번의 식사를 하는 분주함을 견디고 길거리에서 의식을 잃고 쓰러지는 병을 걱정한다. 삶을 마음대로 맡기고 죽음을 마음대로 탐하는 것이 문명인이다. (193쪽)

봄의 와중에, 러시아 요리를 먹고 아이스크림을 먹는 박람회장을 묘사한 위의 표현은 다분히 냉소적이다. 나쓰메 소세키는 박람회를 삐딱한 눈으로 바라보고 있다. 그에게 박람회장은 "일루미네이션" 즉 리얼한 것이 언리얼(unreal)한 것으로 보이기도 하는 환영의 장소가 된다. 나쓰메 소세키의 표현대로라면 "낮이 밤이 되고 봄이 여름이 되고 젊은이가 노인이 되는 것과 같은" 것이다.

자극의 주머니에 대고 문명을 체로 치면 박람회가 된다. 박람회를 무던 밤 모래로 거르면 찬란한 일루미네이션이 된다. 만약 살아 있다면 살아 있다는 증거를 찾기 위해 일루미네이션을 보고 앗 하고 놀라지 않으면 안 된다. 문명에 마비된 문명인은 앗 하고 놀랄 때 비로소, 살아 있구나, 하고 깨닫는다. (194쪽)

그러니까 다들 무미건조한 삶을 견디기 위해 너 나 할 것 없이 박람회장으로 모여든다는 것이다. 박람회장으로 모여드는 소설 속 인물들이 지껄인다. "밀리기만 하고 전혀 밀 수가 없어요." 도쿄 시부야 한복판에서 멀미나게 밀려오던 사람들을 봤다면 누구나 쉽게 떠올릴 수 있는 장면이다. 나쓰메 소세키는 그냥 밀려가게 하는, 저절로 몸을 움직이게 하는 힘을 "문명의 물결"이라고 표현한다. 살아 있다는 증거가 필요해서, 무엇인가에 놀라기 위해 모여든 사람들은 밀려가면서, 떠밀려가면서 감탄사를 연발한다.

"어머나."
이토코가 말한다.
"진기한 광경이군. 거의 용궁이야."
무네치카가 말한다. (195쪽)

박람회장에서 사람들은 "망국의 과자"라고 명명한 양과자와 홍차를 마시며 낮보다 아름다운 밤의 세계를 즐기고, 타이완관을 비롯한 외국관을 돌아다니며 괜히 놀라고 자주 웃는다. 다양한 사람들이 점령한 박람회장에 이 작품의 주인공들도 와 있다. 수재이면서 시를 쓰는, 장래가 유망한 오노 세이조는 교토에 있을 때 보살핌을 준 이노우에 선생과 그의 딸 사요코와 함께 박람회에 왔다. 오노는 이노우에 선생에게서 이런저런 도움을 받기는 했지만 사요코와 결혼하고 싶지는 않다. 오히려 이노우에 선생을 제대로 도우려면 경제적으로 여유가 있는, 같은 대학을 다닌 고노의 여동생 후지오와 결혼을 해야 한다고 생각한다. 이노우에 선생은 오노가 딸을 받아주길 원하지만 오노는 딴생각을 하고 있다. 그러나 어쨌든 오노는 지금 사요코와 이노우에 선생을 모시고 박람회장의 다리를 건너가는 중이다. 그것이 오노의 현실이다.

그리고 또 다른 사람들도 박람회에 왔다. 고노도 왔고 고노와 함께 히에이잔 산을 오르던 무네치카도 와 있고 무네치카의 여동생 이토코도 왔다. 고노와 이토코는 서로 맺어지기를 원하는 사이다. 제일 복잡한 인물은 고노의 여동생 후지오다. 후지오는 자신을 좋아하는 무네치카에게 시집가고 싶어 하지 않는다. 그녀는 자신의 아버지가 사위로 삼겠다는 뜻으로 무네치카에게 금시계를 주겠다고 말한 것과는 상관없이 그 금시계를 오노에게 주고 싶어 한다.

이곳에서 후지오는 다른 여자와 같이 있는 오노를 보게 된다. 심지어 그 여자가 꽤 예쁘다는 이토코의 말에 수긍하기까지 한다. 그리고 빨리 자기 딸을 데려가지 않는 걸 내심 서운해하는 이노우에 선생과 오노의 갈등이 박람회 이후, 드디어 표면으로 들끓어 오른다. 박람회 이후로, 박람회가 끝나면 각각의 인물들은 자신들의 인생에서 중요한 무엇인가를 결정하지 않으면 안 된다.

조금 미리 이 소설의 결론을 말하면, 후지오의 시계는 대리석에 부딪쳐 부서져버리고 만다. 오노에게도, 무네치카에게도 주지 못하고 떨어져 깨져버린다. 복잡한 인물 후지오는 죽고 이틀 만에 장례식이 끝난다. 장례식 장면 이후로 나쓰메 소세키의 죽음관이 길게 이어지며 이 소설은 끝난다.

2.

고노 긴고와 무네치카 하지메를 중심으로, 얽히고설킨 남녀관계가 이 소설의 중심 서사이며 가장 많은 분량을 차지한다. 그러나 고노가 쓰고 있는 논문 「철학 세계와 현실 세계」라는 제목처럼 나쓰메 소세키가 보는 현실 인식과 비판이 담긴 철학적인 서술이 이 소설에서 또 하나의 서술 층위를 이룬다. 그것을 인용해온 페이지 표기 없이 임의로 나열해보면 아래와 같다.

죽음에 직면하지 않으면 인간의 변덕은 좀처럼 그치지 않는다네.

20세기에 태어난 사람이라면 이 정도의 일은 알고 있어야 한다.

죽음은 만사의 끝이다. 또 만사의 시작이다. 시간을 쌓아 날을 이루는 것도, 날을 쌓아 달을 이루는 것도, 달을 쌓아 해를 이루는 것도, 결국 모든 것을 쌓아 무덤을 이루는 것에 지나지 않는다. 무덤 이쪽의 모든 다툼은 살 한 겹의 담을 사이에 둔 업보로, 말라비틀어진 해골에 불필요한 인정이라는 기름을 부어 쓸데없는 시체에게 밤새 춤을 추게 하는 골계다. 아득한 마음을 가질 수 있는 자는 아득한 나라를 그리워하라.

모든 의심은 몸을 버려야 비로소 해결할 수 있다. 다만 어떻게 몸을 버릴지가 문제다. 죽음?

완벽한 미래는 이미 붕괴되기 시작했다. 아름다운 미래를 들여다보는 대롱도 없어졌다.

1907년. 이 작품을 쓸 때 나쓰메 소세키는 신경쇠약과 위장병으로 고생했다고 한다. 나쓰메 소세키는 밝은 것과 어두운 것, 생과 사에 대해 주체적으로 고민할 것을 요청한다. "세상을 두려워하지 않는 쇠바퀴를 덜커덩덜커덩 돌"리고 누구든 보려고 하지 않는 인간은 볼 수가 없기 때문에, 인간은 어떻게 보면 아주 무기력한 존재이기 때문에 끊임없이 사고하지 않으면 안 된다는 것을 강조한다. 무네치카 아버지의 경고하는 듯한 메시지가 여기에 있다. "앞으로의 인간은 살아가면서 갈기갈기 찢기는 형을 받은 거나 마찬가지야. 고통스럽겠지."

3.

이 소설의 또 다른 서술 층위는 나쓰메 소세키 자신이 소설에 대해, 소설의 작법 자체를 밝히는 부분이다. 필자에게는 아주 흥미로운 부분인데 왜 이런 서술이 필요했을까를 생각해본다. 공간묘사보다는 심리묘사에 치중하다 보니, 하나의 상황에 대한 이해 당사자의 시선으로 빠르게 옮아가고 싶었는지도 모르겠다. 그렇다고 공간묘사가 없는 것은 아닌데 그것은 공간 자체를 묘사한다기보다는 시간의 흐름을 보여주기 위해 빠르게 공간을 지칭하고 넘어가는 정도이다. 후지오가 어머니에게 오노에게 시계를 줘도 괜찮겠냐고 묻고 대답을 기다리는 장면에서, 공간은 이내 무네치카의 집 마루로 옮아가는 식이다. 나쓰메 소세키 자신이 소설에 대해 직접 말한 부분들을 인용해본다. 나쓰메 소세키에게 소설이란 도대체 무엇일까.

이 작자는 정취 없는 대화를 싫어한다. 달갑지 않은 모녀의 일면을 가장 간단하게 서술하는 것은 이 작자의 애달픈 의무다. 차를 평하고 숯을 묘사하는 붓은 다시 두 사람의 대화로 돌아가지 않으면 안 된다.

서술의 붓은 고노의 서재를 떠나 무네치카의 집으로 들어간다. 같은 날이다. 또 같은 시각이다.

수수께끼 여자가 하는 말은 점차 습기를 띤다. 세상살이에 지친 붓은 이런 습기를 싫어한다. 가까스로 수수께끼 여자의 수수께끼를 여기까지 서술했을 때, 붓은 한 발짝도 앞으로 나아가기 싫다고 한다.

자신의 세계가 둘로 갈라지고, 갈라진 세계가 각각 움직이기 시작하면 괴로운 모순이 일어난다. 대부분의 소설은 그 모순을 자신만만하게 그린다. 소설은 이제부터 시작된다. 지금부터 소설을 시작하는 사람의 생활만큼 딱한 것도 없다.

한 사람의 일생에는 백 가지 세계가 존재한다. 소설은 자연을 조탁한다. 자연 자체는 소설이 되지 않는다.

정취가 없는 대화란 유머가 없는 대화를 말하는 게 아닐까. 서술의 전면에 작가가 직접 나서는 건 긴장감을 떨어뜨리지 않기 위함일 수도 있다. 수수께끼의 여인을 묘사할 때, 천하의 나쓰메 소세키도 글이 잘 써지지 않는 일종의 블록 현상(writer's block)에 빠졌을지도 모른다. "소설은 자연을 조탁한다"는 말은 잘 이해가 안 되지만 "자연 자체는 소설이 되지 않는다"는 말은 귀에 쏙 들어온다.

다시 소설의 처음으로 돌아가고 싶다. 계절은 봄이다. 중심인물인 무네치카와 고노에게 교토는 "졸린 곳"이어서 조용한 숙소를 떠나 산에 오른다. 무네치카와 고노는 단지 저기 있는 산을 보았다. 하늘로부터 산으로 올라오라는 유혹을 받은 사람들이다. 봄날의 정취에 취해 산행을 끝낸 두 청년은 "일기장을 품속에 넣고 백 년의 근심을 안"고 도쿄로 돌아간다.

이 작품에서 다른 인물들보다 고뇌하는 인간형에 가까운 인물이 있다면 고노 긴고이다. 고노는 히에이잔 산에 올라가 구토를 한다. '구토하는 철학자' 고노의 번민의 중심에는 외국에서 객사한 아버지의 죽음이 놓여 있다. 고노는 아버지 생각을 하면 늘 황망해진다. 자신의 영혼이 객사한 부친의 영혼에 빨려 들어가버린 느낌이어서 늘 고통스럽다. 외국에서 객사한 아버지를 불쌍하게 생각하는 마음은 어느새 연민을 넘어서 다른 감정으로 바뀐다. 그 고통은 결코 그의 내면에서 사라지지 않고 점점 더 견고하게 악으로 바뀌어 자리 잡아간다. 그는 결코 죽음에서 벗어날 수가 없는 것이다.

고노는 동생 후지오가 결혼하고 싶어 하는 오노를 반대한다. 그리고 전 재산을 후지오에게 줘버린다. 또 집을 나가 스님이 되겠다고 말한다. 결국, 액자 하나만 가지고 집을 나가겠다고 이르고, 이토코가 그를 데려가기 위해 인력거를 가지고 온다. 그러므로 그의 논문 「철학 세계와 현실 세계」는 아직 미완이고 나쓰메 소세키에 의해 계속해서 집필된다.

색을 보는 자는 형태를 보지 않고, 형태를 보는 자는 질을 보지 않는다.

알 듯 말 듯 한 이 말은 고노의 일기장에 쓰인 한 구절이다. 나쓰메 소세키가 이 작품을 쓴 건 1907년, 지금으로부터 107년 전의 일이다.

모든 구토는 움직이기 때문에 하는 거라네. 속세의 모든 구토는 동(動)이라는 한 글자에서 일어나는 법이지.

고노가 구토를 하는 이유를 표현한 이 말은 지금이야말로 유효하다. 그는 100년 후를 예상했을까. 모든 움직이는 것들은, 사유하는 태도는, 구토를 불러일으킨다.

나쓰메 소세키 연보

1867년 0세

2월 9일(음력 1월 5일) 현재의 도쿄 신주쿠(구 에도(江戶) 우시고메바바시
타(牛込馬場下)]에서 출생. 나쓰메 나오카쓰(夏目直克)와 후처 나쓰
메 지에(夏目千枝) 사이에서 5남 3녀 중 막내로 태어남. 본명은 나
쓰메 긴노스케(夏目金之助). 태어나자마자 요쓰야(四谷)의 만물상에
양자로 보내졌다가 곧 돌아옴.

1868년 1세

11월, 요쓰야의 시오바라 쇼노스케(鹽原昌之助)와 시오바라 야스(鹽原
やす) 부부에게 다시 입양됨.

1870년 3세

천연두에 걸려 얼굴에 흉터가 약간 생김. 흉터는 평생 고민거리가 됨.

1872년 5세

시오바라가의 장남으로 호적에 오름.

1874년 7세

4월, 양부모의 불화로 양모와 함께 잠시 친가로 감.

11월, 아사쿠사(淺草)의 도다 소학교에 입학.

1876년 9세

양아버지가 아사쿠사의 동장에서 면직되어, 소세키는 시오바라가에

적을 둔 채 생가로 돌아옴.

5월, 이치가야(市ヶ谷) 소학교로 전학.

1878년 11세

2월, 친구들과 만든 잡지에 「마사시게론(正成論)」을 발표.

4월, 이치가야 소학교 졸업. 긴카(錦華) 학교 소학심상과(小學尋常科)

　로 전학하고 11월에 졸업.

1879년 12세

3월, 간다(神田)의 도쿄 부립 제1중학교에 입학.

1881년 14세

1월 21일, 생모 나쓰메 지에 사망.

봄에 도쿄 부립 제1중학교 중퇴.

4월경, 한학을 전문으로 가르치는 니쇼(二松) 학사로 전학.

1882년 15세

봄에 니쇼 학사 중퇴.

1883년 16세

봄에 도쿄 대학 예비문(현재의 도쿄 대학 전신 중 하나) 시험 준비를 위해
세이리쓰(成立) 학사에 입학.

1884년 17세

9월, 도쿄 대학 예비문 예과에 입학. 입학 직후 맹장염을 앓음.

1885년 18세

9월, 도쿄 대학 예비문 예과 3급으로 진급.

1886년 19세

7월, 복막염 때문에 학년 말 시험을 치르지 못하고 낙제.
9월, 에토(江東) 의숙 교사가 되어 의숙 기숙사에서 제1고등중학교(도
　쿄 대학 예비문의 후신)에 다님.

1887년 20세

3월에 맏형이, 6월에 둘째 형이 폐결핵으로 사망.
9월, 제1고등중학교 예과에 진급. 이 시기에 과민성 결막염을 앓음.

1888년 21세

1월, 성을 시오바라에서 나쓰메로 복적.

9월, 제1고등중학교 본과에 진학해서 영문학을 전공.

1889년 22세

1월부터 마사오카 시키(正岡子規)와 친해짐.

5월, 시키의 한시 문집인『나나쿠사슈(七草集)』에 대해 한문으로 평을
  씀. 9편의 칠언절구를 덧붙이면서 처음으로 '소세키'라는 호를 사용.

9월, 한문체의 기행문집『보쿠세쓰로쿠(木屑錄)』탈고.

1890년 23세

7월, 제1고등중학교 본과 졸업.

9월, 도쿄제국대학 영문학과 입학. 문부성 대비생(貸費生)이 됨.

1891년 24세

7월, 문부성 특대생이 됨. 셋째 형의 부인 도세(登世)가 입덧 때문에 죽
  자 큰 충격을 받음. 딕슨 교수의 부탁으로『호조키(方丈記)』를 영역.

1892년 25세

4월 5일, 병역을 피할 목적으로 친가로부터 분가하여 본적을 홋카이
  도(北海道)로 옮김.

5월, 도쿄 전문학교(현재의 와세다 대학)의 강사가 됨.

8월, 마사오카 시키가 그의 고향인 시코쿠(四國) 마쓰야마(松山)에서
  요양 중일 때 방문하여 다카하마 교시(高浜虛子)를 처음 만남.

1893년 26세

7월, 도쿄제국대학을 졸업하고 대학원에 진학.

10월, 도쿄 고등사범학교의 영어 촉탁 교사가 됨.

1894년 27세

12월 말~1895년 1월, 폐결핵에 걸려 가마쿠라(鎌倉)의 엔카쿠지(圓覺
　寺)에서 참선을 하며 치료에 임함. 일본인이 영문학을 한다는 것에
　위화감을 느끼며 이즈음 신경쇠약 증세가 심해짐.

1895년 28세

4월, 시코쿠 에히메(愛媛) 현에 있는 보통중학교에 부임(월급 80엔).

8월~10월, 시키가 마쓰야마로 돌아와 소세키의 하숙집에서 함께 생
　활. 하이쿠에 열중하며 많은 가작(佳作)을 남김. 이곳에서의 경험은
　『도련님(坊っちゃん)』의 소재가 됨.

12월, 귀족원 서기관장(현재의 참의원 사무총장) 나카네 시게카즈(中根
　重一)의 장녀 나카네 교코(中根鏡子)와 맞선을 보고 약혼.

1896년 29세

4월, 구마모토(熊本)의 제5고등학교 강사로 부임(월급 100엔).

6월 9일, 나카네 교코와 결혼. 구마모토에서 신혼 생활을 시작.

7월, 제5고등학교의 교수가 됨.

1897년 30세

4월, 교사를 그만두고 문학에 전념하고 싶다는 뜻을 시키에게 편지로
　알림.

6월 29일, 아버지 나쓰메 나오카쓰 사망.

7월, 교코와 함께 도쿄로 감. 구마모토에서 도쿄까지의 장거리 여행이 원인이 되어 교코가 유산.

12월, 오아마(小天) 온천을 여행하며 『풀베개(草枕)』의 소재를 얻음.

1898년 31세

6월, 제5고등학교 학생으로 문하생이 된 데라다 도라히코(寺田寅彦) 등에게 하이쿠를 지도. 도라히코는 『나는 고양이로소이다(吾輩は猫である)』에 나오는 이학사 간게쓰의 모델로 알려짐.

7월, 교코가 히스테리 증세를 보이며 구마모토 현의 자택 가까이에 흐르는 시라카와(白川)의 이가와부치(井川淵) 하천에 뛰어들어 자살을 기도했지만 근처에 있던 어부가 구함.

1899년 32세

5월, 맏딸 후데코(筆子)가 태어남.

6월, 영어과 주임이 됨.

9월, 구마모토 주위에 있는 아소(阿蘇) 산을 여행하며 『이백십일(二百十日)』의 소재를 얻음.

1900년 33세

6월, 문부성으로부터 영문학 연구를 위해 2년 동안 영국 유학을 다녀오라는 명을 받음(유학비 연 1,800엔).

9월 8일, 요코하마에서 출항.

10월 28일, 런던 도착.

1901년 34세

1월 26일, 둘째 딸 쓰네코(恒子)가 태어남.

5~6월 화학자 이케다 기쿠나에(池田菊苗)가 런던을 방문해서 함께 하
숙. 이케다의 영향으로 『문학론』 구상을 결심하고 귀국할 때까지
저술에 몰두.

7월, 신경쇠약 재발.

1902년 35세

3월, 장인 나카네 시게카즈에게 편지를 보내 영일동맹 체결에 들뜬
일본인들을 비판하고 대규모 저술 구상을 언급.

9월, 신경쇠약이 극도로 악화되고, 일본에도 나쓰메 소세키의 증세가
전해짐. 문부성은 독일 유학생 후지시로 데이스케(藤代禎輔)에게 소
세키를 데리고 귀국하도록 지시.

11월, 마사오카 시키가 7년 동안 앓던 결핵으로 사망했다는 소식을
다카하마 교시의 편지를 받고 알게 됨.

12월 5일, 일본 우편선에 승선해서 귀국길에 오름.

1903년 36세

1월 24일, 도쿄 도착.

3월, 도쿄 혼고(本鄕) 구(현재의 분쿄 구) 센다기(千駄木)로 이사.

4월, 제1고등학교 강사가 됨(연봉 700엔). 또한 도쿄제국대학 영문과
교수를 겸함(연봉 800엔).

9월, 제1고등학교의 제자인 후지무라 미사오(藤村操)가 게곤(華嚴) 폭
포에 몸을 던져 자살하는 사건이 발생. 다시 신경쇠약이 악화됨. 교

코와 불화가 심해져 임신 중인 부인을 친정으로 보내고 별거.

10월, 셋째 딸 에이코(榮子)가 태어남.

1904년 37세

2월, 러일전쟁 발발.

7월, 어린 고양이 한 마리가 집에 들어오고, 교코가 귀여워함.

9월, 메이지(明治) 대학 고등예과 강사를 겸함(월급 30엔).

12월, 당시《호토토기스(ホトトギス)》를 주재하고 있던 다카하마 교시
　로부터 작품 집필을 권유받고, 『나는 고양이로소이다』 1장을 문학
　모임에서 낭독.

1905년 38세

1월~1906년 8월, 『나는 고양이로소이다』를 《호토토기스》에 발표.
　1회분으로 끝날 예정이었지만 호평을 받아 11회에 걸쳐 장편으로
　연재. 이때부터 작가로 살아갈 뜻을 굳힘.

1월, 「런던탑(倫敦塔)」을 《데이코쿠분가쿠(帝國文學)》에, 「칼라일 박
　물관(カーライル博物館)」을 《가쿠토(學燈)》에 발표.

4월, 「환영의 방패(幻影の盾)」를 《호토토기스》에 발표.

5월, 「고토노소라네(琴のそら音)」를 《시치닌(七人)》에 발표.

9월, 「하룻밤(一夜)」을 《주오코론(中央公論)》에 발표.

11월, 「해로행(薤露行)」을 《주오코론》에 발표.

12월 14일, 넷째 딸 아이코(愛子)가 태어남.

1906년 39세

1월, 「취미의 유전(趣味の遺伝)」을 《데이코쿠분가쿠》에 발표.

4월, 『도련님』을 《호토토기스》에 발표.

9월, 『풀베개』를 《신쇼세쓰(新小說)》에 발표.

10월, 『이백십일』을 《주오코론》에 발표. 평소에 그의 자택에 출입이 잦은 문하생들의 방문을 매주 목요일 오후 3시 이후로 정해서 '목요회'라고 불리게 됨.

11월, 요미우리(讀賣) 신문사에서 입사 의뢰가 왔으나 거절.

1907년 40세

1월, 『태풍(野分)』을 《호토토기스》에 발표.

4월, 제1고등학교와 도쿄제국대학 강사를 사직. 아사히(朝日) 신문사에 소설을 쓰는 전속작가로 입사.

5월, 『문학론』(大倉書店) 출간.

6월 5일, 장남 준이치(純一)가 태어남.

9월, 도쿄 우시고메 구 와세다미나미초(早稻田南町)로 이사. 이후 죽을 때까지 소세키 산방(漱石山房)이라고 불린 이 집에서 거주.

6~10월, 『우미인초(虞美人草)』를 《아사히 신문》에 연재.

1908년 41세

1~4월, 『갱부(坑夫)』 연재.

6월, 「문조(文鳥)」 연재(오사카 《아사히 신문》).

7~8월, 「열흘 밤의 꿈(夢十夜)」 발표.

9~12월, 『산시로(三四郎)』 연재.

12월 16일, 차남 신로쿠(伸六)가 태어남.

1909년 42세

1~3월, 「긴 봄날의 소품(永日小品)」연재.

3월, 『문학평론』(春陽堂) 출간.

6~10월, 『그 후(それから)』연재.

9월, 남만주철도주식회사 총재인 친구 나카무라 제코의 초대로 만주와 한국을 여행. 이때 신의주, 평양, 서울, 인천, 부산을 방문함.

10~12월, 기행문 『만한 이곳저곳(滿韓ところどころ)』연재.

11월, '아사히 문예란'을 새로 만들고 주재함. 위경련으로 고통받음.

1910년 43세

3월 2일, 다섯째 딸 히나코(ひな子)가 태어남.

3~6월, 『문(門)』연재.

6~7월, 위궤양 때문에 나가요(長与) 위장병원에 입원.

8월, 슈젠지(修善寺) 온천에서 다량의 피를 토하고 위독한 상태에 빠짐. 이를 '슈젠지의 대환'이라 부름.

10월~1911년 3월, 슈젠지의 체험을 바탕으로 『생각나는 일들(思い出す事など)』을 32회에 걸쳐 연재.

1911년 44세

2월, 위궤양으로 입원 중에 문부성으로부터 문학박사 학위 수여를 통지받지만 거절함.

8월, 오사카 《아사히 신문》의 의뢰로 간사이(關西) 지방에서 순회 강연을 함.

10월, '아사히 문예란'이 폐지됨. 아사히 신문사에 사표를 내지만 반

려됨. 다섯째 딸 히나코가 급사함.

1912년 45세

1~4월, 『춘분 지나고까지(彼岸過迄)』 연재. 신경쇠약과 위궤양이 재발하여 고통받음.

7월, 메이지 천황 사망. 연호가 다이쇼(大正)로 바뀜.

10월경, 남화풍의 그림을 그림.

12월, 자택에 전화가 들어옴.

12월~1913년 11월, 『행인(行人)』 연재.

1913년 46세

4월, 위궤양이 재발하고 신경쇠약이 심해져 『행인』 연재 중단(9월부터 재개).

1914년 47세

4~8월, 『마음(こころ)』 연재.

11월, '나의 개인주의'라는 주제로 가쿠슈인(學習院)에서 강연함.

1915년 48세

1월, 제자 데라다 도라히코에게 보낸 연하장에 금년에 죽을지도 모른다고 씀.

1~2월, 『유리문 안에서(硝子戶の中)』 연재.

3~4월, 교토(京都) 여행. 위통으로 쓰러짐.

6~9월, 『한눈팔기(道草)』 연재.

12월, 아쿠타가와 류노스케(芥川龍之介), 구메 마사오(久米正雄)가 처음으로 목요회에 참가. 이들은 마지막 문하생이 됨.

1916년 49세

1월, 「점두록(點頭錄)」 연재.

2월, 아쿠타가와 류노스케에게 보낸 편지에서 그의 작품 『코(鼻)』를 격찬함.

4월, 당뇨병 진단을 받고 치료에 들어감.

5~12월, 『명암(明暗)』 연재.

8월, 오전에는 소설을 쓰고 오후에는 한시를 쓰고 그림을 그림.

11월 초, 목요회에서 만년의 사상으로 알려진 칙천거사(則天去私)에 대해 처음 언급함.

11월 16일, 마지막 목요회가 열리고 모리타 소헤이, 아베 요시시게, 아쿠타가와 류노스케, 구메 마사오 등이 출석함.

11월 21일, 위궤양 악화로 쓰러짐.

12월 2일, 내출혈로 다시 위독한 상태에 빠짐.

12월 9일 오후 6시 45분 사망.

12월 14일, 도쿄 《아사히 신문》에 연재되던 『명암』이 제188회를 마지막으로 연재 중단됨.

장례식 접수는 아쿠타가와 류노스케가 담당했으며 모리 오가이를 비롯한 많은 명사들이 조문함.

12월 28일, 도쿄 도시마(豊島) 구에 있는 조시가야(雜司ヶ谷) 묘원에 안장됨. 조시가야 묘원은 『마음』의 주인공 K가 자살 후 묻힌 장소임.

"자극의 주머니에 대고 문명을 체로 치면 박람회가 된다." 이런 문장 하나만으로도 나는 충분하다. 그런데 소세키는 왜 그렇게 갑작스럽게 후지오를 죽여야 했을까? 그는 누구에게 감정이입을 했을까? 고노일까, 오노일까, 아무래도 오노일 것만 같다. 아니, 그런 거야 아무래도 좋다. 저런 문장 하나만 있으면. 우린 무네치카와 같은 삶을 꿈꾸지만 고노와 오노 사이를 왔다 갔다 할 수밖에 없는 게 아닐는지. 돈을 추구하지 않는 사람은 돈에 집착하는 이처럼 보이고 돈을 추구하는 사람은 돈에 집착하지 않는 이처럼 보인다.

옮긴이 송태욱

연세대학교 국문과를 졸업하고 같은 대학 대학원에서 문학박사 학위를 받았다. 도쿄외국어대학원 연구원을 지냈으며, 현재 대학에서 강의하며 전문번역가로 활동하고 있다.

지은 책으로 『르네상스인 김승옥』(공저)이 있고, 옮긴 책으로 『사랑의 갈증』, 『세설』, 『만년』, 『환상의 빛』, 『형태의 탄생』, 『책으로 찾아가는 유토피아』, 『일본 정신의 기원』, 『트랜스크리틱』, 『소리의 자본주의』, 『포스트콜로니얼』, 『천천히 읽기를 권함』, 『번역과 번역가들』, 『연애의 불가능성에 대하여』, 『매혹의 인문학 사전』, 『안도 다다오』, 『빈곤론』, 『해적판 스캔들』, 『오늘의 일본 문학』, 『문명개화와 일본 근대 문학』, 『유럽 근대 문학의 태동』, 『현대 일본 사상』, 『십자군 이야기』(전3권), 『잘라라, 기도하는 그 손을』 등 다수가 있다. 현암사에서 기획한 나쓰메 소세키 소설 전집 번역으로 한국출판문화상 번역상을 수상했다.